Eduard Mörike, geboren am 8. September 1804 in Ludwigsburg, ist am 4. Juni 1875 in Stuttgart gestorben.

Mörikes Dichtung wurde zu seinen Lebzeiten nur von einem kleinen aber begeisterten Kreis geschätzt. Erst nach seinem Tod sollte er zu vollem Ruhm gelangen, wenngleich lange Jahrzehnte hindurch das Etikett des Idyllikers den Blickwinkel der Rezeption verzerrte. Und es sind ja nicht allein seine Gedichte, die sein Werk ausmachen, sondern auch außerordentlich schöne und einzigartige Prosatexte.

Daß Hermann Hesse nicht nur den Lyriker Mörike schätzte – davon zeugt seine Mörike-Auswahl »Alte, unnennbare Tage . . .« (insel taschenbuch 246) –, sondern auch die hier vorgelegte Prosa-Auswahl. Sie zählt zu den etwa 30 herausgeberischen Plänen, die Hesse in den zwanziger Jahren für eine Buchreihe mit dem Titel »Deutscher Geist 1750-1850« vorgesehen hatte, ohne allerdings damals einen Verleger dafür zu finden. Die Auswahl bringt Mörikes Prosadichtungen, »soweit sie zu den unvergänglichen Schätzen gehören, alle mit Ausnahme seines umfangreichen Romans, des ›Maler Nolten‹. Dieser Roman ist, wie fast alle schönsten deutschen Prosadichtungen, unvollendet geblieben.

»In der Wahl der Worte und gelegentlich im Neuschaffen von Worten ist Mörike ein unabhängiger und souveräner Meister. Er schöpft aus dem Schatz der lebendigen Volkssprache und ist nicht ängstlich im Verwenden von Dialektworten oder schlichten Neubildungen, aber er verzichtet auf alle krampfhaften Versuche, originell und ›eigen‹ zu sein. Überall ist ihm lautere Anschaulichkeit das erste Bedürfnis . . . Das liebste Prosastück von Mörike ist mir das ›Hutzelmännlein‹, nur muß man schon beinah Schwabe sein, um zu schmecken und zu riechen, wieviel Duft der Jahrhunderte und des Volkstums darin ist, das ist für einen rechten Schwaben wie Gotthelf für einen rechten Berner.«

Hermann Hesse

insel taschenbuch 1290

Eduard Mörikes schönste Erzählungen

Eduard Mörikes schönste Erzählungen

Ausgewählt und mit
einem Nachwort versehen
von Hermann Hesse

Insel Verlag

Redaktion: Volker Michels

insel taschenbuch 1290
Erste Auflage 1990

Hinweis zu dieser Ausgabe am Schluß des Bandes
Vertrieb durch den Suhrkamp Taschenbuch Verlag
Umschlag nach Entwürfen von Willy Fleckhaus
Satz: LibroSatz, Kriftel
Druck: Nomos Verlagsgesellschaft, Baden-Baden
Printed in Germany

1 2 3 4 5 6 - 95 94 93 92 91 90

Inhalt

Der Schatz

Novelle

Im ersten Gasthofe des Bades zu K* verweilte eines Abends eine kleine Gesellschaft von Damen und Herrn im großen Speisesaale, der nur noch sparsam erleuchtet war. Der Hofrat Arbogast, ein munterer, kurzweiliger, obgleich etwas eigener Mann von imposanter Gestalt, schon in den Fünfzigen, schickte sich an, eine Geschichte zu erzählen.

Er war, durch rätselhafte Umstände begünstigt, vom Goldschmied aus sehr schnelle zur Bedienung des damals sogenannten königlichen Schatzmeisteramtes in Achfurth gelangt, und eine Zeitlang gingen im höhern Publikum seltsame Sagen darüber, indem man nicht umhin konnte, die Sache mit einer auf keinen Fall ganz grundlosen Gespenstergeschichte, welche den Hof zunächst anging, in Verbindung zu bringen.

Nun wurde man auch gegenwärtig wieder durch eine lustige Wendung, die das Gespräch genommen hatte, von selbst auf diesen Gegenstand geführt, und da man dem Hofrat mit allerlei Späßen und Anspielungen stets näher auf den Leib rückte, versprach er der Gesellschaft auf die Gefahr hin Genüge zu tun, daß man Unglaubliches zu hören bekommen und sich am Ende ganz gewiß bitter beklagen würde, als wenn er sie mit einem bloßen Kindermärchen hätte abspeisen wollen. »Es ist einerseits schade«, fügte er bei, »daß meine Frau sich heute so früh zurückgezogen hat. Da das, was Sie vernehmen sollen, ein Stück aus ihrem wie aus meinem Leben ist, so könnten wir uns beide füglich in die Erzählung teilen, Sie hätten jedenfalls sogleich die sicherste Kontrolle für meine Darstellung an ihr. Auf der andern

Seite gewinnt aber diese vielleicht an Unbefangenheit und historischer Treue.« – »Nur zu! nur angefangen!« riefen einige Damen. »Wir sind nicht allzu skrupulös, und die Kritik, wer Lust zu zweifeln hat, steht nachher jedem frei.«

Wohlan! In Egloffsbronn, einer der ältesten Städte des Königreichs, lebte mein Vater, ein wackerer Goldschmied. Ich, als der einzige Sohn, sollte dieselbe Kunst dereinst bei ihm erlernen, allein er starb frühzeitig, und für das größte Glück war es daher zu halten, daß mich Herr Vetter Christoph Orlt, der erste Goldarbeiter in der Hauptstadt, umsonst in die Lehre aufnahm. Ich hatte große Lust an dem Geschäft und war so fleißig, daß ich nach fünf Jahren als zweiter Gesell in der Werkstatt saß.

Mein gutes Mütterlein war indes auch gestorben. Wie gern gedacht' ich ihrer, wenn ich in Feierstunden oft an meinem Eckfenster allein zu Hause blieb, mit welcher Ehrfurcht zog ich dann zuweilen ein gewisses Angebinde hervor, welches ich einst aus ihrer Hand empfing! Es war am Tag der Konfirmation. Ich hatte nach der Abendkirche mit den andern Knaben und Mädchen einen Spaziergang gemacht – wie das so Sitte bei uns ist, daß die festliche Schar mit großen Blumensträußen an der Brust zusammen vor das Tor spaziert – und war nun eben wieder heimgekommen, da holte meine Mutter aus dem Schrank ganz hinten ein kleines wohlversiegeltes Paket hervor, worauf geschrieben stand: »Franz Arbogast am Tage seiner Einsegnung treulich zu übergeben.« Die Mutter versicherte mir, sie wisse nicht, woher es eigentlich komme, ich sei noch ein kleiner Bube gewesen, als sie es eines Morgens auf dem Herd in der Küche gefunden. Mir klopfte das Herz vor Erwartung; ich durfte den Umschlag mit eigenen Händen erbrechen, und was kam heraus? Ein Büchlein, schwarz in Korduan gebunden, mit grünem Schnitt, die Blätter schneeweiß Pergament, mit allerlei Sprüchen und Verslein, von einer kleinen, gar niedlichen Hand fast wie gedruckt beschrieben.

Der Titel aber hieß:

Schatzkästlein,
zum Nutz und Frommen
eines
Jünglingen,
so als ein Osterkind geboren ward,
in 100 Reguln allgemeiner Lehr,
nebst einer Zugab
für sondere Fälle in Handel und Wandel;
wahrhaftig abgefasset
von
Dorothea Sophia von R.

Ich meinerseits war freilich insgeheim in meiner Hoffnung ein wenig getäuscht; die Mutter aber legte vor freudiger Verwunderung ihre Hände zusammen. »Ach Gott!« rief sie aus, »es ist die Wahrheit, ja, am Ostersonntag mittags zwölf Uhr hast du zum erstenmal das Licht der Welt erblickt!« Sie pries und segnete mich. »Mein Sohn«, sagte sie, »du wirst im Leben viel Glück haben, wenn du dich christlich hältst und auf die Weisungen in diesem Büchlein merkst.« Sie unterließ auch nicht, mir meine Pflichten wiederholt ans Herz zu legen, als sie mir bald darauf mein Wanderbündel schnürte, darin das wunderliche Schatzkästlein den besten Platz erhielt.

Ich könnte gerade nicht sagen, daß ich die nächsten Jahre einen absonderlichen Segen von diesem seltenen Besitztum spürte, obwohl ich gar bald die sämtlichen Sprüche von vorn und von hinten auswendig wußte; ja zu einer gewissen kritischen Zeit, wo ich gerade angefangen hatte, Wirtshaus, Tanzboden, Kugelbahn öfter als billig zu besuchen, da waren es, wie mir deuchte, nicht sowohl die hundert Reguln als vielmehr die Erinnerung an meine gute Mutter, die Vorstellungen meines ehrlichen Meisters, was mich bald wieder ins Geleise brachte. Hier sei es übrigens gelegentlich bemerkt, daß mir von allen Arten der Versuchung just die am wenigsten gefährlich war, die sonst in jenen Jahren die allergewöhnlichste ist, die Neigung zu dem weiblichen Geschlechte. Es hatten deshalb meine Kameraden das ewige Gespött mit mir, ich hieß ein kalter Michel hin und her, und weil ich doch zuletzt um keinen Preis der Tropf sein wollte, der nicht wie jeder andere brave Kerl sein Mädchen hätte, nahm ich etlichemal einen tüchtigen Anlauf, kam bei ein Stück Drei oder Vieren herum, darunter ein Paar Goldfasanen, die redlich ihren Narren an mir fraßen; allein es tat nicht gut; nach vierzehn Tagen wollte ich schon Gift und Galle speien vor lauter Langeweile und heimlichem Verdruß. Kurzum, auf diesen Punkt schien wohl mein Schatzkästlein recht zu behalten – »Dein erstes Lieb, dein letztes Lieb.« Ich konnte dieses Wort lediglich nur auf eine Kinderliebschaft mit einem guten armen Geschöpfe beziehen, das ich als das Opfer eines frühzeitigen Todes von Herzen beweinte.

Mein Vetter schenkte mir sofort ein immer größeres Vertrauen. Er schickte mich manchmal auf kleine Geschäftsreisen aus, er fing nichts Neues von Bedeutung an, eh' er mit mir es erst besprochen hatte, und als er den Befehl erhielt, auf die Vermählung Seiner Majestät des Königs mit einer Prinzessin von Astern den Krönungsschmuck für die Durchlauchtige Prinzessin Braut zu fertigen, so konnte er mir wohl keine größere Ehre erzeigen, als daß er das Hauptstück des wichtigen Auftrags, nämlich eine Krone von durchaus massiver, doch zierlicher Arbeit, wie sie sich in die Haare einer schönen, blutjungen Königin geziemt, mir größtenteils allein zu überlassen dachte. Die Zeichnung war gemacht und höchsten Orts gebilligt. Bevor man aber an das Werk selbst ging, war noch Verschiedenes zu tun. Besonders fehlte es noch an einigen Steinen, die man im Lande nicht nach Wunsch erhalten konnte, daher mein Vetter sich nach reifer Überlegung zuletzt dahin entschied, ich sollte selbst nach Frankfurt gehn, die Steine auszuwählen. Es handelte sich nur darum, auf welche Art ich am sichersten reise, denn leider waren die Posten damals noch nicht so vortrefflich als jetzt eingerichtet; indessen fand sich doch Gelegenheit, die ersten Stationen mit ein paar Kaufleuten zu fahren. Der Vetter zählte mir vierhundert blanke Goldstücke vor; wir packten sie sorgfältig in mein Felleisen, und ich reiste ab.

Den zweiten Tag, in Gramsen, wo das Gefährt einen andern Weg nahm und mich daher absetzte, fiel Regenwetter ein; ich mußte mich bis zu Mittag gedulden, daß ich es mir denn gern gefallen ließ, daß mir der Gramsener Bote ein Plätzchen ganz hinten in seinem Wagen gab, den eine Bläue gegen Wind und Wetter schützte. Ein junger Mann, ein Jude, wie mir schien, war meine einzige Gesellschaft. Wir waren gar bequem zwischen Wollsäcken gelagert, nur ging die Fahrt etwas langsam. Es wurde Nacht, bis man Schwinddorf erreichte, wo der Jude sich absetzen ließ, indes wir noch drei gute Stunden bis zu dem Städtchen Rösheim vor uns hatten. Als ich nun so allein in meiner dunkeln Ecke lag und an Verschiedenem herumdachte, war mir, als hätt' ich längst einmal gehört, daß diese Gegend nicht im besten Rufe stehe; besonders schwebte mir die sonderbare Geschichte eines Galanteriehändlers vor, welchem sein Kasten während des Marschierens auf ganz unbegreiflich listige

Art, Schubfach für Schubfach, soll ausgeleert worden sein. Mein Fuhrmann wollte zwar so eigentlich nichts von dergleichen wissen, doch konnte ich mich nicht enthalten, von Zeit zu Zeit durch die Tuchspalte hinten mit *einem* Aug' hinauszuschauen. Der Himmel hatte sich wieder geklärt, man konnte jeden Baum und jeden Pfahl erkennen, man hörte auch nichts als das Klirren und Ächzen des Wagens; inzwischen ließ ich doch die Hand nicht von meinem Gepäck und tröstete mich mit des Fuhrmanns großem Hund; nur kam es mir ein paarmal vor, als wenn die Bestie sonderbar winsle, das ich aber zuletzt mitleidig dem puren Hunger zuschrieb.

»Jetzt noch ein Viertelstündchen, Herr, so hat sich's!« rief mir der alte Bursche zu und ließ zum erstenmal die Peitsche wieder herzhaft knallen. »Die Wahrheit zu gestehn«, fügte er bei, »sonst ist es auch gerade nicht mein Sach', so spät wegfahren: ein Fuhrmann aber, wißt Ihr wohl, hat es halt nicht immer am Schnürlein. Nu –

,'s Löwenwirts Roter
Ist allzeit hell auf!«

Es schlug halb zwölfe, als man vor das Städtchen kam. Am nächsten Wirtshaus hielten wir. Es schien kein Mensch mehr auf zu sein. Ich hob indes getrost mein Gepäck aus dem Wagen. Aber – Hölle und Teufel! wie wurde mir da! – das Ding war so leicht, war so locker! Den Angstschweiß auf der Stirn eil' ich ins Haus; ein Stallknecht, halb im Schlaf, stolpert mit seiner Laterne heraus, ein zweites Licht reiß' ich ihm aus der Hand, und jetzt in der Stube gleich atemlos wie der Feind übers Felleisen her! Das Schlößchen find' ich unverletzt, ganz in der Ordnung – weiter – Allmächtiger! mein Gold ist fort! Der Schlag wollte mich treffen. »Nein, nein, ums Himmels willen, nein! es ist nicht möglich!« rief ich in Verzweiflung und wühlte, zauste alles durcheinander. Das Schatzkästlein fiel mir entgegen (ich hatte es nur gleichsam aus Erbarmen so mitlaufen lassen): im Wahnsinn meiner Angst hielt ich es einen Augenblick für möglich, das Büchlein habe mir meine Dukaten verhext. – Halb mit Wut, halb mit Grauen warf ich den schwarzen Krüppel an die Wand; allein wie schnell verschwand der vermeintliche Zauber, da sich ein Messerschnitt, vier Finger breit, in meinem Felleisen entdeckte! Jetzt wußt' ich vorderhand genug: der Jude hat dich bestohlen!

Soeben wollte ich hinaus, die Hausleute, die Nachbarschaft aufschreien – da muß mein Fuß zufällig nochmals an das arme Büchlein stoßen, und wie ein Blitz schießt der Gedanke in mir auf: Halt! wie, wenn heut' *Sankt Gorgon* wäre? Mechanisch nehm' ich es vom Boden; indem tritt der Kellner herein, grüßt, fragt, ob ich noch zu trinken verlange. Ich nicke stumm, gedankenlos und sehe mich dabei nach einem Wandkalender um.

»Was ist gefällig? neuer? alter? Dreiundachtziger? Vierundachtziger?«

»Versteht sich, einen neuen!« rief ich mit Ungeduld und meinte den Kalender; »den heurigen, nur schnell! nur her damit!«

Der Kellner lächelte hochweise: »Wir haben hierzuland noch keinen heurigen!«

»Wie? was? um diese Zeit? verflucht! so bringt ins Kukkucks Namen einen alten! Das ist mir aber doch, beim Donner, eine Wirtschaft, wo man – ei daß dich, da hängt ja doch einer!« Ich riß den Kalender vom Nagel, ich blätterte mit bebender Hand – richtig! Gorgonii, der 9. September! Und daß ich jetzt nicht wie ein Narr vor Freuden in der Stube herumtanzte, den Gläserschrank zusammenschlug, den Kellner umarmte, war alles. Von nun an wußte ich, was für ein herrliches Kleinod mein Schatzkästlein sei. Stand nicht ein Verslein drin, ein Reimlein, ach, mehr wert, als alle Reime in der Welt? (der siebente war's in der Zugab' für sondere Fäll'):

Was dir an Gorgon wird gestohlen,
Vor Cyprian kannst's wieder holen;
Jag nit darnach, mach' kein Geschrei,
Und allerdings fürsichtig sei.

Ich zweifelte nicht einen Augenblick an der Unfehlbarkeit dieses prophetischen Rates. Denn, dacht' ich, wär' es überhaupt nicht richtig mit dem Büchlein, wie konnte es denn wissen und mir so treulich melden, daß man mich just auf Gorgonstag bestehle? und dann – und kurz, es war in mir ein unwiderstehlicher Glaube: vor Cyprian kannst's wieder holen. Bis dorthin waren's freilich noch immer siebzehn Tage; nun, meinte ich, das ist der äußerste Termin, wer weiß, es kann so gut auch morgen und übermorgen glükken. Wart' Mauschel, wart' Halunk'! es wird sich bald ausweisen, wo deine Krallen es eingescharrt haben; drei Schritt von deinem Galgen, hoffe ich.

Franz Arbogast setzte sich hinter den Tisch mit einer Empfindung, mit einem Gesicht, wie ungefähr ein Kaufmann haben mag, wenn er gerade einen Brief aus Nordamerika bekam, des Inhalts: »Mein Herr! Ich habe die Ehre zu melden, daß Ihr sehr wackeres Schiff, die ›Faustina‹, nachdem wir sie bereits in der Gewalt der Seeräuber geglaubt, soeben wohlbehalten im Hafen eingelaufen ist.«

Ich aß und trank nach Herzenslust, schenkte besonders auch dem Fuhrmann tapfer ein, der mir gestand, der Kellner habe ihm vorhin ins Ohr gesagt, ich müsse wohl ein Wiedertäufer sein, ein Separatiste oder dergleichen, ich hätte mein Gebetbuch so närrisch geküßt. »Gut«, habe er darauf gesagt, »wenn's nur kein Jude ist; denn der, den ich gefahren, der Spitzbub', stiehlt mir ein Paar nagelneue Handschuh' weg! Ich hatte sie am Reif im Wagen hängen. Und das war nicht genug, beim Abschied im Finstern was tut er? drückt mir den breiten nichtsnutzigen Knopf da in die Hand statt einem Fünfzehner! Aber, nur stät! es gibt allerhand Knöpf', ganz besondere Sorten. Wißt Ihr wohl, Herr, welches die besten Knopfmacher sind, will sagen, die flinksten, und macht doch einer lang kein Dutzend im Jahr? Ihr ratet's nicht. Die Henkersknecht'! Mein' Seel', wenn mir der Jud' wieder begegnet, das Rätsel geb' ich ihm auf; was gilt's? er hat's heraus, eh' ich ihm zweimal mit der Geißel winke.«

»Hört«, sprach ich zu dem Fuhrmann, »Ihr seid ein braver Kerl, wißt Ihr was? Vielleicht daß mir der Jude doch noch früher in die Hände läuft als Euch; laßt mir den stählernen Knopf, hier ist ein Zwölfer dafür.« Der Handel fand keinen Anstand. – Mir fiel inzwischen ein, daß noch mein Stock im Wagen liege; ich ging mit Licht hinaus und fand bei der Gelegenheit noch einen meiner goldenen Füchse zwischen dem Flechtwerk des Korbes stecken und gleich dabei ein ziemlich großes Loch im Boden. Ich wußte nicht recht, was ich davon denken sollte. Ich ließ es eben gut sein; zu holen war heut' doch nichts mehr.

Singend und pfeifend ließ ich mir meine Schlafkammer zeigen, und ruhiger schlief ich in meinem Leben nicht als diese Nacht.

Am andern Morgen nun, nach ernstlicher Erwägung aller Umstände, schien es mir keineswegs geraten, mich aus der Gegend zu entfernen. Ein jeder Schritt schien zwecklos, wo nicht bedenklich. »Jag' nit darnach!« Das war für mich eben, als wenn ein Daniel mit eigenem Mund zu mir gesprochen hätte: »Mein Sohn, bleib' Er ganz ruhig sitzen im ›Löwen‹ zu Rösheim; Er sieht, es ist ein braves Wirtshaus hier; tu' Er sich etwas gütlich auf den gehabten Schreck, und scher' Er sich den Teufel um die Sache, Er wird bald hören, was die Glocke schlägt.« Ich kam dieser Weisung gewissenhaft nach. Rösheim ist ein lustiges Städtchen, es fehlte mir nie an Gesellschaft, besonders meine Wirtin war die gute Stunde selbst. So gingen drei, sechs, sieben Tage hin. Dazwischen gab es freilich auch tiefsinnige Momente, und nachgerade ward mir doch die Zeit zu lang.

Ich stehe eines Nachmittags am Fenster und gräme mich über das köstliche Wetter, das mir so jämmerlich verloren geht; kommt eine Chaise vor das Haus gefahren, die ich sogleich für diese erkenne, mit welcher ich damals von Achfurth abreiste. Ein Herr steigt aus, es war einer von jenen Kaufleuten, der nächste Nachbar meines Meisters, ein wusliger, kleiner, geschwätziger Mann. Schnell wollt' ich noch entweichen, doch eh' ich mich's versah, war er herein.

»Ah! was der Tausend – da ist ja Herr Franz! Schön, schön, daß wir uns unvermutet treffen! Auf Ehre, wie bestellt! Wie sieht's in Frankfurt? gute Geschäfte gemacht?«

»O ja, so so, so ziemlich, ja.«

»Scharmant. Und, mein Freund, nun fährt Er natürlich mit mir, ich gehe direkte nach Haus und bin ganz allein.«

Ich fing nun an, mich zu entschuldigen – ein guter Bekannter, den ich notwendig, Geschäfte halber, hier abwarten müsse, besondere Affären – kurz, alles was zu sagen war. Der Kaufmann stutzte, wollte nicht begreifen, sondierte, fragte, schwieg zuletzt und trank sein Schöppchen Würzburger, gelben. Ich bat mir Feder und Tinte aus und schrieb etliche Zeilen an den Vetter: daß ich Frankfurt dato noch nicht gesehen, ein kleiner Unfall habe mich verspätet, bereits sei aber alles wieder ganz auf gutem Weg, so daß ich hoffe, noch zeitig genug mit meinen Einkäufen in Achfurth einzutreffen; übrigens möge er sich ja ganz stille halten, mit niemand weiter von der Sache reden, mir aber ganz und gar vertrauen. – Der Kaufmann sprach indessen leise mit dem Wirt beiseit. Gewiß erfuhr er von diesem, wie lang ich schon hier liege, und er konnte sich denn an den Fingern abzählen, daß ich noch nicht über die Grenze kam. Ich ließ mich das weiter nichts kümmern, versiegelte den Brief, empfahl ihn dem Herrn Nachbar zur Besorgung, er steckte ihn sehr seriös zu sich und schlürfte gelassen sein Restchen. »Viel Glück *nach Frankfurt*!« rief er mir mit höhnischem Gesicht beim Abschied zu. Der Wagen rollte fort.

Jetzt war auch meines Bleibens hier nicht länger. Ich hatte weder Rast noch Ruhe mehr, obgleich ich nicht wußte wohin. Ich fragte nach der Zeche, man war sogleich bereit, und wahrlich unverschämter wurde sie nie einem Grafen gemacht; ich hätte heulen mögen wie ein Weib, als ich berechnete, daß mir nur wenige Gulden übrigblieben.

Aber mein Mut sollte noch tiefer sinken. Denn auf der Straße, als ich schon ein gutes Weilchen fortgewandert war, fiel mir auf einmal ein, daß ich von nun an nirgends mehr im Lande sicher sei. Wird sich der Vetter wohl mit meinem Brief beruhigen? muß er nicht das Ärgste befürchten? Wenn er nun fahnden läßt auf dich! wenn man dich greift! Mir wurde es schwarz vor den Augen. Ich machte mir die bittersten Vorwürfe, verfluchte abermals das Schatzkästlein, denn dies war schuld, daß ich die Sache nicht sogleich vor Amt angab, wie jeder andere, der nicht ein ganzer Esel war, getan hätte; jetzt freilich war die Katz den Baum hinauf, und alles war zu spät. Noch volle zwei Tage trieb ich mich, bald da, bald dort verweilend und mich dabei immer aufs neue wieder an meinem Osterengel aufrichtend, im gleichen Reviere umher. Zuletzt kam mir in Sinn, daß nicht gar weit von hier, über der Grenze, ein paar weitläufige Verwandte meiner Mutter, vermögliche Pelzhändler, wohnten, die meinem Vater viel zu danken hatten. Glückshof, soviel ich wußte, hieß der Ort; dort war doch vorderhand Trost, Rat und Unterkunft zu hoffen. So setzte ich denn meinen Weg zum erstenmale wieder in einer entschiedenen Richtung fort, und eingedenk der Flasche des trefflichen Likörs, womit mich meine gute Base beim Abschied noch versah, bediente ich mich dieses Stärkungsmittels zu meinem Encouragement ein übers andere Mal mit solchem glücklichen Erfolg, daß ich seit langer Zeit wieder ein Liedlein summte und endlich meinen vielberühmten Baß mächtig und ungebändigt walten ließ.

Allein das wunderbare Schicksal, unter dessen Leitung ich stand, kündigte sich nunmehr auf eine höchst seltsame Weise an. Es war etwa fünf Uhr des Abends, als ich getrosten Herzens so fort schlendernd in eine gar betrübte Gegend kam. Da lag nur öde Heide weit und breit. Rechts drüben sah ein düsteres Gehölz hervor und links vom Hügel her ein langweiliger ausgedienter Galgen, so windig und gebrechlich, daß er den magersten Schneider nicht mehr prästiert haben würde. Die Pfade wurden zweifelhaft, ich stand und überlegte, marschierte noch ein Stück und traf zu meiner großen Freude jetzt auf einen hölzernen Wegweiser. O weh, dem armen Hungerleider war die Schrift hüben und drüben rein abgegangen vor Alter! Er streckte den einen Arm rechts, den andern links hinaus und ließ die Leute dann das Ihre dabei denken. »Du wärst ein Kerl«, sprach ich, »für den ewigen Juden, dem es wenig verschlägt, ob er in Tripstrill oder Herrnhut zur Kirchweih ankommt.« Nun sah ich unten einen Schäfer seine Herde langsam die Ebene herauftreiben. Dem rief ich zu: »He, guter Freund, wo geht der Weg nach Glückshof?« – Kaum ist mir das letzte Wort aus dem Mund, so klatscht es dreimal hinter mir, eben als schlüge jemand recht kräftig zwei hölzerne Hände zusammen. Erschrocken seh' ich mich um – o unbegreiflicher, entsetzenvoller Anblick! Er hatte sich gedreht! der Wegweiser – gedreht, so wahr ich lebe! Mit *einem* Arm wies er schief über die Heide, den andern hatte er, damit ich ihn ja recht verstehen sollte, dicht an den Leib gezogen. Des Schäfers Antwort ging indes im Widerhall des Walds verloren. Ich starrte und staunte den Wegzeiger an und hörte, wie mein Herz gleich einem Hammer schlug. Alter! sprach ich in meinem Sinn, du gefällst mir nur halb; du hältst wohl gute Nachbarschaft mit dem dreibeinigen Gesellen auf der Höhe, mich sollst du nicht dran kriegen! Damit rannt' ich davon, als wär' er schon hinter mir her. Der Schäfer kam mir entgegen: »Was gibt's? Wer ist Euch auf den Fersen? Habt Ihr etwas verloren?« – »Nichts! sagt nur, wo geht's Glückshof zu?« Der Mann mochte glauben, ich hätte gestohlen, er maß mich von Kopf bis zu Fuß; dann deutete er nach der Waldecke hin: »Von dort seht Ihr ins Tal, ein Fußpfad führt nach dem Weiler hinab, da fragt Ihr weiter.« Inmittelst hatt' ich mich etwas gefaßt. Der Mann schien mir eine ehrliche Haut, demungeachtet nahm ich Anstand, ihm mein Abenteuer zu vertrauen, und fragte nur, indem ich meinen Finger in der Richtung hielt, in der das hölzerne Gespenst gewiesen: »Was liegt denn *dahin*?« – »Da? kämt Ihr schnurgerad aufs graue Schlößlein.« Bewahr' mich Gott! dacht ich, dankte dem Schäfer und folgte seiner Weisung nach dem Walde. Im Gehen macht' ich mir verschiedene Gedanken und schaute wohl noch zehnmal um nach dem verwünschten Pfahl. Er hatte seine Alltagsstellung wieder angenommen und sah wahrhaftig aus, als könnte er nicht fünfe zählen. Was wollte er doch mit dem grauen Schlößchen? Ich hatte früher mancherlei davon erzählen hören. Es gehörte den Freiherrn von Rochen und war, soviel ich wußte, noch unlängst bewohnt; es stand im Rufe arger Spukereien, doch nicht sowohl das Schlößchen selbst als vielmehr seine nächste Umgebung. Die Sichel fließt unten vorbei, darin schon mancher, durch ein weibliches Gespenst irregeführt, den Tod gefunden haben soll. Nun glaubte ich nicht anders, als der Versucher habe mich in Wegweisersgestalt nach dieser Teufelsgegend locken wollen. Jedoch, erhob sich bald ein anderes Stimmchen in mir: wenn du ihm unrecht tätest? wenn du gerade jetzt deinen Dukaten entliefst? Was also tun? kehr' ich um? geh' ich weiter? So stritt es hin und her in meiner Seele. Ermüdet und verdrossen setzt' ich mich am Waldsaum oben nieder, wo ich denn immer tiefer in mich selbst versank, ohne zu merken, wie die Dämmerung einbrach, und daß der Schäfer lange heimgetrieben. Rasch und entschlossen stand ich auf. Gut' Nacht, Wegweiser! – Ich stieg herab, dem Weiler zu.

Ein dichter Nebel hatte sich wie eine weiße See durchs Tal ergossen, er reichte bis zu mir herauf, und ich stieg immer mehr in ihn hinein. Zum Glück war die Nacht nicht sehr finster, die Sterne taten ihre Schuldigkeit. Aber ach, ich glaubte bereits in der Tiefe zu wandeln, während ich nur auf einem fahrbaren Absatz des Berges rings um denselben herum und ganz unmerklich wieder aufwärts lief. In kurzem spazierte meines Vaters sein Sohn also wieder ganz hübsch auf der öden, verhenkerten Heide herum, ungefähr da, wo ihm vor drei Stunden zum erstenmal das Trumm verloren ging.

Sie fragen, meine Wertesten, wie mir bei dieser Entdekkung zumute gewesen? Je nun, ich dachte, jetzt säßest du besser daheim bei deiner braven Meisterin, wenn sie den

Abendsegen liest, meinethalben auch beim Storchenwirt, und Fritz der Färber gäbe die Geschichte preis, wie er Anno 70 im Kniebis verirrte. Allein, wo nun hinaus? Eine bekannte gute Regel ist: wenn einer spürt, es sei ihm angetan, tut er am klügsten, er steckt den Verstand in den Sack und läuft, wie seine Füße mögen. So tat ich auch und fing das frische Kernlied an zu singen: »Seid lustig und fröhlich, ihr Handwerksgesellen!« – Es ging jetzt unaufhörlich eben fort. Auf einmal aber schien es hell und immer heller um mich her zu werden, ich sah mich um, da ging der volle Mond sehr herrlich hinter goldnen Buchenwipfeln auf. Von Furcht empfand ich eigentlich nichts mehr, nur *Selbigem* wollt' ich nicht gern zum zweitenmal begegnen. So oft er mir einfiel, tat ich einen herzhaften Zug aus der Flasche und hub alsbald mit heller Stimme wieder an:

Hamburg, eine große Stadt,
Die sehr viele Werber hat.
Mich hat nicht gereut,
Vielmehr erfreut,
Lübeck zu sehn;
Lübeck eine alte Stadt,
Welche viel Wahrzeichen hat.

Nun schritt ich über Stoppelfeld. Gottlob, das war doch eine Menschenspur. Aber, Goldschmied, wenn es nun allgemach hinunter und ans Wasser ging und dir die bleiche Edelfrau ein kühles Bad anwiese?

Dresden in Sachsen,
Wo schöne Mädchen wachsen;
Ich denk' jetzund
Alle Stund
An Nürnberg und Frankf–

patsch! lag ich auf der Nase. Der Schmerz trieb mir die Tränen in die Augen, mir schwebte ein Fluch auf der Zunge; aber nein –

> Augsburg ist ein kunstreicher Ort,
> Und zuletzt nach Elsaß fort.
> Alsobald mit Gewalt
> Geh' ich nach Straßburg.
> Es ist eine schwere Pein
> Von Jungferen insgemein,
> Wenn man alsdann
> Nicht herzen kann
> Und wieder soll mareschieren fort.

Allmittelst aber nahe an den Rand der Ebene gekommen, bemerkte ich auf gleicher Höhe mit derselben, links hin, wo sie in einem spitzen Vorsprung auslief, nur dreißig Schritt von mir, ein altes, guterhaltenes Gebäude, mehr schmal als breit, mit etlichen Türmchen und hochgestaffeltem Giebel. Ich konnte nicht mehr zweifeln, wo ich sei. Ganz sachte schlich ich näher. Es schimmerte Licht aus einem verschlossenen Laden des unteren Stocks; hier mußte der Hausschneider wohnen. Ein Hund machte Lärm, und sogleich öffnete ein Weib das Fenster.

»Wer ist da?«

»Ein Handwerksgesell, ein verirrter.«

»Welche Profession?«

Ich wagte, eingedenk meiner gefährdeten Person nicht, die Wahrheit zu sagen. »Ein Schneider!« sagt' ich kleinlaut. Sie schien sich zu bedenken, entfernte sich vom Fenster, und ich bemerkte, daß man drin sehr lebhaft deliberierte; es wisperten mehrere Stimmen zusammen, wobei ich öfter das fatale »Schneider« nur gar zu deutlich unterscheiden konnte.

Jetzt ging die Pforte auf. Der Hausvogt stand bereits im Gang; die Frau hielt auf der Stubenschwelle und hinter ihr ein sehr hübsches Mädchen, welches jedoch auffallend schnell wieder verschwand. Die Ehleute sahen einander an und baten mich, ins Zimmer zu spazieren.

Hier war nun alles gar sauber und reinlich bestellt. Ein Korb mit dürren Bohnen und reifen Haselnüssen, zum Ausmachen bereit, wurde beiseite geschoben, man nahm mir mein Gepäcke ab und hieß mich sitzen. Es war zehn Uhr vorüber. Die Alte deckte mir den Tisch, derweil der Mann, gesprächsweise, die nächstgelegenen Fragen, nach meiner Heimat und dergleichen, ohne Zudringlichkeit und in so biederem Tone an mich tat, daß ich mein einmal angenommenes Inkognito, wobei natürlich eine Lüge aus der andern folgte, nur mit innerlichem Widerstreben, deshalb auch etwas einsilbig und unsicher, behauptete. Das Mädchen lief einige Male geschäftig von der Küche durchs Zimmer, ohne mich kecklich anzusehen. Man brachte endlich eine warme Suppe und einen guten Rahmkuchen. Ich aß und trank mit Appetit, worauf mein Wirt sich bald erbot, mir meine Schlafstätte zu zeigen. Die Frau ging mit dem Licht voran, er selbst trug meinen Ranzen die Treppe hinauf nach einem hohen geweißten Eckzimmer, worin es neben einem frischen Bette nicht an den nötigsten Bequemlichkeiten fehlte. Ich sagte dankbar gute Nacht, setzte mein Licht auf den Tisch und öffnete unter kuriosen Gedanken ein Fenster.

Der Nebel ließ mich wenig unterscheiden, doch schien die Höhe da hinab beträchtlich, und, was mir nicht das lieblichste Gefühl erregte, dem sanften Rauschen eines Wassers nach mußte die Sichel ganz unmittelbar am Fuß des Felsens, der das Schlößchen trug, vorüberziehen. Sei's drum! ich riegelte getrost die Türe und zog mich aus. Mich niederlegen und schlafen war eins. Es regnete die halbe Nacht, ich merkte nichts davon; mir träumte lebhaft von dem schönen Mädchen.

Am andern Morgen, durch und durch gestärkt, fand ich die Sonne schon hoch am Himmel über dem engen Sicheltale stehen, welches, reichlich mit Laubwald geschmückt, die Aussicht hier zunächst sehr stille und reizend beschränkt, alsdann, mit einer kurzen Beugung um das Schloß, sich in das offene, flache Land verläuft.

Ein Glockengeläute von unten, aus dem gutsherrschaftlichen Dorf an der Seite des Berges, erinnerte mich, es sei Sonntag. Mein Herz bewegte sich dabei, ich weiß nicht wie. Doch war jetzt keine Zeit, um solchen Rührungen lange nachzuhängen; auf alles Denken aber und Grübeln über meine Lage tat ich sofort grundsätzlich ein für allemal Verzicht; nur, als ich mir den beispiellosen Spuk des gestrigen Abends zurückrief, geriet ich auf die Mutmaßung, ich könnte wohl ein bißchen beschnapst gewesen sein, denn meine Branntweinflasche fand sich beinahe leer.

Ich eilte, sauber angezogen, zu meinem Wirt hinunter, der mir mit Heiterkeit ankündigte, es sei nur noch ein Stündchen bis Mittag; sie hätten mich nicht wecken wollen, weil sie dächten, ich habe nicht besonders zu pressieren und würde vielleicht ein paar Tage bei ihnen ausruhen. Nach einigem, wiewohl nur scheinbaren Bedenken und auf wiederholtes Zureden nahm ich diese unerwartete Gastfreundschaft an und blieb geruhig in meinen Pantoffeln. »Zwar werden wir Euch leider über Tisch für diesmal nicht Gesellschaft leisten«, sagte der Schloßvogt; »der Schulmeister im Dorf läßt heute taufen, da sind wir zu Gevatter gebeten und müssen gleich fort: Josephe aber, meine Nichte, wird Euch nichts abgehen lassen.« Ich war alles zufrieden.

Das Ehpaar hatte sich in Staat begeben, und außen wartete ein Fuhrwerk. Sie baten nochmals um Entschuldigung, mit dem Versprechen, vor Abend wieder da zu sein.

Ich befand mich allein in der Stube und mit Josephen, die draußen am Herde beschäftigt sein mochte, allein im ganzen Schlosse. Die Nähe dieses Mädchens, zu dem ich von der ersten Stunde an ein stilles, unerklärliches Vertrauen hegte, obgleich wir bis jetzt kaum ein Wort miteinander gewechselt, beunruhigte mich ganz sonderbar. Es zog und zupfte mich immer, sie in der Küche aufzusuchen, allein wenn ich eben dran war, schien mir von allen den bei Handwerksburschen üblichen galanten Redensarten nicht *eine* gut genug. Auf einmal kam sie selbst herein, band sich die Küchenschürze ab, stellte sich dann mit einigem Erröten mir grade gegenüber und sprach, nachdem sie ihre offenen braunen Augen ein ganzes Weilchen auf mir ruhen lassen: »Also Ihr kennt mich wirklich gar nicht mehr?«

Da ich betroffen schwieg und nun mit halben Worten zu erkennen gab, daß ich auf eine frühere Bekanntschaft mit einem so scharmanten Frauenzimmer im Augenblick mich nicht besinnen könne, verbarg sie sehr geschickt ihre Beschämung und Empfindlichkeit hinter ein flüchtiges Lachen und tat, als hätte sie den puren Scherz mit mir getrieben. »Nein! Nein!« rief ich, sie eifrig bei der Hand nehmend, »dahinter steckt etwas – Ihr seid betreten, Ihr seid gekränkt! Um's Himmels willen, beste, schöne Jungfer! helft mir ein klein wenig darauf – wenn, wo, wie hätten wir uns denn gesehen? es wird mir gleich beifallen?« In der Tat, ihr Gesicht wollte mir nun bereits ganz außerordentlich bekannt vorkommen, nur wußte ich es nirgend hin zu tun. Ich bat sie wiederholt um einen kleinen Fingerzeig.

»Seid erst so gut«, versetzte sie, »und nennt mir Euren Namen!« Da ich bestürzt ein wenig zauderte und eben eine ausweichende Antwort geben wollte, brach sie kurz ab, wie wenn sie ihre Frage selbst bereute: »Der Braten verbrennt mir! verzeiht, ich muß gehen.«

In kurzem kam sie wieder, schob ohne Geräusch einen Tisch in die Mitte der Stube und fing sodann, indem sie ihn sehr ruhig deckte, als wäre nichts geschehn, vom Wetter an. Als ich mich auf dergleichen nicht einließ, sondern mich nachdenkend und fast verdrießlich zeigte, nahm sie zuletzt, um dieser lächerlichen Spannung zu begegnen, das Wort: »Hört, tut mir doch den einzigen Gefallen, denkt nicht mehr an die einfältige Posse. Ich habe mich in der Person geirrt, und das ist alles! Noch einmal, ich bitte, denkt nicht mehr daran.« – Dagegen war nun freilich schicklicherweise nichts weiter zu sagen, obgleich ich ihren Worten nur halb traute.

Wir setzten uns zum Essen. Josephe tat alles, um mich zu zerstreuen. Sie war die lautere Unbefangenheit, Anmut und Herzensgüte. Zum erstenmal, ich darf beinahe so sagen, zum erstenmal in meinem Leben begriff ich, wie es möglich sei, sich in ein Weibsbild zu verlieben.

»Man sagt so viel von Eurem grauen Schlößchen«, hub ich an, nachdem sie das Essen abgetragen und die herrlichsten Äpfel zum Nachtisch aufgestellt hatte, »wie wär's, Ihr schenktet mir, weil wir gerade so beisammen sind, einmal recht reinen Wein darüber ein?«

»Das kann geschehen«, antwortete sie; »wir reden sonst nicht leicht mit jemandem davon, allein man macht wohl eine Ausnahme. Zudem seid Ihr ein verständiger Mann und werdet Euch bei uns nicht fürchten. (Hier sah sie mir sehr scharf, wie prüfend, ins Gesicht.) Auch ist noch keiner Seele seit Menschengedenken im Hause selbst das mindeste zuleid geschehn, und außerhalb, nun ja, man hütet sich. Es gab wohl schon so leichtsinnige Menschen, die mögen immer ihren Fürwitz büßen.«

Sie hatte sich gesetzt und eine kaum erst angefangene Strickerei mit grün und schwarzem Garn zur Hand genommen, der Knaul lag ihr im Schoße. »Ach mein! so seht doch, was das regnet! was das schüttet! Wie gut ist's, daß Ihr heut' nicht auf der Straße seid.« Und nun begann sie zu erzählen:

»Vor ungefähr vierhundert Jahren wohnte allhier ein Graf mit Namen Veit von Löwegilt, ein frommer und tapferer Ritter. Er ehlichte als Witwer ein junges Fräulein, Irmel von der Mähne, welche ein Ausbund von Schönheit gewesen sein muß und sehr reich. Am Hochzeitabend, als der Tanz im kerzenhellen Saal begonnen hatte und nun die Frau bald dem, bald jenem Gast die Hand zum Reigen gab, da sah Herr Löwegilt eine ganze Zeit mit Wohlgefallen zu, bald aber kam seltsame Wehmut über ihn, wie eine böse Ahnung, davon er sich jedoch nichts merken ließ; nur gegen das Ende des Tanzes gab er der Dame einen Wink, daß sie ein wenig aus dem Saale käme. Er nahm ein Licht und führte sie in ein ander Gemach. ›Mein liebstes Herz!‹ sprach er, da sie alleine waren, ›Euren Gemahl hat wunderlich verlangt, daß er sich abgesondert von den Leuten mit einem Küßlein Eurer Lieb' versichere.‹ Damit schloß er sie in die Arme und küßte sie, und sie tat gleich also. In ihrem Innern aber war sie ungehalten, dachte: was will mir der Narr? es ziemt den Wirten schlecht, die Gäste zu verlassen. Jetzt zog Herr Veit eine schwere, goldene Kette unter dem Goller hervor mit den Worten: ›Betrachtet diese Kette. Mein Ahnherr schenkte sie einst seiner Frau, der züchtigen und edlen Richenza vom Stain; hernachmals ist das Kleinod als ein ehrenwertes Denkzeichen der glücklichsten Ehe von einem Sohn auf den andern gekommen, und jetzo, heut', da Ihr mein väterliches Erbe als Hausfrau betreten, vergönnt, daß ich Euch diesen Schmuck umhängen mag: ich weiß, Ihr werdet ihn mit Ehren tragen.‹ – ›Ich danke meinem Herrn und gütigen Gemahl‹, antwortete die schöne Frau sehr freundlich; ›dafern Ihr aber irgend Zweifel habt an mir, so sei es nicht genug an meinem Wort, das Ihr in Marien-Kapelle empfangen, und ich gelobe nochmals hier, Euch als ein treues Weib zu dienen, so Gott mir nach dem Tode gnädig sei.‹ – So gingen sie, und Irmel war vergnügt über die gelbe Kette und zeigte das Geschenk mit Freuden der Gesellschaft vor.

Im Anfang ging alles ganz gut. Die Gräfin schenkte ihrem Mann im ersten Jahr einen Sohn. Sein Hauskreuz aber stellte sich beizeiten ein. Die Frau wurde geizig über die Maßen. Ein Sprichwort ging beim Volk, sie singe der Henne ums Ei. Es hieß: Frau Irmel ist nicht dumm; weil sie der Tropfen Öl im Lämplein dauert, läßt sie die Mägde bei Mondschein spinnen. Sonst war Gesang und Harfenspiel ihr schönster Zeitvertreib, jetzt tat sie nichts wie rechnen und ihre Leute scheren. Das Ärgste dabei war, sie fing ohne Wissen Herrn Löwegilts an, viel Geld auszuleihen auf Zins an ihre Untertanen und in der Nachbarschaft umher. Wenn nun die armen Leute nicht zu rechter Zeit bezahlten, sprach sie zum Vogt: ›Solang mein Mann daheim, mag ich nichts anfangen; er ist zu gut und dankt mir's wohl, wenn ich ihn mit dem Plack verschone. Jedoch das nächstemal, daß er mit Reisigen aus ist, auf einen Monat oder zwei, da sollt Ihr sehn, wie ich mein Zornfähnlein aufs Dach stecke! Wir schicken den Presser herum und brauchen Gewalt; man muß dem Gauchenvolk die Frucht vom Acker und die Kuh von der Raufe wegnehmen.‹ Zum Glück kam es nicht gar so weit. Herr Veit erfuhr die feine Wirtschaft der Frau Gräfin und wollte sich zu Tod darüber schämen; allein weil er die Dame Tausendschön im ganzen doch wie närrisch liebte, verfuhr er christlich mit ihr und legte ihr in aller Güte den saubern Handel nieder. Das nahm sie denn so hin, wohl oder übel. Wie aber hätte ihr auch nur im Traum einfallen sollen, ihr Veit könnte so gottlos sein und den verwünschten Bauern ihre Schuld bis auf den letzten Heller schenken? Er machte das ganz in der Stille ab, und eines Tages bei Gelegenheit bekannte er's ihr frei, auf holde Art. Frau Irmel hörte ihn nur an, verblaßte und sagte nicht ein Sterbenswort. Sie ging mit ihm denselben Tag, weil eben Ostern war, zu Gottes Tische. Da mag sie wohl ihr eigen Gift hinabgegessen haben anstatt den süßen Leib des Herrn. Von Stund an war sie wie verstockt. Es sah just aus, als hätte sie zu reden und zu lachen und zu weinen für immerdar verlernt. Wenn er so vor ihr stand und ihr zusprach mit guten klugen Worten, so sah sie unter sich wie ein demütig Muttergottesbild und wich mit falschem Seufzer auf die Seite; war der Gemahl hingegen auf der Jagd oder sonst ausgeritten, damit er einen Tag seinen Kummer vergesse, da sei der kalte Fisch daheim lauter Leben, lauter Scherz und lustige Bosheit gewesen. Wer sollte glauben, daß der Graf für eine solche Kreatur auch nur ein Fünklein Liebe haben können? Und doch, es heißt, er hing an ihren Augen trotz einem Bräutigam. Einige meinten drum, sie hab' es ihm im roten Wein gegeben.

Einst saß er allein auf dem Saal und hatte seinen Knaben, nicht gar ein jährig Kind, sein liebstes Gut, auf seinem Schoß und war sehr traurig, denn der Knabe war seit kurzer Zeit siech und elend worden und aß und trank nicht mehr, und wußte niemand, was ihm fehle. Tritt leise die Amme herein, ein braves Weib, und fängt zu weinen an: ›Ach lieber Herr, ich habe etwas auf dem Herzen, das muß heraus und wäre mir die größte Sünde, so ich's vor Euch verschwieg. Dürft aber mich um Gottes willen nicht verraten bei der gestrengen Frau.‹ – Der Knabe, da sie solches sprach, bewegte sich mit Angst in seines Vaters Arm, als hätte er verstanden und gewußt, wovon die Rede sei. Der Graf winkte der Wärterin zu reden, die denn fortfuhr: ›Neulich, Ihr wart eben verreist, geh' ich des Morgens, wie ich immer pflege, nach der Kammer zum Kind. Das hört' ich schon von weitem schrein, als hätte man's am Messer. Indem ich eintrete, Gott steh' mir bei! muß ich mit diesen meinen Augen sehn, wie die gnädige Frau den jungen Herrn, bevor sie ihm das Röcklein angezogen, glatt auf den Tisch gelegt und ihn gequält, geschlagen und gekneipt, daß es zum Erbarmen gewesen. Wie sie mein ansichtig geworden, erschrak sie fast und tat dem Söhnlein schön und kitzelt' es, daß das arm' Würmlein gelacht und geschrien untereinander. Schau, was er lacht! rief sie, ist er nicht seines Vaters Konterfei? – Ich dachte: Wohl, du armes Kind, drum mußt du also leiden. – Herr, haltet's mir zu Gnaden, daß ich so frech von Euer Edlen alles sage; glaubt aber nur, man hat wohl der Exempel mehr, daß eine Ehfrau ihres Mannes Fleisch und Bein im eigenen Kind hat angefeindet, und, mein' ich, solches tut der böse Geist, daß einer Mutter Herz sich so verstellen muß und wüten wider die Frucht ihres Leibes.‹

So redete Judith und sah, wie ihrem Herrn ein übers andere Mal die Flammen zu Gesichte stiegen, und wie er zitterte vor Zorn. Er sagte lange nichts und starrte vor sich nieder. Jetzt stand er auf, sprach zu dem Weib: ›Geh, sag dem Kaspar, daß er gleich drei Rosse fertighalten soll, den schönen Schimmel mit dem Weibersattel, den Rappen und sein eigen Pferd. Du selber lege dein Feierkleid an und nimm des Kindes Zeug zusammen in ein Bündlein, wir werden gleich verreisen. Fürchte dich nicht, dir soll kein Haar gekrümmt werden.‹ – Sie lief und tat, wie ihr befohlen war, derweil Herr Veit sich rüstete. Alsdann nahm er das Büblein auf und eilte nach dem Hof. Auf seinen Wink bestieg Judith ihr Pferd; es war das edelste von allen aus dem Stall. Veit nahm den Junker vor sich hin; so ritten sie zum Tor hinaus, der Knecht hinterdrein. Frau Irmel aber sah am Erkerfenster halb versteckt dem allen zu, höchlich verwundert und erbost, und bildete sich freilich ein, was es bedeute. Sie folgte dem Zug mit höhnischen Blicken den Burgweg hinunter, und als die Rößlein dann ins obere Sicheltal einlenkten, sprach Irmel bei sich selbst: Richtig! jetzt geht es nach Schloß Greifenholz zur lieben gottseligen Frau Schwägerin. – So war es auch. Dort hatte der Graf seine nächsten Verwandten, bei denen er viel Trost und für den Knaben und die Wärterin die beste Aufnahme fand. Am zwölften Morgen kehrte der bedrängte Mann um eine große Sorge leichter zu seinem Fegfeuer zurück, denn sichtbarlich gedieh das Kind fern seiner Mutter wie eine Rose an der Maiensonne. Die Gräfin fragte, wie man denken kann, mit keiner Silbe nach dem Junker, und beide Gatten lebten so fortan als ein paar stille und höfliche Leute zusammen.

Drüber geschah's einmal, daß Löwegilt in seines Kaisers Dienst mit Kriegsvolk auswärts war sechs ganzer Monate, vom Frühling bis tief in den Herbst. Das wäre eine schöne Zeit zur Buße gewesen, Frau Gräfin! Es gibt ein altes Lied, da steht der Vers:

> In Einsamkeit,
> In Einsamkeit,
> Da wächst ein Blümlein gerne,
> Heißt Reu und Leid . . .

Das war auch des Grafen sein Hoffen und Beten, wenn er manchmal bei stiller Nacht in seinem Zelte lag und seines Weibes dachte.

Und als nun endlich Friede ward und Fürsten, Ritter, Knechte, des Siegs vergnügt, nach Hause zogen, da dachte

Löwegilt: Gott gebe, daß ich auch den Frieden daheim finde! Er führte seine Mannschaft unverweilt auf den kürzesten Wegen zurück. Sie hatten noch zwei kleine Tagreisen vor sich, da sie an einem Abend ein Städtlein liegen sahen, wo man zu übernachten dachte. Begegnete ihnen ein Mönch, der betete vor einem Kreuz. ›Ei'‹, rief der Graf und hielt: ›das ist ja Bruder Florian! Willkommen, frommer Mann! Ihr kommet vom Gebirg herüber?‹ – ›Ja, edler Herr.‹ – ›Da habt Ihr doch auf dem Schloß eingekehrt?‹ – ›Für diesmal nicht, Gestrenger, ich hatte Eil'.‹ – ›Das ist nicht schön von Euch. Und nicht ein Wörtlein hättet Ihr von ungefähr vernommen, wie es dort bei mir steht?‹ – ›Ach Herr‹, antwortete der Mönch, ›die Leute dichten immer viel, wer möchte alles glauben! Begehret nicht, daß Euer Ohr damit beleidigt werde.‹ – Bei solchem Wort erschrak der Löwegilt in seine Seele, er nahm den Mönch beiseit, der machte ihm zuletzt eine Eröffnung von so schlimmer Art, daß man den Grafen laut ausrufen hörte: ›Hilf Gott! hilf Gott! hast du die Schande zugelassen, so lasse nun auch zu, daß ich sie strafen mag!‹ Und hiermit spornte er sein Roß und ritt, nur von seinem getreuesten Knappen begleitet, die ganze Nacht hindurch, als wenn die Welt an tausend Enden brennte.

Frau Irmel indes glaubte ihren Gemahl noch hundert Meilen weit dem Feinde gegenüber, sonst hätte sie wohl ihre Schwelle noch zu rechter Zeit gesäubert. Seit vielen Wochen nämlich beherbergte sie einen Gast, einen absonderlichen Vogel. Derselbe kam eines Tags auf einer hinkenden Mähre geritten und fragte nach Herrn Veit, seinem sehr guten Freunde. Der Gräfin machte er viel vor: er sei ein Edelmann, landsflüchtig, so und so. Ein Knecht aber vom Schloße raunte den andern gleich ins Ohr, daß er den Kauzen da und dort auf Jahrmärkten gesehen habe, Latwerg und Salben ausschreien. Man warnte die Gräfin, sie hörte nicht drauf: der Bursche hatte gar zu schöne schwarze Haare, Augen wie Vogelbeer, und singen konnte er wie eine Nachtigall. Er wußte eine Menge welscher Lieder, die Gräfin schlug ihre Harfe dazu und ließ ihn nicht mehr von der Seite. Die Knechte aber und die Mägde unter sich hießen ihn nur den Ritter von Latwerg.

Nun saß das feine Paar, so wie gewöhnlich, nach dem Mittagmahl allein im Saal am großen Fenster und schauten unter lustigem Gespräch in die offene Gegend hinaus, wie sie im hellen Sonnenschein, mit dem Fluß in der Mitte, dalag. Frau Irmel nahm ihre goldene Kette vom Hals, spielte damit und schlang sie so um ihren weißen Arm. ›Was dünkt Euch, Lieber‹, sagte sie, ›wenn ich ein Kettlein hätte, seht! nicht länger als die kleine Strecke dort, so weit die Sichel im Bogen zwischen den Wiesen längs dem Dörflein läuft? Versteht, ein jedes Glied müßte nicht größer sein, als wie ich hier den Mittelfinger gegen den Daumen krümme, schaut!

›Ei‹, sagte der Galan, ›was Ihr für kurzweilige Einfäll' habt! Das hieß mir ein Geschmeide; hätten zwei Riesen genug dran zu schleppen.‹

›Nicht wahr? und nun, was meint Ihr (das sagte sie aber Herrn Veiten zum Spott, weil er von Hause aus nicht zu den Reichsten gehörte): wenn man dem Löwegilt sein Hab und Gut verkaufte, merkt wohl! nach Abzug dessen, was *mein* ist, und machte den Plunder zu Gold und schmiedet' eine Kette draus, wie ich eben gesagt, wie groß schätzt Ihr, daß die ausfallen würde?‹ – Es lachte der Galan und rief: ›Ich wollte schwören, sie reichte just hin, Frau Irmels Liebe zu Herrn Veit damit zu messen!‹ – Da klatschte Irmel lustig in die Hände und setzte sich dem Ritter auf den Schoß und küßte ihn und ließ sich von ihm herzen.

Auf einmal sprach er: ›Horcht! mir ist, ich höre jemand im Alkoven; wird doch das Gesinde nicht lauschen?‹ – ›Ihr träumt‹, sagte die Frau, ›er ist verschlossen gegen den Flur. Laßt mich sehen.‹

Aber, indem sie aufstehn will, o Höllenschreck! wer tritt hinter der Glastür vor – Graf Löwegilt, er selber, ihr Gemahl!

Die falsche Schlange, schnell bedacht, warf sich mit einem Schrei der Freuden dem Manne um den Hals; er schleuderte sie weg, daß sie im Winkel niederstürzte. Sodann griff seine starke Faust den Buhlen, wie dieser eben auf dem Sprung war auszureißen, und übergab ihn seinen Knechten zum sicheren Gewahrsam. Jetzt war er mit dem Weib allein. Da stand die arme Sünderin und deckte ihr Gesicht mit beiden Händen; er schaute sie erst lange an, dann nahm er ihr die Kette ab, riß solche mitten voneinander, sprechend: *›Also sei es von nun an zwischen uns! Und diese Kette hier werde für dich zu einer Zentnerlast, und sollest ihr Gewicht jenseits des Grabs mit Seufzen tragen, bis ihre Enden wiederum zusammenkommen!‹* Damit warf er die beiden Stücke durchs offene Fenster hinab in den Fluß.

Ich mache kurz, was weiter folgt. Dem saubern Ritter ward ein lüftig Sommerhaus gezimmert mit drei Säulen, nicht fern von hier; man nennt's am Galgenforst. Frau Irmel aber saß jetzt in der Burg wohl hinter Schloß und Riegel. Sie bot alles Erdenkliche auf, mit List und Gewalt zu entkommen, sogar wollte sie ihren Beichtvater bestechen, dem sie bekannt, sie hätte, weil sie vom ersten Tag an ihren Mann nicht lieben können, ein großes Unheil, wie nun leider eingetroffen, lange vorausgesehn und drum beizeiten ihre Zukunft vorgesorgt, indem sie einen Notpfennig beiseit getan und außerhalb dem Schloß verborgen. Den Wächtern sagte sie: wer ihr zur Freiheit helfe, des Hände würde sie mit Golde füllen. Hierauf machten auch zwei einen Anschlag, sie wurden aber auf der Flucht ergriffen samt der Frau. Am andern Morgen fand man sie in ihrem Kerker tot. Sie hatte eine große silberne Nadel, womit sie immer ihre schönen Zöpfe aufzustecken pflegte, sich mitten in das Herz gestochen.

Nicht lang darauf verließ der Graf das Schloß und die Gegend für immer. Er lebte weit von hier auf einer einsamen Burg, der Hahnenkamm genannt, davon die Trümmer noch zu sehen sein sollen. Der junge Hugo war der Trost seines Alters. Er zeigte früh die edlen Tugenden und Fähigkeiten, dadurch er nachher als treuer Vasall und tüchtiger Kriegsmann in hohe Gnaden bei dem Kaiser kam. Geschlecht und Name der von Löwegilt ward nach und nach zu den berühmtesten gezählt in deutschen Landen; es kam ja das Herzogtum Astern an sie, daher sie auch den Namen führen, und, wie Euch wohl bekannt sein wird, die schöne Prinzessin Aurora, die unser König noch dies Jahr heimführt, ist eine Tochter des jetzt regierenden Herzogs Ernst Löwegilt von Astern.«

»Was?« rief ich voll Erstaunen, »hier also, dieses Schloß wäre das Stammschloß der von Astern? und jene Irmel eine Ahnfrau der Prinzeß?«

»Nicht anders! Warum fällt Euch dies so auf?«

»Und hat das seine Richtigkeit, daß diese Irmel noch bis auf den heutigen Tag – nun, Ihr versteht mich schon –«

Josephe nickte ja, indem sie sich ein wenig an meinem Schreck zu weiden schien. Wie schwiegen beide eine ganze Weile, und allerlei Gedanken stiegen in mir auf.

»Aber«, so fing ich, unwillkürlich leiser sprechend, wieder an: »auf welche Art erscheint sie denn? und wo?«

Mit einer unbegreiflichen Ruhe, doch ernsthaft wie billig, versetzte das Mädchen: »Von jeher zeigt sie sich nur *bei* und *auf* dem Wasser, zunächst am Schloß, dem großen Saale gegenüber, dann abwärts eine Strecke bis gegen den Steg. Feldhüter und Schäfer versichern, sie nehme ihren Lauf auch wohl bis nahezu ans Dorf, weiter in keinem Fall. Ich selber sah sie bloß ein einzig Mal, vom Küchenfenster aus; die Küche aber liegt gerade unterm Saal. Es war um Johannis, drei Stunden vor Tag, wir hatten eben eine Wäsche und waren deshalb frühe aufgestanden. Der Mond schien ganz hell. Von ungefähr schau ich hinaus und auf die Sichel hinunter. Da steht, schneeweiß gekleidet, ein schlankes Frauenbild in einem Nachen, der drüben an den Weidenbüschen so halb aus dem Schatten des grünen Gezweigs hervorstach, und ob es wohl kein rechter Nachen war, ich meine kein natürlicher, so hörte man doch deutlich, wie die Wellen am Schifflein unten schnalzten. Sie kauerte sich erst mühsam nieder, dann beugte sich sich weit über den Bord, indem sie mit den Händen hinab ins Wasser reichte und ringsherum wie suchend wühlte. Jetzt zog sie langsam, langsam und mit dem ganzen Leib rückwärts gebeugt, etwas herauf, das schimmerte und glänzte als wie das lautre Gold und war, wie ich aufs deutlichste erkannte, eine dicke, mächtig schwere Kette. Elle um Elle zog sie herein in den Kahn, und dabei klirrt' und klang es jedesmal im Niederfallen so natürlich, als nur etwas sein kann. So ging es lange fort, es war kaum auszudauern. Ich hatte meine Leute gleich herbeigeholt; die sahen alle nichts, und weil ich mich nach meiner Art weiter nicht ängstlich dabei anstellte, so hätten sie mir's nimmermehr geglaubt, wenn sie die sonderbaren Töne nicht so gut wie ich vernommen hätten. Auf einmal klatschte das Wasser laut auf, die Kette mußte abgerissen sein, so heftig schnellte es, und dabei, sag' ich Euch folgte ein Seufzer so tief aus einer hohlen Brust, so langgezogen und schmerzlich, daß wir im Innersten zusammenschraken. In diesem Augenblick war aber auch Gestalt und Kahn, alles wie weggeblasen.

Und – ja, daß ich das auch noch sage, – verzeih' mir Gott! noch muß ich lachen, wenn ich daran denke. Wir Weiber gingen mäuschenstill an unsere Kessel und Zuber zurück und rieben und seiften drauflos, und traute sich keine ein Wörtlein zu reden; auch dem Herrn Vetter, merkt' ich wohl, war der Schlaf für heute vergangen: er ließ sein Licht fortbrennen und ging allein die Stube auf und nieder. Kaum guckt der Tag ein wenig in die Scheiben, so sticht der Mutwill' schon eine von uns an, nämlich ein junges Weib vom Dorf, man nannte sie nur die lachende Ev'. Die zieht so ein langes, gewundenes Leintuch ganz sachte, sachte aus dem Seifenwasser, Frau Irmel nachzuäffen, und macht ein paar Augen gegen uns – husch! hat sie eine Ohrfeige.«

»Eine Ohrfeige? was?«

»Ja denkt! aber nicht vom Geist. Es war mein Herr Vetter, der zufällig hinter ihr stand und ihren Frevel so von Rechts wegen bestrafte.«

Josephe lachte so herzlich, daß ich selber den Mund ein wenig verzog. Doch sogleich tadelte sie sich: man sollte nicht spaßen auf diesen Punkt.

Sie schwieg und strickte ruhig fort. Der Regen hatte aufgehört, nur die eintönige Musik der Dachtraufen klang vor den Fenstern.

Was mich betrifft, mir war ganz unheimlich geworden. Die Vorstellung, daß ich jenem Gespenst so nahe sei, die Möglichkeit, daß erst meine Beraubung, alsdann meine Verirrung auf das Schlößchen das Werk dieses schrecklichen Wesens sein könne – dieses zusammen jagte mich im stillen in einem Wirbel von Gedanken und ängstlichen Vermutungen herum. Das kluge Mädchen konnte mir vielleicht einiges Licht in diesen Zweifeln geben, und wenn ich auch nicht wagte, ihr mein Unglück offen zu entdecken, so nahm ich doch Anlaß, ihr die Geschichte des bestohlenen Galanteriekrämers mit Zügen meiner eigenen Geschichte zu erzählen und so ihre Meinung darüber zu hören.

Sie ließ mich ausreden und schüttelte den Kopf. »Dergleichen hörte ich wohl auch«, erwiderte sie, »sind aber dumme Märchen, glaubt mir: Spitzbuben machen sich's zunutz, vexieren und schrecken einfältige Leute, daß sie in Todesangst ihr Hab und Gut im Stiche lassen.«

»Aber die Kette!« versetzte ich dringend. »Bedenke Sie, Jungfer, die Kette, so viele hundert Klafter lang, die wächst doch nicht von selbst so fort, das braucht Dukaten, fremdes Gold!«

»Braucht's nicht! Was Ihr doch närrisch seid! Der ganze Plunder wiegt kein Quentlein unseres Gewichts.«

»Wie? also alles eitel Schein und Dunst?«

»Nicht anders.«

»Allein« – so fragte ich nach einigem Besinnen weiter – »der Schatz, dessen Irmel im Kerker gedachte, soll der noch irgendwo vergraben liegen?«

»Man sagt es. Hättet Ihr Lust, ihn zu lösen?«

»Nicht doch; ich meine nur, weil wir gerade von so wunderbaren Räubereien reden. Wär' es nicht möglich, daß eben auch besagter Schatz von Jahr zu Jahr zulegte auf Kosten mancher Passagiere?«

»Was fällt Euch ein! Ihr meint also, daß so ein armer Geist mit Zangen und Messern ausziehe und ordentlich wie ein gemeiner Strauchdieb den Leuten die Koffer und Taschen umkehre?«

Ich sah das Abgeschmackte meines Argwohns ein, allein ich wußte nicht, ob ich mich freuen oder grämen sollte. Denn wenn mich vorhin der Gedanke mit einem freudigen Schrecken ergriff, daß ich vielleicht nur wenig Schritte von meinen Dukaten entfernt sein möge, so schwand mir die Hoffnung, dieselben jemals wieder zu erblicken, nun abermals in eine ungewisse Ferne. Was aber den Umstand anbelangt, daß ich als ein Verirrter meine Zuflucht hier, gerade hier in dem verhängnisvollen Ahnenschlosse der Herzoge von Astern finden mußte, nachdem ich in der Absicht ausgereist war, ein Geschäft zu besorgen, welches unmittelbar mit der Verherrlichung von Irmels Enkelin, künftig der ersten gekrönten Königin aus diesem Stamm, zusammenhing, und das auf eine so höchst rätselhafte Art gestört werden sollte – dahinter schien doch wahrlich mehr als ein bloßer Zufall zu stecken, es mußte eine höhere Hand im Spiele sein, und fester als jemals war ich entschlossen, ihr alles mit der vollsten Zuversicht zu überlassen, mich, ihres weiteren Winkes gewärtig, jeder eigenen Geschäftigkeit und Sorge zu entschlagen.

»Mein Freund wird mir so still«, sagte Josephe. Ich dächte, wir gingen ein wenig und schöpften draußen frische Luft.« Ich war bereit, denn dies fehlte mir wirklich. Die erquickende Kühle wirkte auch sogleich auf meinen verdüsterten Sinn. Wir gingen langsam auf den breiten Platten vor dem Hause auf und nieder, während die Schöne noch stets mit ihrem sonderbaren grünen Gestricke beschäftigt blieb. Wir bogen rechts ums Schlößchen und blickten in das stille Sicheltal, am liebsten aber wandte man doch immer wieder nach der anderen Seite zurück, wo man über die niedrige Schutzmauer weg am Abgrund des Felsen die köstliche Aussicht auf das tiefliegende Land und näher dann am Berg herauf den Anblick eines Teils vom Dorf genoß. Dort haftete mein Auge zwar oft unwillkürlich auf dem berüchtigten Flüßchen, das, hinter dem Schloß vorkommend, sich weit in die Landschaft schlängelnd verlor; allein ich drängte mit Gewalt alle unerfreulichen Bilder zurück.

Die Gegenwart des unwiderstehlichen Mädchens begeisterte mich zu einer Art von unschuldigem Leichtsinn und kecker Sicherheit; ich hatte ein Gefühl, wie wenn mich unter ihrem Schutz nichts Widriges und Feindliches antasten dürfte. Die Sonne trat soeben hinter grauen und hochgelben Wolken hervor, sie beglänzte die herrliche Gegend, das alte Gemäuer, ach, und vor allem das frische Gesicht meiner Freundin!

»Erzählt mir was aus Eurem Leben, von Eurer Wanderschaft und Abenteuern; nichts hört sich lustiger als Reisen, wenn man's nicht selbst mitmachen kann.«

Es fehlte wenig, daß ich ihr nicht auf der Stelle mein ganzes übervolles Herz eröffnete; jedoch, um ungefähr zu prüfen, wie es wohl mit dem ihrigen stehe, fing ich in hoffnungsvollem Liebesübermut verschiedenes von Frauengunst zu schwadronieren an und wußte mich als einen auf diesem edlen Felde schon ganz erfahrenen Gesellen auszulassen. Das Mädchen lächelte bei diesem allen getrost und still in sich hinein.

»Und nun, mein Kind«, sagt' ich zuletzt, »wie denkt denn Ihr in Eurer Einsamkeit hier oben von diesem bösen Männervolk?«

»Ich denke«, sagte sie mit angenehmer Heiterkeit, »wie eben jede Braut es denken muß: der Meine ist, so Gott will, noch der Beste von allen.«

Ein Donnerschlag für mich! Ich nahm mich möglichst zusammen. »Ei so?« – rief ich lachend und fühlte dabei, wie mir ein bittrer Krampf das Maul krumm zog – »So? man hat auch schon seinen Holderstock? Das hätt' ich Ihr nicht zugetraut! Wer ist denn der Liebste?«

»Ihr sollt ihn kennen lernen, wenn Ihr noch ein paar Tage bleibt«, versetzte sie freundlich und ließ den Gegenstand schnell wieder fallen. Dagegen fing sie an, ausführlich von ihrem häuslichen Leben bei den zwei alten Leuten, von den letzten Bewohnern des Guts, insonderheit von einer seligen Freifrau Sophie als ihrer unvergeßlichen Wohltäterin zu reden. Mir war längst Hören und Sehen vergangen, mir sauste der Kopf wie im Fieber. Ach Gott! ich hatte mich den lieben langen Nachmittag an diesem braunen Augenschein geweidet und gewärmt und mir so allgemach den Pelz verbrannt und weiter nichts davon gemerkt! Und jetzt, in einem Umsehn, wie war mir geworden! Unauslöschlichen heimlichen Jammer im Herzen! die tolle wilde Eifersucht durch alle Adern! Noch immer schwatzte das Mädchen, noch immer hielt ich wacker aus mit meiner sauer-süßen Fratze voll edler Teilnehmung und schweifte in Gedanken schon meilenweit von hier im wilden Wald bei Nacht durch Wind und Regen, das Bündel auf dem Rücken. Ein Blick auf meine nächste Zukunft vernichtete mich ganz: die ungeheure Verantwortung, die auf mir lag, die Unmöglichkeit meiner Rückkehr nach Hause, gerichtliche Verfolgung, Schmach und Elend – dies alles tat sich jetzt wie eine breite Hölle vor mir auf.

Josephe hatte soeben geendigt. In der Meinung, ein Fuhrwerk vom Tal her zu hören, sprang sie mit Leichtigkeit aufs nächste Mäuerchen und horchte, den Ast eines Ahorns ergreifend, ein Weilchen in die Luft. Noch einmal verschlang ich ihr liebliches Bild – Ach so, dacht' ich, in eben dieser Stellung, aber mit freudiger bewegtem Herzen, wird sie nun bald ihren Liebsten erwarten! Ich mußte das Gesicht abwenden, ich drängte mit Mühe die Tränen zurück. Ein Zug von Raben strich jetzt über unsern Häuptern hinweg, man hörte den kräftigen Schwung ihrer Flügel; es ging der Landesgrenze zu; der Anblick gab mir neue Kraft. Ja, ja – sprach ich halblaut: mit Tagesanbruch morgen wanderst du auch, du hast hier doch nichts zu erwarten als neue

Täuschungen, neuen Verdruß! Ich fühlte plötzlich einen namenlosen Trost, als wenn es möglich wäre, mit Wandern und Laufen das Ende der Welt zu erreichen.

»Sie sind es nicht! des Müllers Esel waren's!« lachte Josephe und griff nach meiner Hand zum Niedersteigen.

Sie sah mich an. »Mein Gast ist ernsthaft worden – warum?« – Ich antwortete kurz und leichtsinnig. Sie aber forschte mit sinnenden munteren Blicken an mir und begann: »So wie wir uns hier gegenüberstehen, sollte man doch beinah' meinen, wir kennten uns nicht erst von heute. Ja, aufrichtig gesagt, ich selbst kann diesen Glauben nicht los werden, und, meiner Sache ganz gewiß zu sein, war ich gleich anfangs unhöflich genug und fragt' Euch um den Namen; glaubt mir, ich brauch' ihn jetzt nicht mehr. Um Euch indes zu zeigen, daß man bei mir mit faulen Fischen nicht ausreicht, so kommt, ich sag' Euch was ins Ohr: – Männchen! wenn du ein *Schneider* bist, will ich noch heut' Frau Schneidermeisterin heißen, und, Männchen! wenn du nicht der *kalte Michel* bist, heißt das *Franz Arbogast* aus Egloffsbronn, bin ich die dumme Beth von Jünneda« – hiemit kniff sie mich dergestalt in meinen linken Ohrlappen, daß ich laut hätte aufschreien mögen, – zugleich aber fühlte ich auch so einen herzlichen, kräftigen Kuß auf die Lippen, daß ich wie betrunken dastand. »Für diesmal kommt Ihr so davon!« rief sie aus: »Adieu, ich muß jetzt kochen. Ihr bleibt nur hübsch hier und legt Euch in Zeiten auf Buße.«

Nachdem ich mich vom ersten Schrecken ein wenig erholt, empfand ich zunächst nur die süße Nachwirkung des empfangenen Kusses. All meine Sinne waren wie zauberhaft bewegt und aufgehellt; ich blickte wie aus neuen Augen rings die Gegenstände an, die ganz in Rosenlicht vor mir zu schwanken schienen. Wie gern wär' ich Josephen nachgeeilt, doch eine sonderbare Scham ließ mir's nicht zu. Dabei trieb mich ein heimisches Behagen, die angenehmste Neugierde, wohin dies alles denn noch führen möchte, unstet im Hofe auf und ab. Denn daß die unvergleichliche Dirne mehr, als ich denken konnte, von mir wisse, daß sie, vielleicht im Einverständnisse mit ihren Leuten, irgend etwas Besonderes mit mir im Schilde führe, soviel lag wohl am Tage, ja mir erschien auf Augenblicke, ich wußte nicht warum, die fröhlichste Gewißheit: alle mein unverdientes Mißgeschick sei seiner glücklichen Auflösung nahe.

Leider fand sich den Abend keine Gelegenheit mehr, mit dem Mädchen ein Wort im Vertrauen zu reden. Die Alten kamen unversehens an, schwatzten, erzählten und packten Taufschmausbrocken aus. Dazwischen konnte ich jedoch bemerken, daß mich Josephe über Tisch zuweilen ernst und unverwandt, gleich als mit weitentferntem Geist, betrachtete, so wie mir nicht entgangen war, daß sie gleich bei der Ankunft beider Alten von diesen heimlich in die Kammer nebenan genommen und eifrigst ausgefragt wurde. Es mußte der Bericht nach Wunsch gelautet haben, denn eines nach dem andern kam mit sehr zufriedenem Gesicht zurück. Später, beim Gutenacht unter der Tür, drückte Josephe mir lebhaft die Hand. »Ich wünsche«, sagte sie, »daß Ihr Euch fein bis morgen auf etwas Guts besinnen mögt.« – Lang grübelte ich noch im Bett über die Worte nach, vergeblich mein Gedächtnis quälend, wo mir denn irgend einmal in der Welt diese Gesichtszüge begegnet wären, die mir bald so bekannt, bald wieder gänzlich fremde deuchten. So übermannte mich der Schlaf.

Es schlug ein Uhr vom Jünnedaer Turm, als ich, von heftigem Durste gepeinigt, erwachte. Ich tappte nach dem Wasserkrug; verwünscht! er schien vergessen. Ich konnte mich so schnelle nicht entschließen, mein Lager zu verlassen, um anderswo zu suchen, was ich brauchte. Ich sank schlaftrunken ins Kissen zurück, und nun entspann sich zwischen Schlaf und Wachen der wunderlichste Kampf in mir: Stehst du auf? bleibst du liegen? Ich suche endlich nach dem Feuerzeug, ich schlage Licht, werfe den Überrock um und schleiche in Pantoffeln durch den Gang, die Treppe hinab . . . ob ich dies wachend oder schlafend tat, das, meine Wertesten, getraue ich mir selbst kaum zu entscheiden; es ist das ein Punkt in meiner Geschichte, worüber ich trotz aller Mühe noch auf diese Stunde nicht ins reine kommen konnte. Genug, es kam mir vor, ich stand im untern Flur und wollte nach der Küche. Die Ähnlichkeit der Türen irrte mich, und ich geriet in ein Gemach, wo sich verschiedenes Gartengerät, gebrauchte Bienenkörbe und sonstiges Gerümpelwerk befand; auch war an der breitesten Wand eine alte, riesenhafte Landkarte von Europa aufgehängt (wie ich denn dieses alles den andern Tag gerade so beisammen fand). Schon griff ich wieder nach der Türe, als mir auf einem langen Brett bei andern Gefäßen ein voller Essigkolben in die Augen fiel. Das löscht den Durst doch besser als bloßes Wasser, dachte ich, hub den Kolben herab und trank in unmenschlichen Zügen; es wurde mir gar nicht genug. Auf einmal rief nicht weit von mir vernehmlich ein äußerst feines Stimmchen: »He! Landsmann, zünd' Er doch ein klein bißchen hieher!« Ich sah mich allenthalben um, und es rief wieder: »Da! daher, wenn's gefällig ist.« So leuchte ich gegen die Karte hin, ganz nahe, und nehme mit Verwunderung ein Männlein wahr, auf Ehre, meine Damen, nicht größer als ein Dattelkern, vielleicht noch kleiner! Natürlich also ein Elfe, und zwar der Kleidung nach ein simpler Bürgersmann aus dieser Nation; sein grauer Rock etwas pauvre und landstreichermäßig. Er hing, vielmehr er stand wie angeklebt auf der Karte, just an der südlichen Grenze von

Holland. »Noch etwas näher das Licht, wenn ich bitten darf!« sagte das Kerlchen, »möchte nur gelegentlich sehen, wie weit es noch bis an den Pas de Calais ist, und unter welchem Grad der Länge und Breite ich bin.«

Nachdem er sich gehörig orientiert hatte, schien er zu einigem Diskurs nicht übel aufgelegt. Bevor ich ihn jedoch weiter zum Worte kommen ließ, bat ich ihn um den einzigen Gefallen, er möchte sich von mir doch auf den Boden niedersetzen lassen, »denn«, sagte ich in allem Ernst, »mir schwindelt, Euch in dieser Stellung zu sehen; habt Ihr doch wahrhaftig weit über Mückengröße und -Gewicht und wollt so, mir nichts, dir nichts, an der Wand hinauflaufen, ohne zu stürzen! Hier ist meine Hand, seid so gut.« – Statt aller Antwort machte er mit hellem Lachen drei bis vier Sätze in die Höhe oder vielmehr, von meinem Standpunkt aus zu reden, in die Quere. »Versteht Ihr nun«, rief er aus, »was Schwerkraft heißt, Anziehungskraft der Erde? Ei Mann, ei Mann, habt Ihr so wenig Bildung? Seht her!« Er wiederholte seine Sprünge mit vieler Selbstgefälligkeit. »Indessen, wenn's Euch in den Augen weh tut, auf ein Viertelstündchen kommt mir's nicht an. Nur nehmet die Karte behutsam hüben und drüben vom Nagel und laßt sie allgemach samt mir aufs Estrich herab; denn dies Terrain zu verlassen ist gegen meine Grundsätze.« Ich tat sofort mit aller Vorsicht, wie er's verlangte. Das Blatt lag ausgebreitet zu meinen Füßen, und ich legte mich, um das Wichtlein besser vor Augen zu haben, gerade vor ihm nieder, so daß ich ganz Frankreich und ein gut Stück vom Weltmeer mit meinem Körper zudeckte. Das Licht ließ er hart neben sich stellen, wo er denn, ganz bequemlich an den untern Rand des Leuchters gelehnt, seine Pfeiflein füllte und sich von mir den Fidibus reichen ließ.

»Ich war nämlich«, fing er an, »vormals Feldmesser in

königlichen Diensten, verlor durch allerlei Kabalen diesen Platz, worauf ich eine Zeitlang bei den Breitsteißlern diente.« Bei dieser Gelegenheit ließ ich mir sagen, daß es mehrere Elfenvolksstämme gebe, die sich durch Leibesgröße gar sehr unterscheiden; die kleinsten wären die Zappelfüßler, zu denen sich mein wackerer Feldmesser bekannte, dann kämen Heuschreckenritter, Breitsteißler und so fort, zuletzt die Waidefeger, welche nach der Beschreibung ungefähr die Länge eines halben Mannsarms messen mögen. »Nun«, fuhr der kleine Prahlhans fort, »treib' ich aber meine Kunst privatim aus Liebhaberei, mehr wissenschaftlich, reise daneben und verfolge noch einen besondern Zweck, den ich freilich nicht jedem unter die Nase binde.«

»Ihr habt«, bemerkte ich, »bei diesen wichtigen Geschäften doch immer hübsch trockenen Weg.«

»All gut«, versetzte er, »aber auch immer trockene Kehle. Den Mittag schien die Sonne so warm dort in dem Strich über Trier herein, daß ich beinah' verschmachtet wär'. – Apropos, guter Freund, füllt doch einmal da meine Wanderflasche!« – »Unser Wein ist aber stark«, sagt' ich, indem ich ihn mit einem Tropfen aus meinem Essigkrug bediente. »Hat keine Not«, sprach er und soff mit Macht, wobei er das Mündlein ein wenig verzog. »Was übrigens«, fuhr er nun fort, »den Weg betrifft, zum Exempel bei Nacht, ja lieber Gott, da ist einer keinen Augenblick sicher, ob er auf festem Erdreich einhergeht oder im Wasser; das wäre zwar insoweit einerlei, man macht ja keinen Fuß hier naß; hingegen ein Gelehrter, seht, es ist so eine Sache, man will sich keine Blöße geben, nicht einmal vor sich selbst. Ich lief unlängst bei hellem Tag nicht weit von der Stadt Andernach und sah so in Gedanken vor mich nieder und dachte an nichts – auf einmal liegt der grüne breite Rhein wie'n Meer vor meinen Füßen! Um ein kleines wär' ich hineingeplumpst, so lang ich bin – wie dumm! und stand doch schon eine Viertelstunde davor mit ellenlangen Buchstaben deutlich genug geschrieben: *Rhenus*. Vor Schrecken fiel ich rückwärts nieder, und dauerte zwei Stunden, bis ich mich wieder besann und erholte.« – »Aber«, fragt' ich, »habt Ihr denn das Rauschen dieses Stroms nicht schon von fern gehört?« – »Gehorsamer Diener, Mosje! so weit haben's Eure Herren Landkartenmacher noch nicht gar gebracht; all die Gewässer da, wie hübsch sie sich auch krümmen, machen nur stille Musik.« Der Feldmesser schwieg eine Zeitlang und schien etwas zu überlegen.

»Hört!« fing er wieder an, »ich muß jetzt doch mit meiner Hauptsache heraus. Ihr könntet mir einen Gefallen erweisen.« – »Recht gern.« – »So sagt einmal, es gibt ja sogenannte Osterkinder unter euch Menschen; wißt Ihr mir wohl Bescheid, wie solche ungefähr aussehn?« – »Gewiß«, versetzte ich. Der Feldmesser hüpfte vor Freuden hoch auf. »Jetzt will ich Euch denn gleich vertrauen«, sprach er weiter, »um was es mir eigentlich ist. Merket auf. Euch ist bekannt, wo Jünneda liegt; unweit vom Irmelschloß. Nun haust in diesem Gau der Waidefegerkönig, ein stolzer, habgieriger Fürst, allzeit auf Raub und Plünderung bedacht, bestiehlt sogar das Menschenvolk nächtlicherweis und schleppt, was er von Gold erwischen kann, nach seinem alten Schatzgewölb – was glotzt Ihr mich so an? es ist doch wahr; die Waidfeger wittern das Gold. Da ist neulich erst wieder so ein Streich passiert, daß die Koken sich hinter ein Fuhrwerk machten und einem reisenden Kaufherrn den Goldsack zwischen den Füßen ausleerten!«

»Was? zwischen den Füßen? ein Felleisen, nicht wahr?«

»Ja, oder dergleichen. Die haben ihre Pfiffe, Herr! Wie der Blitz kommen die einem Wagen von untenher bei, ein paar setzen sich auf die Langwied, durchgraben den Boden und schütteln den Dotter heraus – das Gelbe vom Ei, wie sie sagen –, was Weißes ist, Silbergeld, lassen sie liegen.«

»Wo aber tragen sie's denn hin, um's Himmels willen? wo hat der König seinen Schatz?«

»Beim Sixchen, ja, das sollt' ich eben wissen. Versteht, es hat damit so seine eigene Bewandtnis. Der Grundstock ist von Menschenhand gelegt, vor etlich hundert Jahren; von der bösen Frau Irmel habt Ihr gehört. – Ich kenn' sie wohl und sie mich auch, mir tut sie nichts zuleide. Gut also, die soll noch zu ihren Lebzeiten eine Kiste mit einem braven Sparpfennig wo eingemauert haben – das war noch zu Hadelocks Zeiten, des ältesten Waidfegerkönigs. Nicht lange stand es an, so kam auch schon das Waidheer dahinter. Der König legte gleich Beschlag darauf und machte das Gewölb' zu seiner heimlichen Schatzkammer, wo man sofort alle kostbare Beute verwahrte, darunter auch die große Irmelskette, die Hadelock der Andere mit erstaunlicher Arbeit und Mühe in zweien Stücken aus dem sandigen Bette der Sichel herausschaffen lassen. Der Irmel-Geist hat seitdem keine Ruhe und sucht die Kette und kann sie nicht finden. Nun geht im Volk eine uralte Sage: ein Menschenjüngling würde dereinst das Kleinod ans Tageslicht bringen und wiederum zusammenfügen, dann wäre auch der Geist erlöst; der Jüngling aber müsse als ein Osterkind geboren sein, die seien äußerst rar, und käme oft in einem Säkulo kaum eins zur Welt. Doch, unter uns gesagt, ich denke schon den rechten Mann wo aufzugabeln, und wär' es am Ende der Welt. Ich habe mich deshalb hier auf die Bahn gemacht, vorläufig einmal die Wege einzulernen und die Strapazen einer solchen Reise, Hunger und Durst in etwas zu gewöhnen. Mein Glück ist gemacht auf zeitlebens, wofern es gelingt, und Euch soll's nicht gereuen, wenn Ihr mir Rat und Beistand leisten mögt.«

Ich wollte ihm eben antworten, als er, das Köpfchen schnell zur Seite drehend und in die Ferne horchend, mir Stillschweigen zuwinkte. »Der Waidekönig gibt heute ein Fest; ich höre sie von weitem jubeln.«

»Wo denn?«

Er deutete links in die Ecke der Karte hinauf. Dort waren nämlich, wie man es auf älteren Augsburger Blättern gewöhnlich bemerkt, zu Verzierung des Titels verschiedene Schildereien angebracht, gewisse Symbole der Kunst, Zirkel und Winkelmaß, an den mächtigen Stamm einer Eiche gelehnt, hinter dem ein Stück Landschaft hervorsah, ein Tal mit Rebenhügeln und dergleichen, im Vordergrund eine gebrochene Weinbergmauer; das Ganze fabrikmäßig roh koloriert.

»Sehr Ihr noch nichts?«

»Wo denn, zum Henker?«

»Unten im Tal!«

»Nicht eine Spur!«

»So seid Ihr blind, in's Kuckucks Namen!«

Jetzt kam es mir wahrhaftig vor, als wenn die Landschaft Leben annähme, die matten Farben sich erhöhten, ja alles schien sich vor mir auszudehnen, zu wachsen und zu strekken, der Länge wie der Breite nach; die Formen schwollen und rundeten sich, die Eiche rauschte in der Luft, zugleich vernahm ich ein winziges Tosen, Schwirren und Klingen von lachenden, jubelnden, singenden Stimmchen, das offenbar aus der Tiefe herkam.

»Stellt Euer Licht weg!« rief mir der Feldmesser zu, »oder löschet es lieber gar aus! der Mond ist ja schon lang herauf.« Ich tat, wie er befahl, und da ließ freilich alles noch hundertmal schöner. Als ich aber vollendes den Kopf übers Mäuerchen streckte – o Wunder! sah ich das lieblichste Tal sehr artig und festlich erleuchtet, mit tausend geputzten, gepützelten Leutchen bedeckt, die immerhin eine ziemlich ansehnliche Größe hatten, sehr schlank und wohlgebaute Puppen. Es war ein unendliches Drängen. Der meiste Teil bestand aus Landleuten, welche mit Kübeln und Butten geschäftig zwischen den Kufen umsprangen. Eine Weinlese also, und eine königliche zwar! Denn vorn sah man in bunten geselligen Gruppen die Vornehmen vom Hofe, nach hinten zu eine gedeckte Tafel; vor allem stach ein Zelt hervor, es schien aus blendendweißen Herbstfäden gewoben, mit grünen Atlas-Draperien behängt, welches im Mond- und Fackelschein aufs herrlichste erglänzte. Der Feldmesser war neben mir auf einen untern Ast der Eiche geklettert, wo er kommode alles übersah. Ich hatte gerade den König entdeckt, und meine Augen suchten just die Königin, da ruft mir mein Begleiter zu: »Seht! Seht!« und deutet in die Luft nach einer neuen Erscheinung, welche zugleich von der ganzen kleinmächtigen Menge mit Jubelgeschrei und aufgeworfenen Mützen begrüßt wird. Wie muß ich erstaunen, wie hüpft mir das Herz vor kindischer närrischer Freude, als ich den goldnen Hahn vom Jünnedaer Kirchturm mit der großen Uhrtafel in seinen zwei Klauen daherfliegen sehe! Der arme Tropf flog sichbar angestrengt, seine Flügel klirrten erbärmlich. Indessen merkt' ich bald, was daraus werden sollte: ein Festschießen galt es, und hier kam die Scheibe. Der Vogel erreichte die Erde, setzte die Tafel inmitten eines länglicht umschränkten Platzes und ließ zugleich zwei Eisen fallen (die Zeiger der Uhr ohne Zweifel), die alsband von mehreren Edlen betrachtet, in der Hand gewogen und, wie es schien, verdrießlich als ein paar unförmliche Wurfspieße wieder weggelegt wurden. Die Schützen zogen dagegen ihre silbernen Bogen hervor, alles ordnete sich, das Ziel war gerichtet, der Hahn amtspflichtig stellte sich darauf. Er krähte hell bei jedem Schuß die betreffende Zahl nach den Ringen. Die Majestät selber verschmähte nicht, die Armbrust einmal zu versuchen, und ob sie gleich ganz abscheulich fehlschoß, ja sogar den Rufer blutig verletzte, so schrie derselbe doch, anständig seinen Schmerz verbeißend, mit lauter Stimme: »Zwölf in die Minut'!« was diesmal ausnahmsweise noch höher als das Schwarze galt. Unmäßiger Beifall erscholl aus den Reihen, derweil der Göckel sich insgeheim den Pfeil aus seinem Schwanze zog. Ich konnte mich des Lachens nicht enthalten. Mein Feldmesser raunte mir zu, auf die Scheibe sei der König nie glücklich gewesen; vor zwei Jahren sei der gleiche Fall begegnet, und man wolle wissen, es habe damals der Monarch, als ihm sein Hofnarr die wahre Bewandtnis mit dem Meisterschuß ins Ohr gesagt, die edle Delikatesse des Turmhahns so wohl vermerket, daß er desselben alleruntertänigstes Gesuch, ihm seine unscheinbar gewordene Vergoldung erneuern zu lassen, nicht nur ohne weiters bewilligt, sondern ihm überdies Titel und Rang eines geheimen Wetter- und Kirchenrats gnädigst verliehen habe.

Nun aber setzte sich der Hof zu Tische, und da war ich es leider selbst, welcher die ganze Herrlichkeit verstörte. Ich konnte nämlich bei andauerndem entsetzlichem Durste unmöglich der Versuchung widerstehn, den Arm ins Tal hinab zu strecken und mir eine der größten, mit rotem Most gefüllten Kufen heraufzulangen, die ich auch, unbekümmert um das rasende Zetergeschrei, das in der Tiefe losbrach, geschwinde ausgetrunken hatte, nur eben wie man einen Becher leert. »Wir sind verloren!« rief der Feldmesser aus, rutschte vom Baum und war nicht mehr zu sehen. »Heidoh! Heidoh!« scholl's aus dem Tal, »ein Menschenungeheuer auf der Höhe! Weh, weh! bei der heiligen Eiche! bei Hadelocks Baum!« – »Auf! zu den Waffen, tapfre Recken!« rief eine stärkere Stimme: »Rettet! rettet! dort ist mein

Schatzgewölbe! des Königs heiliger Schatz!« Ein wütendes Getrappel kam jetzt über Stock und Stein den Berg herauf. Ich dachte an ein großes Hornisheer, ließ schnell den Becher fallen und entfloh.

Wie ich auf meine Stube, wie ich ins Bett gelangte, weiß ich nicht. Das weiß ich, daß ich mir die Augen rieb und nur geträumt zu haben glaubte.

Es war erst eben heller Tag geworden. Das sonderbare Nachtgesicht beschäftigte mich sehr. Der Leuchter stand auf meinem Tisch, die Tür war ordentlich verriegelt, hingegen fehlte der Wasserkrug richtig, und meinen Durst schien ich gestillt zu haben, denn wirklich, er war ganz verschwunden. Auf jeden Fall hat mir in meinem Leben kein Traum einen so heitern Eindruck hinterlassen; ich konnte nicht umhin, die glücklichste Vorbedeutung darin zu erblicken.

Mein Frohmut trieb mich aus dem Bette, so früh es auch noch war. Ich zog mich an und pfiff dabei vergnüglich in Gedanken. Von ungefähr kam mir mein leerer Beutel in die Hand, und in der Tat, ich konnte ihn diesmal mit größter Seelenruhe betrachten. An seinem ledernen Zugbande hing ein alter, schlichter, oben und unten offener Fingerhut, den ich als ehrwürdigen Zeugen einer kindlichen Erinnerung seit vielen Jahren aus Gewohnheit, um nicht zu sagen aus Aberglauben, immer bei mir trug. Indem ich ihn so ansah, war's, als fiel es mir wie Schuppen von den Augen; ich glaubte mit einmal zu wissen, warum mir Josephe so äußerst bekannt vorgekommen, ja was noch sonderbarer – ich wußte, wer sie sei! »Bei allen Heiligen und Wundern!« rief ich aus, und meine Kniee zitterten vor Schrecken und Entzücken, »es ist Ännchen! mein Ännchen und keine Josephe!«

Es drang mich fort, hinunter: unwissend, was ich wollte

oder sollte, schoß ich, barfüßig, wie von Sinnen, den kalten Gang vor meinem Zimmer auf und nieder; ich preßte, mich zu fassen, die Hand auf meine Augen – »Sie kann's nicht sein!« rief ich, »du bist verrückt! ein Zufall hat sein Spiel mit dir – und doch . . .« Ich hatte weder Ruhe noch Besinnung, alle die Wenn und Aber, Für und Wider bedächtig auszuklauben, nein, auf der Stelle, jetzt im Augenblick, durchs Mädchen selbst wollt' ich Gewißheit haben; mein Innerstes lechzte und brannte nach ihr, nach ihrem lebendigen Anblick! Ich war die Treppe hinabgeschlichen und hatte im Vorbeigehn einen Blick in das Gemach geworfen, wo die Landkarte hing – allein was kümmerte mich jetzt das Teufelszeug! Ich spürte nach des Mädchens Kammer: umsonst, noch rührte sich kein Laut im ganzen Hause. Ich konnte doch wahrhaftig nicht, als wäre Feuer im Dach, die Leute aus den Betten schreien, um nachher, wenn ich mich betrogen hätte, als ein Wahnsinniger vor ihnen dazustehn. Ich ging zurück nach meinem Zimmer, warf mich in voller Desperation aufs Bett und begrub mein Gesicht in die Kissen.

Doch es ist Zeit, zu sagen, was mir so plötzlich eingekommen war.

In meiner Vaterstadt, zu Egloffsbronn, als meine Mutter sich sehr knapp, nach Witwenart, mit mir in ein Oberstübchen hinterm Krahnen zusammengezogen (ich war damals zehn Jahre alt) wohnte mit uns im gleichen Haus ein Sattlermeister, ein liederlicher Kerl, der nichts zu schaffen hatte und, weil er etwas Klarinett verstand, jahraus, jahrein auf Dorfhochzeiten und Märkten herumzog. Sein junges Weib war ebenfalls der Leichtsinn selber. Sie hatten aber eine Pflegetochter, ein gar zu schönes Kind, mit welchem ich ausschließlich Kameradschaft hielt. An einem schönen Sonntag Nachmittag – wir kamen eben aus der Kirche von einer Trauung her – ward von dem Pärchen ernstlich ausgemacht, daß man sich dermaleinst heiraten wolle. Ich gab ihr zum Gedächtnis dieser Stunde ein kleines Kreuz von Glas, sie hatte nichts so Kostbares in ihrem Vermögen, und heute noch kann ich es spüren, wie sie mich dauerte, als sie mir einen alten Fingerhut von ihrem Pfleger, an einem gelben Schnürchen hängend, übermachte. – Allein es sollte dieses Glück sehr bald aufs grausamste vernichtet werden. Im folgenden Winter nach unserer Verlobung brach in der Stadt eine Kinderkrankheit aus, die man in dieser Gegend zum ersten Male sah. Es war je doch nicht mehr noch weniger als das bekannte Scharlachfieber. Die Seuche räumte greulich auf in der unmündigen Welt. Auch meine Anne wurde krank. Mir war der Zutritt in die untere Kammer, wo sie lag, bei Leib und Leben untersagt. Nun ging es eben in die dritte Woche, da kam ich eines Morgens von der Schule. Weil meine Mutter nicht daheim, der Stubenschlüssel abgezogen war, erwartete ich sie, Büchlein und Federrohr im Arm, unter der Haustür und hauchte in die Finger, denn es fror. Auf einmal stürmt die Sattlersfrau mit lautem Heulen aus der Stube: soeben hab' ihr Ännchen den letzten Zug getan! – Sie rannte fort, wahrscheinlich ihren Mann zu suchen. Ich wußte gar nicht, wie mir war. Es wimmelte just so dicke Flocken vom Himmel; ein Kind sprang lustig über die Gasse und rief wie im Triumph: »'s schneit Müllersknecht! schneit Müllersknecht! schneit Müllersknecht!« Es kam mir vor, die Welt sei närrisch geworden und müsse alles auf den Köpfen gehn. Je länger ich aber der Sache nachdachte, je weniger konnte ich glauben, daß Ännchen gestorben sein könne. Es trieb mich, sie zu sehn, ich faßte mir ein Herz und stand in wenig Augenblicken am ärmlichen Bette der Toten, ganz unten, weil ich mich nicht näher traute. Keine Seele war in der Nähe. Ich weinte still und ließ kein Aug' von ihr und nagte hastig hastig an meinem Schulbüchlein.

»Schmeckt's, Kleiner?« sagte plötzlich eine widrige Stimme hinter mir; ich fuhr zusammen, wie vorm Tod, und da ich mich umsehe, steht eine Frau vor mir in einem roten Rock, ein schwarzes Häubchen auf dem Kopf und an den Füßen rote Schuhe. Sie war nicht sehr alt, aber leichenblaß, nur daß von Zeit zu Zeit eine fliegende Röte ihr ganzes Gesicht überzog. »Was sieht man mich denn so verwundert an? Ich bin die Frau von Scharlach oder, wie der liebwerteste Herr Doktor sagen, die Fee Briscarlatina!«* Sie ging nun auf mein armes Ännchen zu, beugte sich murmelnd über sie, wie segnend, mit den Worten:

»Kurze Ware,
Roter Tod;
Kurze Not
Und kurze Bahre!

Wär Numero Dreiundsiebenzig also!« Sie schritt vornehm die Stube auf und ab, dann blieb sie plötzlich vor mir stehn und klopfte mir gar freundlich kichernd auf die Backen. Mich wandelte ein unbeschreiblich Grauen an, ich wollte entspringen, wollte laut schreien, doch keins von beiden war ich imstande. Endlich, indem sie steif und strack auf die Wand losging, verschwand sie in derselben.

Kaum war sie weg, so kam Frau Lichtlein zur Türe herein, die Leichenfrau nämlich, ein frommes und reinliches Weib, das im Rufe geheimer Wissenschaft stand. Auf ihre

* Viele Jahre nachher, als ich diese Geschichte gelegentlich vor einer Gesellschaft erzählte, tat sich ein junger Arzt nicht wenig auf die Entdeckung zugut, daß jene Worte weiter nichts als eine sonderbare Verstümmelung des lateinischen Namens Febris scarlatina seien. Der nämliche Gelbschnabel setzte mir dabei sehr gründlich auseinander, die ganze Erscheinung sei ein bloßes Phantasma gewesen, der fieberhafte Vorbote meiner bereits erfolgten Ansteckung; auf gleiche Weise pflege sich in Ungarn das gelbe Fieber anzukündigen. Anmerkung des Hofrats.

Frage, wer soeben dagewesen, erzählte ich's ihr. Sie seufzte still und sagte, in dreien Tagen würd' ich auch krank sein, doch soll' ich mich nicht fürchten, es würde gut bei mir vorübergehn. Sie hatte mittlerweile das Mädchen untersucht, und ach, wie klopfte mir das Herz, da sie mit einigem Verwundern für sich sagte: »Ei ja! ei ja! noch warm, noch warm! Laß sehn, mein Sohn, wir machen eine Probe.« Sie zog zwei kleine Äpfel aus der Tasche, weiß wie das schönste Wachs, ganz ungefärbt und klar, daß man die schwarzen Kern' beinah' durchschimmern sah. Sie legte der Toten in jede Hand einen und steckte sie unter die Decke. Dann nahm sie ganz gelassen auf einem Stuhle Platz, befragte mich über verschiedene Dinge: ob ich auch fleißig lerne und dergleichen; sie sagte auch, ich müßte Goldschmied werden. Nach einer Weile stand sie auf: »Nun laß uns nach den Äpfeln sehn, ob sie nicht Bäcklein kriegen, ob sich der Gift hineinziehn will!« – Ach, lieber Gott! weit weit gefehlt! kein Tüpfchen Rot, kein Striemchen war daran. Frau Lichtlein schüttelte den Kopf, ich brach in lautes Weinen aus. Sie aber sprach mir zu: »Sei wacker, mein Söhnchen, und gib dich zufrieden, es kann wohl noch werden.« Sie hieß mich aus der Stube gehn, nahm Abschied für heute und schärfte mir ein, keinem Menschen zu sagen, was sie getan.

Auf der Treppe kam mir meine Mutter entgegen. Sie schlug die Hände überm Kopf zusammen, daß ich bei Ännchen gewesen. Sie hütete mich nun aufs strengste, und ich kam nicht mehr aus der Stube. Man wollte mir am andern Tag verschweigen, daß meine Freundin gegen Abend beerdigt werden solle; allein ich sah vom Fenster aus, wie der Tischler den Sarg ins Haus brachte. (Der Tischler aber war ein Sohn der Leichenfrau.) Jetzt erst geriet ich in Verzweiflung und war auf keine Art zu trösten. Darüber stürmte die Sattlersfrau herauf, meine Mutter ging ihr vor die Tür entgegen, und jene fing zu lamentieren an, ihr liederlicher Mann sei noch nicht heimgekommen, sie habe keinen Kreuzer Geld daheim und sei in großer Not. Ich unterdessen, aufmerksam auf jeden Laut im untern Hause, hatte den Schemel vor ein kleines Guckfenster gerückt, welches nach hinten zu auf einen dunkeln Winkel sah, wohinaus auch das Fenster des Kämmerchens ging, in welchem Ännchen lag. Da sah ich unten einen Mann, dem jemand einen langen schweren Pack, mit einem gelben Teppiche umwickelt, zum Fenster hinausreichte. Ahnung durchzuckte mich, freudig und schauderhaft zugleich: ich glaubte Frau Lichtlein reden zu hören. Der Mann entfernte sich geschwind mit seinem Pack. Gleich darauf hörte ich hämmern und klopfen, ohne Zweifel wurde der Sarg zugeschlagen. Die Mutter kam herein, nahm Geld aus dem Schranke und gab es dem Weib vor der Türe. Ich weiß nicht, was mich abgehalten haben mag, etwas von dem zu sagen, was eben vorgegangen war, im stillen aber hegte ich die wunderbarste Hoffnung; ja als der Leichenzug anging und alles so betrübt aussah, da lachte ich heimlich bei mir, denn ich war ganz gewiß, daß Ännchen nicht im Sarge sei, daß ich sie vielmehr bald lebendig wiedersehen würde.

In der folgenden Nacht erkrankte ich heftig, redete irre, und seltsame Bilder umgaukelten mich. Bald zeigte mir die Leichenfrau den leeren Sarg, bald sah ich, wie sie sehr geschäftig war, den roten Rock der bösen Fee samt ihren Schuhen in den Sarg zu legen, bevor man ihn verschloß. Dann war ich auf dem Kirchhof ganz allein. Ein schönes Bäumchen wuchs aus einem Grab hervor und ward zusehends immer größer, es fing hochrot zu blühen an und trieb die prächtigsten Äpfel. Frau Lichtlein trat heran: »Merkst du?« sprach sie: »das macht der rote Rock, der fault im Boden. Muß gleich dem Totengräber sagen, daß er den

Baum umhaue und verbrenne; wenn Kinder von den Früchten naschen, so kommt die Seuche wieder aus.«

Dergleichen wunderliches Zeug verfolgte mich während der ganzen Krankheit, und monatelang nach meiner Genesung verließ mich der Glaube nicht ganz, daß das Mädchen noch lebe, bis meine Mutter, welcher ich inzwischen alles anvertraute, mich mit hundert Gründen so schonend wie möglich eines andern belehrte. Auch wollte leider in der Folge wirklich kein Ännchen mehr zum Vorschein kommen. Mit erneuertem Schmerz vernahm ich nur später, das gute Kind wäre vielleicht bei einer besseren Behandlung noch gerettet worden, doch beide Pflegeeltern wären der armen Waise längst gern los gewesen.

Wir kehren zum grauen Schlößchen zurück. – Ich war so sehr in die Vergangenheit vertieft, daß ich einige Zeit die lebhafte Bewegung, die sich indes unten in der Wohnung des Schloßvogts verbreitete, ganz überhörte. Nun sprang ich auf, fuhr rasch in meine Kleider und ging hinab.

Schon von weitem vernahm ich die heftige Stimme der Alten im Innern der Stube. Es war ein lamentierendes Verwundern, Schelten und Toben, worein der Vogt zuweilen einen derben Fluch mischte. Ich stutzte, blieb stehn. »Der Spitzbub!« hieß es innen, »der kleinnützige Schuft! vierhundert Dukaten! ist das erhört? Drum hat er gleich von Anfang seine Profession verleugnet! Du meine Güte, was sind wir doch Narren gewesen!«

Jetzt hatte ich genug. Mein Blut schien still zu stehen. Am äußern Hoftor stand ein junger, gutgekleideter Mann: er kehrte mir den Rücken zu, indem er einen Buben, der draußen Ziegen hütete, mit eifrigen Gebärden zu sich winkte; er gab ihm einen Auftrag, wie es schien, sehr dringend, und rief dem Knaben, da er schon im Laufen war, noch halblaut nach: »Sie sollen doch in's Teufels Namen machen! und ja die Fußeisen mitbringen! hörst du?« – – Man denke sich meine Bestürzung! Besinnungslos klink' ich die Türe auf und trete in die Stube. Bloß beide Eheleute sind zugegen. Kein rechter Gruß, kein Blick wird mir gegönnt. Ein frisches Zeitungsblatt liegt auf dem Tisch, welches der Schloßvogt hurtig zu sich steckt; ich denke mir im Nu, was es enthält. Er geht hinaus, vermutlich dem jungen Manne zu melden, daß ich schon unten sei.

»Ihr habt Besuch bekommen?« fragte ich, um nur etwas zu reden, mit erzwungenem Gleichmut die Alte. »Meiner Nichte Bräutigam!« versetzte sie kalt und fing mit recht absichtlichem Geräusch, um jedes weitere Gespräch zu hindern, Hanfkörner zu zerquetschen an, dem Distelfinken zum Frühstück. Ich hatte in meiner Verwirrung nach einem Buch gegriffen (ein Kochbuch war's, wenn ich nicht irre): dahinter wühlten meine Blicke sich schnell durch ein Rudel von tausend Gedanken hindurch. Reiß' ich aus? Halt' ich stand? Vielleicht wäre ersteres möglich gewesen, der beiden Männer hätt' ich mich zur Not erwehrt; allein was half mir eine kurze Flucht? Und in der Tat, ich fühlte mich bereits durch die Notwendigkeit erleichtert, endlich ein offenes Geständnis abzulegen. Dessenungeachtet war mein Zustand fürchterlich. Nicht die Nähe meiner schmachvollen Verhaftung, nicht die Sorge, wie ich mich in einem so äußerst verwickelten Falle von allem Verdacht würde reinigen können – nein, einzig der Gedanke an Josephe war's, an Ännchen, was mich in diesen Augenblicken fast wahnsinnig machte, der unerträgliche Schmerz, dieses Mädchen, sie sei nun, wer sie wolle, als die Verlobte eines andern zu denken, und eines Menschen zwar, welcher das schadenfrohe Werkzeug meiner Schmach, meines Verderbens werden sollte! Wußte *sie* etwa selbst um den verfluchten Plan? Unmöglich! Doch für mein Gefühl, für meine Leidenschaft, indem ich sie mit dem verhaßten Kerl in eins zusammenwarf, war sie die schändlichste Verräterin. Liebe, Verachtung, Eifersucht goren im Aufruhr aller meiner Sinne dermaßen durcheinander, daß ich mich wirklich aufgelegt fühlte, das Mädchen mit eigener Hand aufzuopfern, den Kerker, welchem ich entgegenging, durch ein Verbrechen zu verdienen und so mein Leben zu verwirken, an welchem mir nichts mehr gelegen war.

Die Alte war inzwischen in die Kammer nebenan gegangen; soeben kam sie wieder heraus, zog die Türe still hinter sich zu und ging nach der Küche. Schnell, wie durch Eingebung getrieben, spring' ich keck auf die Kammer zu und öffne ganz leise. Niemand ist da. Ich sehe eine zweite Tür, ich trete unhörbar über die Schwelle und bin durch einen Anblick überrascht, vor dem mein ganzes Herz wie Wachs zerschmilzt. Denn in dem engen, äußerst reinlichen Gemach, das ich mit einmal überblickte, lag die Schöne an ihrem Bett halbknieend hingesunken, die Arme auf den Stuhl gelegt, die Stirn auf beide Hände gedrückt, wie schlafend, ohne Bewußtsein; Gewand und Haare ungeordnet, so daß es schien, sie hatte kaum das Bett verlassen, als jene Nachricht sie betäubend überfiel.

Ich wagte nicht, die Unglückliche anzusprechen, ich fürchtete mich, ihr ins Gesicht zu sehen. Aber Sehnsucht und Jammer durchglühten mir innen die Brust, von selber streckte mein Arm sich aus, von selbst bewegten sich die Lippen – »Ännchen!« sagt' ich – es war kein Rufen, es war nur ein Flüstern gewesen; dennoch im nämlichen Moment richtet die Schlummernde den Kopf empor; sie schaut, noch halb im Traum, nach mir herüber, der ich bewegungslos dastehe; nun aber, wie durch Engelshand im Innersten erweckt, steht sie auf ihren Füßen, schwankt – und – liegt an meinem Halse.

So standen wir noch immer fest umschlungen, als es im Hofe laut und lauter zu werden begann. Tosende Stimmen durcheinander, ein Eilen und ein Rennen hin und her – das alles hörte ich und hörte nichts von allem. Jetzt kommt man heran durch die Zimmer, jetzt reißen sie die letzte Tür auf – ein allgemeiner Ausruf des Erstaunens! Das Mädchen, wie in Todesangst, drückt mich gewaltsamer an sich, dann sinkt sie erschaudernd plötzlich zusammen, und fremde Hände fassen die Ohnmächtige auf. Vor meinen Augen wird es Nacht; ich fühle mich unsanft hüben und drüben beim Arme ergriffen und wie im Sturm hinweggeführt nach einem finstern Gange, dann abwärts einige Stufen, wo eine Tür sich öffnet und alsbald donnernd hinter mir zuschlägt.

Ich hatte mich in kurzer Zeit wieder gesammelt. Es war ein förmliches Gefängnis, worin ich mich nunmehr befand, dunkel und moderfeucht und kalt. Die Sichel, von dem Regen angeschwollen, brauste wild in der Tiefe. Ich überdachte meine Lage schnell. So schrecklich sie auch schien, sie konnte doch unmöglich lange dauern. Und was mich über alles tröstete, fürwahr ich brauchte das nicht weit in Gedanken zu suchen. Denn wenn es mir auch anfangs nur wie eine dämmernde Erinnerung vorschwebte, daß ich das geliebteste Mädchen vor wenig Augenblicken noch an diese Brust gedrückt, so gab ein nie gefühltes Feuer, das mir noch Mark und Bein heimlich durchzuckte, das seligste Zeugnis, daß dieses Wunder nicht ein eitles Blendwerk gewesen sein könne; ein Übermaß von Hoffnung und Entzücken riß mich vom Boden auf und machte mich laut jauchzen.

Bald aber, da Stunde und Stunde verging und es schon weit über Mittag geworden war, ohne daß sich ein Mensch um mich bekümmerte, stellten sich Ungeduld, Zweifel und Sorge allmählich bei mir ein. Für meinen Hunger hatte man zwar durch ein Stück schwarzes Brot, das ich nebst einem Wasserkrug in der Mauer entdeckte, hinreichend gesorgt, und ich verzehrte es mit großer Gier; doch eben diese reichliche Vorsorge ließ befürchten, daß ich für heute wenigstens aus diesem Loche nicht loskommen würde, daß ich vielleicht die Nacht hier zuzubringen hätte. Ich leugne nicht, mir war diese Aussicht entsetzlich. Denn, hatte nicht vielleicht jene verruchte Irmel in eben diesen Mauern ihr blutiges Ende genommen? Wie, wenn es ihr einfiele, diese Nacht ihr altes Quartier einmal wieder zu sehen? Es rieselte mir kalt den Rücken hinunter bei solchen Gedanken. Dabei wird man begreifen, daß es mir unter diesen Umständen keine sehr angenehme Diversion gewährte, der Frechheit zweier Ratten zuzusehen, welche sich auf den Rest meines Mittagsmahls bei mir zu Gaste luden.

Es schlug drei auf dem Schloß; ich wollte fast vergehen. Auf einmal aber rasselten die Riegel. Der Schloßvogt öffnete, Verwirrung und Verlegenheit im Blick. »Der gnädig' Herr ist angekommen; er schickt mich, Euch zu holen.«

Ich folgte dem Vogt nach der vordern Hausflur, wo er mich warten hieß. Zu meinem Ärger standen hier verschiedene gemeine Leute herum, die sich ihrem Gebieter zu präsentieren wünschten, der Pächter samt dem Schäfer und dergleichen. Sie gafften mich wie einen armen Sünder an und zischelten einander in die Ohren; ich machte aber ein Gesicht wie ein Pandurenoberst und kehrte ihnen dann den Rücken zu.

Es dauerte nicht lang, so kam, gestiefelt und gespornt, vom Stalle her ein kleiner, blasser, ältlicher Herr mit großen blauen Augen in Begleitung einer schneeweißen Dogge, durch deren gewaltige Größe die kurze Gestalt ihres Herrn nur desto auffallender wurde. Er sah mich im Vorbeigehn scharf so von der Seite an, sprach mit den andern ein paar gütige Worte, ließ abermals den Blick auf mich herübergleiten und war schon im Begriff, die Leute zu entlassen. In diesem Augenblick gewahrte ich den jungen Mann, der sich am Morgen mit so vielem Eifer meiner Person hatte versichern wollen und den man mir als Ännchens Bräutigam bezeichnet – Aber wo nehm' ich Worte her, um mein Erstaunen, mein Entsetzen auszudrücken, als ich beim zweiten Blick meinen Juden in ihm erkannte! – – Unfühlend, wo ich stand, und des Respekts vergessend, den ich der Gegenwart des gnädigen Herrn schuldig war, warf ich mich auf den Burschen mit einer Wut, mit einer Schnelligkeit, wie kaum ein Tiger sich auf seine sichere Beute stürzt. »Vermaledeiter Dieb! so hab' ich dich!« und packt' ihn kräftig bei der Kehle. Eine Totenstille entstand. Entsetzen hielt das Gesindel gebannt. Der alte Herr sah unwillig verlegen zu dem Auftritt, und einem allgemeinen Murren folgte unmittelbar der wildeste Tumult. Man wollte mir mit Gewalt meinen Feind entreißen, von dessen Gurgel meine Hand nicht loszubringen war, und hätten sie mich in Stücke zerrissen. Die kreischende Stimme des Freiherrn allein war imstande, mich zur Vernunft zurückzubringen. In kurzem ward es ruhig.

»Faßt Euch, Herr Peter!« sagte der Patron zu meinem Gegenpart, der mich erhitzt und keuchend mit weinerlichem Lachen angrinste – »Ich hoffe, dieser allzu rasche Jüngling wird Euch seinerzeit den gröbsten Irrtum abzubitten haben; indes, Herr Schulzensohn, seid Ihr einmal entschieden angeklagt und werdet Euch gefallen lassen, inmitten dieser Leute hier Euch zu gedulden, bis ich mit jenem fertig bin.«

Der Schloßvogt führte mich nun auf Befehl des Herrn hinauf in den Saal, wo er mich alsbald wieder verließ. Ich hatte vor lauter Erwartung kaum einige Aufmerksamkeit auf das, was hier mich umgab. Uralte gewirkte Tapeten mit abenteuerlichen Schildereien; zwei lange Reihen von Porträts bedeckten die Wände; ein ungeheures Fenster umfaßte die prächtigste Aussicht. Mir wurde die Zeit unsäglich lang. Endlich ging eine Flügeltür auf, und Herr Marcell von Rochen trat herein, in feierlicher, sonderbarer Tracht. Er war in Reitstiefeln, so wie vorher; sein übriger Einband jedoch erinnerte mich auf der Stelle frappant an mein Schatzkästlein. Er hatte ein schwarzseiden Mäntelchen an, darunter ein geschlitztes spanisches Wams von meergrüner Farbe hervorstach. Sein grauer Knebelbart rieb sich an einem steifen Ringelkragen, welcher wie Pergament aussah. Wenn sich der Mann von ungefähr umdrehte, so war etwas Erkleckliches von einem Höcker zu gewahren, ein Merkmal, das gedachter Ähnlichkeit auf keine Weise Abbruch tat. Nichtsdestoweniger hatte sein ganzes Wesen etwas Ehrwürdiges, Unwiderstehliches für mich.

Er nahm nunmehr mit Anstand Platz und sprach: »Ihr seid Franz Arbogast aus Egloffsbronn, Goldschmiedsgesell bei Meister Orlt in Achfurth?«

»So ist es, Ew. Gnaden!« versetzte ich mit großer Zuversicht und erzählte sofort auf Verlangen die ganze unglückselige Historie ausführlich und gewissenhaft, wobei er sehr aufmerksam zuhörte. Am Ende zog er die Klingel und ließ mein Felleisen bringen. Hierauf begehrte der Freiherr das Büchlein zu sehen, das eine so wichtige Rolle in meiner Geschichte gespielt. Ich überreichte ihm das unschätzbare Werklein ungesäumt, das er mit einem ganz erheiterten Gesicht, ja mit unverkennbarer Rührung, wie eine wohlbekannte Reliquie, empfing. »Meiner Schwester Hand, bei Gott!« rief er halblaut, blätterte lang und schmunzelte dazwischen, sah mich dann wieder ernsthaft an, ging auf und ab, mit allen Zeichen stiller, nachdenklicher Verwunderung.

Nun trat er auf mich zu und sagte: »Also just vierhundert Dukaten betrüge die Summe, die Ihr verloren?«

»Gerade soviel, Ew. Gnaden.«

»Und davon hättet Ihr nicht das geringste übrigbehalten? Besinnt Euch ja wohl!«

Auf einmal fiel mir ein, daß ja noch ein Goldstück im Wagen gewesen, und daß ich dieses in der Not bei der Zeche zu Rösheim auswechseln lassen. Ich bekannte aufrichtig, wie alles gegangen.

»Da habt Ihr sehr übel getan!« versetzte der Freiherr bedenklich, mit kaum merkbarer Schalkheit. »So geht es, wenn ein Osterjüngling nicht genau nach seinem Katechismo lebt. Ihr werdet Euch des trefflichen Spruches erinnern, worinnen gesagt ist, daß man sich fremden Eigentums unter keinerlei Umständen anmaßen möge. Genug, Ihr habt den Lockvogel hinausgelassen, mit dessen Hilfe Ihr die ganze goldne Schar gar leichtlich wieder in Eure Hand würdet bekommen haben.«

»O Gott! ich Unglückseliger!« rief ich verzweifelnd aus und schlug mich vor die Stirne.

»Geduld, Geduld, Gesell!« rief der alte Herr, »noch ist nicht alles verloren. Laßt Euch den Fehler für die Zukunft zu einer Warnung dienen; indes« – hier griff er in die Tasche und zog zu meinem freudigsten Erstaunen den Dukaten hervor, den er mir lächelnd mit den Worten reichte: »Er kann nun freilich die erwünschte Wirkung nicht mehr tun, der Zeitpunkt ist versäumt; dessenungeachtet werdet Ihr vor Cyprian Eure 399 wieder haben, da es Euch denn doch angenehm sein dürfte, auch den vierhundertsten gleich draufzulegen. Er fand sich noch zum Glück in den Zähnen des ›Goldenen Löwen‹.« Mit Tränen küßte ich die Hände des Patrons und wußte meinem Danke keine Worte. Der unvergleichliche Mann fuhr nun fort:

»Franz Arbogast, Ihr seid von nun an frei, und die Gerechtigkeit gibt Euch hiemit durch meinen Mund und kraft dieses Papiers bis auf ein weiteres Euren ehrlichen Namen zurück. Marcell von Rochen hat Bürgschaft für Euch geleistet; ich sprach Euren wackeren Meister noch kürzlich in Achfurth. Er läßt Euch freundlichst grüßen. Auch mußte er mir das Versprechen geben, daß er die Arbeit, derenwegen Ihr nach Frankfurt reisen solltet, in keines andern Hände legen wolle. Es hat noch Zeit damit, und auf mein Wort bleibt Ihr nur vorderhand getrosten Muts hier auf dem Schlosse. Josephe wird schon sorgen, daß Ihr uns nicht entlauft; denn noch erwartet Euch ein wichtiges Geschäft. Ich kann für heute nicht bleiben, in wenig Tagen sehen wir uns wieder. Bevor ich aber scheide, nehmt meinen besten Segen für Euch und für Josephen. Gewiß, mein Freund, Euch ist nach mancher Prüfung ein selten Glück beschieden: was man dagegen von Euch fordern wird, das sollt Ihr seinerzeit von Eurer Braut vernehmen. Indes gehabt Euch wohl!« Hiemit entfernte er sich in ein Seitenzimmer, eh' ich ihm nochmals hatte danken können.

Ich blieb in einer Art von freudiger Betäubung noch eine ganze Weile auf einem Flecke stehn, halb in Erwartung, ob mein Wohltäter nicht noch einmal heraustrete. Als ich den Saal endlich verließ und die Treppe herabkam, stand der Freiherr bereits in seinen ordentlichen Kleidern unterm Tor und stieg soeben zu Pferde. Er winkte mir im Wegreiten noch ein Adieu zurück. Der Schloßvogt mußte ihn den Berg hinab, dem Dorfe zu, begleiten. Ein junger flinker Jäger, der hintendrein ritt, gab mir durch lustige Gebärden zu verstehn, daß man »den Juden« schon vorausgeführt habe. In Gottes Namen! dachte ich und eilte in die Stube und auf Ännchen zu, die mir entgegenflog.

Die Trunkenheit der nächsten Stunden zu beschreiben,

soll mir billig erlassen sein. Josephe – so will ich sie immerhin nennen, denn dieser Name war ihr ganz eigen geworden – Josephe zog mich an ein Tischchen, auf dem ein appetitliches Abendbrot, mit frischen Herbstblumen geziert, mein wartete. Ich hatte hundert Fragen an das Mädchen, doch meine Ungeduld sprang immer nur von einer zu der andern, dergestalt, daß ich am Ende so wenig wie vorher von allem begriff. Die seligste Konfusion von gegenseitigen Erklärungen, von Tränen, Scherzen, Küssen löste sich zuletzt in das Geständnis auf: man wolle jetzt nichts wissen und nichts fassen, als daß man sich wieder besitze, daß man sich ewig so umschlungen halten würde.

Frau Base schien in großer Not, wie sie dem glücklichen Paar ihre Teilnahme ausdrücken sollte. Sie hatte in der Tat, wie ich nachher erfuhr, nicht das beste Gewissen. Denn wenn Josephe gestern, im Sinne mich zu prüfen, auf zweideutige Weise etwas von einem Bräutigam verlauten ließ, so hing dies bei der Alten ganz anders zusammen. Gedachter Schulzensohn, ein angehender Wirt, filzig und reich, doch sonst ein guter Christ, hoffte an diesem Mädchen eine tüchtige Hausfrau für sich zu erwerben und betrieb seine Absicht um so ernstlicher, da nicht verschwiegen blieb, daß sie von der seligen Freifrau von Rochen – auf welche merkwürdige Dame wir näher zurückkommen werden – mit einem Vermächtnis bedacht worden war, dessen Eröffnung bis auf ihre Hochzeit ausgesetzt sein sollte, und wovon, in Betracht, wieviel sie bei gnädiger Herrschaft gegolten, sehr übertriebene Vermutungen bestanden. Josephe, die den Menschen nicht entfernt ausstehen konnte, war überdies, durch manchen geheimnisvollen Wink ihrer verblichenen Beschützerin geleitet, mit Sinn und Herzen immerfort nur auf die Zeit gespannt, wo der Goldschmiedsgeselle von Achfurth anrücken würde. Die Base aber, insoweit auch sie in das Geheimnis eingeweiht war, hatte, als eingefleischtes Weltkind, noch nie so recht daran geglaubt und konnte endlich eine kleine Kuppelei nicht lassen. Doch ihre Künste scheiterten an der Beharrlichkeit des braven Kindes, und der gekränkte Freier blieb einige Zeit aus. Am letzten Sonntag kam er wieder, sein Heil noch einmal zu versuchen. Allein wie sehr war er erstaunt, als er noch außerhalb des Hofraumes wahrnehmen mußte, wie sich das Jüngferchen mit einem fremden Gesellen, dessen Person er sich von der Gramsener Botenfahrt her sogleich erinnerte, gar traulich vor dem Schlößchen hin und her spazierend, behagte. Er hatte auf der Stelle weg, wo das hinauszielte, zumal er an demselben Nachmittag im Jünneda mit der Gevatterschaft vom Schloß zusammengetroffen und ihm die Ängstlichkeit, womit die Base ihn für dieses Mal von einem Besuche bei Sephchen abhalten wollte, bereits verdächtig vorgekommen war. Ganz stille schlich er sich den Berg wieder hinab und sann auf Rache. In kurzem trat auch wirklich ein ganz vertrackter Zufall ein, völlig dazu gemacht, mich mit einem Schlag in die Lüfte zu sprengen.

Herr Peter hatte nämlich in folgender Nacht einige Reisende beherbergt, Handelsherren, die mit anbrechendem Tage weiter wollten. Der Wirt war aufgestanden; er reichte ihnen zwischen dem Frühstück gefällig die neueste Zeitung, und einer trug daraus das Merkwürdigste vor, unter anderm einen ellenlangen Steckbrief, der viel Aufsehen erregte. Der Wirt geht eben durch das Zimmer, steht still und spitzt die Ohren; er ist von dem Signalement frappiert, er liest mit eigenen Augen, wird plötzlich Feuer und Flamme und rennt mit dem Blatte davon – zum Schulzen, seinem Vater. Der, weil er eben unpaß ist, überträgt die Sache dem Sohn, auf den er sich verlassen kann. In weniger als einer halben Stunde war meine Aufhebung erfolgt. – Daß ich nachher denselben Menschen, welcher mit solcher Zuversicht die Schergen wider mich aufbot, noch immer als den Dieb ansehen und behandeln konnte, war freilich eine Unbesonnenheit, die nur der blinde Drang des Augenblicks verzeihlich machte. Ich meinerseits indessen war nicht einmal geneigt, mir den Irrtum so sehr zu Herzen zu nehmen, besonders da ich gar wohl merkte, daß unser guter Schatzkästleinspatron, welcher von vornherein der Sache auf den Grund gesehen, dem schadenfrohen Kauzen eine vorübergehende Demütigung – er saß zwei ganze Tage zur Untersuchung im Arrest – absichtlich nicht ersparen wollte. –

Josephe schlug noch einen Gang ins Freie vor; der Abend war so schön, die Luft außerordentlich milde.

Indem wir nun allein so Hand in Hand entlang dem Ackerfeld, am Rand des Bergs, hinwandelten, war mir's noch immer wie ein Märchen, daß ich das schönste liebste Mädchen von der Welt als meine ausgemachte Braut besitzen sollte, und daß dieselbe zwar nach Leib und Seele mein altes Schätzlein aus der Melbergasse hinterm Krahnen sei! – – »So sag' mir denn, um's Himmels willen«, hob ich an, »wie bist du von den Toten auferstanden?«

»Mir kam es wahrlich selber vor«, versetzte sie, »als ging' es nicht mit rechten Dingen zu, da ich eines Morgens die Augen aufschlug und mich in einem fremden Zimmer, wo alles gar vornehm und lieblich aussah, in einem feinen seidenen Bettchen zum ersten Male wiederfand. Es war ein wenig dunkel in dem Zimmer, die Laden waren zu, die Vorhänge herabgelassen. Nach einer Weile kam eine ältliche Dame herein; sie war mir gleich bekannt; so ein sanftes und liebreiches Witwengesicht hatt' ich schon sonst einmal gesehen. Du mußt dich noch erinnern, zu Egloffsbronn vor dem Brückentor gegen die Landstraße hin steht einzeln ein freundliches Haus zwischen Gärten –«

»Ganz recht! es liefen immer ein paar prächtige Pfauen im Hofe herum, die wir oft halbe Stunden lang durch die Staketen beguckten –«

»Ja, und da rief uns eines Tags eine vornehme Frau in das Haus, befrug uns über dies und das und schenkte jedem einen neuen Zwanziger. Wir kamen noch einigemal, doch leider war die gute Frau nie mehr zu sehen. Nun aber kannte ich sie sogleich wieder. Sie setzte sich zu mir ans Bett, erkundigte sich nach meinem Befinden und reichte mir köstliche Bissen zur Stärkung. Dann trat Frau Lichtlein ins Gemach und gleich darauf ein schönes Frauenzimmer, das mich mit Schmeichelworten und Liebkosungen überhäufte und fast nur allzu lebhaft war. Man nannte sie Josephe, zur ältern Dame sagte sie Tante Sophie. Sie zeigte mir ein schönes Kleid, das sollte ich anziehen, sobald ich wieder aufstehn dürfte. Meine Frage, ob ich zu Egloffsbronn wäre, bejahte man mir, und als ich weiter forschte, ob ich denn wieder zu meinen Pflegeeltern müßte, hieß es: nein, die Tante nehme mich mit auf ihr Gut, wenn ich wollte. ›Ach ja‹, sagt' ich, ›wenn der Goldschmied-Franz auch mitgeht.‹ – ›Der kommt dir nach!‹ versetzte das Fräulein und lachte. Kaum war ich völlig wiederhergestellt und wohl in meiner neugewachsenen Haut, so putzte mich das Fräulein so artig heraus, daß ich mich kaum mehr kannte; sie flocht mir mit eigener Hand meine Zöpfe, sie stellte Puppen und allerlei Spielwerk vor mich und ging dabei selber mit mir nur wie mit einer neuen Puppe um. ›Hören Sie, Tantchen!‹ rief sie der gnädigen Frau einmal zu, ›ich habe Lust, einen Vertrag mit Ihnen abzuschließen: hiermit verspreche ich, Ihnen nicht nur den kommenden Monat, wie wir ausgemacht haben, sondern ein ganzes Jahr auf Ihrem verrufenen Schlößchen

Gesellschaft zu leisten, mit dem Beding, daß ich das Kind nach meinem Sinn erziehen und mir es ganz aneignen darf.‹

›Schon gut‹, war die Antwort, ›wir wollen sehn, wie lang das dauern wird.‹

Am Abend fuhr ein Wagen an und kam ein kleiner munterer Herr in Reisekleidern herauf, welchen die beiden Frauen mit vieler Zärtlichkeit empfingen. Es war der Herr vom Hause, ein Bruder jener Dame, die, so wie die Nichte, sich nur gastweise bei ihm, der eben Witwer war, aufhielt. Das Fräulein präsentierte mich dem Oheim, der sogleich herzlich zu lachen anfing. ›Ich wollte wetten, Schwester‹, rief er aus, ›das ist nun wieder eins von deinen Auserwählten, ein Osterlämmchen, eine Friedensbraut nach deinem heimlichen Kalender. Ja ja, Frau Irmel mag sich freuen: die große Stunde der Erlösung muß nun allernächstens schlagen. Ich hoffe doch, die Gräfin wird so höflich sein, mir mindestens ein Dritteil ihres Mammons zuzuscheiden.‹

›Du wirst‹, versetzte Frau Sophie lächelnd mit einem sanften Vorwurf, ›du wirst, Marcell, noch einst ganz anders von diesen Dingen reden.‹

So stritten sie und scherzten noch vieles hin und her, wovon ich nichts weiter verstand.

An einem heitern Wintermorgen reisten die beiden Frauen mit mir ab. Es war das erstemal in meinem Leben, daß ich in einer Kutsche fuhr; ich war vor Lust ganz außer mir. Den zweiten Tag erreichten wir das Schlößchen. Nun ging ein Leben wie im Himmel für mich an. Es war, als wäre ich nur für Josephen da; sie gab sich ganze Tage mit mir ab, und da ich sogar ihren Namen führen mußte, schien ich mir selber wie verwandelt und eine ganze neue Person. Nun sollte ich gleich tausenderlei Sachen auf einmal von dem Fräulein lernen; selbst auf der Harfe nahm ich Unterricht bei ihr. Es fand sich nämlich so ein altes Ding von

Instrument aus den früheren Zeiten der Tante. Das Fräulein sagte oft: es sei die Irmels-Harpfe; ich wußte damals nicht, was mit dem Scherz gemeint war, welchen die Tante jedesmal und endlich sehr ernsthaft verwies. Wir trieben unser Wesen so drei Monate zusammen, als meine junge Gönnerin zu meinem größten Kummer von den Verwandten nach der Hauptstadt abgerufen wurde. Die Tante konnte den Wildfang wohl missen, und späterhin gestand sie mir geradezu, es hätte in der Art, wie ihre Nichte mich behandelt, unmöglich fortgehn können; der Stand, in den ich künftig treten würde, verlange nicht etwa so ein verwöhntes Modepüppchen, wohl aber eine wackere Hauswirtin. Doch war es niemand weniger gegeben, mit Kinder umzugehen, als eben dieser guten, von mir so hochverehrten Frau; ich machte ihr nur Langeweile, störte und ärgerte sie. So mußte ich mich denn fast einzig zu des Hausschneiders halten und war froh, daß ich nur jemand hatte, zu dem ich einmal wieder, wie einst in Egloffsbronn, Vetter und Base sagen durfte. Dies wurde gegenseitig so sehr zur Gewohnheit, daß jedermann uns für Verwandte hielt.«

»Indem nun meine Braut« – so fuhr der Hofrat zu erzählen fort – »mich mit den Eigenheiten ihrer seligen Wohltäterin näher bekannt machte, bedauerte ich aufrichtig, diese Edle nicht mehr am Leben zu wissen: ihr hatte ich mein Schatzkästlein, ach und noch weit mehr zu verdanken. Aber« – mit diesen Worten wandte sich Herr Arbogast an eine ganz besonders aufmerksam zuhörende bejahrte Dame – »Sie, Frau Majorin, bringen ja den Mund nicht mehr zusammen, seit ich von Frau Sophien rede! Am Ende haben Sie die Baronesse selbst gekannt?«

»Gewiß! gewiß hab' ich! Leibhaftig steht sie wieder vor mir, wie ich sie vor vierzig und mehr Jahren in meiner Jugend sah.«

»Was ist das?« brummte hier ein treuherziger Schweizer, der während der Erzählung einigemal sehr merklich eingenickt war: »Bi Gott! ich dacht', das alles si halt numme so ne Fabel g'si, jetzt chümmt es doch anderster usi! Hätt' ich das eh' g'wüßt, hätt' es mich, bi miner Ehr', nit g'schläferet!«

Auf dies Bekenntnis folgte ein allgemeines, unauslöschliches Gelächter. Der Hofrat endlich nahm das Wort und bat gedachte Dame um eine Schilderung der Frau von Rochen: »Ein solches Zeugnis«, sagte er, »wird für meinen Kredit als Erzähler entscheiden.«

Die angenehme Frau ließ sich nicht lange bitten. »Von allen Gliedern der Familie«, fing sie an, »war Sophie die letzte, welche dem alten Rittersitz die Ehre ihrer persönlichen Gegenwart schenkte, indem sie den verstorbenen Gemahl, Anselm von Rochen, gern am Ort, wo er begraben lag, betrauern wollte. Ich sah sie dort mehrmals mit meiner Mutter und hörte auch später noch manches von ihr. Ohne gerade menschenscheu zu sein, liebte sie Einsamkeit und Stille über alles, selbst ihre Kammerfrau verweilte nur wenige Stunden des Tags in ihrer unmittelbaren Nähe, und nicht über viermal im Jahre, an hohen Festen etwa, kam sie ins Dorf herab. Dagegen ward sie auch von groß und klein als eine Heilige verehrt, wenn nun die schlanke feingebaute Gestalt mit der ihr eigenen Freundlichkeit und, bei einem Alter von bald siebenzig Jahren, mit beinah' jungfräulichem Anstand in der Kirche den gewohnten Platz einnahm und aus dem offenen erhöhten Gitterstuhl ihre Untertanen durch ein Lächeln begrüßte, nach angehörter Predigt aber die Kranken und die Armen als freigebige Trösterin in ihren Häusern besuchte.

Dem klösterlichen Leben, das Sophie im Innern ihrer prunklosen Gemächer führte, entsprachen denn auch ihre Lieblingsbeschäftigungen ganz und gar. Von Jugend an zu einer bewundernswürdigen Kunstfertigkeit in feiner bunter Stickerei geübt, war sie bei völlig ungeschwächten Sinnen noch immerfort imstande, dergleichen Arbeiten, wozu sie sich ehmals die reichsten Muster kommen ließ, mit gleicher Sorgfalt fortzusetzen; sie wiederholte unermüdet ihre alten Zeichnungen, um mit solchen Prachtstücken, an denen Gold und Silber glänzte, von Zeit zu Zeit die Ihrigen zu überraschen, ganz unbekümmert freilich um den Geschmack des Tags.

Bedeutend aber war ihr Ansehn bei der Familie dadurch, daß sie die Gabe der Weissagung in hohem Grade besessen haben soll; besonders wollte sie es jedem gleich ansehen, ob er Sinn und Beruf für übersinnliche Dinge besitze. Auch stand sie allezeit mit einer Anzahl Geistlichen in Briefwechsel und wußte sich – zu einem Zweck, den weiter niemand kannte, worüber wir jetzt freilich ganz im klaren sind – von den Verhältnissen aller möglichen Menschen, von Zeit und Stunde ihrer Geburt und dergleichen genaue Kenntnis zu verschaffen. In ihrer eigenen Verwandtschaft fand sie den unbedingtesten Glauben, obschon sie gerade hier am sparsamsten mit ihren Eröffnungen war. Bruder Marcell allein wagte es, den hartnäckigen Zweifler, sogar gelegentlich den Spötter gegen sie zu spielen; dessenungeachtet ist er doch ihr Liebling immer geblieben. Nach ihrem Tode mag er sich wohl bekehrt haben, ja, wie es scheint, verschmähte er nicht, Sophiens mystische Hausfarbe, grün, schwarz und weiß, zu Ehren der Schwester bei feierlichen Anlässen zu tragen.

Nun aber ist leicht zu vermuten, daß unserer guten Nonne das kleinste Verdienst dabei blieb, wenn unter ihrem frommen Regiment die Gutsökonomie, die gar nicht unbeträchtlich war, dennoch durchaus zum Vorteil der Besitzer aufrecht erhalten wurde. Sie nahm von ihrem samtnen

Armstuhl aus sehr regelmäßig Anteil an den vorkommenden Geschäften; sie hörte an bestimmten Tagen den Verwalter an, durchsah als eine gute Rechnerin die Bücher mit der Feder in der Hand, ermahnte die Dienstboten und übte mitunter auch wohl ein klein wenig die Kunst, unterrichtet zu scheinen, wo sie es nicht war. Jedoch verstand es sich bei männiglich von selbst, daß alles in der Wirtschaft hätte drunter und drüber gehn müssen ohne die Einsicht und Treue eines Verwalters, der wirklich seinesgleichen suchte. Der gute Mann nahm aber unvermutet seinen Abschied, die Güter wurden verpachtet, und die edle Matrone, den Bitten ihres Bruders jetzt nicht länger widerstrebend, entsagte diesem Aufenthalt und ließ es sich gefallen, den späten Abend ihres Lebens im Schoße der Familie zuzubringen.

Dies wäre nun alles, was ich zugunsten der Wahrhaftigkeit des Herrn Erzählers vorzubringen hatte.«

Nachdem sich die Versammlung für diese interessanten Nachrichten aufs schönste bedankt, sprach unser Hofrat weiter: Ich werde mich nunmehr zum Schluß so kurz wie möglich fassen.

Josephens Konfirmation war in der Dorfkirche vollzogen worden. Die Nachfeier des Tages aber fand in aller Stille auf dem Schlößchen statt. Am Abend nahm Sophie das Mädchen bei der Hand und führte sie nach einem Gemache im untern Stock, zu dem niemand, sogar der Vogt nicht, Zutritt hatte. Sephchen erblickte nun hier eine vollständige Goldschmiedswerkstatt, ganz neu und sauber eingerichtet. »Mein Kind!« sagte die edle Frau: »sieh an, das ist für deinen Franz, hier führst du ihn herein, wenn er 'mal kommen wird; hier muß dein Liebster sein Meisterstück machen. Ist das geschehn, so findet sich das übrige von selbst. Der Werkzeug bleibt sein Eigentum; er nimmt es mit gen Achfurth, wo ihr euch niederlassen sollt. Und dann gedenket mein und habt einander lieb in Gottesfurcht und Frieden!« – Zugleich bekam Josephe ein ähnliches Büchlein wie ich, obgleich sie nach Geburt und Rang nur ein Sonntagskind war. Die Werkstatt wurde nun wieder geschlossen, und ich war in der Tat der erste, dem sie sich nach vier Jahren wieder öffnete. Josephen war der Schlüssel durch Herrn Marcell bei seiner neulichen Anwesenheit behändigt worden. Ich hatte nur zu staunen und zu preisen, als ich mit meiner Braut von diesen Sachen Einsicht nahm: da war auch nicht das Geringste vergessen, vom großen Ofen bis zum unbedeutendsten Lötrohr herab, und Stück für Stück untadelhafte Ware, so rein und einladend, daß einem gleich der Mund nach der Arbeit zu wässern anfing. Auf meine Frage, was denn wohl zunächst hier mein Geschäft sein würde, gab mir Josephe nur ganz verblümten Bescheid, indem sie mich auf Herrn von Rochens Wiederkunft verwies; allein ich hatte längst gewittert, was das werden sollte, und war gefaßt auf alles, obwohl ich gar nicht leugnen will, daß mir etwas unheimlich wurde, als mir das Mädchen bald hernach zwei sonderbar gestrickte Schärpen zeigte, worauf gewisse Chiffern und Figuren von grüner, schwarzer, weißer Farbe sich durchschlangen. »Wozu soll das, Josephe?« fragte ich.

»Die eine für dich, die andere für mich«, antwortete das Mädchen mit geheimnisvollem Lächeln, »wir tragen sie auf *eine* Nacht.«

»Aber wozu, um Gottes willen?«

Sie legte ihren Finger auf den Mund: »Für jetzt nicht weiter, Franz; du bist ein Mann, und da, wo ich mich hin getraue, wirst du dich hoffentlich nicht scheuen.« – So kamen wir stillschweigend überein, daß vorderhand nicht mehr die Rede davon sein solle.

Der nächste schöne Morgen reizte uns zu einem kleinen Ausflug in die Gegend. Wir hatten uns noch unzählige

Dinge zu sagen. Unter anderem wollte ich wissen, warum sie sich mir denn nicht gleich am ersten Abend, als ich kam, entdeckte? ja wie sie es nur übers Herz bringen können, den ganzen folgenden Tag so grausam Komödie mit mir zu spielen? »So? meint der Herr«, entgegnete sie, »man hätte nicht auch Lust gehabt, ihm etwas auf den Zahn zu fühlen? Im ganzen habe ich mir freilich all die Jahre her nie eigentliche Sorgen wegen deiner gemacht. Besonders hielt ich mich an das, was wir gelegentlich durch Reisende erfuhren. So kam einmal der Vetter, als eben Kirmes war zu Jünneda, mit einem lustigen Messerschmied an einen Tisch im ›Rößlein‹ zu sitzen, der war nicht weit von hier zu Haus, kam erst von Achfurth her und wußte gar manches von dir; darunter war mir denn das wichtigste und angenehmste, daß sie dich dort den kalten Michel hießen. Die Base wollte dies nicht eben tröstlich für mich finden, ich aber sagte gleich: bei mir wird er schon auftauen. Nun mußt du aber wissen, Freund, ausdrücklich hatte Frau Sophie mir gesagt, du müßtest mich bei unserm Wiedersehn von selbst erkennen; dies sei die erste Probe, wie tief dir Ännchen noch im Herzen sitze. Und daß ich's nur gestehe, mir wollte schon anfangen bange werden, weil du so gar vernagelt warst; ja meinen Ohren traute ich kaum, als mir der Mensch anfing, von seinen Liebschaften dazu vorzuprahlen! Sieh, hätt' ich mir nicht alle diese Faxen so ziemlich zurechtlegen können, es wär' ja wahrhaftig mein Tod gewesen! Etwas muß aber doch daran sein, dachte ich, so arg er auch aufschneidet, ganz leer ging es nicht ab, dafür soll er mir jetzt ein bißchen zappeln.«

Unter so fröhlichen Gesprächen waren wir, stets auf der flachen Höhe des Gebirgs fortschlendernd, bis an die gutsherrlichen Weinberge gekommen. Wir setzten uns auf eine kleine Mauer und blickten, über die Rebstöcke weg, hinunter in den sogenannten Schelmengrund. Die Gegend fiel mir auf, ja ich war ganz verblüfft – denn auf und nieder war ja hier das Tälchen wieder, das ich in jener Nacht gesehen, wo es vom Herbstvergnügen der Waidefeger widerhallte! Wie sonderbar! Alles traf zu, die Eiche abgerechnet, von welcher nichts zu sehen war. Ich säumte nicht, die Sache gleich Josephen zu erzählen, die sich höchlich darüber vernahm. Zwar hielt auch sie den Spuk in jener Rumpelkammer für einen bloßen Traum, den sie jedoch nichtsdestoweniger bedeutsam fand. Nachdem wir uns den Ort und namentlich eine gewisse rundliche, mit Gras und Disteln überwachsene Vertiefung in der Erde zunächst am Mäuerchen genau bemerkt, begaben wir uns, aller guter Hoffnung voll, nachdenklich auf den Rückweg.

Zu Hause ließ ich es mein erstes sein, die alte Karte mit dem Titelbildchen genauer zu betrachten. Die Ähnlichkeit war abermals nicht zu verkennen, obgleich sie sich bereits nicht mehr so ganz wie vorhin wollte finden lassen. – Während ich noch darüber nachdenke, reicht mir Josephe einen Brief: er sei in unserer Abwesenheit vom Dorf gebracht worden. Ich meinte Wunder was es wäre, das schlaue Mädchen aber sagte: »Gib acht, Herr Peter hat was auf dem Korn.« So war es in der Tat. Seiner gekränkten Ehre eingedenk, machte er Miene, mir einen Prozeß anzuhängen; soviel sich aus der ganz konfusen Schreibart absehen ließ, schien er jedoch nicht ungeneigt, bevor es dahin käme, Genugtuung, und zwar mit barem Gelde, privatim von mir anzunehmen. – Zu rechter Zeit erinnerte ich mich jenes stählernen Knopfs, womit der Schuft den Fuhrmann damals prellte. Ich schlug sogleich ein säuberlich Papier um das edle Schaustück und legte ein paar Zeilen bei, worin ich ihm andeutete, wie sehr man sich zuweilen irren könne, und daß ein Biedermann, der in der Eile einen glatten Knopf für einen Fünfzehner ausgab, es eben auch passieren lassen müsse, wenn ihn ein anderer einmal für einen Galgenvogel nahm. – Der Brief tat völlig die gehoffte Wirkung; Herr Peter zeigte ihn zwar keiner Seele, doch soll er sich geäußert haben, ich hätte ihm sehr anständig Abbitte getan.

Nun kämen wir an das letzte Kapitel in meiner Geschichte, von dem ich zwar versichern darf, daß es seine besondern Reize hat, allein ich habe die Geduld meiner verehrten Zuhörer längst über die Gebühr erprobt, und so mag es für heute bewenden.

»Wie? was, Herr Hofrat?« riefen mehrere Stimmen – »jetzt fällt es Ihnen plötzlich ein, Punktum zu machen, jetzt, da es auf das Ziel losgeht? da alles voll Erwartung ist? Nein, nein, das geht nicht an, wir protestieren sämtlich!«

Der Hofrat aber rückte gelassen seinen Stuhl, und da man ihn schon kannte, so sprach ihm niemand weiter zu.

»Wann werden wir denn nun das Ende hören?« fragten einige Damen.

»O morgen abend, wenn sie wollen.«

»Was? da haben wir ja Ball! Als wenn er das nicht wüßte!«

»Gut – also übermorgen.«

»Da reisen Sie ja ab!«

»Ich?«

»Freilich? Ihre Frau hat es uns selbst gesagt. Seht doch, den Schalk! Er wollte uns wahrhaftig den Rest ohne weiteres schuldig bleiben!«

»Nun« – war die Antwort – »daß ich's nur gestehe, ich pflege diesen Teil meiner Geschichte, der sich im wesentlichen übrigens von selbst ergibt, nie gerne zu erzählen.«

»Darf man wissen warum?«

»Eine Grille.«

»Das scheint geheimnisvoll.«

»Ich glaube unsern Freund beinahe zu verstehn«, sagte Kornelie, eine geistvolle, höchst liebenswürdige Blondine: »und so sehr mich selber die Neugierde plagt, es will mir doch zugleich gefallen, daß von den geisterhaften Dingen, die wir ahnen, der letzte Schleier nicht hinweggenommen werde. Sie würden einem fast, deucht mich, zu wirklich und zu nahe und wären wenigstens mit einer heitern Darstellung, wie diese doch im ganzen war, kaum zu vereinigen.«

»Ei was!« rief Oberst Mathey hier mit halb komischer Ungeduld: »was für Umstände! Wir müssen absolut jetzt irgendeinen Schluß, einen expressen Schluß bekommen, und wenn wir ihn uns selbst erzählen sollten!«

»Das möchte wohl so schwer nicht sein«, sagte Kornelie.

»Eh bien! ich nehme Sie beim Wort, mein schönes Kind. Geschwinde, geben Sie uns eine hübsche Skizze, damit sich unsere Imagination vor Schlafengehen beruhige.«

»Fürs erste«, fing Kornelie an, »wird Herr von Rochen, als ihm der merkwürdige Traum erzählt wurde, sogleich Anstalt zur Nachgrabung bei jenen Weinbergen getroffen haben. Gewiß geschah dies mit der größten Vorsicht, und zwar nicht anders als bei Nacht, teils um ein Aufsehn zu verhüten, teils weil der feierliche Gegenstand es so erforderte. Es war die Nacht vor Cyprian. Herr Marcell ermangelte nicht, bei Fackelschein in seiner Ostergalatracht zu Pferde den kleinen Zug geziemend anzuführen. In dessen Mitte ging Herr Arbogast als Hauptperson, dann folgten ein halb Dutzend Arbeiter mit brennenden Laternen, Spaten und Hacken wohl versehen. Diese geheimnisvolle Prozession, die Ankunft auf dem Platze, die Tätigkeit der Leute daselbst, wobei kein lautes Wort gesprochen werden durfte, sodann die immer steigende Bewegung, da man nach einem zweistündigen Graben endlich auf ein Gewölbe, zuletzt auf eine schmale Treppe stößt und nun der auserwählte Jüngling, die Fackel in der Hand, sich zwischen Schutt und Trümmerwerk hindurcharbeitend, ein enges Kellerchen betritt, wo er vor allen Dingen eine kleine verrostete Kiste entdeckt, hierauf, nicht weit davon, Frau Irmels unheilvolle Kette und endlich – o Entzücken! ein helles Häuflein Gold, seine Dukaten! – fürwahr, das sind köstliche Szenen, deren getreue Ausmalung sich allerdings verlohnen würde. Allein das wichtigste ist noch zurück. Der Irmelgeist, je näher die ersehnte Stunde kam, verdoppelte, wie man leicht denken kann, sein Seufzen, seine Ungeduld. Auf alle Fälle mußte der edle Jüngling noch um Mitternacht in seine Werkstatt gehn, die Kette herzustellen; ein kitzliches Geschäft, wobei er jeden Augenblick besorgte, daß ihm der Geist über die Schulter gucke, ob auch die Arbeit fördere. Das Bräutchen war ihm hier der größte Trost; sie hielt ihm vermutlich das Licht. Nachdem er fertig war, schickte das vielgetreue Paar sich an, das Letzte und Bedenklichste selbander zu bestehen. Josephe knüpfte sich und ihrem Liebsten die magische Leibbinde um, die zwar nicht jede Gänsehaut verhüten, doch sonst vor bösen Einflüssen bewahren konnte. So zog denn Bräutigam und Braut, die goldene Kette zwischen sich haltend, dem Sichelflusse zu, wo nun das Kleinod unter stillen Segenssprüchen den Wellen übergeben ward. Wie sich der Geist dabei benommen und wie Frau Irmels Danksagung gelautet, muß freilich dahingestellt bleiben; genug, daß sie zur Ruhe kam. Begierig wäre ich, was in dem eisernen Kistchen gewesen, und fast noch mehr, was für niedliche Dinge das Waidfegervolk in die Nischen und Ritzen des königlichen Schatzgewölbs versteckt haben mochte. Zuverlässig fand man auch der Waidekönigin ihr Krönlein darunter, das ich mir so geschmackvoll, so zierlich vorstelle, daß es Herrn Arbogast gleich als Modell zu seiner größern

Arbeit dienen konnte, von der die Welt behauptet, sie sei ein Meisterstück der Kunst; wo aber eigentlich der Künstler die unvergleichlichen, sonst nie gesehenen Formen dazu hernahm, hat er den Leuten freilich nicht gesagt und kann auch billig unter uns bleiben.«

Der Hofrat lächelte und sprach: »Sie haben in der Tat, bis auf einige Kleinigkeiten, meine Geheimnisse so artig erraten, daß ich mich, ganz im Ernst, darüber wundern muß und kein Bedenken trage, hiemit meine Geschichte für geschlossen zu erklären.«

Sofort entspann sich unter den Zuhörern noch eine kleine Diskussion über Wahrheit und Dichtung in dem erzählten Abenteuer. »Vielleicht«, sagte einer der Herrn, ein Forstmeister, »vielleicht bin ich imstande, gerade was die Hauptfrage betrifft, einiges Licht in den Zusammenhang zu bringen. Es hatten, ungefähr vor dreißig Jahren, wirklich Nachgrabungen bei jenem Schlößchen statt. Ein alter Förster meines Schwagers, der in der Nähe dort begütert ist, erzählte viel davon. Man fand einen langen, gewölbten, teilweise noch gut erhaltenen Gang. Er zog sich unterirdisch noch eine Strecke in den Wald hinein, wo er in eine wilde, fast unzugängliche Bergschlucht auslief. An seinem andern Ende, vermutlich in der Richtung nach der Burg, wo er etwa nur eingestürzt war, entdeckte man verschiedene zum Teil kostbare Gegenstände, die schwerlich anders als durch Raub dahingekommen sein konnten. Der berüchtigte *Faligan*, der sich bekanntlich im Spessart und im Odenwald lange umhertrieb und sein Leben in einem Gefecht mit streifenden Bauern durch einen Büchsenschuß verlor, soll an mehreren Orten solche geheime Niederlagen hinterlassen haben. Auch im gedachten Falle führten gewisse Spuren auf ihn zurück. Nun war er selbst zwar zu der Zeit, in die Herrn Arbogasts Beraubung fiele, schon längst tot, allein was hindert uns anzunehmen, daß in der Zwischenzeit ein ähnliches Genie das Loch entdeckt, den vorgefundenen Schatz auf gleiche Art vermehrt und endlich auch Herrn Arbogasts Felleisen so glücklich operiert haben möge?«

Indes nun die Gesellschaft sich hierüber stritt, war der Hofrat still hinausgegangen, kam aber sehr bald wieder und sah sich rings im Saale um. Man fragte, was er suche. »Ich suche meine Frau«, versetzte er, »die ich schon längst im tiefsten Schlaf begraben glaubte. Ihr Bette ist noch unberührt.«

»Das sieht bedenklich aus!« sagte Kornelie, »wenn man sie Ihnen nur nicht entführte, Herr Hofrat! Sagt nicht Ihr Schatzkästlein etwas dergleichen?«

Eine bekannte, angenehme Stimme sprach hier auf einmal hinter dem Ofen hervor:

»Jag nit darnach, mach kein Geschrei,
Und allerdings fürsichtig sei.«

Und sogleich trat zu allgemeinem Jubel Madam Arbogast aus ihrem dunklen Versteck. Sie dankte ihrem Manne sehr anmutig für alle das Schöne und Gute, das er ihr angedichtet, bestätigte jedoch, daß er im ganzen keineswegs ein Märchen erzählt habe.

Als die Gesellschaft nun aufbrach und jedermann sein Licht ergriff, sprach Arbogast noch mit Kornelien und sagte ihr etwas ins Ohr. »Ist's möglich?« rief sie mit Verwunderung, so daß die andern in der Türe stehen blieben. »Wissen Sie auch«, fuhr sie, gegen jene gewendet, heraus: »wer der verdächtige Wegzeiger war auf der Heide? – Der Ritter von Latwerg! Er wartete auf seinen Osterengel.«

»Was Teufels!« rief der Oberst. »Nun denn – Gutnacht, Herr Ritter! Die Hähne krähen schon, mich verlangt nach dem Bette!«

Der Bauer und sein Sohn

Märchen

Morgens beim Aufstehn sagt einmal der Peter ganz erschrocken zu seinem Weib: »Ei, schau doch, Ev', was hab' ich da für blaue Flecken! Am ganzen Leib schwarzblau! – und denkt mir doch nicht, daß ich Händel hatte!« – »Mann!« sagte die Frau, »du hast gewiß wieder den Hansel, die arme Mähr', halb lahm geschlagen? Vom Ehni hab' ich das wohl öfter denn hundertmal gehört: wenn einer sein Vieh malträtiert, sei's Stier, sei's Esel oder Pferd, da schickt es seinem Peiniger bei Nacht die blauen Mäler zu. Jetzt haben wir's blank.« Der Peter aber brummte: »hum, wenn's nichts weiter zu bedeuten hat!« schwieg still und meinte, die Flecken möchten ihm den Tod ansagen; deshalb er auch etliche Tage zahm und geschmeidig war, daß es dem ganzen Haus zugut' kam. Kaum aber ist ihm die Haut wieder heil, da ist er wie immer der grimmige Peter mit seinem roten Kopf und lauter Flüchen zwischen den Zähnen. Der Hansel sonderlich hatte sehr böse Zeit, dazu noch bittern Hunger, und wenn ihm oft im Stall die Knochen alle weh taten von allzu harter Arbeit, sprach er wohl einmal vor sich hin: »Ich wollt', es holte mich ein Dieb, den würd' ich sanft wegtragen!« – Es hatte aber der Bauer einen herzguten Jungen, Frieder mit Namen, der tat dem armen Tier alle Liebe. Wenn die Stalltür aufging, etwas leiser wie sonst, drehte der Hansel gleich den müden Kopf herum, zu sehn, ob es der Frieder sei, der ihm heimlich sein Morgen- oder Vesperbrot brachte. So kommt der Junge auch einmal hinein, erschrickt aber nicht wenig: denn auf des Braunen seinem Rücken sitzt ein schöner Mädchenengel mit einem silberhellen Rock und einem

Wiesenblumenkranz im gelben Haar und streicht dem Hansel die Bückel und Beulen glatt mit seiner weißen Hand. Der Engel sieht den Frieder an und spricht:

»Dem wackern Hansel geht's noch gut,
Wenn ihn die Königsfrau reiten tut.
Arm Frieder
Wird Ziegenhüter,
Kriegt aber Überfluß,
Wenn er schüttelt die Nuß,
Wenn er schüttelt die Nuß!«

Solches gesagt, verschwand der Engel wieder und war nicht mehr da. Den Knaben überlief's, er huschte hurtig aus der Tür. Als er aber den Worten, die er vernommen, weiter nachsann, ward er fast traurig. Ach! dachte er, der Ziegenbub vom Flecken sein, das ist doch gar ein faul und ärmlich's Leben, da kann ich meiner Mutter nicht das Salz in die Suppe verdienen. Aber Nüss'? woher? In meines Vaters Garten wachsen keine; und wenn ich sie auch ganzer Säcke voll schütteln sollte, wie der Engel verheißt, davon wird niemand satt. Ich weiß, was ich tun will, wann ich die Ziegen hüten muß: ich sammle Besenreißig nebenher und lerne Besen binden, da schafft sich doch ein Kreuzer. Solche Gedanken hatte Frieder jenen ganzen Tag, sogar in der Schule, und schaute darein wie ein Träumer. »Wieviel ist sechs mals sechs?« fragte der Schulmeister beim Einmaleins. »Nun, Frieder, was geht dir heut' im Kopf herum? schwätz!« Der Bub, voll Schrecken, wußte nicht, sollt' er sagen: »Besenreißig« oder »sechsunddreißig«, denn eigentlich war beides richtig; er sagte aber: »Besenreißig!« Da gab es ein Gelächter, daß alle Fenster klirrten, und blieb noch lang ein Sprichwort in der Schule, wenn einer in Gedanken saß: der hat Besenreißig im Kopf.

In der Nacht konnte Frieder nicht schlafen. Einmal kam es ihm vor, als sei es im Hof nicht geheuer; er richtete sich auf und sah durchs Fenster über seinem Bett. Sieh da! drang eine Helle aus dem Stall und kam der Hansel heraus und der Engel auf ihm, der ritt ihn aus dem Hof so sachten Tritts, als ging' es über Baumwolle weg. Im ersten Augenblick will Frieder schreien, doch gleich besinnt er sich und denkt, es ist ja Hansels Glück – legt sich also geruhig wieder hin und weint nur still in die Kissen, daß jetzt der Hansel fort sein soll und nimmer wiederkommen.

Wie nun die zwei auf offener Straße waren und der Gaul im hellen Mondschein seinen Schatten sah, sprach er für sich: »Ach! bin ich nicht ein dürres Bein! eine Königin säße mir nimmermehr auf.« Der Engel sagte weiter nichts hiegegen und lenkte bald seitwärts in einen Feldweg ein, wo sie nach einer guten Strecke an eine schöne Wiese kamen; sie war voll goldener Blumen und hieß die *unsichtbare*, denn sie von ordinären Leuten nicht gesehen ward und ging bei Tage immer in einen nahen Wald hinein, daß sie kein Mensch ausfand. Kam aber guter armer Leute Kind mit einem Kühlein oder Geiß daher, dem zeigte der Engel die Wiese; es wuchs ein herrliches Futter auf ihr, auch mancherlei seltsame Kräuter, davon ein Tier fast wunderbar gedieh. Auf demselbigen Platz stieg der Engel jetzt ab, sprach: »Weide, Hans!« lief dann am Bach hinunter und schwand in die Lüfte, nur wie ein Stern am Himmel hinzückt. Der Hansel seinerseits fraß aber tapfer zu; und als er satt war, tat's ihm leid, so fett und milchig war das zarte Gras. Endlich kommt ihm der Schlaf; also legt er sich stracks an den Hügel dort bei den runden Buchen und ruht bei vier Stunden. Weckt ihn mit eins ein Jägerhorn, da war es Tag und stund die Sonne hell und klar am Himmel. Risch, springt er auf, sieht seinen Schatten auf dem grünen Rasen, verwundert sich und spricht: »Ei! was bin ich für ein schmucker Kerl geworden! unecket, glatt und sauber!« So war es auch, und glänzte seine Haut als wie in Öl gebadet.

Nun aber jagte der König des Landes schon etliche Tage in selbiger Gegend und ging just aus dem Wald hervor mit seinen Leuten. »Ah schaut! ah schaut!« rief er: »was für ein schönes Roß! wie es die stolzen Glieder übt in Sprüngen und luftigen Sätzen!« So sprechend trat er nahe herzu mit den Herren vom Hofe, die vernahmen sich alle über das Pferd und klopften ihm liebkosend auf den Hals. Sagte der König: »Reit', Jäger, in das Dorf hinein, zu fragen, ob dieses Tier nicht feil! Sag' ihnen, es käm' an keinen schlechten Herrn!« Derselbe Jägersmann ritt eine Schecke, welche dem Hansel wohlgefiel, derhalben er von selbst mit in den Flekken trabte, wo die Bauern alsbald neugierig die Köpfe aus den Fenstern streckten. »Hört, Leute! wessen ist der feine Braun'?« ruft der Jäger durch die Gassen. »Mein ist er nicht! – Das ist kein hiesiger!« hieß es von allen Seiten. »Sieh, Frieder, guck!« sagte der Peter, »das ist ein ungrischer. Ich wollt', der wär' mein.« Zuletzt beteuerte der Hufschmied, ein solches Tier sei auf sechs Meilen im Revier gar nicht zu Hause. Da ritt der Jäger samt dem Hansel zum König zurück, vermeldend: »das Roß ist herrenlos.« – »Behalten wir's denn!« versetzte der König und ging der Zug also weiter.

Indessen meint der Peter, es wäre Zeit, sein Vieh zu füttern, und stößt mit Gähnen die Stalltür auf! Hu! macht der Rüpel Augen, wie er den leeren Stand der Mähre sieht. Lang waren ihm alle Gedanken wie pelzen. »Zum Gukkuck!« fuhr er endlich auf, »wird nicht viel fehlen, war da vorhin der fremde Gaul mein Hansel, und ist's mit des Teufels Blendwerk geschehen, daß ihn kein Mensch dafür erkannte!« Der Peter wollte sich die Haar' ausraufen: allein was konnte er machen? Der Gaul war fort. Es haben mich nur die zwei Öchslein gedauert. An denen ließ der Unmensch seinen Grimm in diesen Tagen aus, und mußten sie für ihrer drei arbeiten. Was ihnen aber, nächst Püffen, Schlägen, Hungerleiden, das Leben vollends ganz verleidete, das war das Heimweh nach dem braven Hans. Sie trauerten und wurden wie verstockt und taten alles hinterstfür; deshalb der Peter leis zu seinem Weibe sprach: »Es ist schon nicht anders, die Ochsen sind mir auch verhext.« Bald wurden die Ehleute eins, daß sie das Paar für ein Spottgeld dem Metzger abließen; der schlachtete sie in der Stadt. Allein was geschieht? In einer Nacht, da alles schlief, klopft es dem Peter am Laden; schreit er: »Wer ist da drauß?« Antworten ihm zwo tiefe Baßstimmen:

»Der Walse und der Bleß
Müssen wandeln deinetwegen,
Wollen zu fressen, fressen in ihre kalten Mägen!«

Dem Peter schauerte die Haut, er zupfte sein Weib: »Steh' du auf, Ev'!« – »Ich nicht!« antwortete die Frau, »sie wollen halt ihr' Sach' von dir.« So stund der Großmaul auf mit Zittern, warf ihnen Futter hinaus, und wie sie damit fertig waren, gingen sie wieder.

Nun kam das Unglück Schlag auf Schlag. Der Peter brachte zwar vom nächsten Markt wieder zween Stiere heim, allein da zeigte sich's, es wollte mit aller Lieb' kein Vieh mehr in dem Stalle bleiben: die beiden Stiere samt der Kuh wurden krank, man mußte sie mit Schaden aus dem Hause tun. Der Peter läuft zu einem Hexenbanner, will sagen Erzspitzbuben, legt ihm gutwillig einen Taler hin, dafür kriegt er ein Pulver, mit dem soll er den Stall durchräuchern, Schlag zwölfe um Mittag. Er räucherte auch wirklich so handig, daß er die Glut ins Stroh brachte, und schlug der rote Hahn alsbald die Flügel auf dem Dach, das heißt, Stallung und Scheuer gingen in lichten Flammen auf; mit knapper Not konnte die Löschmannschaft das Wohnhaus retten. Peter, wo will's mit dir hinaus? – Die nächste Nacht klopft es am Kammerladen. »Wer ist da?«

»Der Walse und der Bleß
Kommen in Wind und Regen,
Wollen zu fressen, fressen in ihre kalten Mägen!«

Da fuhr der Peter in Verzweiflung aus dem Bett, schlug die Hände überm Kopf zusammen und rief: »Ach mein! ach mein! soll ich die Toten füttern und hab' doch bald für die Lebendigen nichts mehr!« Das erbarmte die Tiere, sie gingen fort, kamen auch nimmermehr.

Anstatt daß der Peter jetzt in sich geschlagen hätte und seine Frevel gutgemacht, bot er dem Jammer Trutz im Wirtshaus unter lustigen Gesellen. Je mehr sein Weib ihn schalt und lamentierte, um desto weniger schmeckt's ihm daheim; er machte dabei Schulden, kein General hätt' sich dran schämen dürfen, und bald kam es so weit, daß man ihm Haus und Gut verkaufte. Jetzt mußte er taglöhnen, und auch sein armes Weib spann fremder Leute Faden. Der Frieder aber, der saß richtig vor dem Dorf, hielt einen Stecken in der Hand und wartete der Ziegen oder band Besenreis auf den Verkauf.

Drei Jahre waren so vergangen, begab sich's einmal wieder, daß der König das Wildschwein jagte, und war auch die Königin diesmal dabei. Weil es aber Winterszeit war und sehr kalt, wollten die Herrschaften das Mittagsmahl nicht gern im Freien nehmen, sondern die königliche Küche machten ein Essen fertig im Greifenwirtshaus, und speiste man im obern Saal vergnüglich, dazu die Spielleute bliesen. Das Volk aber stund auf der Gasse, zu horchen. Als nunmehr nach der Tafel die Pferde wieder vorgeführt wurden und man auch das Leibroß der Königin zäumte, stund vornean der Ziegenbub, der sprach gar keck zum Reitknecht hin: »das Roß ist meines Vaters Roß, daß Ihr's nur wißt!« Da lachte alles Volk laut auf; der Braune aber wieherte dreimal für Freuden und strich mit seinem Kopf an Frieders Achsel auf und nieder. Dies alles sah und hörte die Königin vom Fenster hochverwundert und sagt' es gleich ihrem Gemahl. Derselbe läßt den Ziegenbuben rufen, und dieser tritt bescheidentlich, doch munter in den Saal, mit Backen rosenrot, und war er auch sonst ein sauberer Bursche mit lachenden Augen, ging aber barfuß. Red't ihn der König an: »du sagtest ja, das schöne Pferd da unten wär' deines Vaters, nicht?« – »Und ist auch wahr, Herr, mit Respekt zu melden.« – »Wie willst du das beweisen, Bursch'?« – »Ich will es wohl, wenn Ihr's vergönnt. Den Reitknecht hört' ich rühmen, das Roß ließe niemand aufsitzen außer die Königin, der es gehöre. Nun sollt Ihr aber sehn, ob mir's nicht stille hält und nachläuft, wennn ich ihm Hansel rufe: darnach mögt Ihr denn richten, ob ich die Wahrheit sprach.« Der König schwieg ein Weilchen, sprach dann zu einem seiner Leute: »bringt mir drei wackre Männer aus der Gemeine her, damit wir hören, was sie dem Knaben zeugen.« Als nun die Männer kamen und über das Pferd gefragt wurden, so fiel ihr Ausspruch nicht zu Frieders Gunsten aus. Da tät der Knabe seinen Mund selbst auf und hub an, treu und einfältig die Geschichte vom Engel zu erzählen, wie er den Hansel entführte, auch wie er ihm unlängst wieder erschienen sei und ihm die unsichtbare Wiese gezeigt habe, welche den Hansel so stattlich gemacht. Darüber waren freilich die Anwesenden hoch erstaunt, etliche blickten schelmisch, allein die Königin sagte: »gewiß, das ist ein frommer Sohn und steht ihm die Wahrheit an der Stirn geschrieben.« Der König selber schien dem Buben wohlgesinnt, doch, weil er guter Laune war, sprach er: »das Probestück wollen wir ihm nicht erlassen.« Hiermit rief er den Frieder an ein Seitenfenster, das nach dem Freien ging auf einen Grasplatz, weit und flach, in dessen Mitte stand ein großer Nußbaum, wohl hundert Schritt vom Haus; es lag aber alles dicht überschneit, denn es im Christmond war. »Du siehst«, sagte der König, »die große Wiese hier.« – »O ja, warum denn nicht?« rief ein Hofmann, des Königs Spaßmacher, halblaut dazwischen: »es ist zwar eine von den unsichtbaren, denn sie ist über und über mit Schnee zugedeckt.« Die Hofleute lachten; der König aber sprach zum Knaben: »laß dich ein loses Maul nicht irren! Schau, du sollst mir auf dem Hansel einen Ring rund um den Nußbaum in den Schnee hier reiten, und wenn es gut abläuft, soll aller Boden innerhalb des Rings dein eigen sein!« Da freuten sich die Schranzen, meinend, es gäbe einen rechten Schnack; der Frieder wurde aber so freundlich, daß er die weißen Zähne nicht wieder unterbringen konnte. Das Roß ward vorgeführt (nachdem man ihm zuvor den goldnen Frauensattel abgenommen), es jauchzte hellauf und alles Volk mit ihm, und Frieder saß oben mit *einem* Schwung. Erst ritt er langsam bis zur Wiese vor, hielt an und maß mit dem Aug' nach allen Seiten den Abstand vom Baum, dann setzt' er den Hansel in Trab und endlich in gestreckten Lauf, das ging wie geblasen, und war es eine Lust ihm zuzusehen, wie sicher und wie leicht der Bursche saß. Er war aber nicht dumm und nahm den Kreis so weit, als er nur konnte; gleichwohl lief derselbe am Ende so schön zusammen, als wär' er mit dem Zirkel gemacht. Mit Freudengeschrei ward der Frieder empfangen, im Nu saß er ab, küßte den Hansel auf den Mund, und der König am Fenster winkt' ihm herauf in den Saal. »Du hast«, sprach er zu ihm, »dein Probstück wohl gemacht; die Wiese ist dein. Den Hansel anbelangend, den kann ich dir nicht wiedergeben; ich hab' ihn meiner Königin geschenkt; soll aber dein Schade nicht sein.« Mit diesen Worten drückte er ihm ein Beutelein in die Hand, gespickt voll Dublonen. Des war der Knabe sehr zufrieden, zumal die Königin hinzusetzte: er möge alle Jahr' zur Stadt kommen, in ihrem Schloß vorsprechen und den Hansel besuchen. »Ja«, rief der Frieder, »und da bring' ich Euch zur Kirchweih' allemal ein Säcklein grüne Nüss' vom Baum!« – »Bleib' es dabei!« sagte die Königin; so schieden sie. Der Frieder lief heim durch all das Volksgewühl und Gejubel hindurch, zu seinen Eltern. Der Peter hatte den Ritt von weitem heimlich mit angesehen, und jetzt tat er in seinem Herzen ein Gelübde – ich brauche ja wohl nicht zu sagen, worin das bestand. Genug, der Hansel und der Frieder hatten ihm wieder auf einen grünen Zweig geholfen: er wurde ein braver, ehrsamer Mann, dazu ein reicher, der einen noch reichern Sohn hinterließ. Seit dieser Zeit hat sich im ganzen Dorf kein Mensch an einem Tier mehr versündigt.

Das Stuttgarter Hutzelmännlein

Ein Kobold gut bin ich bekannt
In dieser Stadt und weit im Land;
Meines Handwerks ein Schuster war
Gewiß vor siebenhundert Jahr.
Das Hutzelbrot ich hab' erdacht,
Auch viel seltsame Streich gemacht.

Wohl vor fünfhundert und mehr Jahren, zu denen Zeiten, als Graf Eberhard von Wirtemberg, ein tapferer Kriegsheld und ruhmvoller Herr, nach langen, schrecklichen Fehden mit des Deutschen Reichs Häuptern, mit dem Habsburger Rudolf und dessen Nachfolgern, zumal auch mit den Städten, das Schwabenland nun wieder zu Ruh' und Frieden kommen ließ, befand sich in Stuttgart ein Schustergesell' namens Seppe bei einem Meister, der ihm nicht gefiel, deshalb er ihm aufsagte; und weil er nie gar weit vor seine Vaterstadt hinaus gekommen, nicht Eltern noch Geschwister mehr hatte, so war er jetzt willens zu wandern.

Die letzte Nacht, bevor er reiste, saß er allein in der Gesellenkammer auf (die andern waren noch beim Wein oder sonst zum Besuch), sein Ranzen lag geschnürt vor ihm, sein Wanderstab daneben, der hübsche Bursche aber hing den Kopf, er wußte nicht so recht warum, und auf dem Tisch die Ampel brannte einen großen großen Butzen. Indem er jetzt aufschaute und nach dem Klämmchen griff, dem Zochen zu helfen, sah er auf seiner leeren Truche ein fremdes Männlein sitzen, kurz und stumpig, es hätte ihm nicht bis zum Gürtel gereicht. Es hatte ein schmutziges Schurzfell um, Pantoffeln an den Füßen, pechschwarze Haare, dazu aber hellblaue, freundliche Augen.

»Gott grüß' dich, Seppe! Kennst mich nit? Ich bin der Pechschwitzer, das Hutzelmännlein, der Tröster. Ich weiß, du bist ein braves Burgerskind, sorgst immerdar für anderer Leute Fußwerk und gehst doch selbst nicht auf dem besten Zeug. Da du nun morgen reisen willst, so hab' ich dir statt einem Wanderpfennig etwas mitgebracht von meiner eigenen Arbeit: sind Glücksschuh', zwei Paar, schau her. Die einen legst du an, gleich morgen; sie ziehen sich nach dem Fuß und reißen nicht dein Leben lang; die andern aber nimm und stell' sie unterwegs an eine Straße, versteh' mich, unbeschrien, wo niemand zusieht. Vielleicht daß dir dein Glück nach Jahr und Tag einmal auf Füßen begegnet. Auch hast du hier noch obendrein etwas zum Naschen, ein Laiblein Hutzelbrot. So viel du davon schneid'st, so viel wachst immer wieder nach im Ranzen oder Kasten, wenn du auch nur ein Ränftlein fingersbreit übrig behältst. Ganz sollt du's nie aufzehren, sonst ist es gar. Behüt' dich Gott, und tu in allem, wie ich sagte. Noch eins: kommst du etwa ins Oberland, Ulm zu und gen Blaubeuren, und findst von ungefähr ein Klötzlein Blei, nimm es zuhanden und bring's mir.« – Der Seppe versprach's und dankte geziemend für alles; das Männchen aber war in einem Hui verschwunden.

Nun jauchzte der Geselle überlaut, beschmeckte bald das Brot, beschaute bald die zwei Paar Schuhe. Sie sahen ziemlich aus, wie er sie selber machte, nur daß sie feine wunderliche Stiche hatten und hübsch mit einem zarten, roten Leder ausgefüttert waren. Er zog sie an, spazierte so ein dutzendmal die Kammer auf und ab, da ihm denn in der Kürze freilich nichts Besonderes von Glück passieren wollte. Darnach ging er zu Bett und schlief, bis der Morgen rot wurde. Da deucht' es ihn, als wenn ihm jemand klopfte, zwei-, dreimal, recht vernehmlich, daß er jählings erwachte. Die andern hörten's auch, doch schliefen sie gleich wieder ein. Das haben meine vier Rappen getan! dachte er und horchte hin, allein es rührte und regte sich nichts mehr.

Als er nun fix und fertig angezogen stand und gar vergnügt auf seine Füße niedersah, sprach er: »Jetzt laufen wir dem Teufel ein Bein weg! jetzt tausche ich mit keinem Grafen!« – Wohl und gut; nur eine Kleinigkeit hat er versehen: er hat den einen Schuh von seinem Paar mit dem einen vom andern verwechselt. Ach wer ihm das gesagt hätte!

So schlich er denn leis die Stiege hinunter, die Meistersleute nicht zu wecken; denn Abschied hatte er gestern genommen, und statt der Suppe aß er gleich ein tüchtiges Stück Schnitzbrot in währendem Gehen. So etwas hatte er noch niemals über seinen Mund gebracht, wohl aber oft von seiner Großmutter gehört, daß sie einmal in ihrer Jugend bei einer Nachbarsfrau ein Stücklein vom echten bekommen, und daß es eine Ungüte vom Brot drum sei.

Wie er jetzt vor dem oberen Tore draußen war, zween Bogenschüsse oder drei, kam er an eine Brücke: da mußte er ein wenig niedersitzen, die Türme seiner Vaterstadt, das Grafenschloß, die Häuser und Mauern noch einmal in der Morgensonne besehen; dann, eh' er weiterging, fiel ihm noch ein: hier könnt' ich das Paar Schuh auf den Brückenrand stellen. Er tat's und zog fürbaß. – Eine Stunde über die Weinsteig hinaus kommt er in einen grünen Wald. Von ungefähr hört er auf einer Eiche den blauen Montag schreien, welches ein kurzweiliger Vogel ist, der seinen Namen davon hat, daß er immer einen Tag in der Woche mit der Arbeit aussetzt; da singt er nichts als Schelmenlieder und schaut gemächlich zu, wie andere Vögel ihre Nester richten, brüten und ihre Jungen ätzen; die seinigen krepieren ihm auch ordinär, deswegen er ein Raritätsvogel ist. So einen muß ich haben! denkt der Seppe: ich biet' ihn einem großen Herrn an unterwegs. Ein sonderer Vogel ist oft gern zwei Kälber wert, die Hepsisauer haben ihre Kirchweih um einen Guckigauch verkauft: wenn ich nur einen Taler löse, tut mir's wohl. Wie komm' ich nur gleich da hinauf? – Seiner Lebtage hat er nie klettern können, diesmal aber ging's, als hätten ihrer sechs an ihm geschoben, und wie er droben ist, da sieht er sieben Junge flügg', mit blauen Köpfen im Nest! Er streckt schon eine Hand darnach – krach! bricht ein fauler Ast, und drunten liegt der Schuster – daß er nicht Hals und Bein brach, war ein Wunder. »Ich weiß nicht«, sagte er, indem er aufstand und die Platte rieb, »was ich von dem Pechschwitzer denken soll; das ist kein mutiger Anfang!«

Zu seinem Trost zog er sein Schnitzbrot aus dem Ranzen und fand dasselbe wahrlich beinah' schon wieder rund und ganz gewachsen. Er sprach dem Laiblein aber im Marschieren so lang zu, bis ihm ganz übel ward, und deuchte ihn, er habe sich für alle Zeit Urdrutz daran gegessen. Sei's drum! ein Sprüchlein sagt: »es ist nur geschlecket, das nimmer klecket.«

Sein Sinn war allermeist auf Augsburg oder Regensburg gerichtet, denn diese Städte hatte er vor manchen andern rühmen hören; zuvörderst wollte er aber nach Ulm.

Mit großen Freuden sah er bald von der Bempflinger Höhe die Alb als eine wundersame blaue Mauer ausgestreckt. Nicht anders hatte er sich immer die schönen blauen Glasberge gedacht, dahinter, wie man ihm als Kind gesagt, der Königin von Saba Schneckengärten liegen. Doch war ihm wohl bekannt, daß oben weithin wieder Dörfer seien, als: Böhringen, Zainingen, Feldstetten, Suppingen, durch welche sämtlich nacheinander er passieren mußte.

Jetzt hing sich auf der Straße ein Schönfärbergesell' an ihn, gar sehr ein nasesweises Bürschchen, spitzig und witzig, mit Backen rosenrot, Glitzäugelein, ein schwarzes Kräuselhaar dazu, und schwatzte oder pfiff in einem weg. Der Seppe achtete nicht viel auf ihn, zumal ihm eben jetzt etwas im Kopf umging, das hätte er sich gern allein im stillen überlegt. Am Weg stand eine Kelter, mit einem umgelegten Trog davor, auf diesen setzt' er sich, der Meinung, sein Weggenoss' soll weiter gehen. Der aber warf sich seitwärts hinter ihm ins Gras und schien bald eingeschlafen, von der Hitze müd'. Da war es still umher; ein einziges Heimlein sang am staubigen Rain so seine Weise ohn' Aufhören fort.

Endlich da fing der Seppe vor sich selbst, doch laut genug, zu sprechen an: »Jetzt weiß ich, was ich tu': ich werd' ein Scherenschleifer! Wo ich halt geh' und steh', juckt's mich, ein Rad zu treten, und sollt's ein Spinnrad sein!« (Dem war auch richtig so und konnte gar nicht anders sein, denn einer seiner Schuhe war für ein Mädchen gefeit und gesegnet.) »Die Art von Schleiferei« – so sprach der Seppe weiter – »muß einer doch bald können, und so ein Kerl führt seine Werkstatt lustig auf einem Schubkarrn durch die Welt, sieht alle Tage eine andre Stadt, da pflanzt er sich im Schatten an einem Markteck auf und dreht seinen Stein, daß die Funken wegfliegen. Die Leute mögen sprechen, was sie wollen, das ist jetzt einmal mein Beruf und mein Genie, ich spür's in allen Gliedern; und wo mir recht ist, hat mein Ehni seliger einmal gesagt: ›der Seppe ist unter dem Zeichen des Wetzsteins geboren‹.«

Bei diesen Reden richtete sich das Färberlein halb in die Höh': der ist ein Letzkopf, dachte es: und ich bin meines Lebens neben ihm nicht eines Glaubens Länge sicher; – stand sachte auf, schlich sich hinweg, in einem guten Bogen über das Ackerfeld, und fußete sodann der graden Straße nach, als brennte ihm der Steiß, Metzingen zu. Der Schuster, welcher endlich auch aufbrach, sah ihn von weitem rennen, argwöhnte aber nichts und zog, seines Vorsatzes herzlich vergnügt, demselben Flecken zu. Allein wie schaute er hoch auf, da alle Leute dort die Köpfe nach ihm aus den Fenstern streckten und ihm die Kinder auf der Gasse, an zwanzig, mit Geschrei nachsprangen und sangen:

Scher^{a}schleifer, wetz, wetz, wetz,
Laß dei' Rädle schnurr^{a}!
Stu^{a}gart ist ^{a} grauße Stadt,
Lauft ^{a} Gä^{n}sbach dur^{a}.

Der Seppe hatte einen Stiefelszorn, schwang öfter seinen Knotenstock gegen den Schwarm, sie schrieen aber nur um desto ärger, und also macht' er sich, so hurtig er nur konnte, aus dem Wespennest hinaus. Noch vor der letzten Hütte draußen hörte er ein Stimmlein verhallend im Wind:

Scher^{a}schleifer, wetz, wetz, wetz!

Er hätte für sein Leben gern den Färber, welcher ihm den Possen spielte, da gehabt und ihm das Fell geruckt, wie er's verdiente, der aber blieb im Ort zurück, wo er in Arbeit stand. Sonst war der Wicht in Büßingen daheim, wie er dem Seppe sagte.

Derselbe ließ sich den erlittenen Schimpf nicht allzulang anfechten noch seinen Vorsatz dadurch beugen. Er machte seinen Trott so fort, und widerfuhr ihm diesen Tag nichts weiter von Bedeutung, als daß er etlichmal rechts ging, wo er links gesollt hätte, und hinwiederum links, wo es rechts gemeint war; das freilich nach dem Zeugnis aller Reis'beschreiber schon gar die Art nicht ist, um zeitig und mit wenig Kosten an einen Ort zu kommen.

Einstweilen langte es doch eben noch bis Urach, wo er zur Nachtherberge blieb. Am Morgen ging's hinauf die hohe Steig auf das Gebirg', nicht ohne vieles Stöhnen, denn sein einer Schuh – er merkte es schon gestern – hatte ihm ein Hühneraug' gedrückt, das machte ihm zu schaffen. Da, wo die Steig am End' ist, holte er zum Glück ein gutes Bäuerlein aus Suppingen auf einem Wagen mit etwas Schreinwerk ein, das hieß ihn ungebeten bei ihm aufsitzen.

Als sie nun eine Weile so, die große Ebene hinfahrend, beieinander saßen, fing der Bauer an: »Mit Vergunst, i mu^{a}ß jetzt doch fürwitzig frog^{a}: gelt, Ihr sind g'wiß ^{a} Dreh^{a}r?« – »Warum?« – »Ei«, sprach das Bäuerlein und sah auf des Gesellen Fuß, »do der Kamrad arbeit't allfort, ma moi^{a}t, er mü^{a}ß äll' mei' vier Räder trett^{a}!«

Der Seppe schämte sich ein wenig, im Herzen war er aber selig froh und dachte: hat mir der Bauer da ein Licht aufstecken müssen! Auf einen Drehstuhl will's mit dir hinaus und anderst nirgends hin!

Von nun an war der Schuster wie ein umgewend'ter Handschuh, ganz ein andrer Mensch, gesprächig, lustig, langte den Schnitzlaib heraus, gab ihn dem Bäuerlein bis auf den Anschnitt, sagend: »lieber Mann, des bin ich froh, daß Ihr mir angesehen, daß ich ein Dreher bin!« – »Ha«, sprach der andere, »sell ist gu^{a}t merk^{a}.« – Der Alte kaute einen Bissen und machte ordentlich die Augen zu dabei, so gut schmeckte es ihm; das übrige hob er als Heimbringens auf für Weib und Kinder. Darnach ward er redselig, erzählte dem Gesellen allerlei; vom Hanf- und Flachsbau auf der Alb; wie sie im Winter gut in ihren strohgedeckten Hütten säßen, ingleichen wie man solche Dächer mit besonderer Kunst verfertige. Auch wußte er ihm viel zu sagen von Blaubeuren, einem Städtlein und Kloster im Tal, zwischen mächtigen Felsen gelegen; da komme er hindurch und möge er sich ja den Blautopf auch beschauen, wie alle Fremde tun.

Du aber, wohlgeneigter Leser, lasse dich, derweil die beiden so zusammen diskurrieren, auch etliche Dinge besonders berichten, die, ob sie sich zwar lang vor Seppes Zeit begeben, nichtsdestominder zu dieser Geschichte gehören. Vernimm hienach die wahre und anmutige

Historie von der schönen Lau

Der Blautopf ist der große runde Kessel eines wundersamen Quells bei einer jähen Felsenwand gleich hinter dem Kloster. Gen Morgen sendet er ein Flüßchen aus, die Blau, welche der Donau zufällt. Dieser Teich ist einwärts wie ein tiefer Trichter, sein Wasser von Farbe ganz blau, sehr herrlich, mit Worten nicht wohl zu beschreiben; wenn man es aber schöpft, sieht es ganz hell in dem Gefäß.

Zu unterst auf dem Grund saß ehmals eine Wasserfrau mit langen fließenden Haaren. Ihr Leib war allenthalben wie eines schönen, natürlichen Weibs, dies eine ausgenommen, daß sie zwischen den Fingern und Zehen eine Schwimmhaut hatte, blühweiß und zärter als ein Blatt von Mohn. Im Städtlein ist noch heutzutag ein alter Bau, vormals ein Frauenkloster, hernach zu einer großen Wirtschaft eingerichtet, und hieß darum der Nonnenhof. Dort hing vor sechszig Jahren noch ein Bildnis von dem Wasserweib, trotz Rauch und Alter noch wohl kenntlich in den Farben. Da hatte sie die Hände kreuzweis auf die Brust gelegt, ihr Angesicht sah weißlich, das Haupthaar schwarz, die Augen aber, welche sehr groß waren, blau. Beim Volk hieß sie die arge *Lau* im Topf, auch wohl die schöne Lau. Gegen die Menschen erzeigte sie sich bald böse, bald gut. Zuzeiten, wenn sie im Unmut den Gumpen übergehen ließ, kam

Stadt und Kloster in Gefahr, dann brachten ihr die Bürger in einem feierlichen Aufzug oft Geschenke, sie zu begütigen, als: Gold- und Silbergeschirr, Becher, Schalen, kleine Messer und andre Dinge, dawider zwar, als einen heidnischen Gebrauch und Götzendienst, die Mönche redlich eiferten, bis derselbe auch endlich ganz abgestellt worden. So feind darum die Wasserfrau dem Kloster war, geschah es doch nicht selten, wenn Pater Emeran die Orgel drüben schlug und kein Mensch in der Nähe war, daß sie am lichten Tag mit halbem Leib heraufkam und zuhorchte; dabei trug sie zuweilen einen Kranz von breiten Blättern auf dem Kopf und auch dergleichen um den Hals.

Ein frecher Hirtenjung' belauschte sie einmal in dem Gebüsch und rief: »Hei, Laubfrosch! git's gu^a^t Wetter?« Geschwinder als ein Blitz und giftiger als eine Otter fuhr sie heraus, ergriff den Knaben beim Schopf und riß ihn mit hinunter in eine ihrer nassen Kammern, wo sie den ohnmächtig gewordenen jämmerlich verschmachten und verfaulen lassen wollte. Bald aber kam er wieder zu sich, fand eine Tür und kam, über Stufen und Gänge, durch viele Gemächer in einen schönen Saal. Hier war es lieblich, glusam mitten im Winter. In einer Ecke brannte, indem die Lau und ihre Dienerschaft schon schlief, auf einem hohen Leuchter mit goldenen Vogelfüßen als Nachtlicht eine Ampel. Es stand viel köstlicher Hausrat herum an den Wänden, und diese waren samt dem Estrich ganz mit Teppichen staffiert, Bildweberei in allen Farben. Der Knabe hurtig nahm das Licht herunter von dem Stock, sah sich in Eile um, was er noch sonst erwischen möchte, und griff aus einem Schrank etwas heraus, das stak in einem Beutel und war mächtig schwer, deswegen er vermeinte, es sei Gold; lief dann und kam vor ein erzenes Pförtlein, das mochte in der Dicke gut zwo Fäuste sein, schob die Riegel zurück und stieg eine steinerne Treppe hinauf in unterschiedlichen Absätzen, bald links, bald wieder rechts, gewiß vierhundert Stufen, bis sie zuletzt ausgingen und er auf ungeräumte Klüfte stieß; da mußte er das Licht dahinten lassen und kletterte so mit Gefahr seines Lebens noch eine Stunde lang im Finstern hin und her, dann aber brachte er den Kopf auf einmal aus der Erde. Es war tief Nacht und dicker Wald um ihn. Als er nach vielem Irregehen endlich mit der ersten Morgenhelle auf gänge Pfade kam und von dem Felsen aus das Städtlein unten erblickte, verlangte ihn am Tag zu sehen, was in dem Beutel wäre; da war es weiter nichts als ein Stück Blei, ein schwerer Kegel, spannenlang, mit einem Öhr an seinem obern Ende, weiß vor Alter. Im Zorn warf er den Plunder weg, ins Tal hinab, und sagte nachher weiter niemand von dem Raub, weil er sich dessen schämte. Doch kam von ihm die erste Kunde von der Wohnung der Wasserfrau unter die Leute.

Nun ist zu wissen, daß die schöne Lau nicht hier am Ort zu Hause war; vielmehr war sie, als eine Fürstentochter, und zwar, von Mutterseiten her halbmenschlichen Geblüts, mit einem alten Donaunix am Schwarzen Meer vermählt. Ihr Mann verbannte sie, darum, daß sie nur tote Kinder hatte. Das aber kam, weil sie stets traurig war, ohn' einige besondere Ursach'. Die Schwiegermutter hatte ihr geweissagt, sie möge eher nicht eines lebenden Kindes genesen, als bis sie fünfmal von Herzen gelacht haben würde. Beim fünften Male müßte etwas sein, das dürfe sie nicht wissen, noch auch der alte Nix. Es wollte aber damit niemals glükken, soviel auch ihre Leute deshalb Fleiß anwendeten; endlich da mochte sie der alte König ferner nicht an seinem Hofe leiden und sandte sie an diesen Ort, unweit der obern Donau, wo seine Schwester wohnte. Die Schwiegermutter hatte ihr zum Dienst und Zeitvertreib etliche Kammerzofen und Mägde mitgegeben, so muntere und kluge Mädchen, als je auf Entenfüßen gingen (denn was von dem gemeinen Stamm der Wasserweiber ist, hat rechte Entenfüße); die zogen sie, pur für die Langeweile, sechsmal des Tages anders an – denn außerhalb dem Wasser ging sie in köstlichen Gewändern, doch barfuß –, erzählten ihr alte Geschichten und Mären, machten Musik, tanzten und scherzten vor ihr. An jenem Saal, darin der Hirtenbub gewesen, war der Fürstin ihr Gaden oder Schlafgemach, von welchem eine Treppe in den Blautopf ging. Da lag sie manchen lieben Tag und manche Sommernacht, der Kühlung wegen. Auch hatte sie allerlei lustige Tiere, wie Vögel, Küllhasen und Affen, vornehmlich aber einen possigen Zwerg, durch welchen vormals einem Ohm der Fürstin war von ebensolcher Traurigkeit geholfen worden. Sie spielte alle Abend Damenziehen, Schachzagel oder Schaf und Wolf mit ihm; so oft er einen ungeschickten Zug getan, schnitt er die raresten Gesichter, keines dem andern gleich, nein, immer eines ärger als das andere, daß auch der weise Salomo das Lachen nicht gehalten hätte, geschweige denn die Kammerjungfern oder du selber, liebe Leserin, wärst du dabei gewesen; nur bei der schönen Lau schlug eben gar nichts an, kaum daß sie ein paarmal den Mund verzog.

Es kamen alle Jahr um Winters Anfang Boten von daheim, die klopften an der Halle mit dem Hammer, da frugen dann die Jungfern:

> Wer pochet, daß einem das Herz erschrickt?

Und jene sprachen:

> Der König schickt!
> Gebt uns wahrhaftigen Bescheid,
> Was Guts ihr habt geschafft die Zeit.

Und sie sagten:

Wir haben die ferndigen Lieder gesungen,
Und haben die ferndigen Tänze gesprungen,
Gewonnen war es um ein Haar! –
Kommt, liebe Herren, übers Jahr.

So zogen sie wieder nach Haus. Die Frau war aber vor der Botschaft und darnach stets noch einmal so traurig.

Im Nonnenhof war eine dicke Wirtin, Frau Betha Seysolffin, ein frohes Biederweib, christlich, leutselig, gütig; zumal an armen reisenden Gesellen bewies sie sich als eine rechte Fremdenmutter. Die Wirtschaft führte zumeist ihr ältster Sohn, Stephan, welcher verehlicht war; ein anderer, Xaver, war Klosterkoch, zwo Töchter noch bei ihr. Sie hatte einen kleinen Küchengarten vor der Stadt, dem Topf zunächst. Als sie im Frühjahr einst am ersten warmen Tag dort war und ihre Beete richtete, den Kappis, den Salat zu säen, Bohnen und Zwiebel zu stecken, besah sie sich von ungefähr auch einmal recht mit Wohlgefallen wieder das schöne blaue Wasser überm Zaun und mit Verdruß daneben einen alten garstigen Schutthügel, der schändete den ganzen Platz; nahm also, wie sie fertig war mit ihrer Arbeit und das Gartentürlein hinter sich zugemacht hatte, die Hacke noch einmal, riß flink das gröbste Unkraut aus, erlas etliche Kürbiskern' aus ihrem Samenkorb und steckte hin und wieder einen in den Haufen. (Der Abt im Kloster, der die Wirtin, als eine saubere Frau, gern sah – man hätte sie nicht über vierzig Jahr geschätzt, er selber aber war gleich ihr ein starkbeleibter Herr – stand just am Fenster oben und grüßte herüber, indem er mit dem Finger drohte, als halte sie zu seiner Widersacherin.) Die Wüstung grünte nun den ganzen Sommer, daß es eine Freude war, und hingen dann im Herbst die großen gelben Kürbis an dem Abhang nieder bis zu dem Teich.

Jetzt ging einsmals der Wirtin Tochter, Jutta, in den Keller, woselbst sich noch von alten Zeiten her ein offener Brunnen mit einem steinernen Kasten befand. Beim Schein des Lichts erblickte sie darinne mit Entsetzen die schöne Lau, schwebend bis an die Brust im Wasser; sprang voller Angst davon und sagt's der Mutter an; die fürchtete sich nicht und stieg allein hinunter, litt auch nicht, daß ihr der Sohn zum Schutz nachfolge, weil das Weib nackt war.

Der wunderliche Gast sprach diesen Gruß:

»Die Wasserfrau ist kommen,
Gekrochen und geschwommen,
Durch Gänge steinig, wüst und kraus,
Zur Wirtin in das Nonnenhaus.
Sie hat sich meinethalb gebückt,
Mein' Topf geschmückt
Mit Früchten und mit Ranken,
Das muß ich billig danken.«

Sie hatte einen Kreisel aus wasserhellem Stein in ihrer Hand, den gab sie der Wirtin und sagte: »nehmt dieses Spielzeug, liebe Frau, zu meinem Angedenken? Ihr werdet guten Nutzen davon haben. Denn jüngsthin habe ich gehört, wie Ihr in Eurem Garten der Nachbarin klagtet, Euch sei schon auf die Kirchweih angst, wo immer die Bürger und Bauern zu Unfrieden kämen und Mord und Totschlag zu befahren sei. Derhalben, liebe Frau, wenn wieder die trunkenen Gäste bei Tanz und Zeche Streit beginnen, nehmt den Topf zur Hand und dreht ihn vor der Tür des Saals im Öhrn, da wird man hören durch das ganze Haus ein mächtiges und herrliches Getöne, daß alle gleich die Fäuste werden sinken lassen und guter Dinge sein, denn jählings ist ein jeder nüchtern und gescheit geworden. Ist es an dem, so werfet Eure Schürze auf den Topf, da wickelt er sich alsbald ein und lieget stille.«

So redete das Wasserweib. Frau Betha nahm vergnügt das Kleinod samt der goldenen Schnur und dem Halter von Ebenholz, rief ihrer Tochter Jutta her (sie stand nur hinter dem Krautfaß an der Staffel), wies ihr die Gabe, dankte und lud die Frau, so oft die Zeit ihr lang wär', freundlich ein zu fernerem Besuch, darauf das Weib hinabfuhr und verschwand.

Es dauerte nicht lang, so wurde offenbar, welch einen Schatz die Wirtschaft an dem Topf gewann. Denn nicht allein, daß er durch seine Kraft und hohe Tugend die übeln Händel allezeit in einer Kürze dämpfte, er brachte auch dem Gasthaus bald erstaunliche Einkehr zuwege. Wer in die Gegend kam, gemein oder vornehm, ging ihm zulieb'; insonderheit kam bald der Graf von Helfenstein, von Wirtemberg und etliche große Prälaten; ja ein berühmter Herzog aus Lombardenland, so bei dem Herzoge von Bayern gastweis war und dieses Wegs nach Frankreich reiste, bot vieles Geld für dieses Stück, wenn es die Wirtin lassen wollte. Gewiß auch war in keinem andern Land seinesgleichen zu sehn und zu hören. Erst, wenn er anhub sich zu drehen, ging es doucement her, dann klang es stärker und stärker, so hoch wie tief, und immer herrlicher, als wie der Schall von vielen Pfeifen, der quoll und stieg durch alle Stockwerke bis unter das Dach und bis in den Keller, dergestalt, daß alle Wände, Dielen, Säulen und Geländer schienen davon erfüllt zu sein, zu tönen und zu schwellen. Wenn nun das Tuch auf ihn geworfen wurde und er ohnmächtig lag, so hörte gleichwohl die Musik sobald nicht auf, es zog vielmehr der ausgeladene Schwall mit starkem Klingen, Dröhnen, Summen noch wohl bei einer Viertelstunde hin und her.

Bei uns im Schwabenland heißt so ein Topf aus Holz gemeinhin eine Habergeis; Frau Betha ihrer ward nach seinem vornehmsten Geschäfte insgemein genannt der Bauren-Schwaiger. Er war gemacht aus einem großen Amethyst, des Name besagen will: wider den Trunk, weil er den schweren Dunst des Weins geschwinde aus dem Kopf vertreibt, ja schon von Anbeginn dawider tut, daß einen guten Zecher das Selige berühre; darum ihn auch weltlich und geistliche Herren sonst häufig pflegten am Finger zu tragen.

Die Wasserfrau kam jeden Mond einmal, auch je und je unverhofft zwischen der Zeit, weshalb die Wirtin eine Schelle richten ließ, oben im Haus, mit einem Draht, der lief herunter an der Wand beim Brunnen, damit sie sich gleichbald anzeigen konnte. Also ward sie je mehr und mehr zutunlich zu den wackeren Frauen, der Mutter samt den Töchtern und der Söhnerin.

Einsmals an einem Nachmittag im Sommer, da eben keine Gäste kamen, der Sohn mit den Knechten und Mägden hinaus in das Heu gefahren war, Frau Betha mit der Ältesten im Keller Wein abließ, die Lau im Brunnen aber Kurzweil halben dem Geschäft zusah und nun die Frauen noch ein wenig mit ihr plauderten, da fing die Wirtin an: »Mögt Ihr Euch denn einmal in meinem Haus und Hof umsehn? Die Jutta könnt Euch etwas von Kleidern geben; ihr seid von *einer* Größe.«

»Ja«, sagte sie, »ich wollte lange gern die Wohnungen der Menschen sehn, was alles sie darin gewerben, spinnen, weben, ingleichen auch wie Eure Töchter Hochzeit machen und ihre kleinen Kinder in der Wiege schwenken.«

Da lief die Tochter fröhlich mit Eile hinauf, ein rein Leintuch zu holen, bracht' es und half ihr aus dem Kasten steigen, das tat sie sonder Mühe und lachenden Mundes. Flugs schlug ihr die Dirne das Tuch um den Leib und führte sie bei ihrer Hand eine schmale Stiege hinauf in der hintersten Ecke des Kellers, da man durch eine Falltür oben gleich in der Töchter Kammer gelangt. Allda ließ sie sich trocken machen und saß auf einem Stuhl, indem ihr Jutta die Füße abrieb. Wie diese ihr nun an die Sohle kam, fuhr sie zurück und kicherte. »War's nicht gelacht?« frug sie selber sogleich. – »Was anders?« rief das Mädchen und jauchzte: »gebenedeiet sei uns der Tag! ein erstes Mal wär' es geglückt!« – Die Wirtin hörte in der Küche das Gelächter und die Freude, kam herein, begierig, wie es zugegangen, doch als sie die Ursach' vernommen – du armer Tropf, so dachte sie, das wird ja schwerlich gelten! – ließ sich indes nichts merken und Jutte nahm etliche Stücke heraus aus dem Schrank, das Beste was sie hatte, die Hausfreundin zu kleiden. »Seht«, sagte die Mutter: »sie will wohl aus Euch eine Susann Preisnestel machen.« – »Nein«, rief die Lau in ihrer Fröhlichkeit, »laß mich die Aschengruttel sein in deinem Märchen!« – nahm einen schlechten runden Faltenrock und eine Jacke; nicht Schuh noch Strümpfe litt sie an den Füßen, auch hingen ihre Haare ungezöpft bis auf die Knöchel nieder. So strich sie durch das Haus von unten bis zu oberst, durch Küche, Stuben und Gemächer. Sie verwunderte sich des gemeinsten Gerätes und seines Gebrauchs, besah den rein gefegten Schenktisch und darüber in langen Reihen die zinnenen Kannen und Gläser, alle gleich gestürzt, mit hängendem Deckel, dazu den kupfernen Schwenkkessel samt der Bürste und mitten in der Stube an der Decke der Weber Zunftgeschmuck, mit Seidenband und Silberdraht geziert, in dem Kästlein von Glas. Von ungefähr erblickte sie ihr eigen Bild im Spiegel, davor blieb sie betroffen und erstockt eine ganze Weile stehn, und als darauf die Söhnerin sie mit in ihre Stube nahm, und ihr ein neues Spiegelein, drei Groschen wert, verehrte, da meinte sie Wunders zu haben; denn unter allen ihren Schätzen fand sich dergleichen nicht.

Bevor sie aber Abschied nahm, geschah's, daß sie hinter den Vorhang des Alkoven schaute, woselbst der jungen Frau und ihres Mannes Bett sowie der Kinder Schlafstätte war. Saß da ein Enkelein mit rotgeschlafenen Backen, hemdig und einen Apfel in der Hand, auf einem runden Stühlchen von guter Ulmer Hafnerarbeit, grünverglaset. Das wollte dem Gast außer Maßen gefallen; sie nannte es einen viel zierlichen Sitz, rümpft' aber die Nase mit eins, und da die drei Frauen sich wandten zu lachen, vermerkte sie etwas und fing auch hell zu lachen an, und hielt sich die ehrliche Wirtin den Bauch, indem sie sprach: »diesmal fürwahr hat es gegolten, und Gott schenk' Euch so einen frischen Buben, als mein Hans da ist!«

Die Nacht darauf, daß sich dies zugetragen, legte sich die schöne Lau getrost und wohlgelaunt, wie schon in langen Jahren nicht, im Grunde des Blautopfs nieder, schlief gleich ein, und bald erschien ihr ein närrischer Traum.

Ihr deuchte da, es war die Stunde nach Mittag, wo in der heißen Jahreszeit die Leute auf der Wiese sind und mähen, die Mönche aber sich in ihren kühlen Zellen eine Ruhe machen, daher es noch einmal so still im ganzen Kloster und rings um seine Mauern war. Es stund jedoch nicht lange an, so kam der Abt herausspaziert und sah, ob nicht etwa die Wirtin in ihrem Garten sei. Dieselbe aber saß als eine dicke Wasserfrau mit langen Haaren in dem Topf, allwo der Abt sie bald entdeckte, sie begrüßte und ihr einen Kuß gab, so mächtig, daß es vom Klostertürmlein widerschallte, und schallte es der Turm ans Refektorium, das sagt' es der Kirche, und die sagt's dem Pferdestall, und der sagt's dem Fischhaus, und das sagt's dem Waschhaus, und im Waschhaus da riefen's die Zuber und Kübel sich zu. Der Abt erschrak bei solchem Lärm; ihm war, wie er sich nach der Wirtin bückte, sein Käpplein in Blautopf gefallen; sie gab es ihm geschwind, und er watschelte hurtig davon. Da aber kam aus dem Kloster heraus unser Herrgott, zu sehn, was es gebe. Er hatte einen langen weißen Bart und einen roten Rock. Und frug den Abt, der ihm just in die Hände lief:

»Herr Abt, wie ward Euer Käpplein so naß?«

Und er antwortete:

»Es ist mir ein Wildschwein am Wald verkommen,
Vor dem hab' ich Reißaus genommen;
Ich rannte sehr und schwitzet' baß,
Davon ward wohl mein Käpplein so naß.«

Da hob unser Herrgott, unwirs ob der Lüge, seinen Finger auf, winkt' ihm und ging voran, dem Kloster zu. Der Abt sah hehlings noch einmal nach der Frau Wirtin um, und diese rief: »ach liebe Zeit, ach liebe Zeit, jetzt kommt der gut' alt' Herr in die Prison!«

Dies war der schönen Lau ihr Traum. Sie wußte aber beim Erwachen und spürte noch an ihrem Herzen, daß sie im Schlaf sehr lachte, und ihr hüpfte noch wachend die Brust, daß der Blautopf oben Ringlein schlug.

Weil es den Tag zuvor sehr schwül gewesen, so blitzte es jetzt in der Nacht. Der Schein erhellte den Blautopf ganz, auch spürte sie am Boden, es donnere weitweg. So blieb sie mit zufriedenem Gemüte noch eine Weile ruhen, den Kopf in ihre Hand gestützt, und sah dem Wetterblicken zu. Nun stieg sie auf, zu wissen, ob der Morgen etwa komme: allein es war noch nicht viel über Mitternacht. Der Mond stand glatt und schön über dem Rusenschloß, die Lüfte aber waren voll vom Würzgeruch der Mahden.

Sie meinte fast der Geduld nicht zu haben bis an die Stunde, wo sie im Nonnenhof ihr neues Glück verkünden durfte, ja wenig fehlte, daß sie sich jetzt mitten in der Nacht aufmachte und vor Juttas Türe kam (wie sie nur einmal, Trostes wegen, in übergroßem Jammer nach der jüngsten Botschaft aus der Heimat tat), doch sie besann sich anders und ging zu besserer Zeit.

Frau Betha hörte ihren Traum gutmütig an, obwohl er ihr ein wenig ehrenrührig schien. Bedenklich aber sagte sie darauf: »Baut nicht auf solches Lachen, das im Schlaf geschah; der Teufel ist ein Schelm. Wenn Ihr auf solches Trugwerk hin die Boten mit fröhlicher Zeitung entließet, und die Zukunft strafte Euch Lügen, es könnte schlimm daheim ergehen.«

Auf diese ihre Rede hing die schöne Lau den Mund gar sehr und sagte: »Frau Ahne hat der Traum verdrossen!« – nahm kleinlaut Abschied und tauchte hinunter.

Es war nah bei Mittag, da rief der Pater Schaffner im Kloster dem Bruder Kellermeister eifrig zu: »Ich merk', es ist im Gumpen letz! die Arge will Euch Eure Faß wohl wieder einmal schwimmen lehren. Tut Eure Läden eilig zu, vermachet alles wohl!«

Nun aber war des Klosters Koch, der Wirtin Sohn, ein lustiger Vogel, welchen die Lau wohl leiden mochte. Der dachte ihren Jäst mit einem Schnak zu stillen, lief nach seiner Kammer, zog die Bettscher' aus der Lagerstätte und steckte sie am Blautopf in den Rasen, wo das Wasser auszutreten pflegte, und stellte sich mit Worten und Gebärden als einen viel getreuen Diener an, der mächtig Ängsten hätte, daß seine Herrschaft aus dem Bette fallen und etwa Schaden nehmen möchte. Da sie nun sah das Holz so recht mit Fleiß gesteckt und über das Bächlein gespreizt, kam ihr in ihrem Zorn das Lachen an, und lachte überlaut, daß man's im Klostergarten hörte.

Als sie hierauf am Abend zu den Frauen kam, da wußten sie es schon vom Koch und wünschten ihr mit tausend

Freuden Glück. Die Wirtin sagte: »der Xaver ist von Kindesbeinen an gewesen als wie der Zuberklaus, jetzt kommt uns seine Torheit zustatten.«

Nun aber ging ein Monat nach dem andern herum, es wollte sich zum dritten- und viertenmal nicht wieder schikken. Martini war vorbei, noch wenig Wochen, und die Boten standen wieder vor der Tür. Da ward es den guten Wirtsleuten selbst bang, ob heuer noch etwas zustande käme, und alle hatten nur zu trösten an der Frau. Je größer deren Angst, je weniger zu hoffen war.

Damit sie ihres Kummers eher vergesse, lud ihr Frau Betha einen Lichtkarz ein, da nach dem Abendessen ein halb Dutzend muntre Dirnen und Weiber aus der Verwandtschaft in einer abgelegenen Stube mit ihren Kunkeln sich zusammensetzten. Die Lau kam alle Abend in Juttas altem Rock und Kittel und ließ sich weit vom warmen Ofen weg in einem Winkel auf den Boden nieder und hörte dem Geplauder zu, von Anfang als ein stummer Gast, ward aber bald zutraulich und bekannt mit allen. Um ihretwillen machte sich Frau Betha eines Abends ein Geschäft daraus, ihre Weihnachtskripplein für die Enkel beizeiten herzurichten: die Mutter Gottes mit dem Kind im Stall, bei ihr die drei Weisen aus Morgenland, ein jeder mit seinem Kamel, darauf er hergereist kam und seine Gaben brachte. Dies alles aufzuputzen und zu leimen, was etwa lotter war, saß die Frau Wirtin an dem Tisch beim Licht mit ihrer Brille, und die Wasserfrau mit höchlichem Ergötzen sah ihr zu, sowie sie auch gerne vernahm, was ihr von heiligen Geschichten dabei gesagt wurde, doch nicht, daß sie dieselben dem rechten Verstand nach begriff oder zu Herzen nahm, wie gern auch die Wirtin es wollte.

Frau Betha wußte ferner viel lehrreicher Fabeln und Denkreime, auch spitzweise Fragen und Rätsel; die gab sie nacheinander im Vorsitz auf zu raten, weil sonderlich die Wasserfrau von Hause aus dergleichen liebte und immer gar zufrieden schien, wenn sie es ein und das andre Mal traf (das doch nicht allzu leicht geriet). Eines derselben gefiel ihr vor allen, und was damit gemeint ist, nannte sie ohne Besinnen:

»Ich bin eine dürre Königin,
Trag' auf dem Haupt eine zierliche Kron',
Und die mir dienen mit treuem Sinn,
Die haben großen Lohn.

»Meine Frauen müssen schön frisiern,
Erzählen mir Märlein ohne Zahl,
Sie lassen kein einzig Haar an mir,
Doch siehst du mich nimmer kahl.

»Spazieren fahr' ich frank und frei,
Das geht so rasch, das geht so fein;
Nur komm' ich nicht vom Platz dabei –
Sagt, Leute, was mag das sein?«

Darüber sagte sie, in etwas fröhlicher denn zuvor: »wenn ich dereinst wiederum in meiner Heimat bin und kommt einmal ein schwäbisch Landeskind, zumal aus eurer Stadt, auf einer Kriegsfahrt oder sonst durch der Walachen Land an unsere Gestade, so ruf' er mich bei Namen, dort wo der Strom am breitesten hineingeht in das Meer – versteht, zehn Meilen einwärts in dieselbe See erstreckt sich meines Mannes Reich, soweit das süße Wasser sie mit seiner Farbe färbt –, dann will ich kommen und dem Fremdling zu Rat und Hilfe sein. Damit er aber sicher sei, ob ich es bin und keine andere, die ihm schaden möchte, so stelle er dies Rätsel. Niemand aus unserem Geschlechte außer mir wird ihm darauf antworten, denn dortzuland sind solche Rocken und Rädlein, als ihr in Schwaben führet, nicht gesehn, noch kennen sie dort eure Sprache; darum mag dies die Losung sein.«

Auf einem andern Abend ward erzählt vom Doktor Veylland und Herrn Konrad von Wirtemberg, dem alten Gaugrafen, in dessen Tagen es noch keine Stadt mit Namen Stuttgart gab. Im Wiesental, da wo dieselbe sich nachmals erhob, stund nur ein stattliches Schloß mit Wassergraben und Zugbrücke, von Bruno, dem Domherrn von Speyer, Konradens Oheim, erbaut, und nicht gar weit davon ein hohes steinernes Haus. In diesem wohnte dazumal mit einem alten Diener ganz allein ein sonderlicher Mann, der war in natürlicher Kunst und in Arzneikunst sehr gelehrt und war mit seinem Herrn, dem Grafen, weit in der Welt herumgereist, in heißen Ländern, von wo er manche Seltsamkeit an Tieren, vielerlei Gewächsen und Meerwundern heraus nach Schwaben brachte. In seinem Öhrn sah man der fremden Sachen eine Menge an den Wänden herum hangen: die Haut vom Krokodil sowie Schlangen und fliegende Fische. Fast alle Wochen kam der Graf einmal zu ihm; mit andern Leuten pflegte er wenig Gemeinschaft. Man wollte behaupten, er mache Gold; gewiß ist, daß er sich unsichtbar machen konnte, denn er verwahrte unter seinem Kram einen Krackenfischzahn. Einst nämlich, als er auf dem Roten Meer das Bleilot niederließ, die Tiefe zu erforschen, da zockt' es unterm Wasser, daß das Tau fast riß. Es hatte sich ein Krackenfisch im Lot verbissen und zween seiner Zähne darinne gelassen. Sie sind wie eine Schustersahle spitz und glänzend schwarz. Der eine stak sehr fest, der andre ließ sich leicht ausziehen. Da nun ein solcher Zahn, etwa in Silber oder Gold gefaßt und bei sich getragen, besagte hohe Kraft besitzt und zu den größten Gütern, so man für Geld nicht haben kann, gehört, der Doktor aber dafür hielt, es zieme eine solche Gabe niemand besser als einen weisen und wohldenkenden Gebieter, damit er überall, in seinem eigenen und Feindes Landen, sein Ohr und Auge habe, so gab er einen dieser Zähne seinem Grafen, wie er ja ohnedem wohl schuldig war, mit Anzeigung von dessen Heimlichkeit, davon der Herr nichts wußte. Von diesem Tage an erzeigte sich der Graf dem Doktor gnädiger als allen seinen Edelleuten oder Räten und hielt ihn recht als seinen lieben Freund, ließ ihm auch gern und sonder Neid das Lot zu eigen, darin der andere Zahn war, doch unter dem Gelöbnis, sich dessen ohne Not nicht zu bedienen, auch ihn vor seinem Ableben entweder ihm, dem Grafen, erblich zu verlassen oder auf alle Weise der Welt zu entrükken, wo nicht ihn gänzlich zu vertilgen. Der edle Graf starb aber um zwei Jahre eher als der Veylland und hinterließ das Kleinod seinen Söhnen nicht; man glaubt, aus Gottesfurcht und weisem Vorbedacht hab' er's mit in das Grab genommen oder sonst verborgen.

Wie nun der Doktor auch am Sterben lag, so rief er seinen treuen Diener Kurt zu ihm ans Bett und sagte: »Lieber Kurt! es gehet diese Nacht mit mir zum Ende, so will ich dir noch deine guten Dienste danken und etliche Dinge befehlen. Dort bei den Büchern, in dem Fach zu unterst in der Ecke, ist ein Beutel mit hundert Imperialen, den nimm sogleich zu dir; du wirst auf Lebenszeit genug daran haben. Zum zweiten, das alte geschriebene Buch in dem Kästlein daselbst verbrenne jetzt vor meinen Augen hier in dem Kamin. Zum dritten findest du ein Bleilot dort, das nimm, verbirg's bei deinen Sachen, und wenn du aus dem Hause gehst in deine Heimat, gen Blaubeuren, laß es dein erstes sein, daß du es in den Blautopf wirfst.« – Hiermit war er darauf bedacht, daß es, ohne Gottes besondere Fügung, in ewigen Zeiten nicht in irgendeines Menschen Hände komme. Denn damals hatte sich die Lau noch nie im Blautopf blicken lassen und hielt man selben überdies für unergründlich.

Nachdem der gute Diener jenes alles teils auf der Stelle ausgerichtet, teils versprochen, nahm er mit Tränen Abschied von dem Doktor, welcher vor Tage noch das Zeitliche gesegnete.

Als nachher die Gerichtspersonen kamen und allen kleinen Quark aussuchten und versiegelten, da hatte Kurt das Bleilot zwar beiseit' gebracht, den Beutel aber nicht versteckt, denn er war keiner von den Schlauesten, und mußte ihn da lassen, bekam auch nach der Hand nicht einen Deut davon zu sehen, kaum daß die schnöden Erben ihm den Jahreslohn auszahlten.

Solch Unglück ahnete ihm schon, als er, auch ohnedem betrübt genug, mit seinem Bündelein in seiner Vaterstadt einzog. Jetzt dachte er an nichts, als seines Herrn Befehl vor allen Dingen zu vollziehen. Weil er seit dreiundzwanzig Jahren nimmer hier gewesen, so kannte er die Leute nicht, die ihm begegneten, und da er gleichwohl einem und dem andern Guten Abend sagte, gab's ihm niemand zurück. Die Leute schauten sich, wenn er vorüber kam, verwundert an den Häusern um, wer doch da gegrüßt haben möchte, denn keines erblickte den Mann. Dies kam, weil ihm das Lot in seinem Bündel auf der linken Seite hing; ein andermal, wenn er es rechts trug, war er von allen gesehen. Er aber sprach für sich: »zu meiner Zeit sind di^{a} Blaubeur^{a}m^{a}r so grob ett gwä!«

Beim Blautopf fand er seinen Vetter, den Seilermeister, mit dem Jungen am Geschäft, indem er längs der Klostermauer, rückwärts gehend, Werg aus seiner Schürze spann, und weiterhin der Knabe trillte die Schnur mit dem Rad. – »Gott grü^{a}ß di, Vetter Seiler« rief der Kurt und klopft' ihm auf die Achsel. Der Meister guckt sich um, verblaßt, läßt seine Arbeit aus den Händen fallen und lauft, was seine Beine mögen. Da lachte der andere, sprechend: »der denkt, mei' Seel, i wandele geistweis! D'Leut hant g'wiß mi für tot hi^{a} g'sagt, anstatt mein' Herr^{a} – ei so schlag!«

Jetzt ging er zu dem Teich, knüpfte sein Bündel auf und zog das Lot heraus. Da fiel ihm ein, er möchte doch auch wissen, ob es wahr sei, daß der Gumpen keinen Grund noch Boden habe (er wär' gern auch ein wenig so ein Spiriguckes wie sein Herr gewesen), und weil er vorhin in des Seilers Korb drei große starke Schnürbund liegen sehn, so holte er dieselben her und band das Lot an einen. Es lagen just auch frischgebohrte Teichel, eines schwere Menge, in dem Wasser bis gegen die Mitte des Topfs, darauf er sicher Posto fassen konnte, und also ließ er das Gewicht hinunter, indem er immer ein Stück Schnur an seinem ausgestreckten Arm abmaß, drei solcher Längen auf ein Klafter rechnete und laut abzählte: »– 1 Klafter, 2 Klafter, 3, 4, 5, 6, 7, 8, 9, 10«; – da ging der erste Schnurbund aus und mußte er den zweiten an das Ende knüpfen, maß wiederum ab und zählte bis auf 20. Da war der andere Schnurbund gar. – »Heid^{a}guguk, ist dees ^{a} Ti^{a}fe!« – und band den dritten an das Trumm, fuhr fort zu zählen: »21, 22, 23, 24 – Höll-Element, mei' Arm will nimme! – 25, 26, 27, 28, 29, 30 – Jetzet gu^{a}t Nacht, 's Meß hot ^{a} End! Do heißt's halt,mir nex, dir nex, rappede kappede, so isch usgang^{a}!« – Er schlang die Schnur, bevor er aufzog, um das Holz, darauf er stand, ein wenig zu verschnaufen, und urteilte bei sich: der Topf ist währle bod^{a}laus.

Indem der Spinnerinnen eine diesen Schwank erzählte, tat die Wirtin einen schlauen Blick zur Lau hinüber, welche lächelte; denn freilich wußte sie am besten, wie es gegangen war mit dieser Messerei; doch sagten beide nichts. Dem Leser aber soll es unverhalten sein.

Die schöne Lau lag jenen Nachmittag auf dem Sand in der Tiefe, und, ihr zu Füßen, eine Kammerjungfer, Alleila, welche ihr die liebste war, beschnitte ihr in guter Ruh die Zehen mit einer goldenen Schere, wie von Zeit zu Zeit geschah.

Da kam hernieder langsam aus der klaren Höh' ein schwarzes Ding, als wie ein Kegel, des sich im Anfang beide sehr verwunderten, bis sie erkannten, was es sei. Wie nun das Lot mit neunzig Schuh den Boden rührte, da ergriff die scherzlustige Zofe die Schnur und zog gemach mit beiden Händen, zog und zog, so lang, bis sie nicht mehr nachgab. Alsdann nahm sie geschwind die Schere und schnitt das Lot hinweg, erlangte einen dicken Zwiebel, der war erst gestern in den Topf gefallen und war fast eines Kinderkopfes groß, und band ihn bei dem grünen Schossen an die Schnur, damit der Mann erstaune, ein ander Lot zu finden, als das er ausgeworfen. Derweile aber hatte die schöne Lau den Krakenzahn im Blei mit Freuden und Verwunderung entdeckt. Sie wußte seine Kraft gar wohl, und ob zwar für sich selbst die Wasserweiber oder -männer nicht viel darnach fragen, so gönnen sie den Menschen doch so großen Vorteil nicht, zumalen sie das Meer und was sich darin findet von Anbeginn als ihren Pacht und Lehn ansprechen. Deswegen denn die schöne Lau mit dieser ungefähren Beute sich dereinst, wenn sie zu Hause käme, beim alten Nix, ihrem Gemahl, Lobs zu erholen hoffte. Doch wollte sie den Mann, der oben stund, nicht lassen ohn' Entgelt, nahm also alles, was sie eben auf dem Leibe hatte, nämlich die schöne Perlenschnur an ihrem Hals, schlang selbe um den großen Zwiebel, gerade als er sich nunmehr erhob; und daran war es nicht genug: sie hing zuteuerst auch die goldne Schere noch daran und sah mit hellem Aug', wie das Gewicht hinaufgezogen ward. Die Zofe aber, neubegierig, wie sich das

Menschenkind dabei gebärde, stieg hinter dem Lot in die Höhe und weidete sich zwo Spannen unterhalb dem Spiegel an des Alten Schreck und Verwirrung. Zuletzt fuhr sie mit ihren beiden aufgehobenen Händen ein maler viere in der Luft herum, die weißen Finger als zu einem Fächer oder Wadel ausgespreizt. Es waren aber schon zuvor auf des Vetters Seilers Geschrei viel Leute aus der Stadt herausgekommen, die standen um den Blautopf her und sahn dem Abenteuer zu, bis wo die grausigen Hände erschienen; da stob mit eins die Menge voneinander und entrann.

Der alte Diener aber war von Stund an irrsch im Kopf ganzer sieben Tage und sah der Lau ihre Geschenke gar nicht an, sondern saß da, bei seinem Vetter, hinterm Ofen, und sprach des Tages wohl hundertmal ein altes Sprüchlein vor sich hin, von welchem kein Gelehrter in ganz Schwabenland Bescheid zu geben weiß, woher und wie oder wann erstmals es unter die Leute gekommen. Denn von ihm selber hatte es der Alte nicht; man gab es lang vor seiner Zeit, gleichwie noch heutigestags, den Kindern scherzweis auf, wer es ganz hurtig nacheinander ohne Tadel am öftesten hersagen könne; und lauten die Worte:

»’s leit a Klötzle Blei glei bei Blaubeura,
glei bei Blaubeura leit a Klötzle Blei.«

Die Wirtin nannt’ es einen rechten Leirenbendel und sagte: »wer hätte auch den mindesten Verstand da drin gesucht, geschweige eine Prophezeiung!«

Als endlich der Kurt mit dem siebenten Morgen seine gute Besinnung wiederfand und ihm der Vetter die kostbaren Sachen darwies, so sein rechtliches Eigentum wären, da schmunzelte er doch, tat sie in sicheren Verschluß und ging mit des Seilers zu Rat, was damit anzufangen. Sie achteten alle fürs beste, er reise mit Perlen und Schere gen

Stuttgart, wo eben Graf Ludwig sein Hoflager hatte, und biete sie demselben an zum Kauf. So tat er denn. Der hohe Herr war auch nicht karg und gleich bereit, so seltene Zier nach Schätzung eines Meisters für seine Frau zu nehmen; nur als er von dem Alten hörte, wie er dazu gekommen, fuhr er auf und drehte sich voll Ärger auf dem Absatz um, daß ihm der Wunderzahn verloren sei. Ihm war vordem etwas von diesem kund geworden, und hatte er dem Doktor, bald nach Herrn Konrads Hintritt, seines Vaters, sehr darum angelegen, doch umsonst.

Dies war nun die Geschichte, davon die Spinnerinnen damals plauderten. Doch ihnen war das Beste daran unbekannt. Eine Gevatterin, so auch mit ihrer Kunkel unter ihnen saß, hätte noch gar gern gehört, ob wohl die schöne Lau das Lot noch habe, auch was sie damit tue? und red'te so von weitem darauf hin; da gab Frau Betha ihr nach ihrer Weise einen kleinen Stich und sprach zur Lau: »Ja, gelt, jetzt macht Ihr Euch bisweilen unsichtbar, geht herum in den Häusern und guckt den Weibern in die Töpfe, was sie zu Mittag kochen? Eine schöne Sach' um so ein Lot für fürwitzige Leute!«

Inmittelst fing der Dirnen eine an, halblaut das närrische Gesetzlein herzusagen; die andern taten ein gleiches, und jede wollt' es besser können, und keine brachte es zum dritten oder viertenmal glatt aus dem Mund; dadurch gab es viel Lachen. Zum letzten mußte es die schöne Lau probieren, die Jutte ließ ihr keine Ruh. Sie wurde rot bis an die Schläfe, doch hub sie an und klüglicherweise gar langsam:

»'s leit a Klötzle Blei glei bei Blaubeuren.«

Die Wirtin rief ihr zu, so sei es keine Kunst, es müsse gehen wie geschmiert! Da nahm sie ihren Anlauf frisch hinweg, kam auch alsbald vom Pfad ins Stoppelfeld, fuhr buntüberecks und wußte nimmer gicks noch gacks. Jetzt, wie man denken kann, gab es Gelächter einer Stuben voll, das hättet ihr nur hören sollen, und mitten draus hervor der schönen Lau ihr Lachen, so hell wie ihre Zähne, die man alle sah!

Doch unversehens, mitten in dieser Fröhlichkeit und Lust, begab sich ein mächtiges Schrecken.

Der Sohn vom Haus, der Wirt, – er kam gerade mit dem Wagen heim von Sonderbuch und fand die Knechte verschlafen im Stall – sprang hastig die Stiege herauf, rief seine Mutter vor die Tür und sagte, daß es alle hören konnten: »um Gottes willen, schickt die Lau nach Haus! Hört Ihr denn nicht im Städtlein den Lärm? der Blautopf leert sich aus, die untere Gasse ist schon unter Wasser, und in dem Berg am Gumpen ist ein Getös und Rollen, als wenn die Sündflut käme!« – Indem er noch so sprach, tat innen die Lau einen Schrei: »das ist der König, mein Gemahl, und ich bin nicht daheim!« – Hiermit fiel sie von ihrem Stuhl sinnlos zu Boden, daß die Stube zitterte. Der Sohn war wieder fort, die Spinnerinnen liefen jammernd heim mit ihren Rocken, die andern aber wußten nicht, was anzufangen mit der armen Lau, welche wie tot da lag. Eins machte ihr die Kleider auf, ein anderes strich sie an, das dritte riß die Fenster auf, und schafften doch alle miteinander nichts.

Da streckte unverhofft der lustige Koch den Kopf zur Tür herein, sprechend; »ich hab' mir's eingebildet, sie wär' bei euch! Doch, wie ich sehe, geht's nicht allzu lustig her. Macht, daß die Ente in das Wasser kommt, so wird sie schwimmen!« – »Du hast gut reden‹ sprach die Mutter mit Beben: »*hat* man sie auch im Keller und im Brunnen, kann sie sich unten nicht den Hals abstürzen im Geklüft?« – »Was Keller!« rief der Sohn: »was Brunnen! das geht ja freilich nicht – laßt mich nur machen! Not kennt kein Gebot – ich trag' sie in den Blautopf.« – Und damit nahm er, als ein starker Kerl, die Wasserfrau auf seine Arme. »Komm, Jutta – nicht heulen! – geh mir voran mit der Latern'!« – »In Gottes Namen!« sagte die Wirtin: »doch nehmt den Weg hinten herum durch die Gärten: es wimmelt die Straße mit Leuten und Lichtern.« – »Der Fisch hat sein Gewicht!« sprach er im Gehn, schritt aber festen Tritts die Stiege hinunter, dann über den Hof und links und rechts, zwischen Hecken und Zäunen hindurch.

Am Gumpen fanden sie das Wasser schon merklich gefallen, gewahrten aber nicht, wie die drei Zofen, mit den Köpfen dicht unter dem Spiegel, ängstig hin und wieder schwammen, nach ihrer Frau ausschauend. Das Mädchen stellte die Laterne hin, der Koch entledigte sich seiner Last, indem er sie behutsam mit dem Rücken an den Kürbishügel lehnte. Da raunte ihm sein eigener Schalk ins Ohr: wenn du sie küßtest, freute dich's dein Leben lang, und könntest du doch sagen, du habest einmal eine Wasserfrau geküßt. – Und eh' er es recht dachte, war's geschehen. Da löschte ein Schuck Wasser aus dem Topf das Licht urplötzlich aus, daß es stichdunkel war umher, und tat es dann nicht anders, als wenn ein ganz halb Dutzend nasser Hände auf ein paar kernige Backen fiel, und wo es sonst hintraf. Die Schwester rief: »was gibt es denn?« – »Maulschellen, heißt man's hier herum!« sprach er: »ich hätte nicht gedacht, daß sie am Schwarzen Meer sottige Ding' auch kenneten!« – Dies sagend, stahl er sich eilends davon, doch weil es vom Widerhall drüben am Kloster auf Mauern und Dächern und Wänden mit Maulschellen brazzelte, stund er bestürzt, wußte nicht recht wohin, denn er glaubte den Feind vorn und hinten. (Solch einer Witzung brauchte es, damit er sich des Mundes nicht berühme, den er geküßt, unwissend zwar, daß er es *müssen* tun der schönen Lau zum Heil.)

Inwährend diesem argen Lärm nun hörte man die Fürstin in ihrem Ohnmachtschlaf so innig lachen, wie sie damals im Traum getan, wo sie den Abt sah springen. Der Koch vernahm es noch von weitem, und ob er's schon auf sich zog und mit Grund, erkannte er doch gern daraus, daß es nicht weiter Not mehr habe mit der Frau.

Bald kam mit guter Zeitung auch die Jutte heim, die Kleider, den Rock und das Leibchen im Arm, welche die schöne Lau zum letztenmal heut' am Leibe gehabt. Von ihren Kammerjungfern, die sie am Topf in Beisein des Mädchens empfingen, erfuhr sie gleich zu ihrem großen Trost, der König sei noch nicht gekommen, doch mög' es nicht mehr lang anstehn, die große Wasserstraße sei schon angefüllt. Dies nämlich war ein breiter hoher Felsenweg, tief unterhalb den menschlichen Wohnstätten, schön grad und eben mitten durch den Berg gezogen, zwo Meilen lang von da bis an die Donau, wo des alten Nixen Schwester ihren Fürstensitz hatte. Derselben waren viele Flüsse, Bäche, Quellen dieses Gaus dienstbar; die schwellten, wenn das Aufgebot an sie erging, besagte Straße in gar kurzer Zeit so hoch mit ihren Wassern, daß sie mit allem Seegetier, Meerrossen und Wagen füglich befahren werden mochte, welches bei festlicher Gelegenheit zuweilen als ein schönes Schaugepräng' mit vielen Fackeln und Musik von Hörnern und Pauken geschah.

Die Zofen eilten jetzo sehr mit ihrer Herrin in das Putzgemach, um sie zu salben, zöpfen und köstlich anzuziehen; das sie auch gern zuließ und selbst mithalf, denn sie in ihrem Innern fühlte, es sei nun jegliches erfüllt zusamt dem Fünften, so der alte Nix, und sie nicht wissen durfte.

Drei Stunden wohl nachdem der Wächter Mitternacht gerufen, es schlief im Nonnenhof schon alles, erscholl die Kellerglocke zweimal mächtig, zum Zeichen, daß es Eile habe, und hurtig waren auch die Frauen und Töchter auf dem Platz.

Die Lau begrüßte sie wie sonst vom Brunnen aus, nur war ihr Gesicht von der Freude verschönt, und ihre Augen glänzten, wie man es nie an ihr gesehen. Sie sprach: »Wißt, daß mein Ehgemahl um Mitternacht gekommen ist. Die Schwieger hat es im voraus verkündigt ohnelängst, daß sich in dieser Nacht mein gutes Glück vollenden soll, darauf er ohne Säumen auszog, mit Geleit der Fürsten, seinem Ohm und meinem Bruder Synd und vielen Herren. Am Morgen reisen wir. Der König ist mir hold und gnädig, als hieß' ich von heute an erst sein Gespons. Sie werden gleich vom Mahl aufstehn, sobald sie den Umtrunk gehalten. Ich schlich auf meine Kammer und hierher, noch meine Gastfreunde zu grüßen und zu herzen. Ich sage Dank, Frau Ahne, liebe Jutta, Euch Söhnerin und Jüngste dir. Grüßet die nicht zugegen sind, die Männer und die Mägde. In jedem dritten Jahr wird euch Botschaft von mir; auch mag es wohl geschehn, daß ich noch bälder komme selber, da bring' ich mit auf diesen meinen Armen ein lebend Merkmal, daß die Lau bei euch gelacht. Das wollen euch die Meinen allezeit gedenken, wie ich selbst. Für jetzo, wisset, liebe Wirtin, ist mein Sinn, einen Segen zu stiften in dieses Haus für viele seiner Gäste. Oft habe ich vernommen, wie Ihr den armen wandernden Gesellen Gut's getan mit freier Zehrung und Herberg'. Damit Ihr solchen fortan mögt noch eine weitere Handreichung tun, so werdet Ihr zu diesem Ende finden beim Brunnen hier einen steinernen Krug voll guter Silbergroschen: davon teilt ihnen nach Gutdünken mit, und will ich das Gefäß, bevor der letzte Pfennig ausgegeben, wieder füllen. Zudem will ich noch stiften auf alle hundert Jahr fünf Glückstage (denn dies ist meine holde Zahl), mit unterschiedlichen Geschenken, also, daß, wer von reisenden Gesellen der erste über Eure Schwelle tritt am Tag, der mir das erste Lachen brachte, der soll empfangen, aus Eurer oder Eurer Kinder Hand, von fünferlei Stücken das Haupt. Ein jeder, so den Preis gewinnt, gelobe, nicht Ort noch Zeit dieser Bescherung zu verraten. Ihr findet aber solche Gaben jedesmal hier nächst dem Brunnen. Die Stiftung, wisset, mache ich für alle Zeit, solang ein Glied von Eurem Stammen auf der Wirtschaft ist.«

Nach diesen Worten redete sie noch manches leise mit der Wirtin und sagte zuletzt: »vergesset nicht das Lot! der kleine Schuster soll es nimmermehr bekommen.« – Da nahm sie nochmals Abschied und küßte ein jedes. Die beiden Frauen und die Mädchen weinten sehr. Sie steckte Jutten einen Fingerreif mit grünem Schmelzwerk an und sprach dabei: »Ade, Jutta! Wir haben zusammen besondere Holdschaft gehabt, die müsse fernerhin bestehen!« – Nun tauchte sie hinunter, winkte und verschwand.

In einer Nische hinter dem Brunnen fand sich richtig der Krug samt den verheißnen Angebinden. Es war in der Mauer ein Loch mit eisernem Türlein versehen, von dem man nie gewußt, wohin es führe; das stand jetzt aufgeschlagen und war daraus ersichtlich, daß die Sachen durch dienstbare Hand auf diesem Weg seien hergebracht worden, deshalb auch alles wohl trocken verblieb. Es lag dabei: ein Würfelbecher aus Drachenhaut, mit goldenen Buckeln beschlagen, ein Dolch mit kostbar eingelegtem Griff, ein elfenbeinen Weberschifflein, ein schönes Tuch von fremder Weberei und mehr dergleichen. Aparte aber lag ein Kochlöffel aus Rosenholz mit langem Stiel, von oben herab fein gemalt und vergoldet, den war die Wirtin angewiesen, dem lustigen Koch zum Andenken zu geben. Auch keins der andern war vergessen.

Frau Betha hielt bis ihr Lebensende die Ordnung der

guten Lau heilig, und ihre Nachkommen nicht minder. Daß jene sich nachmals mit ihrem Kind im Nonnenhof zum Besuch eingefunden, davon zwar steht nichts in dem alten Buch, das diese Geschichten berichtet, doch mag ich es wohl glauben.

Es waren seit der Fürstin Abschied nah bei hundert Jahr vergangen, als unser Seppe, der Schuster, im Dörflein Suppingen vom Wagen stieg, dem Bäuerlein noch vielmals dankte und sich von ihm den Weg Blaubeuren zu nachweisen ließ. Bis Mittag, sagte der Mann, könne er gar wohl dort sein.

Das hätte sich auch nicht gefehlt, bald aber fing sein Hühneraug' ihn wieder zu buksieren an. Er mußte alle fünfzig Schritt hinsitzen, und wenn er einmal saß, trat er das Rad so fleißig, als wenn er auf Bestellung zu arbeiten hätte. Endlich zum letztenmal riß er sich auf und hinkte vollends die Steig hinab.

Sie läuteten im Kloster drei, da er ins Städtlein kam.

Während er nun auf die Herberge zu ging, lief eben Jörg Seysolff, der Wirt und Bräumeister, über den Hof und sprach zu seinem Weib, die auf der Hausbank saß und ihren Salat zum Abendessen putzte: »schau, Emerenz, da kommt auch schon der dritt'!« – »Ei, weiß Gott!« sagte sie, »und ist ein Unterländer« – »Ach mein, knappt der daher! dem sei es 'gunnt.«

Der Seppe sah hoch auf, als ihn die Leute so mit sonderlicher Freundlichkeit begrüßten. Sie gingen alle beide gleich mit ihm hinauf. Er ließ sich eine Halbe geben, ein Sauerkraut mit Schweinefleisch aufwärmen.

Der Wirt, wie er vernahm, daß er von Stuttgart käme, frug ihn nach dem und jenem: ob sie auch Hagelwetter drunten hätten, was jetzt die Gerste gelte, bis wann des Grafen Jüngste Hochzeit habe, von deren Schönheit man überall höre. Der Seppe diente ihm auf alles ordentlich, dagegen er sich übers Essen manches von hiesigen Geschichten, besonders von dem Wasserweib, erzählen ließ. Auch zeigte ihm der Wirt das alte Konterfei von ihr im Hausgang an der Stiege sowie das herrliche Kunstwerk, den Bauren-Schwaiger, an welchem er sich nicht satt sehn und hören konnte. »Das laßt mir«, sagte er, »doch einmal einen Dreher heißen, wo den gemacht hat!« – »Ja«, meinte Jörg, »die Arbeit ist auch nicht an einem Tag gemacht.« – »Will's glauben«, sagte der Seppe und seufzte, denn er gedachte an seine Dreherei.

Nachdem er nun gegessen und getrunken, frug er nach seiner Schuldigkeit. »Zween Batzen!« war die Antwort. Die legt' der Seppe auf den Tisch. »Bekämt Ihr sechzehn Kreuzer 'naus«, sagte der Wirt, zählte sie hin und steckte die zween Batzen ein, wie wenn es sich so in der ganzen Welt von selbst verstünde. Es war jedoch ein alter Brauch von der Frau Betha Zeiten her, den Reisenden auf solche Weise ihren Zehrpfennig zu reichen. Der Schuster lächelte, als wollt' er fragen, wie ist das gemeint? – »Laßt's gut sein, lieber Gesell«, sprach Jörg Seysolff: »kommt mit zu meinem Ehni, der sagt Euch schon mehr.«

Er führte ihn durch einen langen Gang an eine stille Tür, die tat er vor ihm auf. Da saß in einer säuberlichen Stube ein gar schöner Greis von achtzig Jahr in einem Sorgenstuhl beim Fenster. Die Sonne fiel eben ein wenig zwischen den Vorhänglein durch auf einen kleinen Tisch, so vor ihm stand, schneeweiß gedeckt, darauf nichts weiter denn ein blauer Topf mit Wasser und noch etwas in einem Tuche war. Der Alte aber war der kleine Hans, Frau Bethas Herzblatt, gewesen. Er redete den Schuster in Gegenwart des Wirts also an:

»Hab Gott zum Gruß auf dieser Schwell'!
Obwohl das Glück dein Reis'gesell',
Ob solches mit dir in der Wiegen
Von Mutterleib aus kam zu liegen,
Ob du es in dem Gürtel hegest,
Ob du es in den Sohlen trägest.«

Hierauf behändigte der Greis dem Seppe das Tüchlein und sprach: »du magst es einmal, wenn du Meister bist und gründest deinen eignen Herd, deiner Liebsten verehren, am Heiratstag, dazu dir aller Segen werde.«

Was aber war im Tuch? Eine silberne Haube, – man konnte nichts Schöneres sehen. Der Seppe wäre deckenhoch gesprungen, wenn sich's geschickt hätte.

Nun sagte ihm der Alte, wem er das Angebind' verdanke; dann ließ er ihn Verschwiegenheit geloben, zu dessen sichtlicher Bekräftigung er einen Finger in dem Topfe netzen und auf den Mund legen mußte. Auch gab er dem Gesellen noch eine christliche Vermahnung, empfing den Dank desselben, und ganz am End' empfahl er ihm, wenn er ein Klötzlein Blei von ungefähr wo finde hier herum, so möge er solches daher in den Nonnenhof bringen. In seines Herzens Freude fast hätte er's versprochen, da fiel ihm zum Glück noch der Pechschwitzer ein; deswegen er nur sagte: »ich will sehn.«

Jetzt machte er sich auf die Bahn und lenkte seine Schritte zuvörderst hinter das Kloster, wo ihm der Quell gleich in die Augen strahlte. So viel man ihm davon gerühmt, doch hätte er sich solche Wunderpracht in seinem Sinn nicht eingebildet, und meinte er bei sich, es ist nicht anders denn als wenn zum wenigsten ein Stücker sechs Blaufärber samt einem vollen Kessel eben erst darin ersoffen wären.

Wie er sich recht daran ersättigt und im Andenken an das Wasserweib etliche Vaterunser aus gutem Herzen für ihr

Heil gebetet hatte (denn er der Meinung war, sie sitze schon bei hundert Jahr samt andern armen Heidenseelen auf der hellen Wiese, da sie in Wahrheit jung und schön wie ehedem noch bei den Ihren lebte), vergaß er auch das Klötzlein nicht, nach welchem so viel Fragens war. Er hatte von dem Doktor Veylland und dem Lot schon als ein kleiner Bube den Urgroßvater hören erzählen. Der Bauer wußte nichts davon; den Wirt im Nonnenhof befrug er aber nicht, weil ihm erst jetzt einkam, es seie mit dem Blei wohl gar dasselbe Lot gemeint. Nun sah er hinter manchen Busch und Baum und weiterhin an seiner Straße hier und dort in einen Graben, fand aber nichts dergleichen und ließ sich endlich deshalb keine grauen Haare wachsen.

Der Schmerzen seines Fußwerks ganz und gar vergessen und nichts als Glücksgedanken und Habergeisen in dem Kopf, hinkt' er so immerfort das Blautal hinunter. Bisweilen, wenn es ihm sein Linker zu arg machte, hockt' er auf einen Stein, packte die silberne Haube heraus und legte sie vor sich aufs Knie, an seinen zukünftigen Schatz dabei denkend. Es war nur gut, daß ihm nicht wissend, was schon zween andere Gesellen, ein Feilenhauer und ein Nagelschmied, nur eine halbe Stunde, eh' er kam, aus dem Nonnenhof davongetragen, er hätte sein Haube nur noch mit halben Freuden angesehen. Die beiden Burschen waren auf der Steig hinter der Stadt an dem Schuster vorübergekommen und hatten ihn gegrüßt, doch weil er eben saß und in Gedanken mit dem Rad im besten Werken war, so sah er gar nicht auf und brummte nur so für sich hin: »Schön guten Morgen!« – obzwar die Sonne ihm von Abend auf den Buckel schien. »Ja morgen nach dem Bad!« sagte der eine, und lachten sich beide die Haut voll darüber. Mit sinkender Nacht kam er wohl- oder übelbehalten nach Ulm.

Es war gerade Markt und hie und da Musik und Tanz. Er trat in eins der nächsten Wirtshäuser, wo ihrer sechs Gesellen beim Wein an einem Tisch beisammen saßen und einen Rundgesang anstimmten. Mann für Mann sang einzeln sein Gesetz, darauf mit Macht der Chor einfiel und sie alle die Gläser anstießen. Der Leser mag wohl so viele Verse vernehmen, als sie eben jetzt sangen; das Lied im ganzen ist viermal so lang.

Erster Gesell: Seid ihr beisammen all?
Ihr Freund', auf allen Fall
Zeigt eure Professionen an,
Daß wir nach Sitten stoßen an,
Mit großen Freudenschall!
Chor: Zeigt eure Professionen an,
Daß wir nach Sitten stoßen an!
Zweiter: Eine Wiege vor die Freud',
Eine Bahre vor das Leid:
Meinem Hobel ist das alles gleich,
Der denkt, ich mach' den Meister reich,
Spän' gibt es allezeit.
Chor: Seinem Hobel ist . . .
Dritter: Meine Arbeit ist wohl fein,
Von Gold und Edelstein;
Allein das kriegt man bald gar satt,
Zumal man es nicht eigen hat:
Gebt mir so güldnen Wein!
Chor: Ich glaub's ihm schon, das wird man satt . . .
Vierter: Wen freut ein kecker Mut,
Nicht dau'rt sein junges Blut,
Ich schaff' ihm Wehre mannigfalt,
Zu Scherz und Ernst, wid'r Feindsgewalt;
Mein Zeug ist allweg gut.
Chor: Und gilt es wider Feindsgewalt,

Ein Spieß und Schwert uns auch gefallt.
Fünfter: Der Schneider sitzt am Glas;
Vom Wirt nehm' ich die Maß,
Zu Hause schaff' ich gar nicht viel,
Meine Stich' mach' ich beim Kartenspiel,
Da weiß ich doch, für was.
Chor: Ei, Bruder Leipziger, beßr' Er sich,
Denn, sieht Er, das ist liederlich.

Sechster: Meine Kunst, das glaubt gewiß,
Schreibt sich vom Paradies.
Von Mägdlein bin ich wertgeschätzt,
Ich hab' ja, was ihr Herz ergetzt,
Veiel und Röslein süß.
Chor: Von Mägdlein ist er ...

Jetzt kam die Reihe an den Schuster, und da derselbe sein Gesetzlein so aus froher Kehle sang, ward es dem Seppe um den Brustfleck weh, daß er sein gutes Handwerk lassen sollte. Dabei vermerkte er, wie ihn sein rechter Schuh zweimal ganz weidlich vor Vergnügen zwickte, so zwar, wie wenn er sagen wollte: hörst du, Narr?

Erster: Gebt meinem Stand die Ehr'!
Den Schuster braucht man sehr.
Zwar führ' ich nicht den besten Gout,
Allein wer macht euch Hochzeitschuh',
Wenn ich kein Schuster wär'?
Chor: Zwar führt er nicht ...

Dem Seppe quoll bereits das Wasser in den Augen; er sprach bei sich mit ingrimmigen Schmerzen: du bist kein Schuster und bist auch kein Dreher, du bist der wirtenbergisch Niemez! Und schwur in seine Seele, hinfort zu bleiben, was er war.

Zweiter: Und wer kein Pietist

Und auch kein Hundsfott ist,
Der mag sich wohl beim Wein erfreun –
Mein letzter Schluck soll ehrlich sein!
So meint's ein guter Christ.
Chor: Stoßt an, Kameraden, stimmet ein:
Mein letzter Schluck soll ehrlich sein!

Hier stand der Seppe auf, trat hin zu den Kompanen und grüßte mit bescheidener Ansprache. Da machten sie ihm Platz an ihrem Tisch, tranken ihm zu und hörten, was für ein Landsmann er sei, welches Gewerbs, wohin er wollte. »Warum bleibt Ihr nicht hier?« sagte Vinzenz, der Schuster: »in Ulm ist es schön, und Arbeit findet Ihr dermal genug.« – Er ließ sich nicht schwer überreden, und schon den andern Tag stand er bei einer jungen Witwe ein, von welcher ihm der Herbergvater sagte.

Als er das erstemal in deren Haus einging, empfing er eine Warnung: sein Rechter wollte nicht über die Schwelle; doch achtete er weiter nicht darauf.

Die Witwe war eine schöne Person, und wie der Seppe schon nicht leicht mehr eine ansah, daß ihm nicht einfiel, was der Pechschwitzer sagte: »vielleicht begegnet dir dein Glück einmal auf Füßen«: so prüfte er auch jetzt, obwohl mit schüchternen Blicken, die stattliche Frau. Sie sah sehr blaß, nicht gar vergnügt und sparte ihre Worte gegen jedermann. Ihr Tun in allen Dingen war aber sanft und klug, so daß sie einen jungen Mann wohl locken konnte.

Es mag zuvor schon manchem so mit ihr gegangen sein, beim Seppe blieb es auch nicht aus, und desto minder, da ihm nach den ersten Wochen deuchte, er gelte vor den andern etwas bei der Meisterin. Geschah es, daß sie ihrer einen nötig hatte, zu einer kleinen Hilfe außerhalb der Werkstatt, dann rief sie immer zehnmal gegen eines ihn vom Stuhl hinweg, und wenn er Samstags für die Küche

Holz klein sägte, sie aber backte eben Zwiebelkuchen, da trug sie ihm gewiß ein Stück, warm von dem Ofen weg, zum voraus in den Schopf hinaus; das schmeckte zu solchem Geschäft aus der Faust ganz außer Maßen.

Von dort an aber gebärdeten sich des Hutzelmanns lederne Söhne sehr übel; insonderheit auf der Gesellenkammer war oft die halbe Nacht in Seppes Kasten, wo sie standen, ein Gepolter und Gerutsch, als hätten sie die ärgsten Händel miteinander, und die Gesellen schimpften und fluchten nicht wenig deshalb. »Es ist der Marder«, sagten sie. »Er hat den alten Schlupf zwischen den Dielen wieder gefunden; wird nicht viel fehlen, hat er Junge; wir brechen morgen auf und bescheren ins Kindbett.« – Der Seppe schwieg dazu; am andern Morgen aber holt' er in der Stille einen schweren platten Stein aus einem Bühnenwinkel vor, den stellte er bedachtsam mit dem Rand auf sie, quer über den Reihen. »So«, sprach er, »jetzt ihr Ketzer, ihr schwernötige, jetzt bocket, gampet und durnieret, wenn ihr könnt!« – Da molestierten sie hinfort auch niemand mehr.

Nun, lieber Leser, ist die Zeit, daß du erfahrest, wie es derweil ergangen mit dem andern Paar, das der Gesell' an jenem Morgen auf der Brücke ließ, als er aus Stuttgart wanderte.

Nicht tausend Schritt war er hinweg, kam eine Bäuerin von Häslach her und sah die Schuh'. Die hat der Böse hingestellt, mir zur Versuchung! dachte sie, bekreuzte sich und lief ihrer Wege. Spazierte drauf – denn es war ein Feiertag – ein Seifensieder aus der Stadt gemächlich, nach seinem Weinberg zu schauen. Derselbe aber war ein Frommer. Wie er die herrenlose Ware sieht, denkt er, »wie geht das zu? die wären meiner Frau wie angemessen! Ich will mich nicht vergreifen, das sei fern: nur wenn ich wiederkomme und sie stehn noch da, mag mir's ein Zeichen sein, daß sie der liebe Gott mir schenkt für meine Christel.« Damit das Pärlein aber nicht etwan von der Sonnenhitze leide, nahm es der kluge Mann und stellte es unter die Brücke in Schatten, wo es nicht leicht ein Mensch entdecken mochte.

Bald drauf kommt aus dem Tor ein sauberes Bürgermädchen, Vrone Kiderlen, einer Witfrau Tochter; trug ein Grättlein am Arm und wollte Himbeern lesen im Bupsinger Wald. (Der hatte seinen Namen von einer Ortschaft auf dem Berg, von welcher heutzutag die Spur nicht mehr vorhanden ist, doch heißt der Wald daher noch jetzo der Bopser.) Indem sie nun über das Brücklein geht, patscht etwas unten, und so ein paarmal nacheinander. Was mag das sein? denkt sie und steigt hinunter an den Bach. »Heilige Mutter! nagelneue Schuh'!« ruft sie und schaut sich um, ob sie nicht jemand sehe, der sie vexieren wollte oder ihr den schönen Fund tun ließ, weil eben heut' ihr Wiegentag war. Sie nahm das Paar, zog es zur Probe einmal an und freute sich, wie gut es ihr paßte, und wie gar leicht sich darin gehen ließ. Bald aber kam ihr ein Bedenken an, und schon hat sie den einen wieder abgestreift; der andere hingegen wollte ihr nicht mehr vom Fuß. Sie drückte, zog und preßte, daß ihr der Schweiß ausbrach, half nichts – und war sie doch so leicht hineingekommen!

Je mehr sie diesem Ding nachdachte, desto verwunderlicher kam's ihr vor. So eine verständige Dirne sie war, am Ende glaubte sie gewiß, die Schuhe seien ihr von ihrer Namensheiligen Veronika auf diesen Tag beschert und dankte alsbald der Patronin aus ehrlichem Herzen. Dann zog sie ohne weiters auch den andern wieder an, schob ihre alten in den Deckelkorb und stieg getrost den Berg hinauf.

Im Wald traf sie ein altes Weib bereits im Himbeerlesen

an. Diese gesellte sich zu ihr, obwohl sie einander nicht kannten. Während aber nun beide so hin und her suchten, geschah's, daß sich der Vrone an den linken Fuß eine kostbare Perlenschnur hing, die da im Moos verloren lag. Das Mädchen merkt' es nicht und trat beim nächsten Schritt von ungefähr sich mit dem andern Schuh die Schnur vom linken los; das sah das Weib von hinten, hob heimlich das Geschmeide auf und barg's in ihrem Rock.

Die Schnur war aber keine andere denn jene von der schönen Lau und war an die Tochter des jetzigen Grafen, die schöne Irmengard, von dessen Frau Ahne vererbt.

Als endlich die zwei nacheinander heimgingen, verkündigte just in den Straßen des Grafen Ausrufer, daß gestern im Bupsinger Forst, unfern dem Lusthaus, ein Nuster mit Perlen verloren gegangen, und wer es wieder schaffe, dem sollten fünfzehn Goldgulden Finderlohn werden. Da freute sich das Weib, zog eilig ihre besten Kleider daheim an, kam in das Schloß und ward sogleich vor die junge Gräfin gelassen. »Ach Frau, ach liebe Frau!« rief diese ihr schon in der Tür entgegen, »Ihr habt wohl mein Nuster gefunden? gebt her, ich will es Euch lohnen!« –

Nun zog das Weib ein Schächtelein hervor, und wie das Fräulein es aufmachte, lagen sechs oder sieben zierliche Mausschwänze drin, nach Art eines Halsbands künstlich geschlungen. Das Fräulein tat einen Schrei und fiel vor Entsetzen in Ohnmacht. Das Weib in Todesängsten lief davon, ward aber von der Wache auf den Gängen festgenommen und in Haft zu peinlichem Verhör gebracht. Darin erkannte sie nichts weiter, als daß sie da und da den Perlenschmuck vom Boden aufgehoben und ihn, so schön, wie er gewesen, daheim in die Schachtel getan, der guten und ehrlichen Meinung, das gnädige Fräulein damit zu erfreuen. Im Wald sei aber eine Dirn' an sie geraten, die müss' es mit dem Bösen haben, von dieser sei der Streich. – Weil nun der Graf nicht wollte, daß man bei so bewandten Sachen viel Aufhebens mache, da mit Gewalt hier nichts zu richten sei, ließ man das Weib mit Frieden. Zum Glück kam nichts von ihren Reden an die Vrone, sie wäre ihres guten Leumunds wegen drob verzweifelt.

Auch anderweits erlebte sie in ihren Wunderschuhen viel Unheil, obschon der Segen nicht ganz mangelte. Als zum Exempel ging sie Sonntag nachmittag gern über einen Wiesplatz hinter ihrem Haus, eine Gespielin zu besuchen, da stieß sie sich ein wie das anderemal an so ein kleines verwünschtes Ding von einem Stotzen, wie sie pflegen auf Bleichen im Wasen zu stecken, fiel hin, so lang sie war, hub aber sicher einen Fund vom Boden auf: nicht allemal ein Stücklein altes Heidengold, einen silbernen Knopf oder Wirtel, dergleichen oft der Maulwurf aus der Erde stößt, doch war ihr ein ehrliches Gänsei, noch warm vom Legen, gewiß. Besonder ging es ihr beim Tanz: da sah man sie zuweilen so konträre, wiewohl kunstreiche Sprünge tun, daß alles aus der Richte kam und sie sich schämen mußte. Als ein gutes und fröhliches Blut zwar zog sie sich's nicht mehr als billig zu Gemüt und lachte immer selbst am ersten über sich, nur hieß es hinterdrein: »Schad' um die hübsche Dirne, sie wird mit *einem* Mal ein ganzer Dapp!« Die eigne Mutter schüttelte den Kopf bedenklich, und eines Tages sagte sie, als ginge ihr ein Licht wie eine Fackel auf, zur Tochter: »ich wette, die vertrackten Schuh' allein sind schuld! Der Alfanz hat mir gleich nur halb gefallen; wer weiß, was für ein Rauner sie hingestellt hat.« – Das Mädchen hatte selber schon an so etwas gedacht, jedoch verstand sie sich nicht leicht dazu, sie gänzlich abzuschaffen, sie waren eben gar zu gut und dauerhaft. Indes ging sie noch jenen Tag zum Meister Bläse, sich ein Paar neue zu bestellen.

Es war derselbige, bei welchem es der Seppe nicht aushalten mögen. Die Vrone sah auf dessen Stühlchen ungern einen andern sitzen; sie hatte ihn gekannt und gar wohl leiden können.

Wie nun der alte Bläse ihr das Maß am Fuß nahm, stachen ihm die fremden Schuhe alsbald in die Augen. Er nahm den einen so in seine feiste Hand, betrachtete ihn stillschweigend lang und sagte: »da hat Sie was Apartes: darf man fragen, wo die gemacht sind?« – Das Mädchen, welches bis daher von ihrem Fund noch weiter niemand hatte sagen wollen, gab scherzweis zur Antwort: »ich hab' sie aus dem Bach gezogen.« – Die fünf Gesellen lachten, der Alte aber brummte vor sich hin: »das könnt' erst noch wahr sein.«

Am Abend in der Feierstunde sprach er zu seinem Weib und seiner Tochter Sara: »Ich will euch etwas offenbaren. Die Kiderlen hat ein Paar Glücksschuh' am Fuß; ich kenne das Wahrzeichen.« – »Ei«, meinte die Tochter aus Neid, »sie haben ihr noch keinen Haufen Geld und auch noch keinen Mann gebracht.« – »Es kann noch kommen«, versetzte der Alte. – »Wohl«, sagte die Mutter, »wenn man sie ihr nur abführen könnt'! ich wollte so etwas der Sare gönnen.« – Das beschlossen sie dann miteinander, der Vater solle ein Paar Schuh' wie diese machen und die Sare sie heimlich verwechseln.

Der Mann begab sich gleich den andern Morgen an die Arbeit. So häkelig sie war, dennoch, die feinen, wundersam gezackten Nähte, die rote Fütterung mit einem abgetragenen Stück Leder, alles zumal geriet so wohl, daß er selbst sein Vergnügen dran hatte. Die böse List ins Werk zu setzen, ersannen sie bald auch Mittel und Wege.

Dicht bei der Stadt, wo man herauskommt bei dem Tor, welches nachmals, von dortiger Schießstatt her, das Büchsentor hieß, sah man zu jener Zeit noch einen schönen ansehnlichen Weiher, ähnlich dem Feuersee, der eine gute Strecke weiter oben dermalen noch besteht. Am Ufer war ein Balken- und Brettergerüst mit Tischen und Bänken hinein in das Wasser gebaut, wo die Frauen und Dirnen der Stadt ihre Wäsche rein zu machen pflegten. Hier stunden sie manchmal zu vierzig oder fünfzig, seiften und rieben um die Wette und hatten ein Gescherz und Geschnatter, daß es eine Lust war, alle mit bloßen Armen und Füßen. Nun paßten des Schusters wohl auf, bis die Vrone das nächstemal wusch; denn Bläses Haus lag hart am See, und stieß das Wasser unten an die Mauer. Auf einen Mittwoch Morgen, da eben schönes warmes Wetter war, kam denn die junge Kiderlen mit einer Zaine: geschwind sprang auch die Sare mit der ihren und traf es glücklich, neben sie an einen Tisch zu kommen. Da stellten beide ihre Schuh', wie es der Brauch war, unter die Bank. Die Vrone hatte seit acht Tagen heut' das erstemal ihr Glückspaar wieder angelegt, mit Fleiß: denn weil sie richtig dieser ganzen Zeit das Melkfaß nimmer umgestoßen, das Spinnrad nimmer ausgetreten noch sonst einen bösen Tritt, getan, so wollte sie, des Dinges ganz gewiß zu sein, jetzo die Gegenprobe machen. Die falsche Diebin war mit den paar Laken, so sie mitgenommen, in einer Kürze fertig, schlug sie zusammen, bückte sich, stak in einem Umsehn in des Pechschwitzers Schuhen, schob ihres Vaters Wechselbälge dafür hin und: »B'hüt Gott, Vronele! mach' au bald ein End'!« – mit diesen Worten lief sie fort, frohlockend ihrer wohlvollbrachten Hinterlist. Und als die andre nach drei Stunden, um die Essenszeit, vergnügt auch heimging unter den letzten, nahm sie der Täuscherei nicht im geringsten wahr.

Der Pechschwitzer aber, der wußte den Handel haarklein und dachte jetzt darauf, wie er dem Bläse gleich die nächste Nacht den Teufel im Glas zeigen wolle.

Derselbe hatte allezeit, besonders auf die Krämermärkte, dergleichen eben wieder einer vor der Türe war, einen großen Vorrat seiner Ware in einer obern Kammer, die nach dem See hinausging, liegen. Nach Zwölfe in der Nacht vernahm die Schusterin ein seltsamliches Pflatschen auf dem Wasser, stieß und erweckte ihren Mann, damit er sehe, was sei. – »Ei, was wird's sein! Die Fisch' hant öfter solche Possen.« – Er war nicht wohl bei Mute, hatte gestern beim Wein einen Bösen getan und hub gleich wieder an zu schnarchen und zu raunsen. Sie ließ ihm aber keine Ruh', bis er herausfuhr und ein Fenster auftat. Erst rieb er sich die Augen, alsdann sprach er verwundert: »der See ist schwarz und g'rutzelt voll mit Wasserratten! weit hinein, wohl fünfzehn Ellen von der Mauer. Junge und alte, Kerl wie die Ferkel sind darunter! man sicht's perfekt, es ist sternhell. Ei, ei, sieh, sieh! die garstige Kogen! Wie sie die Schwänz' für Wohlsein schwenken, schlurfen, rudern und schwimmen. Ursach' ist aber, weil es diese Zeit so heiß gewesen, da bad't das Schandvolk gern.«

Dem Bläse kam es so besonder und kurzweilig vor, daß er sich einen Stuhl ans Fenster ruckte, die Arme auf den Simsen legte und das Kinn darauf. So wollte er der Sache noch eine Weile warten. Die Augen wurden ihm allgemach schwer und fielen ihm gar zu, doch fuhr er fort zu seinem Weib zu sprechen, welches unmittelst wieder eingedoset war, unsinnige verkehrte Reden, wie einer führt im Traum und in der Trunkenheit. »Du Narr«, sprach er, »was Armbrust, Bolz und Spieß in solchen Haufen! das würd' viel batten! . . . Mordsakerlot, ich wollt', das Bulver wär' erfunden allbereits! Mit drei, vier Traubenschuß aus einer Quartanschlang' oder Tarras wollt' ich nicht schlecht aufräumen da unter der Bagasche!«

Jetzt aber tat es wiederum Patsch auf Patsch. Der Schuster

streckte seinen Kopf hinaus und wußte nicht, woran er sei mit allen seinen fünf Sinnen. Denn es flog nur so mit denen Tierern aus dem Kammerladen über ihm, ja unversehens fuhr ihm deren eines an den Schädel, und wie er's packt in seiner Faust, da sah es wahrlich einem schweren Bauernstiefel von seiner eigenen Arbeit gleich aufs Haar! Voll Schrekken rief er seinem Weib, schrie die Gesellen aus dem Schlaf, und bis sie kamen, pflanzet' er sich selbst mit einem Prügel an die Tür der obern Bodenstiege, damit ihm der Spitzbuben keiner entkomme. Allein es ließ sich niemand sehn noch hören, und als die Gesellen erschienen, die Bühne wohl umstellten und der beherzteste von ihnen die Kammertür aufriß und keine Menschenseele zu verspüren war, fiel dem Bläse das Herz in die Hosen. Er sagte leis zu seiner Frau: »die Sach' steht auf Saufedern, Weib – es steckt, schätz' ich, ein anderer dahinter, der ist mir zu gewaltig!« Und nannt' ihr den Pechschwitzer. Die Schusterin, die sonst ein Maul als wie ein Scharsach führte, war da auf einmal zahm, bebte an allen Gliedern, und so die Tochter auch. Der Bläse aber sprach zu den Gesellen: »Macht keinen Lärm! geht vor in Nachbar Lippens Hof, des Fischers, macht in der Stille ein paar Nachen los, nehmt, was ihr findet an Stangen und Netzen: wir müssen alle Ware noch vor Tag zusammenbringen, sonst hab' ich Schand und Spott der ganzen Stadt.«

Indem sie gingen, rannte schon der Fischer über die Gasse und auf sie zu. Der hatte eben auf den See gehn wollen etlicher Karpfen wegen auf die Freitagsfasten, sah das wunderliche Wesen und lief, es dem Schuster zu melden. Indem sie nun zu sieben samt dem Lipp, in zwei Schifflein verteilt, bald hier, bald dorthin stachen, faheten und suchten, begann es von neuem zu werfen, und war es damit merklich auf ihre Köpfe abgezielt. Zwar kamen weder Schuh' noch Stiefel mehr, dafür aber Leisten, deren auch eine Last droben lag; nicht alte garstige Klötze allein, vernutzet und vom Wurm zerstochen, auch schöne neue zum Verkauf, sämtlich von gutem hartem Holz, und kamen tapfer nacheinander durch die Luft daher. Da schrie denn einer bald in dem, bald in dem andern Schifflein: »Hopp! Schaut auf!« – und schlug doch links und rechts ein mancher Donnerkeil nicht unrecht ein.

Der Fischer sagte zu dem Bläse: »Auf solche Weis', Gevatter, möcht' ich mein Handwerk nicht das ganz' Jahr treiben. In allweg aber sei's bezeugt, Ihr wisset mit dem Netz wohl umzugehn. Von heut' an möget Ihr als Obermeister einer ehrsamen Stuagarter Schuhmacherzunft ganz kecklich einen Hecht so kreuzweis übern Leist in Euer Zeichen lassen malen, dem Sprichwort zum Trutz.«

Der Morgen kam schnell hell herbei, als sie nach vielem Schweiß, Angst, Not und Schrecken den Weiher wieder glatt und sauber hatten. Der größte Nachen wurde voll des nassen Zeuges, auch war wieder ziemlich alles beisammen, nur da und dort fand man am Tag ein und das andre Stück noch im Röhricht versteckt.

Von dieser Geschichte erging das Gerücht natürlicherweise gar bald an die Einwohnerschaft. Die mehrsten achteten's für Satanswerk, und schwanete es dem Meister schon, daß sich ein manches scheuen werde, ihm seine Ware abzunehmen, wie sich's in Wahrheit auch nachher befand. Nach einem Scherzwort etlicher Fazvögel aber ward von dort an lange Zeit eine besondere Gattung grober Schuhe, so hier gemacht und weit und breit versendet wurden, nicht anderst mehr verschrieben oder ausgeboten als mit dem Namen: echte, genestelte Stuttgarter Wasserratten.

Jetzt war des Meisters erste Sorge, daß das gestohlene Gut nur wieder fort aus seinem Haus und an die Eigentümerin komme. Zwar seiner Frauen war am lichten Tag der Mut wieder gewachsen: ja, meinte sie, es sollte lieber alles, Kundschaft und Haus und Hof, hinfahren, nur diese Schuh' wenn sie behielten, da rindere ihnen (wie ein Sprichwort sagt) der Holzschlegel auf der Bühne. Der Bläse aber schüttelte das Haupt: »meinst du, er könne uns nicht auch am Leib was schaden? Behüt' uns Gott vor Gabelstich, dreimal gibt neun Löcher!« – Er drohte seinem Weib mit Schlägen, wenn sie noch etwas sage, ging unmüßig im ganzen Haus herum, von einem Fenster zum andern, und wollte fast verzwatzeln, bis es dunkel ward, so seine Tochter die vermaledeiten Schuhe unter den Schurz nahm und forttrug.

Sie schlich sich damit an der Kiderlen Scheuer von hinten und stellte sie in eine Fensterlucke, wo sie die Vrone, als sie früh in Stall ging, ihre Kuh zu futtern, auch sicherlich gefunden hätte, wenn sie vom Pechschwitzer nicht über Nacht wären wegstipitzt worden.

Indessen trug die gute Dirne das falsche Gemächt sonder Schaden, und wenn ein Tag herum war, hieß es beim Bettgehn allemal: »jetzt aber, Mutter, glaubt Sie doch, daß es nicht Not gehabt hat selletwegen?« – Die Mutter sprach: »beschrei es nicht.« – Auf solche Weise kam denn alles wiederum in sein Geleis und galt die Vrone wie vordem für ein kluges, anstelliges Mädchen.

Geraume Zeit, nachdem sich dieses zugetragen, saß der Bläse in seinem Weinberg draußen beim Herdweg auf der Bank am Gartenhaus, bekümmerten Gemüts, weil es die Zeit her stark hinter sich ging in seinem Geschäft. Indem er nun so in Gedanken den heurigen Herbst überschlug, was er ertragen könne, samt den Zwetschgen, davon die Bäume schwer vollhingen – horch! vispert etwas hinter ihm, und wer steht da? der Pechschwitzer, der Hutzelmann, der Tröster. Mein Schuster wurde käsebleich. »Erschrecket nicht, Zunftmeister! ich komme nicht in Bösem. Wir haben einen

Stuß miteinander gehabt, das ist ja wieder gut, und wär' es nicht, will ich's vergüten, soviel an mir ist. Jetzt aber hätte ich ein klein's Anliegen, Obermeister.« – »Und in was Stükken, liebes Herrlein, kann ich Euch dienstlich sein?« – »Mit Erlaubnis«, sprach der Hutzelmann und nahm Platz auf der Bank und hieß den andern zu ihm sitzen: »Seht! jensmal in der Nacht, da ich auf Eurem obern Boden war und Ihr am Fenster unten, hörte ich Euch ein Wörtlein sprechen, das will mir nimmer aus dem Sinn. Ihr habt gesagt: ich wollt' nur, daß das Bulver schon erfunden wär'! Was meintet Ihr damit?«

Der Bläse, sich besinnend, machte ein Gesicht, als wenn ein Mensch aufwacht bei Nacht in einem Kuhstall, darein er seines Wissens mit eigenen Füßen nicht gekommen ist, lachte und sprach: »Herrlein – das hätte der Bläse gesagt? nun, wenn ich es noch weiß, soll mich der Teufel holen!« – »Ei, schwöret nicht, mein Freund!« entgegnet ihm der andere, »warum wollt Ihr es leugnen? Vertrauet mir's; nur so beim Beilichen, was das Bulver ist. Ich bin einmal in derlei Heimlichkeit ein stiegelfizischer, seht. Euer Schaden soll's nicht sein, und möget Ihr dafür etwas von meinen Künsten lernen.« – Da stellte sich der Bläse an, als wenn er freilich etwas wüßte, und sprach: »weil Ihr es seid, Pechschwitzer, so möcht' ich Euch wohl gern zu Willen sein; vergönnt mir nur Bedenkfrist einen Tag, damit ich doch mein Weib auch erst darum befrage.« – Der andre fand das nicht unbillig, bat ihn beim Abschied inständig nochmals, gelobte ihm Verschwiegenheit und wollte morgen wiederkommen.

»Jetzt, Sante Blasi, hilf!« – so rief der Alte aus, wie er allein war: »jetzt muß das Bulver raus aus meinem dicken Schustersgrind, und wenn's die halb' Welt kostet!« – Da saß er, hatte beide Ellenbogen auf den Knieen und beide Fäuste an den Backen. »Vor die Ratten«, sprach er, »kann's nicht sein.

Warum? sotts Bulver hat man lang. Selle Nacht aber ist es mir wampel gewesen, mag leicht sein, hat mir's traumt vom güldnen Magen-Triet, so allein der König in Persia hat. – – Es gibt ein Kräutlein, heißt Allermanns-Harnisch, und gibt ein anders, das heißt Dierletey, und wieder eins, Mamortica: kein Wurzler hat's noch Krämer. Daraus hat meiner Mutter selig ihre G'schwey eine Salben gemacht, die war vor alles gut. – – Ich will halt einmal gehn und schauen, was zu machen ist, und will erst Spezies kaufen; Probieren ist über Studieren.«

Auf seinem Weg zur Stadt sann er scharf nach. Auf einmal schnellt' er mit dem Finger in die Luft, und – »Wetter!« rief er aus, »kann einer so ein Stier sein und noch lang sinnieren hin und her, wo doch ein Ding glatt auf der Hand liegt! Was mag ein Schuster bei dem andern sonst für einen Vorteil suchen zu erfahren, wenn es nichts aus dem Handwerk ist? Da laß ich mich schon finden.«

Er lief zum Krämer stracks, zu holen, was er brauchte. Daheim in einer hintern Stube setzte er sich an einen langen Tisch mit einer Halbmaß Wein, macht allda unterschiedliches Gemeng mit seinem besten Essig an zu einem schwarzen Quatsch, knetet und knauzet's wohl unter dem Daum, probiert's auf alle Weise, und war ihm lang nicht fein genug. Das dauerte bis an den andern Abend.

Wie nun der Hutzelmann auf die gesetzte Stunde pünktlich kam und ihm der Bläse mit Geschmunzel seinen Teig hinhielt, roch der daran und sagte: »lieber Mann, da hätten wir halt eine neue Schuhwichs?« – »Aufzuwarten, ja.« – »Mich will bedünken«, sprach lächelnder Miene der Kleine: »Ihr habt selbst noch weit hin, bis Ihr das Bulver find't, und habt jetzt nur viel Arbeit, Müh' und Kösten unnötigerweis gehabt mit mir. Dafür wie auch um andrer Einbuß' willen soll Euch indes Vergütung werden. Ich will Euch das Rezept zu meiner Fett-Glanz-Stiefelwichsen geben, die mögt Ihr schachtelweis mit gutem Vorteil verkaufen.«

Das Männlein wußte wohl, was es hiermit verhieß: denn Meister Bläse ward ein reicher Mann mit solcher Handelschaft in wenig Jahren. Seine Erben bewahren annoch das Geheimnis, und allen feinen Leuten unsrer Tage (da zwar ein mehr belobtes Pulver zeither gefunden ist) wüßt' ich fürwahr eine bessere Wichs nicht zu nennen, obwohl ich nicht verschweigen darf, was der Pechschwitzer dazumal eben dem Bläse gar ehrlich bekannte: »Ein Ledder, wohl zu halten nach Ledders Natur, ist das fürnehmst' der Schmer allezeit, und hat er Glanzes genug an ihm selbsten.« Welcher Ausspruch indes hier dahingestellt bleibe.

Laßt aber sehn, was seither der Gesell in Ulm für Glücksspringe mag gemacht haben.

Zween Monat – eher drunter als drüber – kann er daselbst gewesen sein, da war er mürb und gar bereits vor Liebe zu der Meisterin; und wenn er wohl bisweilen meinte, ein wenig mehr Gespräch und Fröhlichkeit stünd' ihr gut an, so dachte er doch immer gern eines alten wahrhaften Worts: Stille Schaf seind mille- und wollereich, wird ihnen gewartet. Alle Samstag nacht, wenn er auf seine Kammer ging, sprach er bei sich: »jetzt morgen tragst du ihr die Heirat an«, und wenn er eben drauf und dran war, ließ er's wieder, aus Blödigkeit und Sorge, sie möchte ihn zuletzt doch stolz ablaufen lassen.

Nun hatten sie einsmals ein Schweinlein gemetzelt, das zweite, seitdem man den Lichtbraten hatte – es war schon im Hornung und schien ein vorzeitiger Frühling zu werden – da befand sich der Seppe am Morgen allein mit ihr in der Küche, das Fleischwerk in den Rauch zu hängen. Inmittelst, als er sich die Leiter unter dem Schlot zurechtstellte, die

Würste sich in Ringen um die Arme hing, erzählte er ihr von Regensburg und Regensburger Würsten, was er vom Hörensagen wußte; und wie er so mit seiner Tracht aufstieg in das Kamin, sie aber unten stand beim Herd, sprach sie: »Nach Regensburg geht Ihr doch noch; es liegt Euch allfort in Gedanken.«

Der Seppe, weil sie ihm nicht ins Gesicht sehn konnte – denn oberhalb stak er im Finstern – nahm sich ein Herz und sagte: »wenn es auf mich ankäm', ich wollte leben und sterben bei Euch.«

»Ihr sollt auch unvertrieben sein!« gab sie zur Antwort.

»Ja«, sagte er und stockte: »es mag halt einer doch auch nicht sein Leben lang ledig verbleiben.«

Sie sagte nichts darauf. Da fing er wieder an: »Nach einem rechten Weibe kann ein armer Teufel heutigstags weit suchen.«

Darauf sie ihm entgegnete: »man sucht erst einmal in der Nähe.«

Dem Seppe schossen bei dem Wort die Flammen in die Backen, als wollten sie oben zum Schornstein ausschlagen.

Die Stangen hingen alle voll, er hätte können gehn; allein der Angstschweiß brach ihm aus: er wußte nicht, wie er am hellen Tageslicht vor die Frau hintreten, noch was er weiter sagen solle. Drum nestelt' er und ruckt' und zappelte noch eifrig eine Weile an den Würsten hin und wieder. Auf einmal aber sprach er: »Meisterin, ich habe je und je schon oftermals gedacht, wir wären füreinander. Ich hätte ein Lieb' zu Ihr und groß Zutrauen.«

»Davon läßt sich schon reden!« sagte sie. – Nun stieg er flugs herab und stand vor ihr mit einem schwarzen Rußfleck um die Nase, darüber sie ein wenig lächelte und einen Zipfel ihrer weißen Schürze nahm und abwischte. Das tat ihm ganz im Herzen wohl, er faßte ihre Hand und hatte ihren Mund geküßt, eh' sie sich des versah. Sie aber gab ihm ein Gleiches zurück. – »So seid Ihr nicht mehr meine Meisterin, Ihr seid jetzt meine Braut!« – Sie bejaht' es, und waren sie beide vergnügt, schwatzten und kosten noch lang miteinander.

Bevor er wieder in die Werkstatt ging, sagte sie noch: »wir wollen niemand etwas merken lassen, bis Ihr das Meisterrecht habt und wir bald fürsche machen können.«

Selbigen Abend eilte es dem Seppe nicht wie sonst nach dem Essen zum Bier. Er freute sich schon seit dem Morgen auf diese gute Stunde. Sobald die andern aus dem Haus, begab er sich auf seine Kammer, wusch und kämmte sich, legte ein sauberes Hemd und sein Sonntagswams an, zu Ehren dem Verspruch, und als er dann neben der Frau so recht in Ruh' und Frieden saß, die Läden und die Haustür zugeschlossen waren, ein frisches Licht im Leuchter angesteckt, so legt' er ihr zuvörderst die silberne Haube, seine Brautschenke, hin. Ja da empfing er freilich Lobs und Danks mit Haufen. Wo bringt's der Fantel her? mochte sie denken: da er es nicht gekauft noch hoffentlich vom Markt gestohlen hat! – Sie hätte es gar gern gewußt, doch band er sich die Zunge fest und lachte nur so.

Sie holte Wein herauf vom Keller, und er brachte den Schnitzlaib herunter. Der Leser bildete sich schon selber ein, sie werde heute schwerlich das erstemal davon gekostet haben: o nein, den Seppe kränkte nur, daß er nicht füglich alle Tage mit einem neuen Stück bei ihr ankommen konnte, indem die Meisterin schon ohnedas sich wunderte, was doch der Bursch für einen guten Döte habe an dem Stuttgarter Hofzuckerbäcken (wie er ihr weiß gemacht), dem's auf ein Laiblein alle acht Tag' nicht ankomme. Denn ob es ihm schon nicht verboten war, zu offenbaren, wie es damit bewandt, so scheute er sich doch. Jetzt fühlte sie ihm besser auf den Zahn und sagte: »gesteht's nur, Seppe, gelt, Brot und Haube sind aus *einem* Haus?« – »Das nicht«, erwidert' er: »das eine anbelangend, so will ich meine herzliebe Braut von Grund der Wahrheit berichten; denn mit dem Zuckerbäck, das war gespaßt. Habt Ihr in Ulm auch schon gehört vom Hutzelmann?« – »Kein Wort.« – »Vom Pechschwitzer? vom Tröster?« – »Nichts.« – »Gut denn.« – Er nahm sein Glas, tat ihr Bescheid, fing an, der Frau treuherzig zu eröffnen alles, was ihm die Nacht vor seiner Reise widerfahren. Im Anfang schaute sie ihm so in das Gesicht dabei, als gält' es eben Scherz, doch weil er gar zu ernsthaft drein sah, dachte sie: er ist ein Wunderlecker und ein Träumer. Je mehr sie aber zweifelte, je mehr ereiferte er sich. »Da will ich meiner Liebsten erzählen, die ist gewiß und wahr, ich hab' sie von meinem Großvater. Ihr höret sie einmal zum Zeitvertreib, nachher mögt Ihr dran glauben oder nicht.

Der Beylland war ein guter Freund vom Graf Konrad von Wirtemberg, demselbigen, welcher den Grund zu meiner Vaterstadt gelegt, und trieb sein Wesen als ein stiller alter Herr in einem einzechten Gebäu, das stand daselbst im Tal unweit dem Platz, wo dermalen das Schloß zu sehen ist. Des Doktors vornehmstes Vergnügen war ein großer Garten hinter seinem Haus, drin pflanzte er das schönste Obst im ganzen Gau; nur daß ihm alle Herbst die Bupsinger Bauern die Hälfte wegstahlen, trotz einer hohen Mauer, so rings um das Haus und den Garten her lief. Dies ärgerte den Herrn, daß er oft krank darüber ward. Jetzt kommt einmal am lichten Tag, indem er eben bei verschlossener Tür in einem alten Buch studiert, der Hutzelmann zu ihm, der Pechschwitzer, der Tröster (welchen zuvor der Doktor noch nicht kannte) und bietet ihm ein Mittel wider diese Gauchen, mit dem Beding, daß er ihm alljährlich einen Scheffel gute Wadelbiren liefere zu Hutzeln. Der Doktor ging das unschwer ein. Da brachte jener unter seinem Schurzfell einen Stiefelknecht hervor von ordentlichem Buchenholz, noch neu und als ein wundersamer Krebs geschnitzt, mit einem platten Rücken und kurzen starken Scheren; am Bauch untenher war er schwarz angestrichen, darauf mit weißer Farbe ein Drudenfuß gemacht. ›Nehmt diesen meinen Knecht‹, sagte der Hutzelmann: ›und stellet ihn, wohin Ihr wollt im Haus, doch daß er freien Paß in Garten habe, etwa durch einen Kandel oder Katzenlauf. Im übrigen laßt ihn nur machen und kümmert Euch gar nichts um ihn. Es kann geschehen, daß Ihr mitten in der Nacht hört einen Menschen schreien, winslen und girmsen, da springet zu, greifet den Dieb und stäupet ihn; dann sprechet zu dem Knecht die Wort':

Zanges, Banges, laß ihn gahn,
Wohl hast du dein Amt getan.

Doch ehe Ihr den Bauern oder Nachtschach laufen laßt, sollt Ihr ihn heißen seine Stiefel oder Schuh' abtun, dabei mein Knecht ihm trefflich helfen wird, und diese Pfandstück' möget Ihr behalten, auch seinerzeit nach Belieben verschenken. Dafern mein Krebs in seiner Pflicht saumselig würde oder sonst sich unnütz machte, schenkt ihm nur etlich' gute Tritt' keck auf die Aberschanz; ich hoff', es soll nicht nötig sein. Sonst ist er ganz ein frommes Tier und zäh, man kann Holz auf ihm spalten; nur allein vor der Küchen sollt Ihr ihn hüten: er steigt gern überall herum und fällt einmal in einen Kessel mit heiß Wasser; das vertragt er nicht. Aber ich komme schon wieder und sehe selbst nach, lieber Herr. Gehabt Euch wohl. –‹

Der Doktor Beylland stellte jetzt den Stiefelknecht vor seine Stubentür. Da blieb er stehen bis zum Abend unverregt und sah so dumm wie ein ander Stück Holz. Im

Zwielichten aber, wie man just an nichts dachte, ging es auf einmal Holterpolter, Holterpolter die Stiege hinab und durchs Gußloch hinaus in den Garten. Da sahen Herr und Diener ihn vom Fenster aus durchs grüne Gras an der Mauer hin schleichen und kratteln, an allen vier Seiten herum und immer so fort, die ganze liebe lange Nacht.

Der alte Diener hatte seine Lagerstatt im untern Stock gegen den Garten; nun streckt' er sich in Kleidern auf sein Lotterbett. Eine Stunde verstrich nach der andern, der Alte hörte nichts, als hin und wieder wie durch das Geäst ein reifes Obst herunterrauscht' und plumste. Doch gegen Morgen, eben da er sich aufs andre Ohr hinlegte und seine Zudeck' besser an sich nahm, denn es war frisch, erscholl von fernen her ein Zetermordgeschrei, als wenn es einem Menschen an das Leben geht. Der Diener sprang hinaus und sah auf sechzig Schritt, wie des Hutzelmanns Knecht einen baumstarken Kerl am Fersen hatte und mit Gewalt gegen das Haus herzerrte, also daß beide Teile rückwärts gingen, Dieb und Büttel (wie ja der Krebse Art auch ohnedem so ist), und war ein Zerren, Würgen, Sperren, Drängen und Reißen, dazu viel Keuchens und Schnaufens, Wimmerns und Bittens, daß es erbärmlich war zu hören und sehen.

Der arme Schächer, so ein Bupsinger Weinschröter war trachtet' im Anfang wohl mitsamt dem Schergen durchzugehn, der aber hatte gut zwo Ochsenstärken und strafte ihn mit Kneipen jedesmal so hart, daß er sich bald gutwillig gab. Auf solche Weise kamen sie bis an das Haus, da hielt der Krebs es gerade vor der Tür und stand der Doktor schon daselbst in seinem Schlafrock, lachend; sprach:

›Zanges, Banges, laß ihn gahn,
Wohl hast du dein Amt getan!‹

Dann ließ er den Bauern die Bundschuh' austun, und mochte der laufen.

Die andre Nacht gleich wurden ihrer zween nacheinander eingebracht, die dritte wieder einer und alsofort bis auf die dreißig, lauter Bupsinger. Denn weil sich jeder schämte, sagt's keiner, die andern zu warnen. Der gute Knecht verfehlte nicht leicht seinen Mann; ein einzigmal kam er mit einem leeren Stiefel angerutscht und hielt denselben bis zum Morgen unverruckt mit großer Kraft in seinen Zangen, bis ihn von ungefähr der Herr vom Haus erblickte. Das Schuhwerk aber nagelte der Diener alles nach der Reih' im leeren Pferdstall an der Wand herum. – Es gibt noch ein liebliches Stücklein davon: wie nämlich einst der Graf mit seiner Frauen und zwei Söhnlein auf Besuch bei dem Beylland gewesen. Herr Konrad bauete bei dessen Garten eine Stuterei – daher nachmals die Stadt Stuttgarten hieß –, beschied seinen Werkmeister her auf den Platz und zeigte selbst, wie alles werden sollte. Es wollte aber gern der Doktor denen kleinen Junkherrn eine Kurzweil schaffen und bat den Hutzelmann derhalben, um daß er ein unschuldig Zinselwerk bereite; der versprach's. Als nun die Knaben nach der Mahlzeit in dem Garten spielten, da ward's lebendig in dem Stall, und kam bald aus der Tür hervor ein ganzer Zug von kleinen zierlichen Rößlein, lauter Rappen mit Sattel und Zeug, und das waren die Stiefel gewesen; sie gingen zwei und zwei und wurden von kleinen Roßbuben geführt, und das waren die Bundschuh'. Die Junker hatten ihre Freude mit den ganzen Abend. Auf *einmal* tat es außen an dem Garten einen Pfiff, der ganze Troß saß wie der Blitz ein jeder in seinem Sattel, die Rößlein aber waren zumal Heupferde geworden, grasgrün, einen Schuh lang, mit Flügeln, die setzten all' über die Mauer hinweg und kamen nicht mehr. Doch nachderhand fand man so Stiefel als Schuh' wie zuvor an die Stallwand genagelt.

Vor Jahren habe ich zu Stuttgart auf dem Markt ein Spiel gesehen in einem Dockenkasten, so auch von diesem handelte. Hätt' ich nur alles noch so recht im Kopf! Da wird gesagt zum Vorbericht in wohlgesetzten Reimen, was ich Euch erst erzählt, und sonst noch was voraus zu wissen nötig ist, von Bernd Jobsten, dem Hofnarren. Der ward denselben Spätling fortgejagt vom Grafen, weil er nicht wollte seiner bösen Zunge Zaum und Zügel anlegen, absonderlich gegen die fremden Herrschaften und Gäste. Nun klagte er sein Mißgeschick dem Doktor, als welcher ihm schon einmal Gnade beim Herrn derhalben ausgewirkt, jetzt aber sich dessen nicht mehr unterstand; doch steuert' er ihm etwas auf den Weg und hieß ihn auch die Schuh' im Stall mitnehmen, wofern er etwa meinte, sich ein Geldlein mit zu machen. ›Ja‹, sagte der Narr: ›das kommt mir schon recht – vergelt' es Gott!‹ – und holte sie gleich ab in einem großmächtigen Kräben und trug sie auf dem Rücken weg, talabwärts, wußte auch schon, was anfangen damit.

Am Necker unterm Kahlenstein fand er des Grafen Schäfer auf der Weid' und stellte seine Bürde ein wenig bei ihm ab, erzählte ihm, wie er den Dienst verscherzt, und was er da trage. Hiermit hebt denn die Handlung an, und spricht sofort der Narr:

Ich bin jetzt alt und gichtbrüchig,
Und meine Sünden beißen mich;
Drum will ich bau'n ein Klösterlein
Und selber gehn zuerst hinein,
In angenehmer Schauenlichkeit
Verdrönsgen dieses Restlein Zeit.

Spricht der *Schäfer:* Klöster bauen kost't halt viel Geld.
Der Narr: Just darauf ist mein Sinn gestellt.
Hiezu bedarf es ein Heiltum,
Daß alle Leut' gleich laufen drum.

Ein Armes bringt sein Scherflein her,
Der Reich' schenkt Äcker, Hof, Wald und mehr.
Der Schäfer: Solch Heiltum kriegen ist nichts Klein's.
Der Narr: Hat mancher keins, er schnitzet eins.
Ich, Gott sei Dank, bin wohl versehn,
– Diese Schuh', mußt du verstehn,
Der vielberühmt' Doktor Beylland
Nächst an der Stadt Jerusalem fand
Unterm Schutt in einer eisen Truh',
Ein gar alt Pergament dazu
Mit Judeng'schrift. Selbes bekennt:
Als Mose nun hätt' Israels Heer
Geführet durch das Rote Meer
Und König Pharao, Reiter und Wagen
Ersäufet in der Tiefe lagen,
Frohlockt das Volk auf diesen Strauß,
Zog weinend Schuh' und Stiefel aus,
Am Stecken sie zu tragen heim,
Ins Land, wo Milch und Honigseim,
In ihren Häusern sie aufzuhenken
Zu solches Wunders Angedenken.
Aus sechshunderttausend ohngefahr
Erlas man diese dreißig Paar
Und brachte sie an sichern Ort
Als einen künftigen Segenshort,
Daß, wer das Leder küssen mag,
Sei ledig seiner Lebetag'
Von Allerweltsart Wassersnot,
Auch Wassersucht und sottem Tod.
Der Schäfer: Hast du das G'schrift auch bei der Hand?
Der Narr: Das, meint' ich, gäb' dir dein Verstand.
Es liegt im Kräben unterst drin;
Und hätt' ich's nicht, gält's her wie hin.
Die War' bleib trocken auf Meeres Grund

Und ist brottrocken auf diese Stund'!
Nun kenn' ich einen guten Pfaffen,
Der soll mir helfen mein Ding beschaffen,
Soll es anrühmen dem Provinzial,
Der meld'ts gen Rom dem General.
Da wird sehr bald Bescheid ergehn,
Man wöll' der Sach' nit widerstehn,
Sie soll'n nur forschen bei diesem Jobst,
Was er lieber wär', Prior oder Propst.

Als denn der Narr zum Pater in seine Zelle kommt und ihm den Antrag stellt, begehrt derselbe allererst das Pergament zu sehen. Ja, sagt der Schelm, vorm Jahr noch hätt' er's ihm wohl weisen können, allein, ganz schrumpflich, mürb und brüchig, wie er es überkommen, sei es ihm nach und nach zuschanden gegangen. Dafür zieht er aus seinem Korb hervor ein alt schwer eisen Marschloß, vorgebend, es sei vor der Truchen gelegen. Der Mönch, wie leicht zu denken, hält ihm nichts drauf, verachtet ihm sein ganz Beginnen, verwarnet und bedrohet ihn gar. Der Narr, weil er vermeint, die Sach' an ihr selbsten gefiel' ihm schon, sie möchte wahr sein oder nicht, er scheue minder den Betrug als den Genossen – erboset er sich sehr in anzüglichen Reden und spricht mit der Letzt:

Sag, Pfaff', tust du die Bibel les'n?
Der Pater: War die ganz Wuch'n drüber g'sess'n.
Der Narr: Ich dacht nur, weil sie in Latein.
Der Pater: Wohl! daß nit jed's Vieh stört hinein.
Der Narr: Wohlan, so weißt du baß dann ich,
Was dort geweissagt ist auf dich
Und die Frau Mutter der Christenheit,
Wie ihr es nämlich treibt die Zeit.
Zum Exempel Proverbia
Im dreiß'gisten, was steht allda?

Die Eigel hat zwo Töchter schnöd:
Bringher, Bringher, heißen alle beed'.
Die ein' hat einen Ablaßkram,
Die ander heischet sonder Scham.
– Ei, das hofft' ich nur auch zu nutzen.
Pfaff, du tät'st mit, hätts nit sein' Butzen.

So zieht er ab mit seinem Kräben, unter heftigem Schelten und Drohen des Mönchs. Noch aber läßt er sein Vorhaben nicht, ein Kloster zu erbauen, und sollen ihm die Bundschuh' und die Stiefel inallweg dazu helfen. Sobald er wieder auf der Straßen ist, spricht er:

Jetzt, wüßt' ich nur s' Pechfisels Haus!
Der macht' mir ein' Trupp Münchlein draus;
Die schicket' ich dann in die Welt,
Zu kollektier'n ein Gottesgeld.
Vielleicht er macht sie mir gleich beritten
Auf Saumrößlein mit frommen Sitten:
Sie kämen doch viel 'ringer so 'rum,
Als wie per pedes apostolorum.

»Nachdem er lang vergebens überall dem kleinen Schuster nachgefragt, so findet er denselben von ungefähr beim Bupsinger Brünnlein sitzen, an dem Berg, darin seine Wohnung und Werkstatt ist, und wo er eben einen Becher Wassers schöpfte. Der Narr mit großer Scheinheiligkeit entdeckt ihm sein Anliegen, doch der Pechschwitzer antwortet ihm:

Ich dient' Euch gern, mein guter Freund,
Aber was geistlich Sachen seind,
Laßt meine Kunst mit unverworr'n;
Es brächt' mir eitel Haß und Zorn.
Mein Rat ist darum: geht zur Stund',
Verkauft so gut Ihr könnt den Schund.
Bei die Bupsinger droben, hör' ich, wär'
Großer Mangel eine Weil' schon her.

So brauchet es kein lang' Hausieren.
Doch müßt Ihr nicht Eur' Geld verlieren,
Woll'n sie mit dem Beutel nit schier heraus,
Droht, es käm' ihnen der Werr ins Haus,
Der Presser; das werden sie schon verstehn.
Darauf der *Narr:* Ich folg' Euch, Meister, und dank' Euch schön.

Jetzt kommt das Lustigste, das aber muß man sehen: wie nämlich Bernd Jobst in dem Dorf seinen Korb auf der Gasse ausschüttet, die Bauren aus den Häusern kommen und gleich ein groß Geriß anhebt, da jeder mit Geschrei sein Eigentum aussucht und alle sich untereinander als Diebe verraten. Sie weigern sich der Zahlung gar hartselig, bis sich der Jobst anstellt zu gehen und sich etwas verlauten läßt vom Werr, daß er ihn schicken wolle. Auf dieses ist mit eins ein jeder willig und bereit, ja auch der gröbst' Torangel zahlt, was ihn ein neues Paar vom Krämermarkt nicht kostete.

»Allmittelst hat der Schäfer bei Gelegenheit dem Grafen erzählt, was Wunderlichs der Jobst vorhabe, der Doktor aber es bestätiget nach dem, was er vom Pechschwitzer vernommen, und ist das Ende von dem Lied, daß Herr Konrad dem Narren für diesmal Vergebung erteilt, weil ihm der Schwank gefallen.«

So erzählte der Seppe. Die Meisterin hörte ihm nur so aus Höflichkeit zu und insgeheim mit Gähnen. »Ja, ja«, sprach sie am Ende, »das sind mir einmal Sachen!« und nahm das Ränftlein in die Hand, das er von seinem Brot übriggelassen. Nun, muß man wissen, hatte sie am Fenster einen schönen großen Vogel, der saß in seinem Ring frei da. Ihr erster Mann nahm ihn einmal an Zahlungs Statt von einem bösen Kunden an; es war ein weißer Sittich mit einem schwarzen Schnabel und auch dergleichen Füßen. Er sollte, hieß es, alles sprechen, wenn er das rechte Futter bekäme, und ob er zwar die ganze Zeit nicht sprach und sich der Schuster dessenthalben betrogen fand, so war er doch der Frau Liebling.

Derselbe schaute jetzt der Meisterin, wie sie das Restlein Brot so hielt, mit einem krummen Kopf begierig auf die Finger. Da sagte sie zu ihrem Bräutigam: »soll es der Heinz nicht haben?« – Der Seppe dachte freilich: damit geht manches Hundert schöner Laiblein ungesehn zuschanden; doch gab er ihr zur Antwort: »was mein ist, das ist Euer, und was Euch hin ist, soll auch mir hin sein.« – So schnellte sie den Brocken ihrem Heinz hinauf, der schnappte ihn, zerbiß und schluckt' ihn nieder. Kaum aber war's geschehn, so hub der Sittich an zu reden und brachte laut und deutlich diese Worte vor:

»Gut, gut, gut – ist des Hutzelmanns sein Brot.
Wer *einen* hat umgebracht und zween, schlägt auch den dritten tot.«

Die Meisterin saß bleich als wie die Wand auf ihrem Stuhl, der Gesell aber, wähnend, sie sei darob verwundert vielmehr denn entsetzt, lachte und rief: »der ist kein Narr! er meint, wenn man es einmal recht verschmeckte, fräß einer leicht auf einen Sitz drei Laib!« – Darauf die Frau zwar gleichermaßen groß Ergötzen an dem Tier bezeugte; doch mochte es ihr wind und weh inwendig sein, und als der Bräutigam, nachdem er lang genug von dem närrischen Vogel gered't und Scherz mit ihm getrieben, jetzo von andern, nötigen Dingen zu handeln begann: wie sie es künftighin im Haus einrichten wollten, wen von den Gesellen behalten, wem kündigen und so mehr, war sie mit den Gedanken unstet immer nebenaus; das wollten sie bei guter Zeit ausmachen, sagte sie, tat schläfrig, besah die Haube noch einmal und setzte sie auf vor dem Spiegel. – »Puh! friert's mich in der Hauben!« rief sie zumal und schüttelte sich ordentlich: »das Silber kältet so.« – Dann sagte sie: »wenn schwarze Band dran wären, mein! es wär' recht eine Armesünderhaube für eine fürstliche Person!« – und lachte über diese ihre Rede einen Schochen, daß den Gesellen ein Gräusel ankam. Gleich aber war sie wieder recht und gut, gespräch, liebkoste dem Gespons und machte ihn vergnügt, wie er nur je gewesen. Darnach so gaben sie einander küssend Gutenacht und ging er aller guten Dinge voll auf seine Kammer.

Den andern Morgen, es war Sonntag, sah er den schönen Sittich nicht mehr sitzen in dem Ring, und die Meisterin sagte mit unholder Miene: »das Schnitzbrot hat ihm schlecht getan, ich fand ihn unterm Bank da tot und steif und schafft' ihn mir gleich aus den Augen.«

Das deuchte dem Gesellen doch fast fremde, auch sah er einen Blutfleck am Boden. Am meisten aber wunderte und kränkte ihn, daß ihm die Frau so schnorzig war.

Am Nachmittag, weil seine Braut nicht heimkam von der Kirche aus, spazierte er mit seinen Kameraden um den Wall nach einer neuen Schenke gegen Söflingen. Einer von ihnen schlug ein paarmal bei ihm auf den Busch und stichelte auf seine Liebste; da denn ein anderer, ein loser Hesse, den Scherz aufnahm und sagte: »der Fang wär' recht für einen Schwaben, die haben gute Mägen, Schuhnägel zu verdauen.«

Weil nun der Seppe nicht verstand, wie das gemeint sei, blieb er mit seinem Nebenmann, einem ehrlichen Sindelfinger, ein wenig dahinten und frug ihn darum. »Das ist dir eine neue Mär?« sprach der gar trocken: »deine Meisterin, sagt man, hab' in Zeit von drei Jahr ihren zween Männern mit Gift vergeben. Vom letzten soll es sicher sein, vom ersten glaubt's darum ganz Ulm. Den zweiten hat man erst verwichenes Frühjahr begraben. Die Richter hätten ihr das Urteil gern zum Tod gesprochen, konnten aber nichts machen, denn auf dem Sterbebett sagte ihr Mann, er habe Schuhnägel gefressen. Dergleichen fanden sich nachher auch richtig in dem Leib, allein man glaubt, er habe sie in Schmerzen und Verzweiflungswut, als er das Gift gemerkt, nur kurze Zeit vor seinem End geschluckt.«

Dem Seppe verging das Gesicht. Er schritt und schwankte nur noch so wie auf Wollsäcken bis in die Schenke. Dort stahl er sich hinweg und ließ sein volles Glas dahinten.

Abwegs in einem einsamen Pfad saß er auf einer Gartenstaffel nieder, seine Lebensgeister erst wieder zu sammeln. Alsdann dankte er Gott mit gefalteten Händen, daß er ihn noch so gnädig errettet, überlegte und kam bald zu dem Beschluß, gleich in der nächsten Nacht das Haus der schlimmen Witwe, ja Ulm selbst insgeheim zu verlassen. Er blieb dort sitzen auf dem gleichen Fleck, bis die Sonne hinab und es dunkel war. Dann ging er in die Stadt, strich, wie ein armer Sünder und Meineider, lang in den Straßen hin und her, und suchte zuletzt, von Durst und Hunger angetrieben, eine abgelegene Trinkstube, wo viele Gäste zechten, ihn aber niemand kannte. Dort barg er sich in einem dunklen Sorgeneck bei einem Fenster nach den Gärten und der Donau zu.

Er konnte, wie man spricht, von keinem Berg sein Unglück übersehen. Zu allem Herzleid hin nicht gar sechs Batzen im Vermögen – denn einen Rest Guthabens bei der Frau, wie hätte er ihn fordern mögen? – dazu sein gutes Hutzelbrot verheillost, das ihm jetzt auf der Reise für Hungersterben hätte dienen können, und endlich Spott und Schande vor und hinter ihm!

Er ging bei sich zu Rat, ob er in seine Heimat solle oder weiterziehen. Das eine kam ihn schier so sauer wie das andre an. Was werden deine Freunde sagen, wenn du schon wieder kommst, als wie der Brogel-Wenz vom welschen Krieg? (derselbe nämlich grüßte die Weinsteig schon wieder am siebenten Tag) – so dachte er; allein die Welt, soweit es in der Fremde heißt, kam ihm jetzt giftig, greulich vor, so öd' und traurig wie das Ulmer Elend, das er dort unten in den Gärten liegen sah; aus einem Fenster dämmerte der kleine Schein vom Licht des Siechenwärters, dabei vielleicht ein armer Tropf, fern von dem lieben Vaterland, jetzt seinen Geist aufgab. Darum, es koste was es wolle, heim ging sein Weg, nur Stuttgart zu! Von keinem Menschen gedachte er Abschied zu nehmen, am wenigsten von ihr, deren Gestalt und Mienen er mit Grauen immer vor sich sah. Deshalb er auch nicht eher aus dem Wirtshaus ging, als bis er sicher war, ihr nicht mehr zu begegnen, und seine Mitgesellen ebenfalls schon schliefen. Es war schon zwölfe, und die Scharwich kam zum zweitenmal, den letzten Gästen anzubieten.

Wie er nun langsam durch die leeren Gassen nach seinem Viertel lenkte, vernahm er oben in dem Giebel eines kleinen Hauses den Gesang von zwo Dirnen, deren eine, eines Kürschners Tochter, Kunigund, er wohl kannte, ein braves und sehr schönes Mädchen, mit welchem er im »Pflug« manchen Schleifer herumgetanzt hatte. Wär' er nicht gleich im Anfang so tief in die Witwe verschossen gewesen, die hätte ihm vor allen Ulmer Bürgerskindern wohl gefallen und er ihr auch.

Die Dirnen plauderten, wie es ihm vorkam, finsterlings im Bett und sangen das Lied von dem traurigen Knaben, dem sein Schatz verstarb, das hatte zum Titel: »Lieb' in den Tod« und eine so herrliche Weise als sonst vielleicht kein anderes. Da sie es noch einmal von vorn anfingen, stand er still und horchte hinter einer Beuge Faßholz stille zu.

Uf^{a}m Kirchhof, am Chor
Blüeht ^{a} Blo-Holder-Strauß,
Do fleugt ^{a} weiß Täuble,
Vor's tag^{a} tuet, aus.

Es streicht wohl ^{a} Gäss^{a}le
Nieder und zwu^{a},
Es fliegt mer ins Fenster,
Es kommt uf mi zu^{a}.

Jetzt kenn' i mein' Schatz
Und sei linneweiß G'wand
Und sei silberes Ringle
Von mir an der Hand.

Es nickt mer en Grueß
Setzt se nieder am Bett,
Frei luegt mer's ins G'sicht,
Aber a^{n}rüehrt me's net.

Drei Woch^{a} vor Ostr^{a},
Wann's Nachthüehle schreit,
Do mach^{a} mer Hochzig,
Mei Schatz hot mer's g'sait.

Mer mach^{a} kein' Lebtag,
Mer halt^{a} kein' Tanz.
Wer goht mit zur Kirch^{a}?
Wer flicht mer d^{a} Kranz?

In währendem Zuhören dachte der Seppe: die wird sich auch wohl wundern, wenn sie hört, ich sei bei Nacht und Nebel fort als wie ein Dieb! – und dachte ferner: wenn diese Gundel deine Liebste hätte werden sollen und wär' dir heut' gestorben, ob du jetzt übler dran wärest denn so oder besser? – Er wußte in der Kürze sich selbst keinen Bescheid darauf, stöhnte nur tief aus der Brust und ging weiter.

Beim Haus der Witwe angekommen, drehte er den Schlüssel in der Tür so leis er konnte um, schlich auf Zehen an ihrer Schlafkammer vorbei, kam in die seinige, von den Gesellen unberufen, und packte seine Sachen ein, nachdem er erst die guten Kleider aus- und andere angezogen, auch mit herzlicher Reue des Hutzelmanns Schuhe, die es so gut mit ihm gemeint, unter dem Stein hervorgenommen und sie nach langer Zeit das erstemal wieder an die Füße getan.

Und also schied er auf zeitlebens aus dem Haus, darin er sich vor wenig Stunden noch als wie in seinem Eigentum vergnüglich umgeschaut hatte. Er kam an das Liebfrauentor und schellte dem Wächter; der ließ ihn hinaus und war der einzige Mensch in ganz Ulm , welcher ihm Glück auf die Reise gewünscht.

Als er so in der Nacht, auf trockener Landstraße und bei gelinder Luft, nicht völlig eine halbe Stunde weit gewandert war, so regte sich sein Linker allbereits mit Jucken, Treten, Hopsen und sonst viel Ungebühr. »So«, rief der Seppe grimmig: »moi^{n}st di^{a} Gugelfu^{a}hr gang wieder a^{n}? I will d'r beizeit d'rfür tu^{a}!« – saß nieder, riß den linken ab und faßte auch den rechten – da fiel ihm ein: Den könntst du anbehalten: mit *einem* Fuß im Glück ist besser denn mit keinem; zog also einen Stiefel an zum andern Schuh, probiert'es eine Strecke, und wahrlich, es tat gut.

In seinem Innern aber, so arg es auch darin noch durcheinander ging, daß ihm das Heulen näher als das Pfeifen lag, so gab er sich doch selbst schon kühnlicheren Zuspruch mit Vernunft, nahm sein versehrtes Herz, drückt' es, gleich wie die Hausfrauen pflegen mit einem zertretnen Hühnlein zu tun, in sanften Händen wieder zurecht, und endlich ging sein Trost und letzter Schluß dahin, wie sein Vetter als sagte: »es hat nur drei gute Weiber gegeben: die eine ist im Bad ersoffen, die ander' ist aus der Welt geloffen, die dritte sucht man noch.«

Unweit Gerhausen kam schon allgemach der Tag; bald sah er auch Blaubeuren liegen, und auf den Dächern rauchte hie und da schon ein Kamin.

Eine Ackerlänge vor dem Tor geschah ihm etwas unverhofft.

Dort zog der Weg sich unter den Felsen linkerhand an einer Steile hin. Der Seppe dachte eben, wenn er jetzt in das Städtlein käme, ein warmes Frühstück täte seinem Magen wohl, und rechnete, wie weit er damit komme, denn sein Beutel mochte nicht viel leiden. Bei dem Bräumeister konnte er aber mit Ehren nicht wieder einsprechen; er meinte, die Leute möchten sagen: »dem hat das Handwerksburschen-Einmaleins im Nonnenhof gefallen und mag ihm ganz eine kommode Rechnung sein!« Dies denkend, schritt er hitziger fürbaß – mit eins aber kann er nicht weiter, und ist er mit dem Schuh wie angenagelt an den Boden, zieht, reißt und schnellt, zockt noch einmal aus Leibeskräften, da fuhr er endlich aus dem Schuh – der aber flog zugleich den Rain hinunter, wohl eines Hauses Höhe, in einen Felsenspalt!

Gern oder ungern mußte ihm der Seppe nach. Als er nun mit Gefahr den Fleck erreicht, wo er ihn hatte fallen sehen, und in dem Steinriß mit der Hand herumsuchte, auch alsbald ihn erwischte, indem so stieß er an ein fremdes Ding, das zog er mit ans Licht: – »Hoho! *davon* kam dir die Witterung!?« rief er und hielt das Bleilot in der Hand, betrachte' es mit Freuden, schlupft in den Schuh und ist wie der Wind wieder oben. Nachdem er den Fund in den Ranzen gesteckt, der jetzo freilich das Zwiefache wog, ging er nicht wenig getröstet hinein in die Stadt.

Die Leute machten erst die Läden auf und trieben das

Vieh an die Tränke. Er kam an einem Bäckerhaus vorbei, da roch gerade so ein guter warmer Duft heraus, daß es ihn recht bei der Nase hineinzog. Er ließ sich einen Schnaps und keinen kleinen Ranken Brot dazu geben; das hielt dann wieder Leib und Seele auf etliche Stunden zusammen.

Sofort auf seinem Weg probierte er das Lot auf alle Weise, wenn hin und wieder ein Metzger oder sonst ein Mensch bei ihm vorüberkam, und als er nur den Vorteil erst mit rechts und links weghatte, vertrieb er sich die Zeit, samt seinem Herzensbrast, auf das anmutigste und beste.

Auf der Höhe der Feldstätter Markung fuhr hinter ihm daher mit einem leeren Wagen und zween starken Ochsen ein Böhringer Bauer. Der Seppe wollte gern ein Stück weit von ihm mitgenommen sein und sprach ihn gar bescheiden und ziemlich darum an; der aber war ein grober Knollfink, tat, als hört' er ihn nicht. Ei, denkt mein Schuster: hörest du mich nicht, so hab' mich auch gesehn, und sollst mich dennoch führen! – verschwand wie ein Luftgeist im Rücken des Mannes und setzte sich hinten aufs Brett. Da sprach der Bauer mit sich selbst und maulte: »Hätt' i viel z'tau^{n}, wenn i di^{a} Kerle äll uflad^{a} wött – Hott ane, Scheck! – di^{a} Scheur^{a}burzler do! äll Hunds-Od^{a}m lauft o^{a}r d'rher. Mi^{a}r kommt ko^{a}r über d' Schwell und uf d^{a} Wag^{a}, mi^{a}r ett!« – Das hörte der Gesell mit großem Ergötzen und hielt sich immer still, gleichwie der andre auch still ward. Nach einer Weile holt der Böhringer just aus, auf schwäbische Manier die Nas' zu putzen, hielt aber jäh betroffen inn', denn hinter ihm sprach es, als wie aus einem hohlen Faß heraus, die Wort':

»Zehn Ochsen und ein Bauer sind zwölf Stück Rindvieh.«

Der Bauer, mit offenem Maul, schaut um, schaut über sich gen die Sperlachen, horcht, ruft Oha dem Gespann, steigt ab dem Wagen, guckt unterhalb zwischen die Räder, und da kein Mensch zu sehen war und auf der Ebene weit und breit kein Baum oder Grube noch sonst des Orts Gelegenheit darnach gewesen wäre, daß sich ein Mensch verbergen mochte: stand ihm das Haar gen Berg, saß eilends auf und trieb die Tiere streng in *einem* Trott, was sie erlaufen mochten, bis vor seinen Ort; denn er vermeinte nicht anders, als der Teufel habe ihm Spitzfündiges aufgegeben, und wenn er den Verstand nicht dazu habe, so gehe es ihm an das Leben.

Der Seppe stieg nicht bälder von dem Wagen, als bis der Bauer in seiner Hofrait hielt, dann wandelte er durchs Dorf, unsichtbarlich, und hatte mit diesem Abenteuer, die schöne Kurzweil ungerechnet, wohl eine halbe Meil' Weges Profit.

Er kam ins Tal hinunter und auf Urach, er wußte nicht wie.

Vor dem Gasthaus, demselben, wo er im Herweg übernachtet war, stiegen etliche reisende Herren von Adel samt ihren Knechten gerade zu Roß; er hörte, sie ritten auf Stuttgart. Herrn Eberhards Tochter hatte Hochzeit, als gestern, gehabt mit Graf Rudolf von Hohenberg; auf ebendiese Zeit beging ihr Herr Vater, der Graf, seine silberne Hochzeit. Es dauerten die Lustbarkeiten noch drei Tage lang am Hof und in der Stadt, Turnier und andre Spiele. Das hörte der Geselle gern; er dachte, da hat man deiner nicht viel acht, und mögen deine Freunde glauben, du kamst des Lebtags wegen heim. Ihn lüstete nicht sehr darnach, demungeachtet säumte er sich nicht auf seinem Weg, und als er sich um die drei Groschen und etliche Heller, so er aus allen Taschen elendiglich zusammenzwickte, noch einmal wacker satt gegessen und getrunken, so setzt' er seinen Stab gestärkt und mutig weiter. Stets einem flinken Wässerlein, der Erms, nachgehend, befand er sich gar bald vor Metzingen.

Er dachte trutzig und getrost vor jedermanns Augen den Ort zu passieren, wo er vor einem halben Jahr den Schabernack erlitten, und war auf Schimpf und Glimpf gefaßt, nur wollte er zuvor den zweiten Stiefel noch außen vor dem Ort antun, damit er doch nicht mit Gewalt den Spott der Gaffer auf sich ziehe. Aber wie er sich dazu anschicken will, kommt ihm ein anderes dazwischen, das ließ ihm keine Zeit.

Gleich vor dem Flecken, frei auf einem Gutstück, lag eines Schönfärbers Haus; an dessen einer Seite hingen allerhand Stück Zeug, in Rot, Blau, Gelb und Grün gefärbt, auf Stangen und im Rahmen aufgezogen, davor ein grüner Grasplatz war. Dort nun, doch näher bei der Straße, sah der Seppe, nur einen Steinwurf weit von ihm, das nasenweise Färberlein stehn, das Gesicht nach dem Flecken gekehrt. Das Bürschlein hatte Gähnaffen feil, weil seine Meistersleute nicht daheim, oder paßte es auf eine hübsche Dirne, sah und hörte deshalb weiter nichts.

»Wohl bei der Heck', du Laff!« sagte der Seppe frohlokkend vor sich, indem er risch seitab der Straße sprang: »jetzt will ich dir den Plirum geigen!« – warf seinen Ranzen links herum, lief eilig zu und stand unsichtbar auf dem Wasen, ein Dutzend Schritte hinter dem Färber. Geschwind besann er sich, was er zuerst beginne, trat an das Lattenwerk, zog wie der Blitz einen trockenen Streif des roten Zeugs herab und breitete denselben glatt aufs Gras; alsdann stellte er sich in leibhafter Gestalt ohne Willkomm und Gruß, nicht in gutem noch bösem, ganz dichte vor den Färber hin. Der, seinen Feind erkennend, macht' ein Gesicht als wie der Esel, wenn er Teig gefressen hat; und plötzlich wollte er auf und davon. Der Schuster aber hatt' ihn schon gefaßt – kein Schraubstock zwängt ein Werkholz fester, denn unser Geselle das Büblein hielt bei seinen zween Armstecken. Er hieß ihn stille schweigen, so wolle er ihm aus Barmherzigkeit an seinem Leib nichts tun; nahm ihn sodann gelinde, legt' ihn aufs eine Tuchend überzwerch, drückt' ihm die Ellenbogen grad' am Leib und wergelt' ihn mit Händen geschickt im Tuch hinab, wie man ein Mangholz wälzet, daß er schön glatt gewickelt war bis an das Kinn. Darauf band er ihm ein grünes Band, das er auch von der Latte gezogen, kreuzweis von unten bis hinauf und knüpft's ihm auf der Brust mit einer schönen Schlaufe. Nach allem diesem aber nahm und trug er ihn, nicht anders als ein Pfätschenkind dahingetragen wird, auf seinen Armen weg (in deren einem er den Wanderstock am Riemen hangen hatte). Weil er jedoch bei diesem ganzen Vornehmen das Lot links trug, und weil der Krackenzahn mehr nicht kann ungesehen machen, als das zum Mann gehört, so war es wunderbarlich, ja grausig, fremd und lustig gleichermaßen anzusehn, wie auf der breiten Straße, mitten inne, ein gesunder Knab', wie Milch und Blut, mit schwarzem Kräuselhaar, in Wickelkindsgestalt frei in der Luft herschwebte und schrie.

Das Volk lief zu aus allen Gassen, ein jedes lacht' und jammerte in *einem* Atem, die Weiblein schrien Mirakel und: »Hilf Gott! es ist des Färbers Knab', der Bite! Springt ihm denn keiner bei von euch Mannsnamen?« – Doch niemand traute sich hinzu.

Da fing der Seppe an, sangweis mit heller Stimme:

Scher^{a}schleifer, wetz, wetz, wetz,
Laß' dei' Rädle schnurr^{a}!
Stu^{a}gart ist ^{a} grauße Stadt,
Lauft ^{a} Gä^{n}sbach dur^{a}.

Und als das Kind sich ungebärdig stellte, schwang er's und flaigert's hin und her und sang:

Färbersbü^{a}ble, schrei net so,
Mach mer keine Mändl^{a}!
D' Bü^{a}singer mit zwanzig Johr

Trait mer en de Wendl[a].
Heisasa! Hopsasa!
Wi[a] de kleine Kendl[a].

Die Leute fanden ihrem Staunen, Schrecken, Dattern und Zagen nicht Worte noch Gebärden mehr. Eins schob und stieß und drängte nur das andere dem Abenteuer immer nach oder voraus. Bei dem Gemeindhaus aber schwenkte sich der Seppe seitwärts nach dem Kirchplatz unversehens, daß alles vor ihm schreiend auseinanderfuhr.

Dort, mitten auf dem Platz, sah man den Bite sänftlich an die Erde niederkommen. Da lag denn ein seltsamer Täufling, zornheulend, sonder Hilfe, derweil der Schuster flüchtig durch die Menge wischte. Weit draußen vor dem Ort noch hörte er das Lärmen und Brausen der Leute.

Bei Tolfingen am Necker spürte er anfangen in den Beinen, daß er verwichene Nacht in keinem Bett gewesen, jetzt fünfzehn Stunden Wegs in *einem* Streich gemacht, daneben ihn der letzte Possen auch manchen Tropfen Schweiß gekostet haben mag. Der Abend dämmerte schon stark, und er hatte noch fünf gute Stunden heim. Bei frischen Kräften hätte er Stuttgart nicht füglich vor Mitternacht können erlaufen, so schachmatt aber, wie er war, und mit vier Pfennigen Zehrgeld im Sack, schien ihm nicht ratsam, es nur zu probieren. Wo aber bleiben über die Nacht und doch kein Scheurenburzler sein? – Halt! dachte er, dient nicht in der Stadt Nürtingen, nur anderthalb Stund' von da, der Kilian aus Münster als Mühlknapp? Das ist die beste Haut von der Welt, der läßt dich nicht auf der Gasse liegen und borgt dir leicht ein Weniges auf den Weg – Jetzt ist lang Tag! – Er tat erst einen frischen Trunk in Tolfingen, wo das Wasser nichts kostet, dann kaufte er sich ein Brot für seinen letzten Kreuzer, verzehrt' es ungesäumt und lotterte, indem es finster ward, gemächlich die Straße am Necker hinauf. Mit der Letzte erschleppt' er sich fast nicht mehr, doch endlich erschienen die Lichter der Stadt und hörte er das große Wuhr ob der Brücke schon rauschen, hart neben welcher jenseits die vielen Werke klapperten.

Der Müller aß eben zu Nacht mit seinen Leuten und Gesind, darunter nur kein Kilian zu sehen war. Man sagte dem Schuster, der sei vor einem Vierteljahr gewandert. Da stand der arme Schlucker mit seinem gottigen Glücksschuh und seinem Stiefel! wußte nicht, was er jezt machen sollte. Indes hieß ihn die Müllerin ablegen und mitessen; und nach dem Tischgebet, dieweil der Mann leicht merken mochte, es sei ein ordentlicher Mensch und habe Kummer, bot er ihm an, über Nacht im Wartstüblein, wo die Mahlknechte rasten, auf eine der Pritschen zu liegen. Das ließ er sich nicht zweimal sagen und machte sich alsbald hinunter, ein Jung wies ihm den Weg zwischen sechs Gängen hindurch, die gellten ihm die Ohren im Vorbeigehn nicht schlecht aus. Zwei Stieglein hinunter und eins hinauf, kam er in ein gar wohnliches, vertäfertes Gemach und streckte sich auf so ein schmales Lager hin. Wie grausam müd' er aber war, ein Schlaf kam nicht in seine Augen; Fenster und Boden zitterten in einem fort, es schellte bald da, bald dort, die Knechte tappten aus und ein, und die ganze Nacht brannte das Licht.

Um eins, da ihn der Oberknecht noch wachen sah, sprach der zu ihm: wenn er auf Nachtruh' halte, hier sei er in die unrechte Herberg' geraten, das Schlafen in der Mühle wollt' gelernt sein wie das Psalmenbeten in der Hölle; er soll' aufstehn, sie wollten sich selbdritt die Zeit vertreiben mit Trischacken: langte die Karten vom Wandbrett herunter und stellte einen vollen Bierkrug auf den Tisch. Der Seppe wollte nicht, bekannte auch, daß er Gelds ohne sei; allein da hieß es: »Schuster! dein Schnappsack hat ein leidlich Gewicht, und Stein' hast du keinswegs darin, wenn aber, so sei uns ein ehrlicher Schuldner.« So gab er endlich nach und nahm sein Spiel vor sich. Wetter! Wie paßten gleich die Kerl' da auf! Was er nur zog und hinwarf, allemal die besten Stiche! Jetzt wurden seine Sinne hell und wach zumal er dachte: hei, da springt ein Wandergeld heraus! Das erste Spiel gewonnen, das zweite desgleichen. Beim dritten und beim vierten zog er heimlich den Schuh aus unter dem Tisch, daß es nicht merklich würde, und verspielt's damit hintereinander, doch brachte er es vier- und sechsfach wieder ein, und pünktlich macht einer jedesmal die Striche auf die Tafel, daß man's nachher zusammenrechnen könne. Es war ihm über einen Gulden gutgeschrieben, und als den andern endlich so die Lust verging, war es ihm eben recht und legte er sich noch ein Stündlein nieder. Da fiel der Schlaf auch bald auf ihn als wie ein Maltersack, doch ohne Letzung. Er war mit seinem Geist in Ulm und träumte nur von Greuel, Gift und peinlichem Gericht. Ein Mahljung', welcher durch das Stüblein lief, vernahm von ungefähr, wie er im Schlaf die Worte redete: »Für'n Galgen hilft kein Goller und fürs Kopfweh kein Kranz!« – ging hin und hinterbracht's den Knechten; die kamen juxeshalber und standen um den Schlafenden, sein bitterlich Gesicht bescherzend. Auch nestelten sie ihm den Ranzen auf, aus Fürwitz, was er Schatzwerts darin habe, zogen das schwere Blei heraus und lachten ob des Knaben Einfalt solchermaßen, daß ihnen gleich das Schiedfell hätte platzen mögen. »Tropf!« sprach der eine, »hast du sonst nichts gestohlen, darum springt dir der Strick nicht nach!« – und packten's ihm wieder säuberlich ein.

Als nun der Seppe endlich am lichten Tag erwacht war, gürtete er sich gleich, nahm Hut und Stock und fand die beiden Spielgesellen in der Mühle am Geschäft. Er hätte gern sein Geld gehabt, wenn es auch nur die Hälfte oder ein Drittel sein sollte. Sie aber lachend mit Faxen und Zeichen, bedeuteten ihm, sie verstünden nicht über dem Lärm, was er wolle, und hätten unmöglich der Zeit. Nun sah er wohl, er sei betrogen, kehrte den seellosen Schelmen den Rücken und ging hinauf, dem Müller seinen schuldigen Dank abzustatten. Dort in der Küche gab man ihm noch einen glatt geschmälzten Hirsenbrei, damit im Leibe wohl verwarmt, zog er zum Tor hinaus und über die Brücke, dann rechts Ober-Ensingen zu. Gern hätte er zuvor den Herbergvater in der Stadt um eine Wegspend' angegangen, er traute aber nicht, weil er in Ulm sich keinen Abschied in sein Büchlein hatte schreiben lassen.

Auf dem Berg, wo der Wolfschluger Wald anfangt, sah man damals auf einem freien Platz ein paar uralte Lindenbäume, ein offen Bethäuslein dabei, samt etlichen Ruhbänken. Allhie beschaute sich der Seppe noch einmal die ausgestreckte blaue Alb, den Breitenstein, den Teckberg mit der großen Burg der Herzoge, so einer Stadt beinah' gleichkam, und Hohen-Neuffen, dessen Fenster er von weitem hell her blinken sah. Er hielt dafür, in allen deutschen Landen möge wohl Herrlicheres nicht viel zu finden sein als dies Gebirg, zur Sommerszeit, und diese weite gesegnete Gegend. Uns hat an dem Gesellen wohl gefallen, daß er bei aller Übelfahrt und Kümmernis noch solcher Augenweide pflegen mochte.

Von ungefähr, als er sich wandte, fand er auf einem von den Ruhebänken ein Verslein mit Kreide geschrieben, das konnte er nicht sonder Müh' entziffern, denn sichtlich stand es nicht seit jüngst, und Schnee und Regen waren darüber ergangen. Es hieß:

Ich habe Kreuz und Leiden,
Das schreib' ich mit der Kreiden,
Und wer kein Kreuz und Leiden hat,
Der wische meinen Reimen ab!

Der Seppe ruhte lang mit starren Blicken auf der Schrift. Er dachte: Dem, welcher dies geschrieben, war der Mut so weit herunter als wie dir, kann sein noch weiter – tröst' ihn Gott! – Nachdenksam kehrte er sich zur Kapelle, legte Ranzen, Hut und Stock, wie sich gebührte, haußen ab und ging, seine Andacht zu halten, hinein; nach deren Verrichtung er sich bei den Namen und Sprüchen verweilte, so von allerhand Volk, von frommen Pilgrimen und müßigen Betern, an den Wänden umher mit Rotstein oder mit dem Messer angeschrieben waren. In einem Eck ganz hinten stund zu lesen dieser Reim:

Bitt', Wandrer, für mich,
So bittst du für dich.
Mit Schmerzen ich büße,
In Tränen ich fließe.
Das Erbe der *Armen,*
Das heißet *Erbarmen.*

Recht wie ein Blitzstrahl zückten die Worte in ihn, und war ihm eben, als flehet' es ihn aus den Zeilen an mit gerungenen Händen um seine Fürbitte, als eine letzte Guttat an der Frau, so ihrer vor allen den lebenden Menschen bedürfe. Seit jener Stunde, wo er sich im stillen von ihr schied, war ihm noch kein Bedenken oder Sorge angekommen um das verderbte und verlorene Weib; nun aber fiel das treue Schwabenherz gleich williglich auf seine Knie, vergab an seinem Teil und wünschte redlich, Gott möge ihren bösen Sinn zur Buße kehren und ihr dereinstens gnädig sein; für sich insonderheit bat er, Gott wolle seiner schonen und ihn kein blutig Ende an ihr erleben lassen. Hierauf erhob er sich, die Augen mit dem Ärmel wischend, und setzte seine Reise fort.

Nach dreien Stunden, um Bernhausen auf den Fildern, hub sein Magen an mit ihm zu hadern und zu brummen. Er hätte sich mit seinem Lot in manches reichen Bauern Haus und Küche leichtlich wie Rolands Knappe helfen können, welcher vermittelst seines Däumerlings dem Sultan sein Leibessen samt der Schüssel frei vor dem Maul wegnahm. Ihm kam jedoch vor Traurigkeit dergleichen gar nicht in den Sinn: auch hatte er sein Leben lang weder gestohlen noch gebettelt. Kein leiderer Weggenoß ist aber denn der Hunger. Er rauft, wenn er einmal recht anfangt, einem Wandersmann schockweis die Kraft aus dem Gebein, nimmt von dem Herzen Trost und Freudigkeit hinweg, schreit allen alten Jammer wach, recht wie bei Nacht ein Hund den andern aufweckt, daß ihrer sieben miteinander heulen. Das dauerte bei dem Gesellen, bis endlich Degerloch da war und er nun um die Mittagszeit seine Vaterstadt im lichten Sonnenschein und Rauch vom Berg aus liegen sah. Da brannten ihm die salzigen Tropfen vor Freuden im Aug' und waren seine Füße alsbald wie neugeboren.

Von weitem hörte er Trompetenschall und sah es vor dem Tor und in den Straßen blinken und wimmeln. Die Ritter kamen in Harnisch und Wehr zurück vom großen Stechen; Roß und Mann bis an den Helmbusch voller Staub. Es wogte bunt von Grafen, Edelherrn und Knappen, von Bürgersleuten und vielem Landvolk.

Der Seppe drückte sich, wie er zur Stadt hineinkam, scheu nur an den Häusern hin: denn ob er gleich unsichtbar ging, um seiner schlechten Kleidung willen, auch weil er übel, schwach und schwindlig war vor übergroßer Anstrengung, weshalb er nicht viel Grüßens oder Redens brauchen konnte, so war ihm doch bei jedem Schritt, wie wenn die Blicke aller Leute auf ihn zielten, und wurde rot und blaß, so oft als ein guter Bekannter oder ein Mädchen seiner alten Nachbarschaft bei ihm vorüber lachte. Er strebte einem engen Gäßlein zu im Bohnenviertel, wo eine alte Base von ihm wohnte. Am Eck schob er den Ranzen rechts herum, und schon von ihrem Fenster aus begrüßte ihn das gute Fraulein, seine Dot. Er sprang mit letzten Kräften die Stiege noch hinauf, aber unter der Tür knickt' er in den Knieen zusammen und schwanden ihm zumal die Sinne. Die Frau rief ihren Hausmann, holte Wein und was sonst helfen mochte. In Bälde hatten sie den armen Lungerer so weit zurecht gebracht, daß er auf seinen Füßen stehn, sich hinter den Tisch setzen, essen und trinken konnte.

Dabei erzählte ihm das Mütterlein, was sich alle die Zeit her begeben; vom großen Beilager im Schloß, wie auch, daß morgen noch ein Haupttag sei. Weil nämlich eben Faßnacht in der Nähe war und die erlauchte Braut nichts lieber sah als einen schönen Mummenschanz, so wurde von dem Rat der Stadt beschlossen, daß ein solcher mit ausnehmender Pracht auf dem Markt gehalten werde. Der Graf dagegen wollte zu Mittag die Bürgerschaft in den Straßen bewirten, welches der Jahreszeit halben wohl geschehen mochte, indem der Winter so gelind und kurz ausfiel, daß wahrlich im Stuttgarter Tal fast die Bäume ausschlugen. »Auf diesen Tag nun, siehst du«, sprach die Base, »tut jung und alt sein Bestes, der Arme wie der Reiche; wer keine Heiden oder Mohren machen kann, der findet einen bunten Lappen zum Zigeuner, und wem die Larve fehlt, der färbt sich im Gesicht. Da hat vorhin die Kiderlen, die Vrone, die du kennst, sich Feierwams und Hosen von ihrem Vetter, meines Hausmanns Buben, abgeholt, und er verbutzet sich mit seiner Ahne ihrem Hochzeitsstaat. Seppe, wir müssen uns für dich beizeiten auch nach was umtun. Für jetzo, schätz' ich aber, hast du das Bett am nötigsten.« – »Ach, wohl Frau Dot!« sprach er: »und ich wollt' nur, die Nacht hätt' ihre achtundvierzig Stund'!« – »Nun«, meinte sie, »vier hast du, bis wir essen, da läßt sich schon ein schön Stück Schlafs vorweg herunterspinnen«; – und führte ihn hinauf in eine kleine Kammer, in welcher allezeit ein gutes Gastbett aufgemacht war.

Kaum hatte er sich ausgezogen und sein zerschelltes, brechliches und ganz vermürbtes Knochenrüstwerk behutsam ausgestreckt, da schlief er auch schon wie ein Dachs und so in *einem* fort bis abends spät, wo ihm die Frau eine Suppe mit Fleisch hinaufbrachte und noch ein wenig mit ihm diskutierte. Nun wünschte sie ihm Gutenacht und ging mit ihrem Licht.

Sie war aber die Stiege noch nicht gar hinunter, so ruckt etwas an seinem Stuhl, ein Lämplein macht die Kammer klar, und eine Stimme sagte: »Grüß dich Gott, Seppe! verschrick nit, der Pechschwitzer ist es, der Hutzelmann, der Tröster. So, so, auch wieder hiesig? Sorg' nit, ich plag' dich lang – du brauchst der Ruh' – nur auf ein Wort: sag an, gelt, Bursch, hasts Klötzle?«

»Jo freile, han i's, Meister.«

»Laß sehn! wo steckt's? im Bündel? – hab' es schon! bei meinem Leisten! ja, da glotzt er 'raus, der Krackenzahn. Du erzigs Narrenglückskind du! Und hast fein nur mit *einem* Hund gejagt! Du Malefizglücksspitzbub du!« – Mit diesen und viel andern närrischen Ausrufungen bewies das Männlein seine Freude. Drauf sagte es mit Ernst: »Mein Sohn, du hast dies teuere Stück, wie du zwar schuldig warst, deinem Patron getreulich überliefert, da du es nicht allein im Nonnenhof können vertrumpeln, um einen Pfifferling aus des

Wasserweibs Hafen, sondern konntest vor Kaiser und Könige gehen damit, die hätten dir dies schlechte Blei gern sechsmal und mehr mit Gold aufgewogen – nun, Seppe, denk an mich, das sollst du nicht bereuen. Hab' Gutenacht.« – Im Gehen frug er noch: »Wie sicht's mit dem Laiblein?«

»Ja Meister, um sell bin i komm[a], sell ist –«

»Gfressen?«

»Jo, aber ett vo mir!«

»Ei daß dich! hat das auch müssen verhansleardlet sein! Nu, wenn's nur gfressen ist; gibt wieder einmal ein anders vielleicht. B'hüt Gott! Morgen bei rechter Zeit siehst mich wieder.«

Die Sonne ging am andern Morgen glatt und schön herauf am Himmel und hatte die Nebel über der Stadt mit Macht in der Früh' schon vertrieben. Man hörte die Gassen aus und ein vielfach Geläufe, Lachen und Gesprang; es war schon um die Achte, in einer halben Stunde ging der Aufzug an. Da hielt es die Base nun hoch an der Zeit, daß sie ihr Patlein wecke, denn, meinte sie, auf allen Fall muß er die Herrlichkeit mitmachen und soll so gut wie jeder andere Bürgersohn an der Gesellentafel speisen auf des Herrn Grafen Kosten. Mit Mühe hatte sie noch gestern abend einen langen weißen Judenbart samt Mantel und Mütze für ihn bei einer Trödlerin mietweis erlangt. Sie nahm den Plunder auf den Arm, den guten Burschen gleich auf seiner Kammer damit zu erfreuen: da klopfte es und kam ein junger Gesell herein, wenig geringer als ein Edelknabe angezogen, mit einem krachneuen, rotbraunen Wammes von Sammet, schwarzen Pluderhosen, Kniebändern von Seide und gelben Strümpfen. Er hielt sein Barett vors Gesicht gedeckt, und als er es wegnahm, stand da vor seiner lieben Dot der

Schuster Seppe mit Blicken, halb beschämt und halb von Freude strahlend. Die Frau schlug in die Hände, rief: »Jemine! was soll das heißen? Bub, sag, wo hast du das geborgt?« – »Ihr sollt's schon heut noch hören, Base: es ist eine weitläufige Sach', und ich muß gleich fort.« – »Nun, sei's, woher es wolle: aus einem vornehmen Schrank muß es sein. Nein, aber Seppe, wie gut dir's steht, alles, bis auf den feinen Hemdkragen hinaus! Ich sag' dir, es wär' Sünd' und Schand', wenn du eine Larve umbändest. Mein Jud', so viel ist ausgemacht, darf seinen Spieß jetzt nur wo anders hintragen. Da, schau einmal, was ich dir Schönes hatte!« – Und hiermit lief sie in die Küche, dem Knaben eine gute Eiergerste zum Morgenatz zu bringen.

Derweil er seine Schüssel leerte, zog sich die Base im Alkoven festtägig an. Sie wollte des Getreibes gern auch Zeuge sein, von einem obern Fenster aus bei einem Schneider auf dem Markt. Der Seppe aber eilte ihr voraus, Sankt Leonhards Kapelle und der Wette zu, stracks auf den Platz.

Von keiner Seele unterwegs ward er erkannt noch auch gesehn. Warum? er wird doch nicht das Lot mitschleppen? Nein, aber seine linke Brusttasche barg eine zierliche Kapsel, darinne lag der ausgezogene Krackenzahn, gefaßt in Gold und überdies in ein goldenes Büchslein geschraubt, samt einer grünen Schnur daran. Der Hutzelmann ließ alles über Nacht von einem Meister in der Stadt, mit welchem er gut Freund war, fertigen und übergab dem Seppe das Kleinod mit der Weisung, dasselbe seinem Landesherrn, dem Grafen, zu Ehren seines Jubeltags nachträglich zu behändigen, sobald er merke, daß der Scherz zu Ende gehe und die Herrschaft am Aufstehen wäre.

Wie der Gesell nunmehr an Ort und Stelle kam, sah er den weiten Markt bereits an dreien Seiten dicht mit Volk besetzt und Kopf an Kopf in allen Fenstern. Er nahm seinen

Stand beim Gasthof zum Adler, und zwar zuvörderst unsichtbar, außer den Schranken. Etliche Schritt weit von den Häusern nämlich liefen Planken hin, dahinter mußten sich die Schaulustigen halten, daß innerhalb der ganze Raum frei bleibe für die Faßnachtsspiele sowie auch für die fremden Tänzer und Springer, welche ihr großes Seil ganz in der Mitte querüber vom Rathaus aufgespannt hatten, dergestalt, daß es an beiden Seiten gleich schräg herunterlief und hüben und drüben noch ein breiter Weg für den Maskenzug blieb.

Am Rathaus auf der großen Altane erhub sich ein Gezelt von safranfarbigem Sammet mit golddurchwirkten Quasten, den gräflichen Wappen und prächtigen Bannern geschmückt. Den Eingang schützten sechs Hellebardierer aus der Stadtbürgerschaft. Es hingen aus den Fenstern aller Häuser bunte Teppiche heraus und an den Schranken standen, gleichweit voneinander, grüne Tännlein aufgerichtet. Von den sechs Straßen am Markt waren viere bewacht: darin sah man die Tische gedeckt für das Volk, Garküchen und Schankbuden, wo nachher Bier und Wein gezapft wurde und fünfzig Keller- und Hof-Bartzefanten die Speisen empfingen.

Gegen dem Rathaus über sodann, am andern Ende des Markts, war der Spielleute Stand. Dieselben machten jetzo einen großen Tusch: denn aus der Gasse hinter ihnen nahete der Hof; nämlich: Graf Eberhard mit dem von Hohenberg, dem Vater, das jüngst vermählte Paar, wie auch des Grafen Sohn, Herr Ulrich, auf weißen, köstlich geschirrten Rossen; die Gemahlin des Grafen und andre hohe Frauen aber in Sänften getragen; zu deren beiden Seiten gingen Pagen und ritten Kavaliere hinterdrein.

Sobald die Herrschaften, vom Schultheiß gebührend empfangen und in das Rathaus geleitet, auf der Altane Platz genommen, einige vornehme Gäste jedoch an den Fenstern, begann sogleich der Mummenschanz.

In guter Ordnung kamen aus der Gasse an dem Rathauseck beim Brunnen mit dem steinernen Ritter so einzelne wie ganze Rotten aufgezogen.

Zum Anfang wandelte daher: der Winter als ein alter Mann, den lichten Sommer führend bei der Hand als eine hübsche Frau. Sie hatte einen Rosenkranz auf ihrem ungeflochtenen gelben Haar, ein Knäblein trug den Schlepp ihres Gewands samt einem großen Blumenstrauß, ein anderes trug ihm ein Kohlenbecken nach und einen dürren Dornbusch. Auf seinem Haupt und Pelz war Schnee vom Zuckerbäcker; sie raubte ihm bisweilen einen Bissen mit zierlichen Finger davon, zur Letzung bei der Hitze, das er aus Geiz ihr gern gewehrt hätte.

Nun ritt der hörnerne Siegfried ein mit einer großen Schar, auch der schreckliche Hagen und Volker.

Dann gingen zwanzig Schellennarren zumal an einer Leine, die stellten sich sehr weise an, da jeder blindlings mit der Hand rückwärts den Hintermann bei seiner Nase zupfen wollte, der letzte griff gar mühlich immer in der Luft herum, wo niemand mehr kam. Auf einem höllischen Wagen, gezogen von vier schwarzen Rossen, fuhr der Saufteufel, der Spielteufel und ihr Geschwisterkind, Frau Hoffahrt, mit zweien Korabellen, und hatten zum Fuhrmann den knöchernen Tod.

Jetzt segelte ein großes Schiff daher auf einem niederen Gestell; dies war mit wasserblauem Zeug bedeckt, und sah man daran keine Räder noch solche, die es schoben. Auf dem Verdeck stund der Patron, ein Niederländer Kaufherr, beschaute sich die fremde Stadt so im Vorüberziehn.

Dahinter kam ein Kropfiger und Knegler, mit jämmerlichen dünnen Beinen, und führte seinen wundersamen

Kropf auf einem Schubkarrn vor sich her mit Seufzen und häufigen Zähren, daß er der Ware keinen Käufer finde, und rief dem Schiffsherrn nach: sein Fahrzeug hänge schief und mangele Ballasts, er wolle ihm den Kropf um ein Billiges lassen. Gar ehrlich beteuerte jener, desselben nicht benötigt zu sein; doch als ein mitleidiger Herr hielt er ein wenig an und gab dem armen Sotterer viel Trost und guten Rat: er möge seines Pfundes sich nicht äußern, vielmehr sein hüten und pflegen, es sollte ihm wohl wuchern, wenn er nach Schwaben führ' auf Cannstatt, zum ungeschaffenen Tag; es möge leicht für ihn den Preis dort langen. Da dankte ihm der arm' Gansgalli tausendmal und fuhr gleich einen andern Weg; der Kaufmann aber schiffte weiter.

Mit andern Marktweibern, ausländischer Mundart und Tracht, kam auch ein frisches Bauernmägdlein, rief: »Besen, liebe Frauen! Besen feil!« – Sogleich erschien auf dem Verdeck des Schiffs ein leichtfertiger Jüngling in abgerissenen Kleidern, eine lange Feder auf dem Hut und eine Laute in der Hand. Sein Falkenauge suchte und fand die Verkäuferin flugs aus dem Haufen der andern heraus, und zum Patron hinspringend, sagte er mit Eifer: in dieser Stadt sei er zu Haus, er habe gerade geschlafen und hätte schier die Zeit verpaßt; er wolle da am Hafendamm aussteigen, wofern der Patron es erlauben und ein wenig anlegen möchte. Der gute Herr rief dem Matrosen, es ward ein Brett vom Schiff ans Land gelegt, der Jüngling küßte dem Kaufmann die Hände mit Dank, daß er ihn mitgenommen, sprang hinüber und auf das Bauernmägdlein zu. Nun führten sie ein Lied auf im Wechselgesang, dazu er seine Saiten schlug. Während desselben hielt der ganze Zug, und alles horchte still.

»Grüß dich Gott, herzlieber Schatz,
Dich und deine Besen!« –
»Grüß dich Gott, du schlimmer Wicht!
Wo bist du gewesen?« –

»Schatz, wo ich gewesen bin,
Darf ich dir wohl sagen:
War in fremde Lande hin,
Hab' gar viel erfahren.

»Sah am Ende von der Welt,
Wie die Bretter paßten,
Noch die alten Monden hell
All' in einem Kasten:

»Sahn wie schlechte Fischtuch aus,
Sonne kam gegangen,
Tupft' ich nur ein wenig drauf,
Brannt' mich wie mit Zangen.

»Hätt' ich noch ein' Schritt getan,
Hätt' ich nichts mehr funden.
Sage nun, mein Liebchen, an,
Wie du dich befunden.« –

»In der kalten Wintersnacht
Ließest du mich sitzen:
Ach mein' schwarzbraun' Äugelein
Mußten Wasser schwitzen!

»Darum reis' in Sommernacht
Nur zur all'r Welt Ende;
Wer sich gar zu lustig macht,
Nimmt ein schlechtes Ende.«

Mit diesem Abschiedsgruß ließ sie ihn stehen. Er spielte, der Dirne gelassen nachschauend, seine Weise noch vollends hinaus, stieß sich den Hut aufs linke Ohr und lief hinweg.

Es traten ferner ein fünf Wurstelmaukeler. Das waren von alters her bei der Stuttgarter Faßnacht fünf Metzgerknechte, mit Kreuzerwürsten über und über behangen, daß man sonst nichts von ihnen sah. Sie hatten jeder über das Gesicht eine große Rindsblase gezogen, mit ausgeschnittenen Augen, das Haupt bekränzt mit einem Blunzen-Ring. Wenn es nachher zur Mahlzeit ging, dann durften die Kinder der Stadt, für die kein Platz war an den Tischen, kommen und durfte sich jedes ein Würstlein abbinden, der Maukeler hielt still und bückte sich, wenn es nötig war; dazu wurden Wecken in Menge verteilt.

Noch gab es viel mutwillige und schöne Stampaneyen, deren ich ungern geschweige.

Nachdem der ganze Mummenschanz an den drei Seiten des Markts langsam herumgekommen und links vom Rathaus abgezogen war, dem Hirschen zu, bestiegen die Springer und Tänzer das Seil.

Der Seppe war die ganze Zeit an seinem Platz verharrt; auch hatte er sich lang nicht offenbar gemacht, doch endlich tat er dies, auf schlaue Art, indem er sich geheim zur Erde bückte und sichtbarlich aufstand, dadurch es etwa denen, so zunächst an ihm gestanden, schien, als schlupfet' er unter den Planken hervor. Von wegen seiner edlen Kleidung wiesen ihn die Wärtel auch nicht weg, deren keiner ihn kannte; nur seine alten guten Freunde grüßten ihn von da und dort mit Winken der Verwunderung.

Der Seppe hatte bis daher alles und jedes die ganze Mummerei, geruhig, obwohl mit unverwandtem Aug' und Ohr an ihm vorbeiziehen lassen. Wie aber jetzt die fremden Gaukler lauter schöne Männer, Frauen und Kinder, in ihrer lüftigen Tracht ihre herrliche Kunst sehen ließen und ihnen jegliche Verrichtung, als Tanzen, Schweben, Sichverwenden, Niederfallen, Knieen, so gar unschwer vonstatten ging, als wär' es nur geblasen, kam ihn auf eimal große Unruh' an, ja ein unsägliches Verlangen, es ihnen gleichzutun. Er merkte aber bald, daß solche Lust ihm von den Füßen kam, denn alle beede, jetzt zum erstenmal einträchtig, zogen und drängten ihn sanft mit Gewalt nach jenem Fleck hin, wo das Seil an einem starken Pflock am Boden festgemacht war und schief hinauflief bis an die vordere Gabel. Der Seppe dachte, dieses ist nur wieder so ein Handel wie mit der Dreherei, und fiel ihm auch gleich ein, daß Meister Hutzelmann, auf dessen Geheiß er heut' die Glücksschuh' alle zween anlegen müssen, das Lachen habe fast nicht bergen können. Er stieß die Zehen hart wider das Pflaster, strafte sich selbst mit innerlichem Schelten ob solcher törichten, ja gottlosen Versuchung und hielt sich unablässig vor im Geist Schmach, Spott, Gelächter dieser großen Menge Menschen, dazu Schwindel, jähen Sturz und Tod, so lang bis ihm der Siedig auf der Haut ausging und er seine Augen hinwegwenden mußte.

Nun aber zum Beschluß der Gauklerkünste erschien in Bergmannshabit, mit einer halben Larve im Gesicht, ein neuer Springer, ein kleiner stumpiger Knorp; der nahte sich dem Haupt der Tänzer, bescheidentlich anfragend, ob ihm vergönnt sei, auch ein Pröblein abzulegen? Es ward ihm mit spöttischer Miene verwilligt, und alsbald beschritt er das Seil, ohne Stange. Er trug ein leinen Säcklein auf dem Rükken, das er an eines der gekreuzten Schraghölzer hing, dann prüfte er mit einem Fuß die Spannung, lief vor bis in die Mitte und hub jetzt an so wunderwürdige und gewaltige Dinge, daß alles, was zuvor gesehen war, nur Stümperarbeit schien. Kopfunter hing er plötzlich, der kurze Zwagstock, an dem Seil herab und zangelte sich so daran vorwärts auf das behendeste und wiederum zurück, schwang sich empor und stand bolzgrad; fiel auf sein Hinterteil, da schnellte ihn das Seil hinauf mit solcher Macht, daß er dem Rathausgiebel um ein kleines gleichgekommen wär', und dennoch kam er wieder jedesmal schön auf denselben Fleck zu stehen und zu sitzen. Zuletzt schlug er ein Rad von einem End' des Seils zum andern, das ging – man sah nicht mehr, was Arm oder Bein an ihm sei! So oft auch schon seit dreien Stunden der Beifallsruf erschollen war, solch ein Gejubel und Getöbe, wie über den trefflichen Bergmann, war noch nicht erhört. Die Gaukler schauten ganz verblüfft darein, fragten und rieten untereinander, wer dieser Satan wäre? indes die andern Leute alle meinten, dies sei nur so ein Scherz, und das Männlein gehöre zu ihnen. Hanswurst insonderheit stand als ein armer ungesalzener Tropf mit seinem Gugel da, sein Possenwerk war alles Läuresblosel neben solchem Meister, ob dieser schon das Maul nicht dabei brauchte.

Nachdem der Bergmann so geendigt und sich mit unterschiedlichen Scharrfüßen allerseits verneigt, sprang er hinab aufs Pflaster. Auf seinen Wink kam der Hanswurst mit Schalksehrfurcht zu ihm gesprungen, fing einen Taler Trinkgeld auf in seinem spitzigen Hut und nahm zugleich, höflich das Ohr herunter zu dem Männlein neigend, einen Auftrag hin, welchen er gleichbald vollzog, indem er rund herum mit lauter Stimme rief: »Wer will von euch noch, liebe Leut', den hänfenen Richtweg versuchen? Es ist ein jeder freundlich und sonder Schimpf und Arges eingeladen, wes Standes und Geschlechts er sei, das Säcklein dort am Schragen für sich herabzuholen! Es sind drei Hutzellaib darin. Er möge aber, rat' ich ihm, in der Geschwindigkeit sein Testament noch machen – des Säckleins wegen, mein' ich nur – denn der Geschickteste bricht oftermals den Hals am ersten; es ist mir selbst einmal passiert, in Bamberg auf dem Domplatz – ja lacht nur!«

Jetzt aber, liebe Leser, möget ihr euch selbst einbilden, was für Gemurmel, Staunen und Schrecken unter der Menge entstund, als der Seppe vortrat bei den Schranken und sich zu dem Wagstück anschickte! Mehr denn zehn Stimmen mahnten eifrig ab, ernsthafte Männer, mancher Kamerad, zumal einige Frauen setzten sich dawider: allein der Jüngling, dem der Mut und die Begier wie Feuer aus den Augen witterte, sah fast ergrimmt und achtete gar nicht darauf. Hanswurst sprang lustig herzu mit der Kreide, rieb ihm die Sohlen tüchtig ein und wollt' ihm die Bleistange reichen, doch wies der Gesell sie mit Kopfschütteln weg. Bereits aber wurden die Dienste des Narren am andern Ende des Seils auch nötig. Denn zum größten Verwundern der Zuschauer trat dort auch eins aus den Reihen hervor: man wußte nicht, sei es ein Knabe oder eine Dirne. Er trug ein rosenrotes weißgeschlitztes Wams von Seiden zu dergleichen lichtgrünen Beinkleidern, samt Federhut und hatte eine feine Larve vor.

Die Spielleute, Bläser und Pauker, die Gaffens wegen ihres Amtes gar vergessend saßen, griffen an und machten einen Marsch, nicht zu gemach und nicht zu flink, nur eben recht. Da traten die beiden zugleich auf das Seil, das nicht zu steil anstieg, setzten die Füße, fest und zierlich, einen vor den andern, vorsichtig, doch nicht zaghaft, die freien Arme jetzt weit ausgereckt, jetzt schnelle wieder eingezogen, wie es eben dem Gleichgewicht diente.

Kein Laut noch Odemzug ward unter den tausend und tausend Zuschauern gehört, ein jedes fürchtete wie für sein eigen Leben; es war, als wenn jedermann wüßte, daß sich dies Paar jetzo das erstemal auf solche Bahn verwage.

Die junge Gräfin bedeckte vor Angst das Gesicht mit der

Hand; den Grafen selber, ihren Vater, den eisenfesten Mann, litt es nicht mehr auf seinem Sitz, gar leise stand er auf. Auch die Musik ging stille, wie auf Zehen, ihren Schritt, ja, wer nur acht darauf gegeben hätte, der Rathausbrunnen mit seinen acht Rohren hörte allgemach zu rauschen und zu laufen auf, und der steinerne Ritter krümmte sich merklich. – – – Nur stet! nur still! drei Schritt noch und – juchhe! scholl's himmelhoch: das erste Ziel war gewonnen! Sie faßten beiderseits zumal, jedes an seinem Ort, die Stangen an, verschnauften, gelehnt an die Gabel.

Der unbekannte Knabe wollte sich die Stirne wischen mit der Hand, uneingedenk der Larve: da entfiel ihm dieselbe zusamt dem Hut und – ach! ein Graus für alle Gefreundte, Vettern und Basen, Gespielen, Bekannte, so Buben als Mädchen – die Vrone ist's! »Die Vrone Kiderlen, einer Witwe Tochter von hier!« – so ging's von Mund zu Mund. »Ist es denn eine Menschenmöglichkeit?« rief eine Bürstenbindersfrau. »Das Vronele, meiner nächsten Nachbarin Kind? Nu, Gott sei Dank, bärig vor einer halben Stund' ist ihre Mutter heim – es ward ihr übel schon über den vorigen Künsten – und jetzt das eigne Kind – der Schlag hätt' sie gerührt, wenn sie das hätte sehen sollen!« – Schon erhoben sich wiederum Stimmen im Kreis, und noch lauter als vorhin beim Seppe, mit Drohen, Bitten und Flehen an die Dirne, nicht weiter zu gehen. Sie aber, ganz verwirrt, flammrot vor Scham, nicht wissend selbst, wie ihr geschehn, wie sie's vermocht, stand da wie am Pranger, die Augen schwammen ihr, und ihre Kniee zitterten. Ein Mann lief fort, eine Leiter zu holen.

Derweil war aber schon der flinke Bergmann an der andern Seite zum Seppe auf das Seil gekommen und hatte ihm etwas ins Ohr geraunt, worauf der ungesäumt den linken Schuh abzog und seiner Partnerin mutig die Worte zurief: »komm, Vrone, es hat keine Not! trau auf mein Wort, fass' dir ein Herz und tu mit deinem rechten Schuh, wie du mich eben sahst mit meinem linken tun, und wirf ihn mir keck zu!«

Sie folgte dem Geheiß, mit Lächeln halb, und halb mit Weinen, warf – da flog der Schuh dem Burschen wie von selber an seinen ausgestreckten Fuß. Nun warf er ebenfalls und ihr geschah dasselbe.

»Jetzt, Vrone, mir entgegen! Es ist nur, bis ich dich einmal beim kleinen Finger habe, und wenn du mit der Patschhand einschlägst, dann soll es mir und dir etwas Gutes bedeuten! Frisch dran, ihr Spielleut', macht uns auf, und einen lustigen!«

Das fehlte nicht. Die vier Füße begannen sich gleich nach dem Zeitmaß zu regen, nicht schrittweis wie zuvor und bedächtig, vielmehr im kunstgerechten Tanz, als hätten sie von klein auf mit dem Seil verkehrt, und schien ihr ganzes Tun nur wie ein liebliches Gewebe, das sie mit der Musik zustand' zu bringen hätten. Von nun an waren alle Blicke sorglos und wohlgefällig auf das hübsche Paar gerichtet und gingen immer von einem zum andern. Der Mann auf dem Brunnen hatte längst wieder den Atem gefunden, und das Wasser sprang aus den acht Rohren noch einmal so begierig als sonst. Auf jedem Mädchenantlitz, unten auf dem Platz und oben in den Fenstern, war aber recht der Widerschein der Anmut zu erblicken, die man vor Augen hatte. Kein Kriegsmann war so trutzig und kein Graubart von der Ratsherrnbank so ernsthaft und gestreng, daß ihm das Herz dabei nicht lachte, und die Handwerksgesellen der Stadt waren stolz, daß einer von den Ihren vor all den fremden Gästen so herrlichen Ruhm davontrage.

Der Seppe sah im Tanz nicht mehr auf seinen schmalen Pfad noch minder nach den Leuten hin: er schaute allein auf das Mädchen, welches in unverstellter Sittsamkeit nur je und je seine Augen aufhob.

Als beide in der Mitte jetzt zusammenkamen, ergriff er sie bei ihren Händen. Sie standen still und blickten sich einander freundlich ins Gesicht; auch sah man ihn ein Wörtlein heimlich mit ihr sprechen. Darnach auf einmal sprang er hinter sie und schritten beide, sich im Tanz den Rücken kehrend, auseinander. Bei der Kreuzstange machte er Halt, schwang seine Mütze und rief gar herzhaft: »Es sollen die gnädigsten Herrschaften leben!« – Da denn der ganze Markt zusammen Vivat rief, dreimal, und einem jeden Teil besonders. Inwährend diesem Schreien und Tumult unter dem Schall der Zinken, Pauken und Trompeten lief der Seppe zur Vrone hinüber, die bei der andern Gabel stand, umfing sie mit den Armen fest und küßte sie vor aller Welt! Das kam so unverhofft und sah so schön und herrlich, daß manchem vor Freude die Tränen los wurden, ja die liebliche Gräfin erfaßte in jäher Bewegung den Arm ihres Manns und drückt' ihn an sich. Nun wandte sich die Vrone, und unter dem Jauchzen der Leute, dem Klatschen der Ritter und Damen, wie hurtig eilte sie mit glutroten Wangen das Seil hinab! der Seppe gleich hinter ihr drein, das leinene Säcklein mitnehmend.

Kaum daß sie wiederum auf festem Boden waren, kam schon ein Laufer auf sie zu und lud sie ein, auf die Altane zu kommen, das sie auch ohnedem zu tun vorhatten.

Sämtliche hohe Herrschaften empfingen sie im Angesicht des Volks mit Glückswünschen und großen Lobsprüchen, dabei sie sich mit höflicher Bescheidung annoch alles weiteren Fragens enthielten, indem sie zwar nicht zweifelten, daß es mit dem Geschehenen seine besondere Bewandtnis haben müsse, doch aber solchem nachzuforschen nicht dem Ort und der Zeit gemäß hielten. Der Seppe nahm bald der Gelegenheit wahr, ein wenig rückwärts der Gesellschaft den zwilchenen Sack aufzumachen, nahm die Laiblein heraus und legte sie, höfischer Sitte unkundig, nur frei auf die Brüstung vor die Frau Gräfin-Mutter als eine kleine Verehrung für sie, vergaß auch nicht dabei zu sagen, daß man an diesem Brot sein ganzes Leben haben könne. Sie bedankte sich freundlich der Gabe, obwohl sie, des Gesellen Wort für einen Scherz hinnehmend, den besten Wert derselben erst nachderhand erfuhr. Dann zog er sein Geschenk für den erlauchten Herrn heraus. Wie sehr erstaunte dieser nicht bei Eröffnung der Kapsel! und aber wieviel mehr noch, als er das goldene Büchslein aufschraubte! Denn er erriet urplötzlich, was für ein Zahn das sei, bemeisterte jedoch in Mienen und Gebärden Verwunderung und Freude. Er wollte den Gesellen gleichwohl seines Danks versichern, tat eben den Mund dazu auf, als an der andern Seite drüben der schönen Irmengard ein Freudenruf entfuhr, daß alles auf sie blickte. Die Vrone nämlich hatte ihr ein kleines Lädlein dargebracht, worin die verlorene Perlenschnur lag. (Der kluge Leser denkt schon selbst, wer früh am Morgen heimlich bei der Dirne war.) Nicht aber könnte ich beschreiben das holde Frohlocken der Dame, mit welchem sie den Schmuck ihrem Gemahl und den andern der Reihe nach wies. Er war unverletzt, ohne Makel geblieben, und jedermann beteuerte, so edle große Perlen noch niemals gesehen zu haben. Nunmehr verlangte man zu wissen, was Graf Eberhard bekam. »Seht an«, sprach er: »ein Reliquienstück, mir werter als manch köstliche Medey an einer Kleinodschnur: des Königs Salomo Zahnstocher, so er im täglichen Gebrauch gehabt. Mein guter Freund, der hochwürdige Abi von Kloster Hirschau, sendet ihn mir zum Geschenk. Er soll, wenn man bisweilen das Zahnfleisch etwas damit ritzet, den Weisheitszahn noch vor dem Schwabenalter treiben. Da wir für unsere Person, so Gott will solcher Fördernis nicht mehr bedürfen, so denken wir dies edle Werkzeug, auf ausdrückentlich Begehren, hie und da in unserer Freundschaft hinzuleihen, es auch gleich heut', da wir etliche Junker zu Gast haben werden, bei Tafel mit dem Nachtrunk herumgehen zu lassen.« – So scherzte der betagte Held, und alles war erfreut, ihn so vergnügt zu sehen.

Jetzt wurde den Bürgern das Zeichen zum Essen gegeben. Für jede Gasse, wo gespeist ward, hatte man etliche Männer bestellt, welche dafür besorgt sein mußten, daß die Geladenen in Ordnung ihre Sitze nahmen. Solang bis dies geschehn war, pflogen die Herren und Damen heiteren Gesprächs mit dem Gesellen und der Vrone. Ein Diener reichte Spanierwein in Stotzengläsern, Hohlippen und Krapfen herum, davon die beiden auch ihr Teil genießen mußten. – »Ihr seid wohl Bräutigam und Braut?« frug die Frau Mutter. – »Ja, Ihro Gnaden«, sprach der Seppe: »dafern des Mädchens Mutter nichts dawider hat, sind wir's, seit einer halben Stunde.« – »Was?« rief der Graf: »Ihr habt euch auf dem Seil versprochen? Nun, bei den Heiligen zusammen, der Streich gefällt mir noch am allerbesten! So etwas mag doch nur im Schwabenland passieren. Glückzu, ihr braven Kinder! Auf einem Becher lieset man den Spruch: ›Lottospiel und Heiratstag Ohn' groß' Gefahr nie bleiben mag.‹ Ihr nun nach solcher Probe, seid quitt mit der Gefahr euer Leben lang.« – Dann sprach er zu seinem Gemahl und den andern: »jetzt laßt uns in die Gassen gehn, unsern wakkeren Stuttgarter Bürger gesegnete Mahlzeit zu wünschen, drauf wollen wir gleichfalls zu Tisch. Das Brautpaar wird dabei sein, hört ihr? Kommt in das Schloß zu uns. Ihr habt Urlaub auf eine Stunde; das mag hinreichen, euch den mütterlichen Segen zu erbitten; wo nicht, so will ich selbst Fürsprecher sein.«

Begehrte nun der Leser noch Weiteres zu wissen, als da ist: wie sich das Brautpaar heimgefunden; ob sie von Freunden und Neugierigen nicht unterwegs erdrückt, zerrissen und gefressen worden? was Mutter Kiderlen und was die Base sagte? wie es denn bei der gräflichen Tafel herging? auch was nachher der Graf mit dem Seppe besonders verhandelt und so mehr – so würde ich bekennen, daß meine Spule abgelaufen sei bis auf das wenige, das hier nachfolgt.

Am Markt, gegen dem Adler über, sieht man dermalen noch ein merkwürdiges altes Haus, vornher versehen mit drei Erkern, davon ein paar auf den Ecken gar heiter wie Türmlein stehn, mit Knöpfen und Windfahnen; hüben und drüben unterhalb der Eckvorsprünge zwei Heiligenbilder aus Stein gehauen, je mit einem kleinen Baldachin von durchbrochener Arbeit gedeckt: Maria mit dem Kind samt dem jungen Johannes einerseits und St. Christoph der Riese andererseits, wie er den Knaben Jesus auf seiner Schulter über das Wasser trägt, einen Baumstamm in der Faust zum Stab. Dies Haus – in seinen Grundfesten samt dem Warengewölb' vermutlich noch dasselbige – gehörte von Voreltern her dem Grafen eigentümlich und ward von ihm auf jenen Tag unserem Schuster in Erkenntlichkeit für seine kostbare Gab und zum Beweis besonderer Gnade als freie Schenkung überlassen, nebst einem Teil des inbefindlichen Hausrats, welchem der Graf schalkhafterweise noch einen neuen Schleifstein mit Rad beifügt. Die Vrone bekam von den gnädigen Frauen einen künstlich geschnitzten Eichenschrank voll Linnenzeug zu ihrer Aussteuer.

Am Hochzeitstag gaben sich beide das Wort, ihre Glücksschuh' zwar zum ewigen Gedächtnis dankbar aufzuheben, doch nie mehr an den Fuß zu bringen, indem sie alles hätten, vornehmlich einander selbst, was sie nur wünschen könnten, auch überdies hofften, mit christlichem Fleiß ihr Zeitliches zu mehren.

Der Seppe, jetzt Meister Joseph geheißen, blieb seinem Gewerbe getreu noch über achtundzwanzig Jahr; dann lebte er als ein wohlhabender Mann und achtbarer Ratsherr, mit Kindern gesegnet, seine Tage in Ruh' mit der Vrone.

Unter seinen Hausfreunden war einer, man hieß ihn den Datte, der kam an jedem dritten Samstagabend auf ein Glas Wein und einen guten Käs zu ihm, mit dem Beding, daß niemand sonst dabei sei als die liebwerte Frau und die Kinder (diese hatte er gern, und sie taten und spielten als klein mit ihm, wie wenn er ihresgleichen wäre). Da ward alsdann geschwatzt von Zunftgeschäften und von den alten Zeiten, ingleichem gern von einem und dem andern ein starker Schwank erzählt. Derselbe Hausfreund brachte den werten Eheleuten an ihrem goldenen Jubeltag ein silbernes Handleuchterlein, vergoldet, in Figur eines gebückten Männleins, so einen schweren Stiefel auf dem Haupte trägt und einen Laib unter dem Arm. Rings aber um den Fuß des Leuchters waren eingegraben diese Reime:

Will jemand sehn mein frazzengsicht
ich halt ihm selbs darzu das licht.
mich kränket nur daß noch zur stund
mich geküßt kein frauenmund.
die mir allein gefallen hat
ein cron und schaufalt dieser stadt
hab ich vor funfzig jaren heunt
müeßen lassen meinem freund.
zum datte hant sie mich erkorn
zu schlichten zwilauf hadder zorn.
deß gieng ich müeßig all die jar
mag es auch bleiben immerdar.

Und nun, mein Leser, liebe Leserin, leb' wohl! Deucht dir etwa, du habest jetzt genug auf eine Weile an Märchen, wohl, ich verspreche, dergleichen sobald nicht wieder zu Markte zu bringen; gefiel dir aber dieser Scherz, will ich es gleichwohl also halten. Es gelte, wie geschrieben steht zum Schluß des andern Buchs der Makkabäer: »allezeit Wein oder Wasser trinken ist nicht lustig; sondern zuweilen Wein, zuweilen Wasser trinken, das ist lustig; also ist es auch lustig, so man mancherlei lieset. Das sei das Ende.«

Mozart auf der Reise nach Prag

Novelle

Im Herbst des Jahres 1787 unternahm Mozart in Begleitung seiner Frau eine Reise nach Prag, um »Don Juan« daselbst zur Aufführung zu bringen.

Am dritten Reisetag, den vierzehnten September, gegen eilf Uhr morgens fuhr das wohlgelaunte Ehepaar, noch nicht viel über dreißig Stunden Wegs von Wien entfernt, in nordwestlicher Richtung jenseits vom Mannhardsberg und der deutschen Thaya bei Schrems, wo man das schöne Mährische Gebirg' bald vollends überstiegen hat.

»Das mit drei Postpferden bespannte Fuhrwerk«, schreibt die Baronesse von T. an ihre Freundin, »eine stattliche, gelbrote Kutsche, war Eigentum einer gewissen alten Frau Generalin Volkstett, die sich auf ihren Umgang mit dem Mozartischen Hause und ihre ihm erwiesenen Gefälligkeiten von jeher scheint etwas zugut' getan zu haben.« – Die ungenaue Beschreibung des fraglichen Gefährts wird sich ein Kenner des Geschmacks der achtziger Jahre noch etwa durch einige Züge ergänzen. Der gelbrote Wagen ist hüben und drüben am Schlage mit Blumenbuketts in ihren natürlichen Farben gemalt, die Ränder mit schmalen Goldleisten verziert, der Anstrich aber noch keineswegs von jenem spiegelglatten Lack der heutigen Wiener Werkstätten glänzend, der Kasten auch nicht völlig ausgebaucht, obwohl nach unten zu kokett mit einer kühnen Schweifung eingezogen; dazu kommt ein hohes Gedeck mit starrenden Ledervorhängen, die gegenwärtig zurückgestreift sind.

Von dem Kostüm der beiden Passagiere sei überdies so viel bemerkt. Mit Schonung für die neuen, im Koffer eingepackten Staatsgewänder war der Anzug des Gemahls bescheidentlich von Frau Konstanzen ausgewählt; zu der gestickten Weste von etwas verschossenem Blau sein gewohnter brauner Überrock mit einer Reihe großer und dergestalt fassonierter Knöpfe, daß eine Lage rötliches Rauschgold durch ihr sternartiges Gewebe schimmerte, schwarzseidene Beinkleider, Strümpfe und auf den Schuhen vergoldete Schnallen. Seit einer halben Stunde hat er wegen der für diesen Monat außerordentlichen Hitze sich des Rocks entledigt und sitzt, vergnüglich plaudernd, barhaupt, in Hemdärmeln da. Madame Mozart trägt ein bequemes Reisehabit, hellgrün und weiß gestreift; halb aufgebunden fällt der Überfluß ihrer schönen, lichtbraunen Locken auf Schulter und Nacken herunter; sie waren zeit ihres Lebens noch niemals von Puder entstellt, während der starke, in einen Zopf gefaßte Haarwuchs ihres Gemahls für heute nur nachlässiger als gewöhnlich damit versehen ist.

Man war eine sanft ansteigende Höhe zwischen fruchtbaren Feldern, welche hie und da die ausgedehnte Waldung unterbrachen, gemachsam hinauf und jetzt am Waldsaum angekommen.

»Durch wieviel Wälder«, sagte Mozart, »sind wir nicht heute, gestern und ehegestern schon passiert! – Ich dachte nichts dabei, geschweige daß mir eingefallen wäre, den Fuß hineinzusetzen. Wir steigen einmal aus da, Herzenskind, und holen von den blauen Glocken, die dort so hübsch im Schatten stehn. Deine Tiere, Schwager, mögen ein bißchen verschnaufen.«

Indem sie sich beide erhoben, kam ein kleines Unheil an den Tag, welches dem Meister einen Zank zuzog. Durch seine Achtlosigkeit war ein Flakon mit kostbarem Riechwasser aufgegangen und hatte seinen Inhalt unvermerkt in die Kleider und Polster ergossen. »Ich hätt' es denken können«, klagte sie; »es duftete schon lang so stark. O weh, ein volles Fläschchen echte Rosée d'Aurore rein ausgeleert! Ich sparte sie wie Gold.« – »Ei, Närrchen«, gab er ihr zum Trost zurück, »begreife doch, auf solche Weise ganz allein war uns dein Götter-Riechschnaps etwas nütze. Erst saß man in einem Backofen, und all dein Gefächel half nichts, bald aber schien der ganze Wagen gleichsam ausgekühlt; du schriebst es den paar Tropfen zu, die ich mir auf den Jabot goß; wir waren neu belebt, und das Gespräch floß munter fort, statt daß wir sonst die Köpfe hätten hängen lassen wie die Hämmel auf des Fleischers Karren, und diese Wohltat wird uns auf dem ganzen Weg begleiten. Jetzt aber laß uns doch einmal zwei wienerische Ros'n recht expreß hier in die grüne Wildnis stecken!«

Sie stiegen Arm in Arm über den Graben an der Straße und sofort tiefer in die Tannendunkelheit hinein, die, sehr bald bis zur Finsternis verdichtet, nur hin und wieder von einem Streifen Sonne auf sammetnem Moosboden grell durchbrochen ward. Die erquickliche Frische, im plötzlichen Wechsel gegen die außerhalb herrschende Glut, hätte dem sorglosen Mann ohne die Vorsicht der Begleiterin gefährlich werden können. Mit Mühe drang sie ihm das in Bereitschaft gehaltene Kleidungsstück auf. – »Gott, welche Herrlichkeit!« rief er, an den hohen Stämmen hinaufblikkend, aus: »man ist als wie in einer Kirche. Mir deucht, ich war niemals in einem Wald, und besinne mich jetzt erst, was es doch heißt, ein ganzes Volk von Bäumen beieinander! Keine Menschenhand hat sie gepflanzt, sind alle selbst gekommen und stehen so, nur eben weil es lustig ist beisammen wohnen und wirtschaften. Siehst du, mit jungen Jahren fuhr ich doch in halb Europa hin und her, habe die Alpen gesehn und das Meer, das Größeste und Schönste, was erschaffen ist: jetzt steht von ungefähr der Gimpel in einem ordinären Tannenwald an der böhmischen Grenze, verwundert und verzückt, daß solches Wesen irgend existiert, nicht etwa nur so una finzione di poeti ist, wie ihre Nymphen, Faune und dergleichen mehr, auch kein Komödienwald, nein aus dem Erdboden herausgewachsen, von Feuchtigkeit und Wärmelicht der Sonne großgezogen! Hier ist zu Haus der Hirsch mit seinem wundersamen zakkigen Gestäude auf der Stirn, das possierliche Eichhorn, der Auerhahn, der Häher.« Er bückte sich, brach einen Pilz und pries die prächtige hochrote Farbe des Schirms, die zarten weißlichen Lamellen an dessen unterer Seite, auch steckte er verschiedene Tannenzapfen ein.

»Man könnte denken«, sagte die Frau, »du habest noch nicht zwanzig Schritte hinein in den Prater gesehen, der solche Raritäten doch auch wohl aufzuweisen hat.«

»Was Prater! Sapperlot, wie du nur das Wort hier nennen magst! Vor lauter Karossen, Staatsdegen, Roben und Fächern, Musik und allem Spektakel der Welt, wer sieht denn da noch sonst etwas? Und selbst die Bäume dort, so breit sie sich auch machen, ich weiß nicht – Bucheckern und Eicheln, am Boden verstreut, sehn halter aus als wie Geschwisterkind mit der Unzahl verbrauchter Korkstöpsel darunter. Zwei Stunden weit riecht das Gehölz nach Kellnern und nach Saucen.«

»O unerhört!« rief sie, »so redet nun der Mann, dem gar nichts über das Vergnügen geht, Backhähnl im Prater zu speisen!«

Als beide wieder in dem Wagen saßen und sich die Straße jetzt nach einer kurzen Strecke ebenen Wegs allmählich abwärts senkte, wo eine lachende Gegend sich bis an die entfernteren Berge verlor, fing unser Meister, nachdem er eine Zeitlang still gewesen, wieder an: »Die Erde ist wahrhaftig schön und keinem zu verdenken, wenn er so lang wie möglich darauf bleiben will. Gott sei's gedankt, ich fühle mich so frisch und wohl wie je und wäre bald zu tausend Dingen aufgelegt, die denn auch alle nacheinander an die Reihe kommen sollen, wie nur mein neues Werk vollendet und aufgeführt sein wird. Wie viel ist draußen in der Welt und wie viel daheim, Merkwürdiges und Schönes, das ich noch gar nicht kenne, an Wunderwerken der Natur, an Wissenschaften, Künsten und nützlichen Gewerben! Der schwarze Köhlerbube dort bei seinem Meiler weiß dir von manchen Sachen auf ein Haar so viel Bescheid wie ich, da doch ein Sinn und ein Verlangen in mir wäre, auch einen Blick in dies und jen's zu tun, das eben nicht zu meinem nächsten Kram gehört.«

»Mir kam«, versetzte sie, »in diesen Tagen dein alter Sackkalender in die Hände von Anno fünfundachtzig; da hast du hinten angemerkt drei bis vier Notabene. Zum ersten steht: ›Mitte Oktober gießet man die großen Löwen in kaiserlicher Erzgießerei‹,; fürs zweite, doppelt angestrichen: ›Professor Gattner zu besuchen!‹ Wer ist der?«

»O recht, ich weiß – auf dem Observatorio der gute alte Herr, der mich von Zeit zu Zeit dahin einlädt. Ich wollte längst einmal den Mond und 's Mandl drin mit dir betrachten. Sie haben jetzt ein mächtig großes Fernrohr oben; da soll man auf der ungeheuern Scheibe, hell und deutlich bis zum Greifen, Gebirge, Täler, Klüfte sehen und von der Seite, wo die Sonne nicht hinfällt, den Schatten, den die Berge werfen. Schon seit zwei Jahren schlag' ich's an, den Gang zu tun, und komme nicht dazu, elender und schändlicher Weise!«

»Nun«, sagte sie »der Mond entläuft uns nicht. Wir holen manches nach.«

Nach einer Pause fuhr er fort: »Und geht es nicht mit allem so? O Pfui, ich darf nicht daran denken, was man verpaßt, verschiebt und hängen läßt! – von Pflichten gegen

Gott und Menschen nicht zu reden – ich sage, von purem Genuß, von den kleinen unschuldigen Freuden, die einem jeden täglich vor den Füßen liegen.«

Madame Mozart konnte oder wollte von der Richtung, die sein leicht bewegliches Gefühl hier mehr und mehr nahm, auf keine Weise ablenken, und leider konnte sie ihm nur von ganzem Herzen recht geben, indem er mit steigendem Eifer fortfuhr: »Ward ich denn je nur meiner Kinder ein volles Stündchen froh? Wie halb ist das bei mir und immer en passant! Die Buben einmal rittlings auf das Knie gesetzt, mich zwei Minuten mit ihnen durchs Zimmer gejagt, und damit basta, wieder abgeschüttelt! Es denkt mir nicht, daß wir uns auf dem Lande zusammen einen schönen Tag gemacht hätten, an Ostern oder Pfingsten, in einem Garten oder Wäldel, auf der Wiese, wir unter uns allein, bei Kinderscherz und Blumenspiel, um selber einmal wieder Kind zu werden. Allmittelst geht und rennt und saust das Leben hin – Herr Gott! bedenkt man's recht, es möcht' einem der Angstschweiß ausbrechen!«

Mit der soeben ausgesprochenen Selbstanklage war unerwartet ein sehr ernsthaftes Gespräch in aller Traulichkeit und Güte zwischen beiden eröffnet. Wir teilen dasselbe nicht ausführlich mit und werfen lieber einen allgemeinen Blick auf die Verhältnisse, die teils ausdrücklich und unmittelbar den Stoff, teils auch nur den bewußten Hintergrund der Unterredung ausmachten.

Hier drängt sich uns voraus die schmerzliche Betrachtung auf, daß dieser feurige, für jeden Reiz der Welt und für das Höchste, was dem ahnenden Gemüt erreichbar ist, unglaublich empfängliche Mensch, soviel er auch in seiner kurzen Spanne Zeit erlebt, genossen und aus sich hervorgebracht, ein stetiges und rein befriedigtes Gefühl seiner selbst doch lebenslang entbehrte.

Wer die Ursachen dieser Erscheinung nicht etwa tiefer suchen will, als sie vermutlich liegen, wird sie zunächst einfach in jenen, wie es scheint unüberwindlich eingewohnten Schwächen finden, die wir so gern und nicht ganz ohne Grund mit alle dem, was an Mozart der Gegenstand unsrer Bewunderung ist, in eine Art notwendiger Verbindung bringen.

Des Mannes Bedürfnisse waren sehr vielfach, seine Neigung zumal für gesellige Freuden außerordentlich groß. Von den vornehmsten Häusern der Stadt als unvergleichliches Talent gewürdigt und gesucht, verschmähte er Einladungen zu Festen, Zirkeln und Partien selten oder nie. Dabei tat er der eigenen Gastfreundschaft innerhalb seiner näheren Kreise gleichfalls genug. Einen längst hergebrachten musikalischen Abend am Sonntag bei ihm, ein ungezwungenes Mittagsmahl an seinem wohlbestellten Tisch mit ein paar Freunden und Bekannten, zwei-, dreimal in der Woche, das wollte er nicht missen. Bisweilen brachte er die Gäste, zum Schrecken der Frau, unangekündigt von der Straße weg ins Haus, Leute von sehr ungleichem Wert, Liebhaber, Kunstgenossen, Sänger und Poeten. Der müßige Schmarotzer, dessen ganzes Verdienst in einer immer aufgeweckten Laune, in Witz und Spaß, und zwar vom gröbern Korn, bestand, kam so gut wie der geistvolle Kenner und der treffliche Spieler erwünscht. Den größten Teil seiner Erholung indes pflegte Mozart außer dem eigenen Hause zu suchen. Man konnte ihn nach Tisch einen Tag wie den andern am Billard im Kaffeehaus und so auch manchen Abend im Gasthof finden. Er fuhr und ritt sehr gerne in Gesellschaft über Land, besuchte als ein ausgemachter Tänzer Bälle und Redouten und machte sich des Jahres einige Male einen Hauptspaß an Volksfesten, vor allen am Brigitten-Kirchtag im Freien, wo er als Pierrot maskiert erschien.

Diese Vergnügungen, bald bunt und ausgelassen, bald einer ruhigeren Stimmung zusagend, waren bestimmt, dem lang gespannten Geist nach ungeheurem Kraftaufwand die nötige Rast zu gewähren; auch verfehlten sie nicht, demselben nebenher auf den geheimnisvollen Wegen, auf welchen das Genie sein Spiel bewußtlos treibt, die feinen flüchtigen Eindrücke mitzuteilen, wodurch es sich gelegentlich befruchtet. Doch leider kam in solchen Stunden, weil es dann immer galt, den glücklichen Moment bis auf die Neige auszuschöpfen, eine andere Rücksicht, es sei nun der Klugheit oder der Pflicht, der Selbsterhaltung wie der Häuslichkeit, nicht in Betracht. Genießend oder schaffend, kannte Mozart gleichwenig Maß und Ziel. Ein Teil der Nacht war stets der Komposition gewidmet. Morgens früh, oft lange noch im Bett, ward ausgearbeitet. Dann machte er von zehn Uhr an, zu Fuß oder im Wagen abgeholt, die Runde seiner Lektionen, die in der Regel noch einige Nachmittagsstunden wegnahmen. »Wir plagen uns wohl auch rechtschaffen«, so schreibt er selber einmal einem Gönner, »und es hält öfter schwer, nicht die Geduld zu verlieren. Da halst man sich als wohl akkreditierter Cembalist und Musiklehrmeister ein Dutzend Schüler auf und immer wieder einen neuen, unangesehn, was weiter an ihm ist, wenn er nur seinen Taler per marca bezahlt. Ein jeder ungarische Schnurrbart vom Geniekorps ist willkommen, den der Satan plagt, für nichts und wieder nichts Generalbaß und Kontrapunkt zu studieren; das übermütigste Komteßchen, das mich, wie Meister Coquerel, den Haarkräusler, mit einem roten Kopf empfängt, wenn ich einmal nicht auf den Glockenschlag bei ihr anklopfe u. s. w.« Und wenn er nun, durch diese und andere Berufsarbeiten, Akademien, Proben und dergleichen abgemüdet, nach frischem Atem schmachtete, war den erschlafften Nerven häufig nur in neuer Aufregung eine scheinbare Stärkung vergönnt. Seine Gesundheit wurde heimlich angegriffen, ein je und je wiederkehrender Zustand von Schwermut wurde, wo nicht erzeugt, doch sicherlich genährt an eben diesem Punkt und so die Ahnung eines frühzeitigen Todes, die ihn zuletzt auf Schritt und Tritt begleitete, unvermeidlich erfüllt. Gram aller Art und Farbe, das Gefühl der Reue nicht ausgenommen, war er als eine herbe Würze jeder Lust auf seinen Teil gewöhnt. Doch wissen wir, auch diese Schmerzen rannen abgeklärt und rein in jenen tiefen Quell zusammen, der, aus hundert goldenen Röhren springend, im Wechsel seiner Melodien unerschöpflich, alle Qual und alle Seligkeit der Menschenbrust ausströmte.

Am offenbarsten zeigten sich die bösen Wirkungen der Lebensweise Mozarts in seiner häuslichen Verfassung. Der Vorwurf törichter, leichtsinniger Verschwendung lag sehr nahe; er mußte sich sogar an einen seiner schönsten Herzenszüge hängen. Kam einer, in dringender Not ihm eine Summe abzuborgen, sich seine Bürgschaft zu erbitten, so war meist schon darauf gerechnet, daß er sich nicht erst lang nach Pfand und Sicherheit erkundigte; dergleichen hätte ihm auch in der Tat so wenig als einem Kinde angestanden. Am liebsten schenkte er gleich hin und immer mit lachender Großmut, besonders wenn er meinte, gerade Überfluß zu haben.

Die Mittel, die ein solcher Aufwand neben dem ordentlichen Hausbedarf erheischte, standen allerdings in keinem Verhältnis mit den Einkünften. Was von Theatern und Konzerten, von Verlegern und Schülern einging, zusamt der kaiserlichen Pension, genügte um so weniger, da der Geschmack des Publikums noch weit davon entfernt war, sich entschieden für Mozarts Musik zu erklären. Diese lauterste Schönheit, Fülle und Tiefe befremdete gemeinhin gegenüber der bisher beliebten, leicht faßlichen Kost. Zwar hatten sich die Wiener an »Belmonte und Konstanze« – dank den populären Elementen dieses Stücks – seinerzeit kaum ersättigen können, hingegen tat, einige Jahre später »Figaro«, und sicher nicht allein durch die Intrigen des Direktors, im Wettstreit mit der lieblichen, doch weit geringeren »Cosa rara« einen unerwarteten, kläglichen Fall; derselbe »Figaro«, den gleich darauf die gebildetern oder unbefangenern Prager mit solchem Enthusiasmus aufnahmen, daß der Meister in dankbarer Rührung darüber seine nächste große Oper eigens für sie zu schreiben beschloß. – Trotz der Ungunst der Zeit und dem Einfluß der Feinde hätte Mozart mit etwas mehr Umsicht und Klugheit noch immer einen sehr ansehnlichen Gewinn von seiner Kunst gezogen: so aber kam er selbst bei jenen Unternehmungen zu kurz, wo auch der große Haufen ihm Beifall zujauchzen mußte. Genug, es wirkte eben alles, Schicksal und Naturell und eigene Schuld, zusammen, den einzigen Mann nicht gedeihen zu lassen.

Welch einen schlimmen Stand nun aber eine Hausfrau, sofern sie ihre Aufgabe erkannte, unter solchen Umständen gehabt haben müsse, begreifen wir leicht. Obgleich selbst jung und lebensfroh, als Tochter eines Musikers ein ganzes Künstlerblut, von Hause aus übrigens schon an Entbehrung gewöhnt, bewies Konstanze allen guten Willen, dem Unheil an der Quelle zu steuern, manches Verkehrte abzuschneiden und den Verlust im Großen durch Sparsamkeit im Kleinen zu ersetzen. Nur eben in letzterer Hinsicht vielleicht ermangelte sie des rechten Geschicks und der frühern Erfahrung. Sie hatte die Kasse und führte das Hausbuch; jede Forderung, jede Schuldmahnung, und was es Verdrießliches gab, ging ausschließlich an sie. Da stieg ihr wohl mitunter das Wasser an die Kehle, zumal wenn oft zu dieser

Bedrängnis, zu Mangel, peinlicher Verlegenheit und Furcht vor offenbarer Unehre, noch gar der Trübsinn ihres Mannes kam, worin er tagelang verharrte, untätig, keinem Trost zugänglich, indem er mit Seufzen und Klagen neben der Frau oder stumm in einem Winkel vor sich hin den *einen* traurigen Gedanken, zu sterben, wie eine endlose Schraube verfolgte. Ihr guter Rat verließ sie dennoch selten, ihr heller Blick fand meist, wenn auch nur auf einige Zeit, Rat und Hülfe. Im wesentlichen wurde wenig oder nichts gebessert. Gewann sie ihm mit Ernst und Scherz, mit Bitten und Schmeicheln für heute so viel ab, daß er den Tee an ihrer Seite trank, sich seinen Abendbraten daheim bei der Familie schmecken ließ, um nachher nicht mehr auszugehen, was war damit erreicht? Er konnte wohl einmal, durch ein verweintes Auge seiner Frau plötzlich betroffen und bewegt, eine schlimme Gewohnheit aufrichtig verwünschen, das Beste versprechen, mehr als sie verlangte, – umsonst, er fand sich unversehens im alten Fahrgeleise wieder. Man war versucht zu glauben, es habe anders nicht in seiner Macht gestanden, und eine völlig veränderte Ordnung nach unsern Begriffen von dem, was allen Menschen ziemt und frommt, *ihm* irgendwie gewaltsam aufgedrungen, müßte das wunderbare Wesen geradezu selbst aufgehoben haben.

Einen günstigen Umschwung der Dinge hoffte Konstanze doch stets insoweit, als derselbe von außen her möglich war: durch eine gründliche Verbesserung ihrer ökonomischen Lage, wie solche bei dem wachsenden Ruf ihres Mannes nicht ausbleiben könne. Wenn erst, so meinte sie, der stete Druck wegfiel, der sich auch ihm, bald näher, bald entfernter, von dieser Seite fühlbar machte, wenn er, anstatt die Hälfte seiner Kraft und Zeit dem bloßen Gelderwerb zu opfern, ungeteilt seiner wahren Bestimmung nachleben dürfe, wenn endlich der Genuß, nach dem er nicht mehr jagen, den er mit ungleich besserem Gewissen haben würde, ihm noch einmal so wohl an Leib und Seele gedeihe, dann sollte bald sein ganzer Zustand leichter, natürlicher, ruhiger werden. Sie dachte gar an einen gelegentlichen Wechsel ihres Wohnorts, da seine unbedingte Vorliebe für Wien, wo nun einmal nach ihrer Überzeugung kein rechter Segen für ihn sei, am Ende doch zu überwinden wäre.

Den nächsten entscheidenden Vorschub aber zu Verwirklichung ihrer Gedanken und Wünsche versprach sich Madame Mozart vom Erfolg der neuen Oper, um die es sich bei dieser Reise handelte.

Die Komposition war weit über die Hälfte vorgeschritten. Vertraute, urteilsfähige Freunde, die, als Zeugen der Entstehung des außerordentlichen Werks, einen hinreichenden Begriff von seiner Art und Wirkungsweise haben mußten, sprachen überall davon in einem Tone, daß viele selber von den Gegnern darauf gefaßt sein konnten, es werde dieser »Don Juan«, bevor ein halbes Jahr verginge, die gesamte musikalische Welt von einem Ende Deutschlands bis zum andern erschüttert, auf den Kopf gestellt, im Sturm erobert haben. Vorsichtiger und bedingter waren die wohlwollenden Stimmen anderer, die, von dem heutigen Standpunkt der Musik ausgehend, einen allgemeinen und raschen Succeß kaum hofften. Der Meister selber teilte im Stillen ihre nur zu wohl begründeten Zweifel.

Konstanze ihrerseits, wie die Frauen immer, wo ihr Gefühl einmal lebhaft bestimmt und noch dazu vom Eifer eines höchst gerechten Wunsches eingenommen ist, durch spätere Bedenklichkeiten von da und dorther sich viel seltener als die Männer irremachen lassen, hielt fest an ihrem guten Glauben und hatte eben jetzt im Wagen wiederum Veranlassung, denselben zu verfechten. Sie tat's, in ihrer fröhlichen und blühenden Manier, mit doppelter Geflissenheit, da Mozarts Stimmung im Verlauf des vorigen Gesprächs, das weiter zu nichts führen konnte und deshalb äußerst unbefriedigend abbrach, bereits merklich gesunken war. Sie setzte ihrem Gatten sofort mit gleicher Heiterkeit umständlich auseinander, wie sie nach ihrer Heimkehr die mit dem Prager Unternehmer als Kaufpreis für die Partitur akkordierten hundert Dukaten zu Deckung der dringendsten Posten und sonst zu verwenden gedenke, auch wie sie zufolge ihres Etats den kommenden Winter hindurch bis zum Frühjahr gut auszureichen hoffe.

»Dein Herr Bondini wird sein Schäfchen an der Oper scheren, glaub' es nur; und ist er halb der Ehrenmann, den du ihn immer rühmst, so läßt er dir nachträglich noch ein artiges Prozentchen von den Summen ab, die ihm die Bühnen nacheinander für die Abschrift zahlen; wo nicht, nun ja, gottlob, so stehen uns noch andere Chancen in Aussicht, und zwar noch tausendmal solidere. Mir ahnet allerlei.«

»Heraus damit!«

»Ich hörte unlängst ein Vögelchen pfeifen, der König von Preußen hab' einen Kapellmeister nötig.«

»Oho!«

»Generalmusikdirektor, woll't ich sagen. Laß mich ein wenig phantasieren! Die Schwachheit habe ich von meiner Mutter.«

»Nur zu! je toller, je besser.«

»Nein, alles ganz natürlich. – Vornweg also nimm an: übers Jahr um diese Zeit –«

»Wenn der Papst die Grete freit –«

»Still doch, Hanswurst! Ich sage, aufs Jahr um Sankt Ägidi muß schon längst kein kaiserlicher Kammerkomponist mit Namen Wolf Mozart in Wien mehr weit und breit zu finden sein.«

»Beiß dich der Fuchs dafür!«

»Ich höre schon im Geist, wie unsere alten Freunde von uns plaudern, was sie sich alles zu erzählen wissen.«

»Zum Exempel?«

»Da kommt z. B. eines Morgens früh nach neune schon unsre alte Schwärmerin, die Volkstett, in ihrem feurigsten Besuchssturmschritt quer übern Kohlmarkt hergesegelt. Sie war drei Monat' fort, die große Reise zum Schwager in Sachsen, ihr tägliches Gespräch, solang wir sie kennen, kam endlich zustand'; seit gestern nacht ist sie zurück, und jetzt mit ihrem übervollen Herzen – es schwattelt ganz von Reiseglück und Freundschaftsungeduld und allerliebsten Neuigkeiten – stracks hin zur Oberstin damit! die Trepp' hinauf und angeklopft und das Herein nicht abgewartet: stell' dir den Jubel selber vor und das Embrassement beiderseits! – ›Nun, liebste, beste Oberstin‹, hebt sie nach einigem Vorgängigen mit frischem Odem an: ›ich bringe Ihnen ein Schock Grütze mit, ob Sie erraten von wem? Ich komme nicht so gradenwegs von Stendal her, es wurde ein kleiner Abstecher gemacht, linkshin, nach Brandenburg zu.‹ – ›Wie? wär' es möglich . . . Sie kamen nach Berlin? sind bei Mozarts gewesen?‹ – ›Zehn himmliche Tage!‹ – ›O liebe, süße, einzige Generalin, erzählen Sie, beschreiben Sie! Wie geht es unsern guten Leutchen? Gefallen sie sich immer noch so gut wie anfangs dort? Es ist mir fabelhaft, undenkbar, heute noch, und jetzt nur desto mehr, da Sie von ihm herkommen – Mozart als Berliner! Wie benimmt er sich doch? Wie sieht er denn aus?‹ – ›O der! Sie sollten ihn nur sehen. Diesen Sommer hat ihn der König ins Karlsbad geschickt. Wann wäre seinem herzgeliebten Kaiser Joseph so etwas eingefallen, he? Sie waren beide kaum erst wieder da, als ich ankam. Er glänzt von Gesundheit und Leben, ist rund und beleibt und vif wie Quecksilber; das Glück sieht ihm und die Behaglichkeit recht aus den Augen.‹«

Und nun begann die Sprecherin in ihrer angenommenen Rolle die neue Lage mit den hellsten Farben auszumalen. Von seiner Wohnung Unter den Linden, von seinem Garten und Landhaus an bis zu den glänzenden Schauplätzen seiner öffentlichen Wirksamkeit und den engeren Zirkeln des Hofs, wo er die Königin auf dem Piano zu begleiten hatte, wurde alles durch ihre Schilderung gleichsam zur Wirklichkeit und Gegenwart. Ganze Gespräche, die schönsten Anekdoten schüttelte sie aus dem Ärmel. Sie schien fürwahr mit jener Residenz, mit Potsdam und mit Sanssouci bekannter als im Schlosse zu Schönbrunn und auf der kaiserlichen Burg. Nebenbei war sie schalkhaft genug, die Person unsres Helden mit einer Anzahl völlig neuer hausväterlicher Eigenschaften auszustatten, die sich auf dem soliden Boden der preußischen Existenz entwickelt hatten, und unter welchen die besagte Volkstett als höchstes Phänomen und zum Beweis, wie die Extreme sich manchmal berühren, den Ansatz eines ordentlichen Geizchens wahrgenommen hatte, das ihn unendlich liebenswürdig kleide. »Ja, nehmen's nur, er hat seine dreitausend Taler fix, und das wofür? Daß er die Woche einmal ein Kammerkonzert, zweimal die große Oper dirigiert – Ach, Oberstin, ich habe ihn gesehen, unsern lieben, kleinen goldenen Mann inmitten seiner trefflichen Kapelle, die er sich zugeschult, die ihn anbetet! saß mit der Mozartin in ihrer Loge, schräg gegen den höchsten Herrschaften über! Und was stand auf dem Zettel, bitte Sie – ich nahm ihn mit für Sie – ein kleines Reis'präsent von mir und Mozarts drein gewickelt – hier schauen Sie, hier lesen Sie, da steht's mit ellenlangen Buchstaben gedruckt! – ›Hilf Himmel! was? »Tarar«!‹ – »Ja, gelten's Freundin, was man erleben kann! Vor zwei Jahren, wie Mozart den ›Don Juan‹ schrieb und der verwünschte giftige, schwarzgelbe Salieri auch schon im stillen Anstalt machte, den Triumph, den er mit seinem Stück davontrug in Paris, demnächst auf seinem eignen Territorio zu begehen und unserem guten, Schnepfen liebenden, allzeit in ›Cosa rara‹ vergnügten Publikum nun doch auch mal so eine Gattung Falken sehn zu lassen, und er und seine Helfershelfer bereits zusammen munkelten und raffinierten, daß sie den ›Don Juan‹ so schön gerupft wie jenesmal den ›Figaro‹, nicht tot und nicht lebendig, auf das Theater stellen wollten – wissen's, da tat ich ein Gelübd', wenn das infame Stück gegeben wird, ich geh' nicht hin, um keine Welt! Und hielt auch Wort. Als alles lief und rannte – und, Oberstin, Sie mit – blieb ich an meinem Ofen sitzen, nahm meine Katze auf den Schoß und aß meine Kaldausche; und so die folgenden paar Male auch. Jetzt aber, stellen Sie sich vor, »Tarar« auf der Berliner Opernbühne, das Werk seines Todfeinds, von Mozart dirigiert!‹ – ›Da müssen Sie schon drein!‹ rief er gleich in der ersten Viertelstunde, ›und wär's auch nur, daß Sie den Wienern sagen können, ob ich dem Knaben Absalon ein Härchen krümmen ließ. Ich wünschte, er wär' selbst dabei, der Erzneidhammel sollte sehen, daß ich nicht nötig hab', einem andern sein Zeug zu verhunzen, damit ich immerfort der bleiben möge, der ich bin!‹«

»Brava! bravissima!« rief Mozart überlaut und nahm sein Weibchen bei den Ohren, verküßte, herzte, kitzelte sie, so daß sich dieses Spiel in bunten Seifenblasen einer erträumten Zukunft, die leider niemals, auch nicht im bescheidensten Maße, erfüllt werden sollte, zuletzt in hellen Mutwillen, Lärm und Gelächter auflöste.

Sie waren unterdessen längst ins Tal herabgekommen und näherten sich einem Dorf, das ihnen bereits auf der Höhe bemerklich gewesen, und hinter welchem sich unmittelbar ein kleines Schloß von modernem Ansehen, der Wohnsitz eines Grafen von Schinzberg, in der freundlichen

Ebene zeigte. Es sollte in dem Ort gefüttert, gerastet und Mittag gehalten werden. Der Gasthof, wo sie hielten, lag vereinzelt am Ende des Dorfs bei der Straße, von welcher seitwärts eine Pappelallee von nicht sechshundert Schritten zum herrschaftlichen Garten führte.

Mozart, nachdem man ausgestiegen, überließ wie gewöhnlich der Frau die Bestellung des Essens. Inzwischen befahl er für sich ein Glas Wein in die untere Stube, während sie nächst einem Trunke frischen Wassers nur irgendeinen stillen Winkel, um ein Stündchen zu schlafen, verlangte. Man führte sie eine Treppe hinauf, der Gatte folgte, ganz munter vor sich hin singend und pfeifend. In einem rein geweißten und schnell gelüfteten Zimmer befand sich unter andern veralteten Möbeln von edlerer Herkunft – sie waren ohne Zweifel aus den gräflichen Gemächern seinerzeit hierher gewandert – ein sauberes, leichtes Bett mit gemaltem Himmel auf dünnen, grün lackierten Säulen, dessen seidene Vorhänge längst durch einen gewöhnlichern Stoff ersetzt waren. Konstanze machte sich's bequem, er versprach, sie rechtzeitig zu wecken, sie riegelte die Türe hinter ihm zu, und er suchte nunmehr Unterhaltung für sich in der allgemeinen Schenkstube. Hier war jedoch außer dem Wirt keine Seele, und weil dessen Gespräch dem Gast so wenig wie sein Wein behagte, so bezeugte er Lust, bis der Tisch bereit wäre, noch einen Spaziergang nach dem Schloßgarten zu machen. Der Zutritt, hörte er, sei anständigen Fremden wohl gestattet und die Familie überdies heut' ausgefahren.

Er ging und hatte bald den kurzen Weg bis zu dem offenen Gattertor zurückgelegt, dann langsam einen hohen alten Lindengang durchmessen, an dessen Ende linker Hand er in geringer Entfernung das Schloß von seiner Fronte auf einmal vor sich hatte. Es war von italienischer Bauart, hell getüncht, mit weit vorliegender Doppeltreppe; das Schieferdach verzierten einige Statuen in üblicher Manier, Götter und Göttinnen, samt einer Balustrade.

Von der Mitte zweier großen, noch reichlich blühenden Blumenparterre ging unser Meister nach den buschigen Teilen der Anlagen zu, berührte ein paar schöne dunkle Piniengruppen und lenkte seine Schritte auf vielfach gewundenen Pfaden indem er sich allmählich den lichteren Partien wieder näherte, dem lebhaften Rauschen eines Springbrunnens nach, den er sofort erreichte.

Das ansehnlich weite, ovale Bassin war rings von einer sorgfältig gehaltenen Orangerie in Kübeln, abwechselnd mit Lorbeeren und Oleandern, umstellt; ein weicher Sandweg, gegen den sich eine schmale Gitterlaube öffnete, lief rund umher. Die Laube bot das angenehmste Ruheplätzchen dar; ein kleiner Tisch stand vor der Bank, und Mozart ließ sich vorn am Eingang nieder.

Das Ohr behaglich dem Geplätscher des Wassers hingegeben, das Aug' auf einen Pomeranzenbaum von mittlerer Größe geheftet, der außerhalb der Reihe, einzeln, ganz dicht an seiner Seite auf dem Boden stand und voll der schönsten Früchte hing, ward unser Freund durch diese Anschauung des Südens alsbald auf eine liebliche Erinnerung aus seiner Knabenzeit geführt. Nachdenklich lächelnd reicht er hinüber nach der nächsten Frucht, als wie um ihre herrliche Ründe, ihre saftige Kühle in hohler Hand zu fühlen. Ganz im Zusammenhang mit jener Jugendszene aber, die wieder vor ihm aufgetaucht, stand eine längst verwischte musikalische Reminiszenz auf deren unbestimmter Spur er sich ein Weilchen träumerisch erging. Jetzt glänzen seine Blicke, sie irren da und dort umher, er ist von einem Gedanken ergriffen, den er sogleich eifrig verfolgt. Zerstreut hat er zum zweitenmal die Pomeranze angefaßt, sie geht vom Zweige los und bleibt ihm in der Hand. Er sieht und sieht es nicht; ja so weit geht die künstlerische Geistabwesenheit, daß er, die duftige Frucht beständig unter der Nase hin und her wirbelnd und bald den Anfang, bald die Mitte einer Weise unhörbar zwischen den Lippen bewegend, zuletzt instinktmäßig ein emailliertes Etui aus der Seitentasche des Rocks hervorbringt, ein kleines Messer mit silbernem Heft daraus nimmt und die gelbe kugelige Masse von oben nach unten langsam durchschneidet. Es mochte ihn dabei entfernt ein dunkles Durstgefühl geleitet haben, jedoch begnügten sich die angeregten Sinne mit Einatmung des köstlichen Geruchs. Er starrt minutenlang die beiden innern Flächen an, fügt sie sachte wieder zusammen, ganz sachte, trennt und vereinigt sie wieder.

Da hört er Tritte in der Nähe, er erschrickt und das Bewußtsein, wo er ist, was er getan, stellt sich urplötzlich bei ihm ein. Schon im Begriff, die Pomeranze zu verbergen, hält er doch gleich damit inne, sei es aus Stolz, sei's, weil es zu spät dazu war. Ein großer breitschulteriger Mann in Livree, der Gärtner des Hauses, stand vor ihm. Derselbe hatte wohl die letzte verdächtigte Bewegung noch gesehen und schwieg betroffen einige Sekunden. Mozart, gleichfalls sprachlos, auf seinem Sitz wie angenagelt, schaute ihm halb lachend, unter sichtbarem Erröten, doch gewissermaßen keck und groß mit seinen blauen Augen ins Gesicht; dann setzte er – für einen Dritten wäre es höchst komisch anzusehen gewesen – die scheinbar unverletzte Pomeranze mit einer Art von trotzig couragiertem Nachdruck in die Mitte des Tisches.

»Um Vergebung«, fing jetzt der Gärtner, nachdem er den wenig versprechenden Anzug des Fremden gemustert, mit unterdrücktem Unwillen an: »ich weiß nicht, wen ich hier –«

»Kapellmeister Mozart aus Wien.«

»Sind ohne Zweifel bekannt im Schloß?«

»Ich bin hier fremd und auf der Durchreise. Ist der Herr Graf anwesend?«

»Nein.«

»Seine Gemahlin?«

»Sind beschäftigt und schwerlich zu sprechen.«

Mozart stand auf und machte Miene zu gehen.

»Mit Erlaubnis, mein Herr – wie kommen sie dazu, an diesem Ort auf solche Weise zuzugreifen?«

»Was?« rief Mozart, »zugreifen? Zum Teufel, glaubt Er denn, ich wollte stehlen und das Ding da fressen?«

»Mein Herr, ich glaube, was ich sehe. Diese Früchte sind gezählt, ich bin dafür verantwortlich. Der Baum ist vom Herrn Grafen zu einem Fest bestimmt, soeben soll er weggebracht werden. Ich lasse Sie nicht fort, ehbevor ich die Sache gemeldet und Sie mir selbst bezeugten, wie das da zugegangen ist.«

»Sei's drum. Ich werde hier so lange warten. Verlaß Er sich darauf!«

Der Gärtner sah sich zögernd um, und Mozart, in der Meinung, es sei vielleicht nur auf ein Trinkgeld abgesehn, griff in die Tasche, allein er hatte das geringste nicht bei sich.

Zwei Gartenknechte kamen nun wirklich herbei, luden den Baum auf eine Bahre und trugen ihn hinweg. Inzwischen hatte unser Meister seine Brieftasche gezogen, ein weißes Blatt herausgenommen und, während daß der Gärtner nicht von der Stelle wich, mit Bleistift angefangen zu schreiben:

»Gnädigste Frau! Hier sitze ich Unseliger in Ihrem Paradiese, wie weiland Adam, nachdem er den Apfel gekostet. Das Unglück ist geschehen, und ich kann nicht einmal die Schuld auf eine gute Eva schieben, die eben jetzt, von Grazien und Amoretten eines Himmelbetts umgaukelt, im Gasthof sich des unschuldigsten Schlafes erfreut. Befehlen Sie, und ich stehe persönlich Ihro Gnaden Rede über meinen mir selbst unfaßlichen Frevel.

Mit aufrichtiger Beschämung

Hochdero untertänigster Diener
W. A. *Mozart*,
auf dem Wege nach Prag«.

Er übergab das Billett, ziemlich ungeschickt zusammengefaltet, dem peinlich wartenden Diener mit der nötigen Weisung.

Der Unhold hatte sich nicht sobald entfernt, als man an der hinteren Seite des Schlosses ein Gefährt in den Hof rollen hörte. Es war der Graf, der eine Nichte und ihren Bräutigam, einen jungen reichen Baron, vom benachbarten Gut herüberbrachte. Da die Mutter des letztern seit Jahren das Haus nicht mehr verließ, war die Verlobung heute bei ihr gehalten worden; nun sollte dieses Fest in einer fröhlichen Nachfeier mit einigen Verwandten auch hier begangen werden, wo Eugenie gleich einer eigenen Tochter seit ihrer Kindheit eine zweite Heimat fand. Die Gräfin war mit ihrem Sohne Max, dem Leutnant etwas früher nach Hause gefahren, um noch verschiedene Anordnungen zu treffen. Nun sah man in dem Schlosse alles, auf Gängen und Treppen, in voller Bewegung, und nur mit Mühe gelang es dem Gärtner, im Vorzimmer endlich den Zettel der Frau Gräfin einzuhändigen, die ihn jedoch nicht auf der Stelle öffnete, sondern, ohne genau auf die Worte des Überbringers zu achten, geschäftig weiter eilte. Er wartete und wartete, sie kam nicht wieder. Eins um das andere von der Dienerschaft, Aufwärter, Zofe, Kammerdiener, rannte an ihm vorbei; er fragte nach dem Herrn – der kleidete sich um; er suchte nun und fand den Grafen Max auf seinem Zimmer, der aber unterhielt sich angelegentlich mit dem Baron und schnitt ihm, wie in Sorge, er wollte etwas melden oder fragen, wovon noch nichts verlauten sollte, das Wort vom Munde ab: »Ich komme schon – geht nur!« Es stand noch eine gute Weile an, bis endlich Vater und Sohn zugleich herauskamen und die fatale Nachricht empfingen.

»Das wär' ja höllenmäßig!« rief der dicke, gutmütige, doch etwas jähe Mann; »das geht ja über alle Begriffe! Ein Wiener Musikus, sagt Ihr? Vermutlich irgend solch ein Lump, der um ein Viatikum läuft und mitnimmt, was er findet?«

»Verzeihen Ew. Gnaden, darnach sieht er gerad' nicht aus. Er deucht mir nicht richtig im Kopf; auch ist er sehr hochmütig. Moser nennt er sich. Er wartet unten auf Bescheid; ich hieß den Franz um den Weg bleiben und ein Aug' auf ihn haben.«

»Was hilft es hintendrein, zum Henker? Wenn ich den Narren auch einstecken lasse, der Schaden ist nicht mehr zu reparieren! Ich sagt' Euch tausendmal, das vordere Tor soll allezeit geschlossen bleiben. Der Streich wär' aber jedenfalls verhütet worden, hättet Ihr zur rechten Zeit Eure Zurüstungen gemacht.«

Hier trat die Gräfin hastig und mit freudiger Aufregung, das offene Billett in der Hand, aus dem anstoßenden Kabinett. »Wißt ihr«, rief sie, »wer unten ist? Um Gottes willen, lest den Brief – Mozart aus Wien, der Komponist! Man muß gleich gehen, ihn heraufzubitten – ich fürchte nur, er ist schon fort! was wird er von mir denken! Ihr, Velten, seid ihm doch höflich begegnet? Was ist denn eigentlich geschehen?«

»Geschehn?« versetzte der Gemahl, dem die Aussicht auf

den Besuch eines berühmten Mannes unmöglich allen Ärger auf der Stelle niederschlagen konnte: »der tolle Mensch hat von dem Baum, den ich Eugenien bestimmte, eine der neun Orangen abgerissen, hm! das Ungeheuer! Somit ist unserem Spaß geradezu die Spitze abgebrochen, und Max mag sein Gedicht nur gleich kassieren.«

»O nicht doch!« sagte die dringende Dame. »Die Lücke läß't sich leicht ausfüllen, überlaßt es nur mir. Geht beide jetzt, erlöst, empfangt den guten Mann, so freundlich und so schmeichelhaft ihr immer könnt. Er soll, wenn wir ihn irgend halten können, heut' nicht weiter. Trefft ihr ihn nicht im Garten mehr, sucht ihn im Wirtshaus auf und bringet ihn mit seiner Frau. Ein größeres Geschenk, eine schönere Überraschung für Eugenien hätte der Zufall uns an diesem Tag nicht machen können.«

»Gewiß!« erwiderte Max, »Dies war auch mein erster Gedanke. Geschwinde, kommen Sie, Papa! Und« – sagte er, indem sie eilends nach der Treppe liefen – »Der Verse wegen seien Sie ganz ruhig. Die neunte Muse soll nicht zu kurz kommen; im Gegenteil, ich werde aus dem Unglück noch besondern Vorteil ziehen.« – »Das ist unmöglich.« – »Ganz gewiß.« »Nun, wenn das ist – allein ich nehme dich beim Wort – so wollen wir dem Querkopf alle erdenkliche Ehre erzeigen.«

Solange dies im Schloß vorging, hatte sich unser Quasi-Gefangener, ziemlich unbesorgt über den Ausgang der Sache, geraume Zeit schreibend beschäftigt. Weil sich jedoch gar niemand sehen ließ, fing er an, unruhig hin und her zu gehen; darüber kam dringliche Botschaft vom Wirtshaus, der Tisch sei schon lange bereit, er möchte ja gleich kommen, der Postillon pressiere. So suchte er denn seine Sachen zusammen und wollte ohne weiteres aufbrechen, als beide Herrn vor der Laube erschienen.

Der Graf begrüßte ihn, beinah' wie einen früheren Bekannten, lebhaft mit seinem kräftig schallenden Organ, ließ ihn zu gar keiner Entschuldigung kommen, sondern erklärte sogleich seinen Wunsch, das Ehepaar zum wenigsten für diesen Mittag und Abend im Kreis seiner Familie zu haben. »Sie sind uns, mein liebster Maestro, so wenig fremd, daß ich wohl sagen kann, der Name Mozart wird schwerlich anderswo mit mehr Begeisterung und häufiger genannt als hier. Meine Nichte singt und spielt, sie bringt fast ihren ganzen Tag am Flügel zu, kennt Ihre Werke auswendig und hat das größte Verlangen, Sie einmal in mehrerer Nähe zu sehen, als es vorigen Winter in einem Ihrer Konzerte anging. Da wir nun demnächst auf einige Wochen nach Wien gehen werden, so war ihr eine Einladung beim Fürsten Gallizin, wo man Sie öfter findet, von den Verwandten versprochen. Jetzt aber reisen Sie nach Prag, werden sobald nicht wiederkehren, und Gott weiß, ob Sie der Rückweg zu uns führt. Machen Sie heute und morgen Rasttag! Das Fuhrwerk schicken wir sogleich nach Hause, und mir erlauben Sie die Sorge für Ihr Weiterkommen.«

Der Komponist, welcher in solchen Fällen der Freundschaft oder dem Vergnügen leicht zehnmal mehr, als hier gefordert war, zum Opfer brachte, besann sich nicht lange; er sagte diesen einen halben Tag mit Freuden zu, dagegen sollte morgen mit dem Frühesten die Reise fortgesetzt werden. Graf Max erbat sich das Vergnügen, Madame Mozart abzuholen und alles Nötige im Wirtshaus abzumachen. Er ging, ein Wagen sollte ihm gleich auf dem Fuße nachfolgen.

Von diesem jungen Mann bemerken wir beiläufig, daß er mit einem von Vater und Mutter angeerbten heitern Sinn Talent und Liebe für schöne Wissenschaften verband und ohne wahre Neigung zum Soldatenstand sich doch als Offizier durch Kenntnisse und gute Sitten hervortat. Er kannte die französische Literatur und erwarb sich, zu einer Zeit, wo deutsche Verse der höheren Gesellschaft wenig galten, Lob und Gunst durch eine nicht gemeine Leichtigkeit der poetischen Form in der Muttersprache nach guten Mustern, wie er sie in Hagedorn, in Götz und andern fand. Für heute war ihm nun, wie wir bereits vernahmen, ein besonders erfreulicher Anlaß geworden, seine Gabe zu nutzen.

Er traf Madame Mozart, mit der Wirtstochter plaudernd, vor dem gedeckten Tisch, wo sie sich einen Teller Suppe vorausgenommen hatte. Sie war an außerordentliche Zwischenfälle, an kecke Stegreifsprünge ihres Mannes zu sehr gewöhnt, als daß sie über die Erscheinung und den Auftrag des jungen Offiziers mehr als billig hätte betreten sein können. Mit unverstellter Heiterkeit, besonnen und gewandt, besprach und ordnete sie ungesäumt alles Erforderliche selbst. Es wurde umgepackt, bezahlt, der Postillon entlassen, sie machte sich, ohne zu große Ängstlichkeit in Herstellung ihrer Toilette, fertig und fuhr mit dem Begleiter wohlgemut dem Schlosse zu, nicht ahnend, auf welche sonderbare Weise ihr Gemahl sich dort eingeführt hatte.

Der befand sich inzwischen bereits sehr behaglich daselbst und auf das beste unterhalten. Nach kurzer Zeit sah er Eugenien mit ihrem Verlobten; ein blühendes, höchst anmutiges, inniges Wesen. Sie war blond, ihre schlanke Gestalt in karmoisinrote, leuchtende Seide mit kostbaren Spitzen festlich gekleidet, um ihre Stirn ein weißes Band mit edlen Perlen. Der Baron, nur wenig älter als sie, von sanftem, offenem Charakter, schien ihrer wert in jeder Rücksicht.

Den ersten Aufwand des Gesprächs bestritt, fast nur zu freigebig, der gute launige Hausherr vermöge seiner etwas lauten, mit Späßen und Histörchen sattsam gespickten Unterhaltungsweise. Es wurden Erfrischungen gereicht, die unser Reisender im mindesten nicht schonte.

Eines hatte den Flügel geöffnet, »Figaros Hochzeit« lag aufgeschlagen, und das Fräulein schickte sich an, von dem Baron akkompagniert, die Arie Susannas in jener Gartenszene zu singen, wo wir den Geist der süßen Leidenschaft stromweise, wie die gewürzte sommerliche Abendluft, einatmen. Die feine Röte auf Eugeniens Wangen wich zwei Atemzüge lang der äußersten Blässe; doch mit dem ersten Ton, der klangvoll über ihre Lippen kam, fiel ihr jede beklemmende Fessel vom Busen. Sie hielt sich lächelnd, sicher auf der hohen Woge, und das Gefühl dieses Moments, des einzigen in seiner Art vielleicht für alle Tage ihres Lebens, begeisterte sie billig.

Mozart war offenbar überrascht. Als sie geendigt hatte, trat er zu ihr und fing mit seinem ungezierten Herzensausdruck an: »Was soll man sagen, liebes Kind, hier, wo es ist wie mit der lieben Sonne, die sich am besten selber lobt, indem es gleich jedermann wohl in ihr wird! Bei solchem Gesang ist der Seele zumut wie dem Kindchen im Bad: es lacht und wundert sich und weiß sich in der Welt nichts Besseres. Übrigens glauben Sie mir, unsereinem in Wien begegnet es nicht jeden Tag, daß er so lauter, ungeschminkt und warm, ja so komplett sich selber zu hören bekommt.« – Damit erfaßte er ihre Hand und küßte sie herzlich. Des Mannes hohe Liebenswürdigkeit und Güte nicht minder als das ehrenvolle Zeugnis, wodurch er ihr Talent auszeichnete, ergriff Eugenien mit jener unwiderstehlichen Rührung, die einem leichten Schwindel gleicht, und ihre Augen wollten sich plötzlich mit Tränen anfüllen.

Hier trat Madame Mozart zur Türe herein, und gleich darauf erschienen neue Gäste, die man erwartet hatte: eine dem Haus sehr eng verwandte freiherrliche Familie aus der

Nähe, mit einer Tochter, Franziska, die seit den Kinderjahren mit der Braut durch die zärtlichste Freundschaft verbunden und hier wie daheim war.

Man hatte sich allerseits begrüßt, umarmt, beglückwünscht, die beiden Wiener Gäste vorgestellt, und Mozart setzte sich an den Flügel. Er spielt einen Teil eines Konzerts von seiner Komposition, welches Eugenie soeben einstudierte.

Die Wirkung eines solchen Vortrags in einem kleinen Kreis wie der gegenwärtige unterscheidet sich natürlicherweise von jedem ähnlichen an einem öffentlichen Orte durch die unendliche Befriedigung, die in der unmittelbaren Berührung mit der Person des Künstlers und seinem Genius innerhalb der häuslichen bekannten Wände liegt.

Es war eines jener glänzenden Stücke, worin die reine Schönheit sich einmal, wie aus Laune, freiwillig in den Dienst der Eleganz begibt, so aber, daß sie, gleichsam nur verhüllt in diese mehr willkürlich spielenden Formen und hinter eine Menge blendender Lichter versteckt, doch in jeder Bewegung ihren eigensten Adel verrät und ein herrliches Pathos verschwenderisch ausgießt.

Die Gräfin machte für sich die Bemerkung, daß die meisten Zuhörer, vielleicht Eugenie selbst nicht ausgenommen, trotz der gespanntesten Aufmerksamkeit und aller feierlichen Stille während eines bezaubernden Spiels, doch zwischen Auge und Ohr gar sehr geteilt waren. In unwillkürlicher Beobachtung des Komponisten, seiner schlichten, beinahe steifen Körperhaltung, seines gutmütigen Gesichts, der rundlichen Bewegung dieser kleinen Hände war es gewiß auch nicht leicht möglich, dem Zudrang tausendfacher Kreuz- und Quergedanken über den Wundermann zu widerstehen.

Zu Madame Mozart gewendet, sagte der Graf, nachdem

der Meister aufgestanden war: »Einem berühmten Künstler gegenüber, wenn es ein Kennerlob zu spitzen gilt, das halt nicht eines jeden Sache ist, wie haben es die Könige und Kaiser gut! Es nimmt sich eben alles einzig und außerordentlich in einem solchen Munde aus. Was dürfen sie sich nicht erlauben, und wie bequem ist es z. B., dicht hinterm Stuhl Ihres Herrn Gemahls, beim Schlußakkord einer brillanten Phantasie dem bescheidenen klassischen Mann auf die Schulter zu klopfen und zu sagen: ›Sie sind ein Tausendsasa, lieber Mozart!‹ Kaum ist das Wort heraus, so geht's wie ein Lauffeuer durch den Saal: ›Was hat er ihm gesagt?‹ – ›Er sei ein Tausendsasa, hat er zu ihm gesagt!‹ Und alles, was da geigt und fistuliert und komponiert, ist außer sich von diesem *einen* Wort; kurzum, es ist der große Stil, der familiäre Kaiserstil, der unnachahmliche, um welchen ich die Josephs und die Friedrichs von je beneidet habe, und das nie mehr als eben jetzt, wo ich ganz in Verzweiflung bin, von anderweitiger geistreicher Münze zufällig keinen Deut in allen meinen Taschen anzutreffen.«

Die Art, wie der Schäker dergleichen vorbrachte, bestach immerhin und rief unausbleiblich ein Lachen hervor.

Nun aber, auf die Einladung der Hausfrau, verfügte die Gesellschaft sich nach dem geschmückten runden Speisesalon, aus welchem den Eintretenden ein festlicher Blumengeruch und eine kühlere, dem Appetit willkommene Luft entgegenwehte.

Man nahm die schicklich ausgeteilten Plätze ein, und zwar der distinguierte Gast den seinigen dem Brautpaar gegenüber. Von einer Seite hatte er eine kleine ältliche Dame, eine unverheiratete Tante Franziskas, von der andern die junge reizende Nichte selbst zur Nebensitzerin, die sich durch Geist und Munterkeit ihm bald besonders zu empfehlen wußte. Frau Konstanze kam zwischen den Hauswirt und ihren freundlichen Geleitsmann, den Leutnant; die übrigen reihten sich ein, und so daß man zu elfen nach Möglichkeit bunt an der Tafel, deren unteres Ende leer blieb. Auf ihr erhoben sich mitten zwei mächtig große Porzellanaufsätze mit gemalten Figuren, breite Schalen, gehäuft voll natürlicher Früchte und Blumen, über sich haltend. An den Wänden des Saals hingen reiche Festons. Was sonst da war oder nach und nach folgte, schien einen ausgedehnten Schmaus zu verkünden. Teils auf der Tafel, zwischen Schüsseln und Platten, teils vom Serviertisch herüber im Hintergrund blinkte verschiedenes edle Getränk vom schwärzesten Rot bis hinauf zu dem gelblichen Weiß, dessen lustiger Schaum herkömmlich erst die zweite Hälfte eines Festes krönt.

Bis gegen diesen Zeitpunkt hin bewegte sich die Unterhaltung, von mehreren Seiten gleich lebhaft genährt, in allen Richtungen. Weil aber der Graf gleich anfangs einigemal von weitem und jetzt nur immer näher und mutwilliger auf Mozarts Gartenabenteuer anspielte, so daß die einen heimlich lächelten, die andern sich umsonst den Kopf zerbrachen, was er denn meine, so ging unser Freund mit der Sprache heraus.

»Ich will in Gottes Namen beichten«, fing er an, »auf was Art mir eigentlich die Ehre der Bekanntschaft mit diesem edlen Haus geworden ist. Ich spiele dabei nicht die würdigste Rolle, und um ein Haar, so säß' ich jetzt, statt hier vergnügt zu tafeln, in einem abgelegenen Arrestantenwinkel des gräflichen Schlosses und könnte mir mit leerem Magen die Spinneweben an der Wand herum betrachten.«

»Nun ja«, rief Madame Mozart, »da werd' ich schöne Dinge hören!«

Ausführlich nun beschrieb er erst, wie er im »Weißen Roß« seine Frau zurückgelassen, die Promenade in den Park, den Unstern in der Laube, den Handel mit der Gartenpolizei, kurz, ungefähr was wir schon wissen, gab er alles mit größter Treuherzigkeit und zum höchsten Ergötzen der Zuhörer preis. Das Lachen wollte fast kein Ende nehmen; selbst die gemäßigte Eugenie enthielt sich nicht, es schüttelte sie ordentlich.

»Nun«, fuhr er fort, »Das Sprichwort sagt: hat einer den Nutzen, dem Spott mag er trutzen! Ich hab' meinen kleinen Profit von der Sache, Sie werden schon sehen. Vor allem aber hören Sie, wie's eigentlich geschah, daß sich ein alter Kindskopf so vergessen konnte. Eine Jugenderinnerung war mit im Spiele.

Im Frühling 1770 reiste ich als dreizehnjähriges Bürschchen mit meinem Vater nach Italien. Wir gingen von Rom nach Neapel. Ich hatte zweimal im Konservatorium und sonst zu verschiedenen Malen gespielt. Adel und Geistlichkeit erzeigten uns manches Angenehme, vornehmlich attachierte sich ein Abbate an uns, der sich als Kenner schmeichelte und übrigens am Hofe etwas galt. Den Tag vor unserer Abreise führte er uns in Begleitung einiger anderen Herrn in einen königlichen Garten, die Villa reale, bei der prachtvollen Straße geradhin am Meer gelegen, wo eine Bande sizilianischer commendianti sich produzierte – figlj di Nettuno, wie sie sich neben andern schönen Titeln auch nannten. Mit vielen vornehmen Zuschauern, worunter selbst die junge liebenswürdige Königin Karolina samt zwei Prinzessen, saßen wir auf einer langen Reihe von Bänken im Schatten einer zeltartig bedeckten, niedern Galerie, an deren Mauer unten die Wellen plätscherten. Das Meer mit seiner vielfarbigen Streifung strahlte den blauen Sonnenhimmel herrlich wieder. Gerade vor sich hat man den Vesuv, links schimmert, sanft geschwungen, eine reizende Küste herein.

Die erste Abteilung der Spiele war vorüber; sie wurde auf dem trockenen Bretterboden einer Art von Flöße ausgeführt, die auf dem Wasser stand, und hatte nichts Besonderes; der zweite aber und der schönste Teil bestand aus lauter Schiffer-, Schwimm- und Taucherstücken und blieb mir stets mit allen Einzelheiten frisch im Gedächtnis eingeprägt.

Von entgegengesetzten Seiten her näherten sich einander zwei zierliche, sehr leicht gebaute Barken, beide, wie es schien, auf einer Lustfahrt begriffen. Die eine, etwas größere, war mit einem Halbverdeck versehen und nebst den Ruderbänken mit einem dünnen Mast und einem Segel ausgerüstet, auch prächtig bemalt, der Schnabel vergoldet. Fünf Jünglinge von idealischem Aussehen, kaum bekleidet, Arme, Brust und Beine dem Anschein nach nackt, waren teils an dem Ruder beschäftigt, teils ergötzten sie sich mit einer gleichen Anzahl artiger Mädchen, ihren Geliebten. Eine darunter, welche mitten auf dem Verdecke saß und Blumenkränze wand, zeichnete sich durch Wuchs und Schönheit sowie durch ihren Putz vor allen übrigen aus. Diese dienten ihr willig, spannten gegen die Sonne ein Tuch über sie und reichten ihr die Blumen aus dem Korb. Eine Flötenspielerin saß zu ihren Füßen, die den Gesang der andern mit ihren hellen Tönen unterstützte. Auch jener vorzüglichen Schönen fehlte es nicht an einem eigenen Beschützer; doch verhielten sich beide ziemlich gleichgültig gegeneinander, und der Liebhaber deuchte mir fast etwas roh.

Inzwischen war das andere, einfachere Fahrzeug näher gekommen. Hier sah man bloß männliche Jugend. Wie jene Jünglinge Hochrot trugen, so war die Farbe der letztern Seegrün. Sie stutzten beim Anblick der lieblichen Kinder, winkten Grüße herüber und gaben ihr Verlangen nach näherer Bekanntschaft zu erkennen. Die munterste hierauf nahm eine Rose vom Busen und hielt sie schelmisch in die Höhe, gleichsam fragend, ob solche Gaben bei ihnen wohl angebracht wären, worauf von drüben allerseits mit unzweideutigen Gebärden geantwortet wurde. Die Roten sahen verächtlich und finster darein, konnten aber nichts machen, als mehrere der Mädchen einig wurden, den armen Teufeln wenigstens doch etwas für den Hunger und Durst zuzuwerfen. Es stand ein Korb voll Orangen am Boden; wahrscheinlich waren es nur gelbe Bälle, den Früchten ähnlich nachgemacht. Und jetzt begann ein entzückendes Schauspiel, unter Mitwirkung der Musik, die auf dem Uferdamm aufgestellt war.

Eine der Jungfrauen machte den Anfang und schickte fürs erste ein paar Pomeranzen aus leichter Hand hinüber, die, dort mit gleicher Leichtigkeit aufgefangen, alsbald zurückkehrten; so ging es hin und her, und weil nach und nach immer mehr Mädchen zuhalfen, so flog's mit Pomeranzen bald dem Dutzend nach in immer schnellerem Tempo hin und wider. Die Schöne in der Mitte nahm an dem Kampfe keinen Anteil, als daß sie höchst begierig von ihrem Schemel aus zusah. Wir konnten die Geschicklichkeit auf beiden Seiten nicht genug bewundern. Die Schiffe drehten sich auf etwa dreißig Schritt in langsamer Bewegung umeinander, kehrten sich bald die ganze Flanke zu, bald schief das halbe Vorderteil; es waren gegen vierundzwanzig Bälle unaufhörlich in der Luft, doch glaubte man in der Verwirrung ihrer viel mehr zu sehen. Manchmal entstand ein förmliches Kreuzfeuer, oft stiegen sie und fielen in einem hohen Bogen; kaum ging einmal einer und der andere fehl, es war, als stürzten sie von selbst durch eine Kraft der Anziehung in die geöffneten Finger.

So angenehm jedoch das Auge beschäftigt wurde, so

lieblich gingen fürs Gehör die Melodien nebenher: sizilianische Weisen, Tänze, Saltarelli, Canzoni a ballo, ein ganzes Quodlibet, auf Girlandenart leicht aneinandergehängt. Die jüngere Prinzeß, ein holdes unbefangenes Geschöpf, etwa von meinem Alter, begleitete den Takt gar artig mit Kopfnicken; ihr Lächeln und die langen Wimpern ihrer Augen kann ich noch heute vor mir sehen.

Nun lassen Sie mich kürzlich den Verlauf der Posse noch erzählen, obschon er weiter nichts zu meiner Sache tut! Man kann sich nicht leicht etwas Hübscheres denken. Währenddem das Scharmützel allmählich ausging und nur noch einzelne Würfe gewechselt wurden, die Mädchen ihre goldenen Äpfel sammelten und in den Korb zurückbrachten, hatte drüben ein Knabe, wie spielenderweis, ein breites, grüngestricktes Netz ergriffen und kurze Zeit unter dem Wasser gehalten; er hob es auf, und zum Erstaunen aller fand sich ein großer, blau, grün und gold schimmernder Fisch in demselben. Die Nächsten sprangen eifrig zu, um ihn herauszuholen, da glitt er ihnen aus den Händen, als wär' es wirklich ein lebendiger, und fiel in die See. Das war nun eine abgeredte Kriegslist, die Roten zu betören und aus dem Schiff zu locken. Diese, gleichsam bezaubert von dem Wunder, sobald sie merkten, daß das Tier nicht untertauchen wollte, nur immer auf der Oberfläche spielte, besannen sich nicht einen Augenblick, stürzten sich alle ins Meer, die Grünen ebenfalls, und also sah man zwölf gewandte, wohlgestalte Schwimmer den fliehenden Fisch zu erhaschen bemüht, indem er auf den Wellen gaukelte, minutenlang unter denselben verschwand, bald da, bald dort, dem einen zwischen den Beinen, dem andern zwischen Brust und Kinn herauf wieder zum Vorschein kam. Auf einmal, wie die Roten eben am hitzigsten auf ihren Fang aus waren, ersah die andere Partei ihren Vorteil und erstieg schnell wie der Blitz das fremde, ganz den Mädchen überlassene Schiff unter großem Gekreische der letztern. Der nobelste der Burschen, wie ein Merkur gewachsen, flog mit freudestrahlendem Gesicht auf die schönste zu, umfaßte, küßte sie, die, weit entfernt, in das Geschrei der andern einzustimmen, ihre Arme gleichfalls feurig um den ihr wohlbekannten Jüngling schlang. Die betrogene Schar schwamm zwar eilends herbei, wurde aber mit Rudern und Waffen vom Bord abgetrieben. Ihre unnütze Wut, das Angstgeschrei der Mädchen, der gewaltsame Widerstand einiger von ihnen, ihr Bitten und Flehen, fast erstickt vom übrigen Alarm, des Wassers, der Musik, die plötzlich einen andern Charakter angenommen hatte – es war schön über alle Beschreibung, und die Zuschauer brachen darüber in einen Sturm von Begeisterung aus.

In diesem Moment nun entwickelte sich das bisher locker eingebundene Segel: daraus ging ein rosiger Knabe hervor mit silbernen Schwingen, mit Bogen, Pfeil und Köcher, und in anmutvoller Stellung schwebte er frei auf der Stange. Schon sind die Ruder alle in voller Tätigkeit, das Segel blähte sich auf: allein gewaltiger als beides schien die Gegenwart des Gottes und seine heftig vorwärtseilende Gebärde das Fahrzeug fortzutreiben, dergestalt, daß die fast atemlos nachsetzenden Schwimmer, deren einer den goldenen Fisch hoch mit der Linken über seinem Haupte hielt, die Hoffnung bald aufgaben und bei erschöpften Kräften notgedrungen ihre Zuflucht zu dem verlassenen Schiffe nahmen. Derweil haben die Grünen eine kleine bebuschte Halbinsel erreicht, wo sich unerwartet ein stattliches Boot mit bewaffneten Kameraden im Hinterhalt zeigte. Im Angesicht so drohender Umstände pflanzte das Häufchen eine weiße Flagge auf, zum Zeichen, daß man gütlich unterhandeln wolle. Durch ein gleiches Signal von jenseits ermuntert, fuhren sie auf jenen Haltort zu, und bald sah man daselbst die guten Mädchen alle bis auf die eine, die mit Willen blieb, vergnügt mit ihren Liebhabern das eigene Schiff besteigen. – Hiemit war die Komödie beendigt.«

»Mir deucht«, so flüsterte Eugenie mit leuchtenden Augen dem Baron in einer Pause zu, worin sich jedermann beifällig über das eben Gehörte aussprach, »wir haben hier eine gemalte Symphonie von Anfang bis zu Ende gehabt und ein vollkommenes Gleichnis überdies des Mozartischen Geistes selbst in seiner ganzen Heiterkeit! Hab' ich nicht recht? ist nicht die ganze Anmut ›Figaros‹ darin?«

Der Bräutigam war im Begriff, ihre Bemerkung dem Komponisten mitzuteilen, als dieser zu reden fortfuhr.

»Es sind nun siebzehn Jahre her, daß ich Italien sah. Wer, der es einmal sah, insonderheit Neapel, denkt nicht sein Leben lang daran? und wär' er auch, wie ich, noch halb in Kinderschuhen gesteckt! So lebhaft aber wie heut' in ihrem Garten war mir der letzte schöne Abend am Golf kaum jemals wieder aufgegangen. Wenn ich die Augen schloß – ganz deutlich, klar und hell, den letzten Schleier von sich hauchend, lag die himmlische Gegend vor mir verbreitet! Meer und Gestade, Berg und Stadt, die bunte Menschenmenge an dem Ufer hin und an das wundersame Spiel der Bälle durcheinander! Ich glaubte wieder dieselbe Musik in den Ohren zu haben, ein ganzer Rosenkranz von fröhlichen Melodien zog innerlich an mir vorbei, fremdes und eigenes, Krethi und Plethi, eines immer das andre ablösend. Von ungefähr springt ein Tanzliedchen hervor, Sechsachteltakt, mir völlig neu. – Halt, dacht' ich, was gibt's hier? Das scheint ein ganz verteufelt niedliches Ding! Ich sehe näher zu – alle Wetter! das ist ja Masetto, das ist ja Zerlina!« – Er lachte gegen Madame Mozart hin, die ihn sogleich erriet.

»Die Sache«, fuhr er fort, »ist einfach diese. In meinem

ersten Akt blieb eine kleine leichte Nummer unerledigt, Duett und Chor einer ländlichen Hochzeit. Vor zwei Monaten nämlich, als ich dieses Stück der Ordnung nach vornehmen wollte, da fand sich auf den ersten Wurf das Rechte nicht alsbald. Eine Weise, einfältig und kindlich und sprützend von Fröhlichkeit über und über, ein frischer Busenstrauß mit Flatterband dem Mädel angesteckt, so mußte es sein. Weil man nun im geringsten nichts erzwingen soll, und weil dergleichen Kleinigkeiten sich oft gelegentlich von selber machen, ging ich darüber weg und sah mich im Verfolg der größeren Arbeit kaum wieder danach um. Ganz flüchtig kam mir heut' im Wagen, kurz eh' wir ins Dorf hereinfuhren, der Text in den Sinn; da spann sich denn weiter nichts an, zum wenigsten nicht daß ich's wüßte. Genug, ein Stündchen später, in der Laube beim Brunnen, erwisch' ich ein Motiv, wie ich es glücklicherweise und besser zu keiner andern Zeit auf keinem andern Weg erfunden haben würde. Man macht bisweilen in der Kunst besondere Erfahrungen, ein ähnlicher Streich ist mir nie vorgekommen. Denn eine Melodie, dem Vers wie auf den Leib gegossen – doch, um nicht vorzugreifen, so weit sind wir noch nicht, der Vogel hatte nur den Kopf erst aus dem Ei, und auf der Stelle fing ich an, ihn vollends rein herauszuschälen. Dabei schwebte mir lebhaft der Tanz der Zerline vor Augen, und wunderlich spielte zugleich die lachende Landschaft am Golf von Neapel herein. Ich hörte die wechselnden Stimmen des Brautpaars, die Dirnen und Bursche im Chor.«

Hier trällerte Mozart ganz lustig den Anfang des Liedchens:

Giovinette, che fatte all' amore, che fatte all' amore,
Non lasciate, che passi l'età, che passi l'età, che passi l'età!
Se nel seno vi bulica il core, vi bulica il core,

Il remedio vedete lo quà! La la la! La la la!
Che piacer, che piacer che sarà!
Ah la la! Ah la la u. s. f.*

»Mittlerweile hatten meine Hände das große Unheil angerichtet. Die Nemesis lauerte schon an der Hecke und trat jetzt hervor in Gestalt des entsetzlichen Mannes im galonierten blauen Rock. Ein Ausbruch des Vesuvio, wenn er in Wirklichkeit damals an dem göttlichen Abend am Meer Zuschauer und Akteurs, die ganze Herrlichkeit Parthenopes mit einem schwarzen Aschenregen urplötzlich verschüttet und zugedeckt hätte, bei Gott, die Katastrophe wäre mir nicht unerwarteter und schrecklicher gewesen. Der Satan der! so heiß hat mir nicht leicht jemand gemacht. Ein Gesicht wie aus Erz – einigermaßen dem grausamen römischen Kaiser Tiberius ähnlich! Sieht so der Diener aus, dacht' ich, nachdem er weggegangen, wie mag erst Seine Gnaden selbst dreinsehen! Jedoch, die Wahrheit zu gestehn, ich rechnete schon ziemlich auf den Schutz der Damen, und das nicht ohne Grund. Denn diese Stanzel da, mein Weibchen, etwas neugierig von Natur, ließ sich im Wirtshaus von der dicken Frau des Wissenswürdigste von denen sämtlichen Persönlichkeiten der gnädigen Herrschaft in meinem Beisein erzählen, ich stand dabei und hörte so –«

Hier konnte Madame Mozart nicht umhin ihm in das Wort zu fallen und auf das angelegentlichste zu versichern, daß im Gegenteil er der Ausfrager gewesen; es kam zu heitern Kontestationen zwischen Mann und Frau, die viel zu lachen gaben. – »Dem sei nun, wie ihm wolle«, sagte er, »kurzum, ich hörte so entfernt etwas von einer lieben Pflegetochter, welche Braut, sehr schön, dazu die Güte selber

* Liebe Schwestern, zur Liebe geboren, Nützt der Jugend schöne blühende Zeit! Hängt ihr 's Köpfchen in Sehnsucht verloren, Amor ist euch zu helfen bereit. Tra la la! Welch ein Vergnügen erwartet euch da! u. s. w.

sei und singe wie ein Engel. Per Dio! fiel mir jetzt ein, das hilft dir aus der Lauge! Du setz'st dich auf der Stelle hin, schreibst 's Liedchen auf, so weit es geht, erklärst die Sottise der Wahrheit gemäß, und es gibt einen trefflichen Spaß. Gedacht, getan. Ich hatte Zeit genug, auch fand ich noch ein sauberes Bögchen grün liniert Papier. – Und hier ist das Produkt! Ich lege es in diese schönen Hände, ein Brautlied aus dem Stegreif, wenn Sie es dafür gelten lassen.«

So reichte er sein reinlichst geschriebenes Notenblatt Eugenien über den Tisch, des Onkels Hand kam aber der ihrigen zuvor, er haschte es hinweg und rief: »Geduld noch einen Augenblick, mein Kind!«

Auf seinen Wink tat sich die Flügeltüre des Salons weit auf, und es erschienen einige Diener, die den verhängnisvollen Pomeranzenbaum anständig, ohne Geräusch in den Saal hineintrugen und an der Tafel unten auf eine Bank niedersetzten; gleichzeitig wurden rechts und links zwei schlanke Myrtenbäumchen aufgestellt. Eine am Stamm des Orangenbaums befestigte Inschrift bezeichnete ihn als Eigentum der Braut; vorn aber, auf dem Moosgrund, stand, mit einer Serviette bedeckt, ein Porzellanteller, der, als man das Tuch hinwegnahm, eine zerschnittene Orange zeigte, neben welche der Oheim mit listigem Blick des Meisters Autographon steckte. Allgemeiner unendlicher Jubel erhob sich darüber.

»Ich glaube gar«, sagte die Gräfin, »Eugenie weiß noch nicht einmal, was eigentlich da vor ihr steht? Sie kennt wahrhaftig ihren alten Liebling in seinem neuen Flor und Früchteschmuck nicht mehr!«

Bestürzt, ungläubig sah das Fräulein bald den Baum, bald ihren Oheim an. »Es ist nicht möglich«, sagte sie. »Ich weiß ja wohl, er war nicht mehr zu retten.«

»Du meinst also«, versetzte jener, »man habe dir nur irgend ungefähr so ein Ersatzstück ausgesucht? Das wär' was Recht's! Nein, sieh nur her – ich muß es machen, wie's in der Komödie der Brauch ist, wo sich die totgeglaubten Söhne oder Brüder durch ihre Muttermäler und Narben legitimieren. Schau diesen Auswuchs da! und hier die Schrunde übers Kreuz, du mußt sie hundertmal bemerkt haben. Wie, ist er's, oder ist er's nicht?« – Sie konnte nicht mehr zweifeln; ihr Staunen, ihre Rührung und Freude war unbeschreiblich.

Es knüpfte sich an diesen Baum für die Familie das mehr als hundertjährige Gedächtnis einer ausgezeichneten Frau, welche wohl verdient, daß wir ihrer mit wenigem gedenken.

Des Oheims Großvater, durch seine diplomatischen Verdienste im Wiener Kabinett rühmlich bekannt, von zwei Regenten nacheinander mit gleichem Vertrauen beehrt, war innerhalb seines eigenen Hauses nicht minder glücklich im Besitz einer vortrefflichen Gemahlin, Renate Leonore. Ihr wiederholter Aufenthalt in Frankreich brachte sie vielfach mit dem glänzenden Hofe Ludwigs XIV. und mit den bedeutendsten Männern und Frauen dieser merkwürdigen Epoche in Berührung. Bei ihrer unbefangenen Teilnahme an jenem steten Wechsel des geistreichsten Lebensgenusses verleugnete sie auf keinerlei Art in Worten und Werken die angestammte deutsche Ehrenfestigkeit und sittliche Strenge, die sich in den kräftigen Zügen des noch vorhandenen Bildnisses der Gräfin unverkennbar ausprägt. Vermöge eben dieser Denkungsweise übte sie in der gedachten Sozietät eine eigentümliche naive Opposition, und ihre hinterlassene Korrespondenz weist eine Menge Spuren davon auf, mit wie viel Freimut und herzhafter Schlagfertigkeit, es mochte nun von Glaubenssachen, von Literatur und Politik oder von was immer die Rede sein, die originelle Frau ihre gesunden Grundsätze und Ansichten zu verteidigen, die Blößen der Gesellschaft anzugreifen wußte, ohne doch dieser im mindesten sich lästig zu machen. Ihr reges Interesse für sämtliche Personen, die man im Hause einer Ninon, dem eigentlichen Herd der feinsten Geistesbildung, treffen konnte, war demnach so beschaffen und geregelt, daß es sich mit dem höhern Freundschaftsverhältnis zu einer der edelsten Damen jener Zeit, der Frau von Sévigné, vollkommen wohl vertrug. Neben manchen mutwilligen Scherzen Chapelles an sie, vom Dichter eigenhändig auf Blätter mit silberblumigem Rande gekritzelt, fanden sich die liebevollsten Briefe der Marquisin und ihrer Tochter an die ehrliche Freundin aus Österreich nach ihrem Tod in einem Ebenholzschränkchen der Großmutter vor.

Frau von Sévigné war es denn auch, aus deren Hand sie eines Tages, bei einem Feste zu Trianon, auf der Terrasse des Gartens den blühenden Orangenzweig empfing, den sie sofort auf das Geratewohl in einen Topf setzte und glücklich angewurzelt mit nach Deutschland nahm.

Wohl fünfundzwanzig Jahre wuchs das Bäumchen unter ihren Augen allgemach heran und wurde später von Kindern und Enkeln mit äußerster Sorgfalt gepflegt. Es konnte nächst seinem persönlichen Werte zugleich als lebendes Symbol der feingeistigen Reize eines beinahe vergötterten Zeitalters gelten, worin wir heutzutage freilich des wahrhaft Preisenswerten wenig finden können, und das schon eine unheilvolle Zukunft in sich trug, deren welterschütternder Eintritt dem Zeitpunkt unserer harmlosen Erzählung bereits nicht ferne mehr lag.

Die meiste Liebe widmete Eugenie dem Vermächtnis der würdigen Ahnfrau, weshalb der Oheim öfters merken ließ, es dürfte wohl einst eigens in ihre Hände übergehen. Desto schmerzlicher war es dem Fräulein denn auch, als der Baum im Frühling des vorigen Jahres, den sie nicht hier zubrachte, zu trauern begann, die Blätter gelb wurden und viele Zweige abstarben. In Betracht, daß irgendeine besondere Ursache seines Verkommens durchaus nicht zu entdecken war und keinerlei Mittel anschlugen, gab ihn der Gärtner bald verloren, obwohl er seiner natürlichen Ordnung nach leicht zwei- und dreimal älter werden konnte. Der Graf hingegen, von einem benachbarten Kenner beraten, ließ ihn nach einer sonderbaren, selbst rätselhaften Vorschrift, wie sie das Landvolk häufig hat, in einem abgesonderten Raume ganz insgeheim behandeln, und seine Hoffnung, die geliebte Nichte eines Tags mit dem zu neuer Kraft und voller Fruchtbarkeit gelangten alten Freund zu überraschen, ward über alles Erwarten erfüllt. Mit Überwindung seiner Ungeduld und nicht ohne Sorge, ob denn wohl auch die Früchte, von denen etliche zuletzt den höchsten Grad der Reife hatten, so lang am Zweige halten würden, verschob er die Freude um mehrere Wochen auf das heutige Fest, und es bedarf nun weiter keines Worts darüber, mit welcher Empfindung der gute Herr ein solches Glück noch im letzten Moment durch einen Unbekannten sich verkümmert sehen mußte.

Der Leutnant hatte schon vor Tisch Gelegenheit und Zeit gefunden, seinen dichterischen Beitrag zu der feierlichen Übergabe ins Reine zu bringen und seine vielleicht ohnehin etwas zu ernst gehaltenen Verse durch einen veränderten Schluß den Umständen möglichst anzupassen. Er zog nunmehr sein Blatt hervor, das er, vom Stuhle sich erhebend und an die Cousine gewendet, vorlas. Der Inhalt der Strophen war kurz gefaßt dieser:

Ein Nachkömmling des vielgepries'nen Baums der Hesperiden, der vor alters, auf einer westlichen Insel, im Garten der Juno, als eine Hochzeitsgabe für sie von Mutter Erde, hervorgesproßt war, und welchen die drei melodischen Nymphen bewachten, hat eine ähnliche Bestimmung von jeher gewünscht und gehofft, da der Gebrauch, eine herrliche Braut mit seinesgleichen zu beschenken, von den Göttern vorlängst auch unter die Sterblichen kam.

Nach langem vergeblichen Warten scheint endlich die Jungfrau gefunden, auf die er seine Blicke richten darf. Sie erzeigt sich ihm günstig und verweilt oft bei ihm. Doch der musische Lorbeer, sein stolzer Nachbar am Bord der Quelle, hat seine Eifersucht erregt, indem er droht, der kunstbegabten Schönen Herz und Sinn für die Liebe der Männer zu rauben. Die Myrte tröstet ihn umsonst und lehrt ihn Geduld durch ihr eigenes Beispiel; zuletzt jedoch ist es die andauernde Abwesenheit der Liebsten, was seinen Gram vermehrt und ihm nach kurzem Siechtum tödlich wird.

Der Sommer bringt die Entfernte und bringt sie mit glücklich umgewandtem Herzen zurück. Das Dorf, das Schloß, der Garten, alles empfängt sie mit tausend Freuden. Rosen und Lilien, in erhöhtem Schimmer, sehen entzückt und beschämt zu ihr auf, Glück winken ihr Sträucher und Bäume: für *einen*, ach, den edelsten, kommt sie zu spät. Sie findet seine Krone verdorrt, ihre Finger betasten den leblosen Stamm und die klirrenden Spitzen seines Gezweigs. Er kennt und sieht seine Pflegerin nimmer. Wie weint sie, wie strömt ihre zärtliche Klage!

Apollo von weitem vernimmt die Stimme der Tochter. Er kommt, er tritt herzu und schaut mitfühlend ihren Jammer. Alsbald mit seinen allheilenden Händen berührt er den Baum, daß er in sich erbebt, der vertrocknete Saft in der Rinde gewaltsam anschwillt, schon junges Laub ausbricht, schon weiße Blumen da und dort in ambrosischer Fülle aufgehen. Ja – denn was vermöchten die Himmlischen nicht? – schön runde Früchte setzen an, dreimal drei, nach der Zahl der neun Schwestern; sie wachsen und wachsen, ihr kindliches Grün zusehends mit der Farbe des Goldes vertauschend. Phöbus – so schloß sich das Gedicht –

Phöbus überzählt die Stücke,
Weidet selbsten sich daran,
Ja, es fängt im Augenblicke
Ihm der Mund zu wässern an.

Lächelnd nimmt der Gott der Töne
Von der saftigsten Besitz:
»Laß uns teilen, holde Schöne,
Und für Amorn – diesen Schnitz!«

Der Dichter erntete rauschenden Beifall, und gern verzieh man die barocke Wendung, durch welche der Eindruck des wirklich gefühlvollen Ganzen so völlig aufgehoben wurde.

Franziska, deren froher Mutterwitz schon zu verschiedenen Malen bald durch den Hauswirt, bald durch Mozart in Bewegung gesetzt worden war, lief jetzt geschwinde, wie von ungefähr an etwas erinnert, hinweg und kam zurück mit einem braunen englischen Kupferstich größeren Formats, welcher wenig beachtet in einem ganz entfernten Kabinett unter Glas und Rahmen hing.

»Es muß doch wahr sein, was ich immer hörte«, rief sie aus, indem sie das Bild am Ende der Tafel aufstellte, »daß sich unter der Sonne nichts Neues begibt! Hier eine Szene aus dem goldenen Weltalter – und haben wir sie nicht erst heute erlebt? Ich hoffe doch, Apollo werde sich in dieser Situation erkennen.«

»Vortrefflich!« triumphierte Max, »da hätten wir ihn ja, den schönen Gott, wie er sich just gedankenvoll über den heiligen Quell hinbeugt. Und damit nicht genug – dort seht nur, einen alten Satyr hinten im Gebüsch, der ihn belauscht! Man möchte darauf schwören, Apoll besinnt sich eben auf ein lange vergessenes arkadisches Tänzchen, das ihn in seiner Kindheit der alte Chiron zu der Zither lehrte.«

»So ist's! nicht anders!« applaudierte Franziska, die hinter Mozart stand. »Und«, fuhr sie gegen diesen fort, »bemerken Sie auch wohl den fruchtbeschwerten Ast, der sich zum Gott heruntersenkt?«

»Ganz recht; es ist der ihm geweihte Ölbaum.«

»Keineswegs! die schönsten Apfelsinen sind's! Gleich wird er sich in der Zerstreuung eine herunterholen.«

»Vielmehr«, rief Mozart, »er wird gleich diesen Schelmenmund mit tausend Küssen schließen!« Damit erwischte er sie am Arm und schwur, sie nicht mehr loszulassen, bis sie ihm ihre Lippen reiche, was sie denn auch ohne vieles Sträuben tat.

»Erkläre uns doch, Max«, sagte die Gräfin, »was unter dem Bilde hier steht!«

»Es sind Verse aus einer berühmten Horazischen Ode. Der Dichter Ramler in Berlin hat uns das Stück vor kurzem unübertrefflich deutsch gegeben. Es ist vom höchsten Schwung. Wie prächtig eben diese *eine* Stelle:

– – – hier, der auf der Schulter
Keinen unthätigen Bogen führet!

Der seines Delos grünenden Mutterhain
Und Pataras beschatteten Strand bewohnt,
Der seines Hauptes goldne Locken
In die kastilischen Fluten tauchet.«

»Schön! wirklich schön!« sagte der Graf, »nur hie und da bedarf es der Erläuterung. So z. B. ›der keinen untätigen Bogen führet‹ hieße natürlich schlechtweg: der allezeit einer der fleißigsten Geiger gewesen. Doch, was ich sagen wollte: bester Mozart, Sie säen Unkraut zwischen zwei zärtliche Herzen.«

»Ich will nicht hoffen – wieso?«

»Eugenie beneidet ihre Freundin und hat auch allen Grund.«

»Aha, Sie haben mir schon meine schwache Seite abgemerkt. Aber was sagt der Bräutigam dazu?«

»Ein- oder zweimal will ich durch die Finger sehen.«

»Sehr gut; wir werden der Gelegenheit wahrnehmen. Indes fürchten Sie nichts, Herr Baron; es hat keine Gefahr, solang mir nicht der Gott hier sein Gesicht und seine langen gelben Haare borgt. Ich wünsche wohl, er tät's! er sollte auf der Stelle Mozarts Zopf mitsamt seinem schönsten Bandl dafür haben.«

»Apollo möge aber dann zusehen«, lachte Franziska, »wie er es anfängt künftig, seinen neuen französischen Haarschmuck mit Anstand in die kastalische Flut zu tauchen!«

Unter diesen und ähnlichen Scherzen stieg Lustigkeit und Mutwillen immer mehr. Die Männer spürten nach und nach den Wein, es wurden eine Menge Gesundheiten getrunken, und Mozart kam in den Zug, nach seiner Gewohnheit in Versen zu sprechen, wobei ihm der Leutnant das Gleichgewicht hielt und auch der Papa nicht zurückbleiben wollte; es glückte ihm ein paarmal zum Verwundern. Doch solche Dinge lassen sich für die Erzählung kaum festhalten, sie wollen eigentlich nicht wiederholt sein, weil eben das, was sie an ihrem Ort unwiderstehlich macht, die allgemein erhöhte Stimmung, der Glanz, die Jovialität des persönlichen Ausdrucks in Wort und Blick fehlt.

Unter andern wurde von dem alten Fräulein zu Ehren des Meisters ein Toast ausgebracht, der ihm noch eine ganze lange Reihe unsterblicher Werke verhieß. – »A la bonne heure! ich bin dabei!« rief Mozart und stieß sein Kelchglas kräftig an. Der Graf begann hierauf mit großer Macht und Sicherheit der Intonation, kraft eigener Eingebung, zu singen:

Mögen ihn die Götter stärken
Zu den angenehmen Werken –

Max (fortfahrend): Wovon der da Ponte weder
Noch der große Schikaneder –
Mozart: Noch bi Gott der Komponist
's mindest weiß zu dieser Frist!
Graf: Alle, alle soll sie jener
Hauptspitzbub von Italiener
Noch erleben, wünsch' ich sehr,
Unser Signor Bonbonnière!*
Max: Gut, ich geb' ihm hundert Jahre –
Mozart: Wenn ihn nicht samt seiner Ware –
Alle drei con forza: Noch der Teufel holt vorher,
Unsern Monsieur Bonbonnière.

Durch des Grafen ausnehmende Singflut schweifte das zufällig entstandene Terzett mit Wiederaufnahme der letzten vier Zeilen in einen sogenannten endlichen Kanon aus, und die Fräulein Tante besaß Humor oder Selbstvertrauen genug, ihren verfallenen Soprano mit allerhand Verzierungen zweckdienlich einzumischen. Mozart gab nachher das Versprechen, bei guter Muße diesen Spaß nach den Regeln der Kunst expreß für die Gesellschaft auszuführen, das er auch später von Wien aus erfüllte.

Eugenie hatte sich im stillen längst mit ihrem Kleinod aus der Laube des Tiberius vertraut gemacht; allgemein verlangte man jetzt, das Duett vom Komponisten und ihr gesungen zu hören, und der Oheim war glücklich, im

* So nannte Mozart unter Freunden seinen Kollegen Salierie, der, wo er ging und stand, Zuckerwerk naschte, zugleich mit Anspielung auf das Zierliche seiner Person.

Chor seine Stimme abermals geltend zu machen. Also erhob man sich und eilte zum Klavier ins große Zimmer nebenan.

Ein so reines Entzücken nun auch das köstliche Stück bei allen erregte, so führte doch sein Inhalt selbst, mit einem raschen Übergang, auf den Gipfel geselliger Lust, wo die Musik an und für sich nicht weiter in Betracht mehr kommt, und zwar gab zuerst unser Freund das Signal, indem er vom Klavier aufsprang, auf Franziska zuging und sie, während Max bereitwilligst die Violine ergriff, zu einem Schleifer persuadierte. Der Hauswirt säumte nicht, Madame Mozart aufzufordern. Im Nu waren alle beweglichen Möbel, den Raum zu erweitern, durch geschäftige Diener entfernt. Es mußte nach und nach ein jedes an die Tour, und Fräulein Tante nahm es keineswegs übel, daß der galante Leutnant sie zu einer Menuett abholte, worin sie sich völlig verjüngte. Schließlich, als Mozart mit der Braut den Kehraus tanzte, nahm er sein versichertes Recht auf ihren schönen Mund in bester Form dahin.

Der Abend war herbeigekommen, die Sonne nah am Untergehen, es wurde nun erst angenehm im Freien, daher die Gräfin den Damen vorschlug, sich im Garten noch ein wenig zu erholen. Der Graf dagegen lud die Herren auf das Billardzimmer, da Mozart bekanntlich dies Spiel sehr liebte. So teilte man sich denn in zwei Partien, und wir unsererseits folgen den Frauen.

Nachdem sie den Hauptweg einigemal gemächlich auf und ab gegangen, erstiegen sie einen runden, von einem hohen Nebengeländer zur Hälfte umgebenen Hügel, von wo man in das offene Feld, auf das Dorf und die Landstraße sah. Die letzten Strahlen der herbstlichen Sonne funkelten rötlich durch das Weinlaub herein.

»Wäre hier nicht vertraulich zu sitzen«, sagte die Gräfin,

»wenn Madame Mozart uns etwas von sich und dem Gemahl erzählen wollte?«

Sie war ganz gerne bereit, und alle nahmen höchst behaglich auf den im Kreis herbeigerückten Stühlen Platz.

»Ich will etwas zum besten geben, das Sie auf alle Fälle hätten hören müssen, da sich ein kleiner Scherz darauf bezieht, den ich im Schilde führe. Ich habe mir in Kopf gesetzt, der Gräfin Braut zur fröhlichen Erinnerung an diesen Tag ein Angebind von sonderlicher Qualität zu verehren. Dasselbe ist so wenig Gegenstand des Luxus und der Mode, daß es lediglich nur durch seine Geschichte einigermaßen interessieren kann.«

»Was mag das sein, Eugenie?« fragte Franziska. »Zum wenigsten das Tintenfaß eines berühmten Mannes.«

»Nicht allzuweit gefehlt! Sie sollen es noch diese Stunde sehen; im Reisekoffer liegt der Schatz. Ich fange an und werde mit Ihrer Erlaubnis ein wenig weiter ausholen.

Vorletzten Winter wollte mir Mozarts Gesundheitszustand, durch vermehrte Reizbarkeit und häufige Verstimmung, ein fieberhaftes Wesen, nachgerade bange machen. In Gesellschaft noch zuweilen lustig, oft mehr als recht natürlich, war er zu Haus meist trüb in sich hinein, seufzte und klagte. Der Arzt empfahl ihm Diät, Pyrmonter und Bewegung außerhalb der Stadt. Der Patient gab nicht viel auf den guten Rat; die Kur war unbequem, zeitraubend, seinem Taglauf schnurstracks entgegen. Nun machte ihm der Doktor die Hölle etwas heiß, er mußte eine lange Vorlesung anhören von der Beschaffenheit des menschlichen Geblüts, von denen Kügelgens darin, vom Atemholen und vom Phlogiston – halt unerhörte Dinge; auch wie es eigentlich gemeint sei von der Natur mit Essen, Trinken und Verdauen, das eine Sache ist, worüber Mozart bis dahin ganz ebenso unschuldig dachte wie sein Junge von fünf

Jahren. Die Lektion, in der Tat, machte merklichen Eindruck. Der Doktor war noch keine halbe Stunde weg, so find' ich meinen Mann nachdenklich, aber mit aufgeheitertem Gesicht auf seinem Zimmer über der Betrachtung eines Stocks, den er in einem Schrank mit alten Sachen suchte und auch glücklich fand; ich hätte nicht gemeint, daß er sich nur erinnerte. Er stammte noch von meinem Vater, ein schönes Rohr mit hohem Knopf von Lapislazuli. Nie sah man einen Stock in Mozarts Hand, ich mußte lachen.

›Du siehst‹, rief er, ›ich bin daran, mit meiner Kur mich völlig ins Geschirr zu werfen. Ich will das Wasser trinken, mir alle Tage Motion im Freien machen und mich dabei dieses Stabes bedienen. Da sind mir nun verschiedene Gedanken beigegangen. Es ist doch nicht umsonst, dacht' ich, daß andere Leute, was da gesetzte Männer sind, den Stock nicht missen können. Der Kommerzienrat, unser Nachbar, geht niemals über die Straße, seinen Gevatter zu besuchen, der Stock muß mit. Professionisten und Beamte, Kanzleiherrn, Krämer und Chalanten wenn sie am Sonntag mit Familie vor die Stadt spazieren, ein jeder führt sein wohlgedientes, rechtschaffenes Rohr mit sich. Vornehmlich hab' ich oft bemerkt, wie auf dem Stephansplatz, ein Viertelstündchen vor der Predigt und dem Amt, ehrsame Bürger da und dort truppweis beisammen stehen im Gespräch: hier kann man so recht sehen, wie eine jede ihrer stillen Tugenden, ihr Fleiß und Ordnungsgeist, gelaßner Mut, Zufriedenheit sich auf die wackern Stöcke gleichsam als eine gute Stütze lehnt und stemmt. Mit *einem* Wort, es muß ein Segen und besonderer Trost in der altväterischen und immerhin etwas geschmacklosen Gewohnheit liegen. Du magst es glauben oder nicht, ich kann es kaum erwarten, bis ich mit diesem guten Freund das erstemal im Gesundheitspaß über die Brücke nach dem Rennweg promeniere! Wir kennen uns bereits ein wenig, und ich hoffe, daß unsere Verbindung für alle Zeit geschlossen ist.

Die Verbindung war von kurzer Dauer: das drittemal, daß beide miteinander aus waren, kam der Begleiter nicht mehr mit zurück. Ein anderer wurde angeschafft, der etwas länger Treue hielt, und jedenfalls schrieb ich der Stocklieb-haberei ein gut Teil von Ausdauer zu, womit Mozart drei Wochen lang der Vorschrift seines Arztes ganz erträglich nachkam. Auch blieben die guten Folgen nicht aus; wir sahen ihn fast nie so frisch, so hell und von so gleichmäßiger Laune. Doch machte er sich leider in kurzem wieder allzu grün, und täglich hatt' ich deshalb meine Not mit ihm. Damals geschah es nun, daß er, ermüdet von der Arbeit eines anstrengenden Tages noch spät, ein paar neugieriger Reisenden wegen zu einer musikalischen Soiree ging – auf eine Stunde bloß, versprach er mir heilig und teuer; doch das sind immer die Gelegenheiten, wo die Leute, wenn er nur erst am Flügel festsitzt und im Feuer ist, seine Gutherzigkeit am mehrsten mißbrauchen; denn da sitzt er alsdann wie das Männchen in einer Montgolfiere, sechs Meilen hoch über dem Erdboden schwebend, wo man die Glocken nicht mehr schlagen hört. Ich schickte den Bedienten zweimal mitten in der Nacht dahin, umsonst; er konnte nicht zu seinem Herrn gelangen. Um drei Uhr früh kam dieser denn endlich nach Haus. Ich nahm mir vor, den ganzen Tag ernstlich mit ihm zu schmollen.«

Hier überging Madame Mozart einige Umstände mit Stillschweigen. Es war, muß man wissen, nicht unwahrscheinlich, daß zu gedachter Abendunterhaltung auch eine junge Sängerin, Signora Malerbi, kommen würde, an welcher Frau Konstanze mit allem recht Ärgernis nahm. Diese Römerin war durch Mozarts Verwendung bei der Oper angestellt worden, und ohne Zweifel hatten ihre koketten

Künste nicht geringen Anteil an der Gunst des Meisters. Sogar wollten einige wissen, sie habe ihn mehrere Monate lang eingezogen und heiß genug auf ihrem Rost gehalten. Ob dies nun völlig wahr sei oder sehr übertrieben, gewiß ist, sie benahm sich nachher frech und undankbar und erlaubte sich selbst Spöttereien über ihren Wohltäter. So war es ganz in ihrer Art, daß sie ihn einst gegenüber einem ihrer glücklichen Verehrer kurzweg un piccolo grifo raso (ein kleines rasiertes Schweinsrüsselchen) nannte. Der Einfall, einer Circe würdig, war um so empfindlicher, weil er, wie man gestehen muß, immerhin ein Körnchen Wahrheit enthielt.*

Beim Nachhausegehen von jener Gesellschaft, bei welcher übrigens die Sängerin zufällig nicht erschienen war, beging ein Freund im Übermut des Weins die Indiskretion, dem Meister dies boshafte Wort zu verraten. Er wurde schlecht davon erbaut, denn eigentlich war es für ihn der erste unzweideutige Beweis von der gänzlichen Herzlosigkeit seines Schützlings. Vor lauter Entrüstung darüber empfand er nicht einmal sogleich den frostigen Empfang am Bette seiner Frau. In *einem* Atem teilte er ihr die Beleidigung mit, und diese Ehrlichkeit läßt wohl auf einen mindern Grad von Schuldbewußtsein schließen. Fast machte er ihr Mitleid rege. Doch hielt sie geflissentlich an sich, es sollte ihm nicht so leicht hingehen. Als er von einem schweren Schlaf kurz nach Mittag erwachte, fand er das Weibchen samt den beiden Knaben nicht zu Hause, vielmehr säuberlich den Tisch für ihn allein gedeckt.

Von jeher gab es wenige Dinge, welche Mozart so unglücklich machten, als wenn nicht alles hübsch eben und

* Man hat hier ein älteres kleines Profilbild im Auge, das, gut gezeichnet und gestochen, sich auf dem Titelblatt eines Mozartschen Klavierwerks befindet, unstreitig das ähnlichste von allen, auch neuerdings im Kunsthandel erschienenen Porträts.

heiter zwischen ihm und seiner guten Hälfte stand. Und hätte er nun erst gewußt, welche weitere Sorge sie schon seit mehreren Tagen mit sich herumtrug! – eine der schlimmsten in der Tat, mit deren Eröffnung sie ihn nach alter Gewohnheit so lange wie möglich verschonte. Ihre Barschaft war ehestens alle und keine Aussicht auf baldige Einnahme da. Ohne Ahnung von dieser häuslichen Extremität war gleichwohl sein Herz auf eine Art beklommen, die mit jenem verlegenen, hülflosen Zustand eine gewisse Ähnlichkeit hatte. Er mochte nicht essen, er konnte nicht bleiben. Geschwind zog er sich vollends an, um nur aus der Stickluft des Hauses zu kommen. Auf einem offenen Zettel hinterließ er ein paar Zeilen italienisch: »Du hast mir's redlich eingetränkt, und geschieht mir schon recht. Sei aber wieder gut, ich bitte dich, und lache wieder, bis ich heimkomme. Mir ist zumut', als möcht' ich ein Kartäuser und Trappiste werden, ein rechter Heulochs, sag' ich dir.« – Sofort nahm er den Hut, nicht aber auch den Stock zugleich; der hatte seine Epoche passiert.

Haben wir Frau Konstanze bis hierher in der Erzählung abgelöst, so können wir auch wohl noch eine kleine Strecke weiter fortfahren.

Von seiner Wohnung bei der Schranne rechts gegen das Zeughaus einbiegend, schlenderte der teure Mann – es war ein warmer, etwas umwölkter Sommernachmittag – nachdenklich lässig über den sogenannten Hof und weiter an der Pfarre zu unsrer lieben Frau vorbei, dem Schottentor entgegen, wo er seitwärts zur Linken auf die Mölkerbastei stieg und dadurch der Ansprache mehrerer Bekannten, die eben zur Stadt hereinkamen, entging. Nur kurze Zeit genoß er hier, obwohl von einer stumm bei den Kanonen auf und nieder gehenden Schildwache nicht belästigt, der vortrefflichen Aussicht über die grüne Ebene des Glacis und die

Vorstädte hin nach dem Kahlenberg und südlich nach den Steierischen Alpen. Die schöne Ruhe der äußern Natur widersprach seinem innern Zustand. Mit einem Seufzer setzte er seinen Gang über die Esplanade und sodann durch die Alser-Vorstadt ohne bestimmten Zielpunkt fort.

Am Ende der Währinger Gasse lag eine Schenke mit Kegelbahn, deren Eigentümer, ein Seilermeister, durch seine gute Ware wie durch die Reinheit seines Getränks den Nachbarn und Landleuten, die ihr Weg vorüberführte, gar wohl bekannt war. Man hörte Kegelschieben, und übrigens ging es bei einer Anzahl von höchstens einem Dutzend Gästen mäßig zu. Ein kaum bewußter Trieb, sich unter anspruchlosen, natürlichen Menschen in etwas zu vergessen, bewog den Musiker zur Einkehr. Er setzte sich an einen der sparsam von Bäumen beschatteten Tische zu einem Wiener Brunnen-Obermeister und zwei andern Spießbürgern, ließ sich ein Schöppchen kommen und nahm an ihrem sehr alltäglichen Diskurs eingehend teil, ging dazwischen umher oder schaute dem Spiel auf der Kegelbahn zu.

Unweit von der letztern, an der Seite des Hauses, befand sich der offene Laden des Seilers, ein schmaler, mit Fabrikaten vollgepfropfter Raum, weil außer dem, was das Handwerk zunächst lieferte, auch allerlei hölzernes Küchen-, Keller- und landwirtschaftliches Gerät, ingleichem Tran und Wagensalbe, auch weniges von Sämereien, Dill und Kümmel zum Verkauf umherstand oder -hing. Ein Mädchen, das als Kellnerin die Gäste zu bedienen und nebenbei den Laden zu besorgen hatte, war eben mit einem Bauern beschäftigt, welcher, sein Söhnlein an der Hand, herzugetreten war, um einiges zu kaufen, ein Fruchtmaß, eine Bürste, eine Geißel. Er suchte unter vielen Stücken eines heraus, prüfte es, legte es weg, ergriff ein zweites und drittes und kehrte unschlüssig zum ersten zurück; es war kein Fertigwerden. Das Mädchen entfernte sich mehrmals der Aufwartung wegen, kam wieder und war unermüdlich, ihm seine Wahl zu erleichtern und annehmlich zu machen, ohne daß sie zu viel darum schwatzte.

Mozart sah und hörte auf einem Bänkchen bei der Kegelbahn diesem allen mit Vergnügen zu. So sehr ihm auch das gute verständige Betragen des Mädchens, die Ruhe und der Ernst in ihren ansprechenden Zügen gefiel, noch mehr interessierte ihn für jetzt der Bauer, welcher ihm, nachdem er ganz befriedigt abgezogen, noch viel zu denken gab. Er hatte sich vollkommen in den Mann hineinversetzt, gefühlt, wie wichtig die geringe Angelegenheit von ihm behandelt, wie ängstlich und gewissenhaft die Preise, bei einem Unterschied von wenig Kreuzern, hin und her erwogen wurden. Und, dachte er, wenn nun der Mann zu seinem Weibe heimkommt, ihr seinen Handel rühmt, die Kinder alle passen, bis der Zwerchsack aufgeht, darin auch was für sie sein mag; sie aber eilt, ihm einen Imbiß und einen frischen Trunk selbstgekelterten Obstmost zu holen, darauf er seinen ganzen Appetit verspart hat!

Wer auch so glücklich wäre, so unabhängig von den Menschen! ganz nur auf die Natur gestellt und ihren Segen, wie sauer auch dieser erworben sein will!

Ist aber mir mit meiner Kraft ein anderes Tagwerk anbefohlen, das ich am Ende doch mit keinem in der Welt vertauschen würde: warum muß ich dabei in Verhältnissen leben, die das gerade Widerspiel von solch unschuldiger, einfacher Existenz ausmachen? Ein Gütchen wenn du hättest, ein kleines Haus bei einem Dorf in schöner Gegend, du solltest wahrlich neu aufleben! Den Morgen über fleißig bei deinen Partituren, die ganze übrige Zeit bei der Familie; Bäume pflanzen, deinen Acker besuchen, im Herbst mit den Buben die Äpfel und die Birn' heruntertun; bisweilen eine Reise in die Stadt zu einer Aufführung und sonst, von Zeit zu Zeit ein Freund und mehrere bei dir – welch eine Seligkeit! Nun ja, wer weiß, was noch geschieht.

Er trat vor den Laden, sprach freundlich mit dem Mädchen und fing an, ihren Kram genauer zu betrachten. Bei der unmittelbaren Verwandtschaft, welche die meisten dieser Dinge zu jenem idyllischen Anfluge hatten, zog ihn die Sauberkeit, das Helle, Glatte, selbst der Geruch der mancherlei Holzarbeiten an. Es fiel ihm plötzlich ein, verschiedenes für seine Frau, was ihr nach seiner Meinung angenehm und nutzbar wäre, auszuwählen. Sein Augenmerk ging zuvörderst auf Gartenwerkzeug. Konstanze hatte nämlich vor Jahr und Tag auf seinen Antrieb ein Stückchen Land vor dem Kärntner Tor gepachtet und etwas Gemüse darauf gebaut; daher ihm jetzt fürs erste ein neuer großer Rechen, ein kleinerer ditto samt Spaten ganz zweckmäßig schien. Dann weiteres anlangend, so macht es seinen ökonomischen Begriffen alle Ehre, daß er einem ihn sehr appetitlich anlachenden Butterfaß nach kurzer Überlegung, wiewohl ungern, entsagte; dagegen ihm ein hohes, mit Deckel und schön geschnitztem Henkel versehenes Geschirr zu unmaßgeblichem Gebrauch einleuchtete. Es war aus schmalen Stäben von zweierlei Holz, abwechselnd hell und dunkel, zusammengesetzt, unten weiter als oben und innen trefflich ausgepicht. Entschieden für die Küche empfahl sich eine schöne Auswahl Rührlöffel, Wellhölzer, Schneidbretter und Teller von allen Größen sowie ein Salzbehälter einfachster Konstruktion zum Aufhängen.

Zuletzt besah er sich noch einen derben Stock, dessen Handhabe mit Leder und runden Messingnägeln gehörig beschlagen war. Da der sonderbare Kunde auch hier in einiger Versuchung schien, bemerkte die Verkäuferin mit Lächeln, das sei just kein Tragen für Herrn. »Du hast recht, mein Kind«, versetzte er, »mir deucht, die Metzger auf der Reise haben solche; weg damit, ich will ihn nicht. Das übrige hingegen alles, was wir da ausgelesen haben, bringst du mir heute oder morgen ins Haus.« Dabei nannte er ihr seinen Namen und die Straße. Er ging hierauf, um auszutrinken, an seinen Tisch, wo von den dreien nur noch einer, ein Klempnermeister, saß.

»Die Kellnerin hat heut' mal einen guten Tag«, bemerkte der Mann. »Ihr Vetter läßt ihr vom Erlös im Laden am Gulden einen Batzen.«

Mozart freute sich nun seines Einkaufs doppelt; gleich aber sollte seine Teilnahme an der Person noch größer werden. Denn als sie wieder in die Nähe kam, rief ihr derselbe Bürger zu: »Wie steht's Kreszenz? Was macht der Schlosser? Feilt er nicht bald sein eigen Eisen?«

»O was!« erwiderte sie im Weitereilen: »selbiges Eisen, schätz' ich, wächst noch im Berg, zuhinterst.«

»Es ist ein guter Tropf«, sagte der Klempner. »Sie hat lang ihrem Stiefvater hausgehalten und ihn in der Krankheit verpflegt, und da er tot war, kam's heraus, daß er ihr Eigenes aufgezehrt hatte; zeither dient sie da ihrem Verwandten, ist alles und alles im Geschäft, in der Wirtschft und bei den Kindern. Sie hat mit einem braven Gesellen Bekanntschaft und würde ihn je eher je lieber heiraten; das aber hat so seine Haken.«

»Was für? Er ist wohl auch ohne Vermögen?«

»Sie ersparten sich beide etwas, doch langt es nicht gar. Jetzt kommt mit nächstem drinnen ein halber Hausteil samt Werkstatt in Gant; dem Seiler wär's ein leichtes, ihnen vorzuschießen, was noch zum Kaufschilling fehlt, allein er läßt die Dirne natürlich nicht gern fahren. Er hat gute Freunde im Rat und bei der Zunft, da findet der Geselle nun allenthalben Schwierigkeiten.«

»Verflucht!« – fuhr Mozart auf, so daß der andere erschrak und sich umsah, ob man nicht horche. »Und da ist niemand, der ein Wort nach dem Recht dareinspräche? den Herrn eine Faust vorhielte? Die Schufte, die! Wart' nur, man kriegt euch noch beim Wickel!«

Der Klempner saß wie auf Kohlen. Er suchte das Gesagte auf eine ungeschickte Art zu mildern, beinahe nahm er es völlig zurück. Doch Mozart hörte ihn nicht an. »Schämt Euch, wie Ihr nun schwatzt. So macht's ihr Lumpen allemal, sobald es gilt mit etwas einzustehen.« – Und hiemit kehrte er dem Hasenfuß ohne Abschied den Rücken. Der Kellnerin, die alle Hände voll zu tun hatte mit neuen Gästen, raunte er nur im Vorbeigehen zu: »Komme morgen beizeiten, grüße mir deinen Liebsten; ich hoffe, daß eure Sache gut geht.« Sie stutzte nur und hatte weder Zeit noch Fassung, ihm zu danken.

Geschwinder als gewöhnlich, weil der Auftritt ihm das Blut etwas in Wallung brachte, ging er vorerst denselben Weg, den er gekommen, bis an das Glacis, auf welchem er dann langsamer, mit einem Umweg, im weiten Halbkreis um die Wälle wandelte. Ganz mit der Angelegenheit des armen Liebespaars beschäftigt, durchlief er in Gedanken eine Reihe seiner Bekannten und Gönner, die auf die eine oder andere Weise in diesem Fall etwas vermochten. Da indessen, bevor er sich irgend zu einem Schritt bestimmte, noch nähere Erklärungen von seiten des Mädchens erforderlich waren, beschloß er diese ruhig abzuwarten, und war nunmehr, mit Herz und Sinn den Füßen vorauseilend, bei seiner Frau zu Hause.

Mit innerer Gewißheit zählte er auf einen freundlichen, ja fröhlichen Willkommen, Kuß und Umarmung schon auf der Schwelle, und Sehnsucht verdoppelte seine Schritte beim Eintritt in das Kärnthner Tor. Nicht weit davon ruft ihn der Postträger an, der ihm ein kleines, doch gewichtiges Paket übergibt, worauf er eine ehrliche und akkurate Hand augenblicklich erkennt. Er tritt mit dem Boten, um ihn zu quittieren, in den nächsten Kaufladen; dann, wieder auf der Straße, kann er sich nicht bis in sein Haus gedulden; er reißt die Siegel auf, halb gehend, halb stehend, verschlingt er den Brief.

»Ich saß«, fuhr Madame Mozart hier in der Erzählung bei den Damen fort, »am Nähtisch, hörte meinen Mann die Stiege heraufkommen und den Bedienten nach mir fragen. Sein Tritt und seine Stimme kam mir beherzter, aufgeräumter vor, als ich erwartete, und als mir wahrhaftig angenehm war. Erst ging er auf sein Zimmer, kam aber gleich herüber. ›Guten Abend!‹ sagt' er; ich, ohne aufzusehen, erwiderte ihm kleinlaut. Nachdem er die Stube ein paarmal stillschweigend gemessen, nahm er unter erzwungenem Gähnen die Fliegenklatsche hinter der Tür, was ihm noch niemals eingefallen war, und murmelte vor sich: ›Wo nur die Fliegen gleich wieder herkommen!‹ – fing an zu patschen da und dort, und zwar so stark wie möglich. Dies war ihm stets der unleidlichste Ton, den ich in seiner Gegenwart nie hören lassen durfte. Hm, dacht' ich, daß doch, was man selber tut, zumal die Männer, ganz etwas anderes ist! Übrigens hatte ich so viele Fliegen gar nicht wahrgenommen. Sein seltsames Betragen verdroß mich wirklich sehr. – ›Sechse auf *einen* Schlag!‹ rief er; ›willst du sehen?‹ – Keine Antwort. – Da legte er mir etwas aufs Nähkästchen hin, daß ich es sehen mußte, ohne ein Auge von meiner Arbeit zu verwenden. Es war nichts Schlechteres als ein Häufchen Gold, so viel man Dukaten zwischen zwei Finger nimmt. Er setzte seine Possen hinter meinem Rücken fort, tat hin und wieder einen Streich und sprach dabei für sich: ›Das fatale, unnütze, schamlose Gezücht! Zu was Zweck es nur eigentlich auf der Welt ist – Patsch! – offenbar bloß, daß man's totschlage – Pitsch – darauf verstehe ich mich einigermaßen, darf ich behaupten. – Die Naturgeschichte belehrt uns über die erstaunliche Vermehrung dieser Geschöpfe – Pitsch Patsch –: in meinem Hause wird immer sogleich damit aufgeräumt. Ah maledette! disperate! – Hier wieder ein Stück zwanzig. Magst du sie?‹ – Er kam und tat wie vorhin. Hatte ich bisher mit Mühe das Lachen unterdrückt, länger war es unmöglich, ich platzte heraus, er fiel mir um den Hals, und beide kicherten und lachten wir um die Wette.

›Woher kommt dir denn aber das Geld?‹ frag' ich, während daß er den Rest aus dem Röllchen schüttelt. – ›Vom Fürsten Esterhazy! durch den Haydn! Lies nur den Brief!‹ – Ich las:

›Eisenstadt u. s. w. Teuerster Freund! Seine Durchlaucht, mein gnädiger Herr, hat mich zu meinem größesten Vergnügen damit betraut, Ihnen beifolgende sechzig Dukaten zu übermachen. Wir haben letzt Ihre Quartetten wieder ausgeführt, und seine Durchlaucht waren solchermaßen davon eingenommen und befriedigt, als bei dem erstenmal, vor einem Vierteljahre, kaum der Fall gewesen. Der Fürst bemerkte mir (ich muß es wörtlich schreiben): als Mozart Ihnen diese Arbeit dedizierte, hat er geglaubt, nur Sie zu ehren, doch kann's ihm nichts verschlagen, wenn ich zugleich ein Kompliment für mich darin erblicke. Sagen Sie ihm, ich denke von seinem Genie bald so groß wie Sie selbst, und mehr könn' er in Ewigkeit nicht verlangen. – Amen! setz' ich hinzu. Sind Sie zufrieden?

Postskript. Der lieben Frau ins Ohr: Sorgen Sie gütigst, daß die Danksagung nicht aufgeschoben werde. Am besten geschäh' es persönlich. Wir müssen so guten Wind fein erhalten.‹

Du Engelsmann! o himmlische Seele! rief Mozart ein übers andere mal, und es ist schwer zu sagen, was ihn am meisten freute, der Brief oder des Fürsten Beifall oder das Geld. Was mich betrifft, aufrichtig gestanden, mir kam das letztere gerade damals höchst gelegen. Wir feierten noch einen sehr vergnügten Abend.

Von der Affäre in der Vorstadt erfuhr ich jenen Tag noch nichts, die folgenden ebensowenig, die ganze nächste Woche verstrich, keine Kreszenz erschien, und mein Mann, in einem Strudel von Geschäften, vergaß die Sache bald. Wir hatten an einem Sonnabend Gesellschaft; Hauptmann Wesselt, Graf Hardegg und andere musizierten. In einer Pause werde ich hinausgerufen – da war nun die Bescherung! Ich geh' hinein und frage: ›Hast du Bestellung in der Alservorstadt auf allerlei Holzware gemacht?‹ – ›Potz Hagel, ja! Ein Mädchen wird da sein? Laß sie nur hereinkommen.‹ – So trat sie denn in größter Freundlichkeit, einen vollen Korb am Arm, mit Rechen und Spaten ins Zimmer, entschuldigte ihr langes Ausbleiben, sie habe den Namen der Gasse nicht mehr gewußt und sich erst heut' zurechtgefragt. Mozart nahm ihr die Sachen nacheinander ab, die er sofort mit Selbstzufriedenheit mir überreichte. Ich ließ mir herzlich dankbar alles und jedes wohl gefallen, belobte und pries, nur nahm es mich wunder, wozu er das Gartengeräte gekauft. – ›Natürlich‹, sagt er, ›für dein Stückchen an der Wien.‹ – ›Mein Gott, das haben wir ja aber lange abgegeben! weil uns das Wasser immer so viel Schaden tat und überhaupt gar nichts dabei herauskam. Ich sagte dir's, du hattest nichts dawider.‹ – ›Was? Und also die Spargeln, die wir dies Frühjahr speisten‹ – ›Waren immer vom Markt.‹ – ›Seht‹, sagt' er, ›hätt' ich das gewußt! Ich lobte sie dir so aus bloßer Artigkeit, weil du mich wirklich dauertest mit deiner Gärtnerei; es waren Dingerl wie die Federspulen.‹

Die Herren belustigte der Spaß überaus; ich mußte einigen sogleich das Überflüssige zum Andenken lassen. Als aber Mozart nun das Mädchen über ihr Heiratsanliegen ausforschte, sie ermunterte, hier nur ganz frei zu sprechen, da das, was man für sie und ihren Liebsten tun würde, in der Stille, glimpflich und ohne jemandes Anklagen solle ausgerichtet werden, so äußerte sie sich gleichwohl mit so viel Bescheidenheit, Vorsicht und Schonung, daß sie alle Anwesenden völlig gewann und man sie endlich mit den besten Versprechungen entließ.

›Den Leuten muß geholfen werden!‹ sagte der Hauptmann. ›Die Innungskniffe sind das wenigste dabei; hier weiß ich einen, der das bald in Ordnung bringen wird. Es handelt sich um einen Beitrag für das Haus, Einrichtungskosten und dergleichen. Wie, wenn wir ein Konzert für Freunde im Trattnerischen Saal mit Entree ad libitum ankündigten?‹ – Der Gedanke fand lebhaften Anklang. Einer der Herrn ergriff das Salzfaß und sagte: ›Es müßte jemand zur Einleitung einen hübschen historischen Vortrag tun, Herrn Mozarts Einkauf schildern, seine menschenfreundliche Absicht erklären, und hier das Prachtgefäß stellt man auf einem Tisch als Opferbüchse auf, die beiden Rechen als Dekoration rechts und links dahinter gekreuzt.‹

Dies nun geschah zwar nicht, hingegen das Konzert kam zustande; es warf ein Erkleckliches ab, verschiedene Beiträge folgten nach, daß das beglückte Paar noch Überschuß hatte, und auch die andern Hindernisse waren schnell beseitigt. Duscheks in Prag, unsere genausten Freunde dort, bei denen wir logieren, vernahmen die Geschichte, und *sie*, eine gar gemütliche herzige Frau, verlangte von dem Kram aus Kuriosität auch etwas zu haben; so legt' ich denn das Passendste für sie zurück und nahm es bei dieser Gelegenheit mit. Da wir inzwischen unverhofft eine neue liebe

Kunstverwandte finden sollten, die nah' daran ist, sich den eigenen Herd einzurichten, und ein Stück gemeinen Hausrat, welches Mozart ausgewählt, gewißlich nicht verschmähen wird, will ich mein Mitbringen halbieren, und Sie haben die Wahl zwischen einem schön durchbrochenen Schokoladequirl und mehrgedachter Salzbüchse, an welcher sich der Künstler mit einer geschmackvollen Tulpe verunköstigt hat. Ich würde unbedingt zu diesem Stück raten; das edle Salz, soviel ich weiß, ist ein Symbol der Häuslichkeit und Gastlichkeit, wozu wir alle guten Wünsche für Sie legen wollen.«

So weit Madame Mozart. Wie dankbar und wie heiter alles von den Damen auf- und angenommen wurde, kann man denken. Der Jubel erneuerte sich, als gleich darauf bei den Männern oben die Gegenstände vorgelegt und das Muster patriarchalischer Simplizität nun förmlich übergeben ward, welchem der Oheim in dem Silberschranke seiner nunmehrigen Besitzerin und ihrer spätesten Nachkommen keine geringern Platz versprach, als jenes berühmte Kunstwerk des florentinischen Meisters in der Ambraser Sammlung einnehme.

Es war schon fast acht Uhr; man nahm den Tee. Bald aber sah sich unser Musiker an sein schon am Mittag gegebenes Wort, die Gesellschaft näher mit dem »Höllenbrand« bekannt zu machen, der unter Schloß und Riegel, doch zum Glück nicht allzutief im Reisekoffer lag, dringend erinnert. Er war ohne Zögern bereit. Die Auseinandersetzung der Fabel des Stücks hielt nicht lange auf, das Textbuch wurde aufgeschlagen, und schon brannten die Lichter am Fortepiano.

Wir wünschten wohl, unsere Leser streifte hier zum wenigsten etwas von jener eigentümlichen Empfindung an, womit oft schon ein einzeln abgerissener, aus einem Fenster beim Vorübergehen an unser Ohr getragener Akkord, der nur von *dorther* kommen kann, uns wie elektrisch trifft und wie gebannt festhält; etwas von jener süßen Bangigkeit, wenn wir in dem Theater, solange das Orchester stimmt, dem Vorhang gegenüber sitzen. Oder ist es nicht so? Wenn auf der Schwelle jedes erhabenen tragischen Kunstwerks, es heiße »Macbeth«, »Ödipus« oder wie sonst, ein Schauer der ewigen Schönheit schwebt, wo träfe dies in höherem, auch nur im gleichem Maße zu, als eben hier? Der Mensch verlangt und scheut zugleich, aus seinem gewöhnlichen Selbst vertrieben zu werden, er fühlt, das Unendliche wird ihn berühren, das seine Brust zusammenzieht, indem es sie ausdehnen und den Geist gewaltsam an sich reißen will. Die Ehrfurcht vor der vollendeten Kunst tritt hinzu; der Gedanke, ein göttliches Wunder genießen, es als ein Verwandtes in sich aufnehmen zu dürfen, zu können, führt eine Art von Rührung, ja von Stolz mit sich, vielleicht den glücklichsten und reinsten, dessen wir fähig sind.

Unsre Gesellschaft aber hatte damit, daß sie ein uns von Jugend auf völlig zu eigen gewordenes Werk jetzt erstmals kennen lernen sollte, einen von unserem Verhältnis unendlich verschiedenen Stand, und, wenn man das beneidenswerte Glück der persönlichen Vermittlung durch den Urheber abrechnet, bei weitem nicht den günstigen wie wir, da eine reine und vollkommene Auffassung eigentlich niemand möglich war, auch in mehr als *einem* Betracht selbst dann nicht möglich gewesen sein würde, wenn das Ganze unverkürzt hätte mitgeteilt werden können.

Von achtzehn fertig ausgearbeiteten Nummern* gab der Komponist vermutlich nicht die Hälfte; (wir finden in dem unserer Darstellung zugrunde liegenden Bericht nur

* Bei dieser Zählung ist zu wissen, daß Elviras Arie mit dem Rezitativ und Leporellos »Hab's verstanden« nicht ursprünglich in der Oper enthalten gewesen.

das letzte Stück dieser Reihe, das Sextett, ausdrücklich angeführt) – er gab sie meistens, wie es scheint, in einem freien Auszug, bloß auf dem Klavier, und sang stellenweise darein, wie es kam und sich schickte. Von der Frau ist gleichfalls nur bemerkt, daß sie zwei Arien vorgetragen habe. Wir möchten uns, da ihre Stimme so stark als lieblich gewesen sein soll, die erste der Donna Anna (»Du kennst den Verräter«) und eine von den beiden der Zerline dabei denken.

Genau genommen waren, dem Geist, der Einsicht, dem Geschmacke nach, Eugenie und ihr Verlobter die einzigen Zuhörer, wie der Meister sie sich wünschen mußte, und jene war es sicher ungleich mehr als dieser. Sie saßen beide tief im Grunde des Zimmers; das Fräulein regungslos, wie eine Bildsäule, und in die Sache aufgelöst auf einen solchen Grad, daß sie auch in den kurzen Zwischenräumen, wo sich die Teilnahme der übrigen bescheiden äußerte oder die innere Bewegung sich unwillkürlich mit einem Ausruf der Bewunderung Luft machte, die von dem Bräutigam an sie gerichteten Worte immer nur ungenügend zu erwidern vermochte.

Als Mozart mit dem überschwenglich schönen Sextett geschlossen hatte und nach und nach ein Gespräch aufkam, schien er vornehmlich einzelne Bemerkungen des Barons mit Interesse und Wohlgefallen aufzunehmen. Es wurde vom Schlusse der Oper die Rede sowie von der vorläufig auf den Anfang November anberaumten Aufführung, und da jemand meinte, gewisse Teile des Finale möchten noch eine Riesenaufgabe sein, so lächelte der Meister mit einiger Zurückhaltung; Konstanze aber sagte zu der Gräfin hin, daß er es hören mußte: »Er hat noch was in petto, womit er geheim tut, auch vor mir.«

»Du fällst«, versetzte er, »aus deiner Rolle, Schatz, daß du das jetzt zur Sprache bringst; wenn ich nun Lust bekäme, von neuem anzufangen? und in der Tat, es juckt mich schon.«

»Leporello!« rief der Graf, lustig aufspringend, und winkte einem Diener: »Wein! Sillery, drei Flaschen!«

»Nicht doch! damit ist es vorbei – mein Junker hat sein Letztes im Glase.«

»Wohl bekomm's ihm – und jedem das Seine!«

»Mein Gott, was hab' ich da gemacht!« lamentierte Konstanze, mit einem Blick auf die Uhr, »gleich ist es elfe, und morgen früh soll's fort – wie wird das gehen?«

»Es geht halt gar nicht, Beste! nur schlechterdings gar nicht.«

»Manchmal«, fing Mozart an, »kann sich doch ein Ding sonderbar fügen. Was wird denn meine Stanzl sagen, wenn sie erfährt, daß eben das Stück Arbeit, was sie nun hören soll, um eben diese Stunde in der Nacht, und zwar gleichfalls vor einer angesetzten Reise, zur Welt geboren ist?«

»Wär's möglich? Wann? Gewiß vor drei Wochen, wie du nach Eisenstadt wolltest?«

»Getroffen! Und das begab sich so. Ich kam nach zehne, du schliefst schon fest, von Richters Essen heim und wollte versprochenermaßen auch bälder zu Bett, um morgens beizeiten heraus und in den Wagen zu steigen. Inzwischen hatte Veit, wie gewöhnlich, die Lichter auf dem Schreibtisch angezündet, ich zog mechanisch den Schlafrock an, und fiel mir ein, geschwind mein letztes Pensum noch einmal anzusehen. Allein, o Mißgeschick! verwünschte, ganz unzeitige Geschäftigkeit der Weiber! du hattest aufgeräumt, die Noten eingepackt – die mußten nämlich mit: der Fürst verlangte eine Probe von dem Opus; – ich suchte, brummte, schalt, umsonst! Darüber fällt mein Blick auf ein versiegeltes Kuvert: vom Abbate, den greulichen Haken nach auf der Adresse – ja wahrlich! und schickt mir den umgearbeiteten Rest seines Texts, den ich vor Monatsfrist noch nicht zu sehen hoffte. Sogleich sitz' ich begierig hin und lese und bin entzückt, wie gut der Kauz verstand, was ich wollte. Es war alles weit simpler, gedrängter und reicher zugleich. Sowohl die Kirchhofsszene wie das Finale, bis zum Untergang des Helden, hat in jedem Betracht sehr gewonnen. (Du sollst mir aber auch, dacht' ich, vortrefflicher Poet, Himmel und Hölle nicht unbedankt zum zweitenmal beschworen haben!) Nun ist es sonst meine Gewohnheit nicht, in der Komposition etwas vorauszunehmen, und wenn es noch so lockend wäre; das bleibt eine Unart, die sich sehr übel bestrafen kann. Doch gibt es Ausnahmen, und kurz, der Auftritt bei der Reiterstatue des Gouverneurs, die Drohung, die vom Grabe des Erschlagenen her urplötzlich das Gelächter des Nachtschwärmers haarsträubend unterbricht, war mir bereits in die Krone gefahren. Ich griff einen Akkord und fühlte, ich hatte an der rechten Pforte angeklopft, dahinter schon die ganze Legion von Schrecken beieinander liege, die im Finale loszulassen sind. So kam fürs erste ein Adagio heraus: d moll, vier Takte nur, darauf ein zweiter Satz mit fünfen – es wird, bild' ich mir ein, auf dem Theater etwas Ungewöhnliches geben, wo die stärksten Blasinstrumente die Stimme begleiten. Einstweilen hören Sie's, so gut es sich hier machen läßt.«

Er löschte ohne weiteres die Kerzen der beiden neben ihm stehenden Armleuchter aus, und jener furchtbare Choral »Dein Lachen endet vor der Morgenröte!« erklang durch die Totenstille des Zimmers. Wie von entlegenen Sternenkreisen fallen die Töne auf silbernen Posaunen, eiskalt, Mark und Seele durchschneidend, herunter durch die blaue Nacht.

»Wer ist hier? Antwort!« hört man Don Juan fragen. Da

hebt es wieder an, eintönig wie zuvor, und gebietet dem ruchlosen Jüngling, die Toten in Ruhe zu lassen.

Nachdem diese dröhnenden Klänge bis auf die letzte Schwingung in der Luft verhallt waren, fuhr Mozart fort: »Jetzt gab es für mich begreiflicherweise kein Aufhören mehr. Wenn erst das Eis einmal an *einer* Uferstelle bricht, gleich kracht der ganze See und klingt bis an den entferntesten Winkel hinunter. Ich ergriff unwillkürlich denselben Faden weiter unten bei Don Juans Nachtmahl wieder, wo Donna Elvira sich eben entfernt hat und das Gespenst, der Einladung gemäß, erscheint. – Hören Sie an.«

Es folgte nun der ganz lange, entsetzenvolle Dialog, durch welchen auch der Nüchternste bis an die Grenze menschlichen Vorstellens, ja über sie hinaus gerissen wird, wo wir das Übersinnliche schauen und hören und innerhalb der eigenen Brust von einem Äußersten zum andern willenlos uns hin und her geschleudert fühlen.

Menschlichen Sprachen schon entfremdet, bequemt sich das unsterbliche Organ des Abgeschiedenen, noch einmal zu reden. Bald nach der ersten fürchterlichen Begrüßung, als der Halbverklärte die ihm gebotene irdische Nahrung verschmäht, wie seltsam schauerlich wandelt seine Stimme auf den Sprossen einer luftgewebten Leiter unregelmäßig auf und nieder! Er fordert schleunigen Entschluß zur Buße: kurz ist dem Geist die Zeit gemessen; weit, weit, weit ist der Weg! Und wenn nun Don Juan, im ungeheuren Eigenwillen den ewigen Ordnungen trotzend, unter dem wachsenden Andrang der höllischen Mächte ratlos ringt, sich sträubt und windet und endlich untergeht, noch mit dem vollen Ausdruck der Erhabenheit in jeder Gebärde – wem zitterten nicht Herz und Nieren vor Lust und Angst zugleich? Es ist ein Gefühl, ähnlich dem, womit man das prächtige Schauspiel einer unbändigen Naturkraft, den

Brand eines herrlichen Schiffes anstaunt. Wir nehmen wider Willen gleichsam Partei für diese blinde Größe und teilen knirschend ihren Schmerz im reißenden Verlauf ihrer Selbstvernichtung.

Der Komponist war am Ziele. Eine Zeitlang wagte niemand, das allgemeine Schweigen zuerst zu brechen.

»Geben Sie uns«, fing endlich, mit noch beklemmtem Atem, die Gräfin an, »geben Sie uns, ich bitte Sie, einen Begriff, wie Ihnen war, da Sie in jener Nacht die Feder weglegten!«

Er blickte, wie aus einer stillen Träumerei ermuntert, helle zu ihr auf, besann sich schnell und sagte, halb zu der Dame, halb zu seiner Frau: »Nun ja, mir schwankte wohl zuletzt der Kopf. Ich hatte dies verzweifelte Dibattimento bis zu dem Chor der Geister, in *einer* Hitze fort, beim offenen Fenster, zu Ende geschrieben und stand nach einer kurzen Rast vom Stuhl auf, im Begriff, nach deinem Kabinett zu gehen, damit wir noch ein bißchen plaudern und sich mein Blut ausgleiche. Da machte ein überquerer Gedanke mich mitten im Zimmer still stehen.« (Hier sah er zwei Sekunden lang zu Boden, und sein Ton verriet beim Folgenden eine kaum merkbare Bewegung.) »Ich sagte zu mir selbst; wenn du noch diese Nacht wegstürbest und müßtest deine Partitur an diesem Punkt verlassen: ob dir's auch Ruh' im Grabe ließ'? – Mein Auge hing am Docht des Lichts in meiner Hand und auf den Bergen von abgetropftem Wachs. Ein Schmerz bei dieser Vorstellung durchzückte mich einen Moment; dann dacht' ich weiter: wenn denn hernach über kurz oder lang ein anderer, vielleicht gar so ein Welscher, die Oper zu vollenden bekäme und fände von der Introduktion bis Numero siebzehn, mit Ausnahme *einer* Piece, alle sauber beisammen, lauter gesunde, reife Früchte ins hohe Gras geschüttelt, daß er sie nur auflesen dürfte; ihm graute aber doch ein wenig hier vor der Mitte des Finale, und er fände alsdann unverhofft den tüchtigen Felsbrocken da insoweit schon beiseite gebracht: er möchte drum nicht übel in das Fäustchen lachen! Vielleicht wär' er versucht, mich um die Ehre zu betrügen. Er sollte aber wohl die Finger dran verbrennen; da wär' noch immerhin ein Häuflein guter Freunde, die meinen Stempel kennen und mir, was mein ist, redlich sichern würden. – Nun ging ich, dankte Gott mit einem vollen Blick hinauf und dankte, liebes Weibchen, deinem Genius, der dir so lange seine beiden Hände sanft über die Stirne gehalten, daß du fortschliefst wie eine Ratze und mich kein einzig Mal anrufen konntest. Wie ich dann aber endlich kam und du mich um die Uhr befrugst, log ich dich frischweg ein paar Stunden jünger, als du warst, denn es ging stark auf viere. Und nun wirst du begreifen, warum du mich um sechse nicht aus den Federn brachtest, der Kutscher wieder heimgeschickt und auf den andern Tag bestellt werden mußte.«

»Natürlich!« versetzte Konstanze, »nur bilde sich der schlaue Mann nicht ein, man sei so dumm gewesen, nichts zu merken! Deswegen brauchtest du mir deinen schönen Vorsprung fürwahr nicht zu verheimlichen!«

»Auch war es nicht deshalb.«

»Weiß schon – du wolltest deinen Schatz vorerst noch unbeschrien haben.«

»Mich freut nur«, rief der gutmütige Wirt, »daß wir morgen nicht nötig haben, ein edles Wiener Kutscherherz zu kränken, wenn Herr Mozart partout nicht aufstehen kann. Die Ordre ›Hans, spann' wieder aus!‹ tut jederzeit sehr weh.«

Diese indirekte Bitte um längeres Bleiben, mit der sich die übrigen Stimmen im herzlichsten Zuspruch verbanden, gab den Reisenden Anlaß zu Auseinandersetzung sehr triftiger Gründe dagegen; doch verglich man sich gerne dahin, daß nicht zu zeitig aufgebrochen und noch vergnügt zusammen gefrühstückt werden solle.

Man stand und drehte sich noch eine Zeitlang in Gruppen schwatzend umeinander. Mozart sah sich nach jemanden um, augenscheinlich nach der Braut; da sie jedoch gerade nicht zugegen war, so richtete er naiverweise die ihr bestimmte Frage unmittelbar an die ihm nahestehende Franziska: »Was denken Sie denn nun im ganzen von unserm ›Don Giovanni‹? was können Sie ihm Gutes prophezeien?«

»Ich will«, versetzte sie mit Lachen, »im Namen meiner Base so gut antworten, als ich kann: Meine einfältige Meinung ist, daß, wenn ›Don Giovanni‹ nicht aller Welt den Kopf verrückt, so schlägt der liebe Gott seinen Musikkasten gar zu, auf unbestimmte Zeit, heißt das, und gibt der Menschheit zu verstehen –« – »Und gibt der Menschheit«, fiel der Onkel verbessernd ein, »den Dudelsack in die Hand und verstocket die Herzen der Leute, daß sie anbeten Baalim.«

»Behüt' uns Gott!« lachte Mozart. »Je nun, im Lauf der nächsten sechzig, siebzig Jahre, nachdem ich lang fort bin, wird mancher falsche Prophet aufstehen.«

Eugenie trat mit dem Baron und Max herbei, die Unterhaltung hob sich unversehens auf ein Neues, ward nochmals ernsthaft und bedeutend, so daß der Komponist, eh' die Gesellschaft auseinander ging, sich noch gar mancher schönen, bezeichnenden Äußerung erfreute, die seiner Hoffnung schmeichelte.

Erst lange nach Mitternacht trennte man sich; keines empfand bis jetzt, wie sehr es der Ruhe bedurfte.

Den andern Tag (das Wetter gab dem gestrigen nichts nach) um zehn Uhr sah man einen hübschen Reisewagen, mit den Effekten beider Wiener Gäste bepackt, im Schloßhof stehen. Der Graf stand mit Mozart davor, kurz ehe die Pferde herausgeführt wurden, und fragte, wie er ihm gefalle.

»Sehr gut; er scheint äußerst bequem.«

»Wohlan, so machen Sie mir das Vergnügen und behalten Sie ihn zu meinem Andenken.«

»Wie? ist das Ernst?«

»Was wär' es sonst?«

»Heiliger Sixtus und Calixtus – Konstanze! du!« rief er zum Fenster hinauf, wo sie mit den andern heraussah. »Der Wagen soll mein sein! du fährst künftig in deinem eigenen Wagen!«

Er umarmte den schmunzelnden Geber, betrachtete und umging sein neues Besitztum von allen Seiten, öffnete den Schlag, warf sich hinein und rief heraus: »Ich dünke mich so vornehm und so reich wie Ritter Gluck! Was werden sie in Wien für Augen machen!« – »Ich hoffe«, sagte die Gräfin, »Ihr Fuhrwerk wiederzusehn bei der Rückkehr von Prag, mit Kränzen um und um behangen!«

Nicht lang nach diesem letzten fröhlichen Auftritt setzte sich der vielbelobte Wagen mit dem scheidenden Paare wirklich in Bewegung und fuhr im raschen Trab nach der Landstraße zu. Der Graf ließ sie bis Wittingau fahren, wo Postpferde genommen werden sollten.

Wenn gute, vortreffliche Menschen durch ihre Gegenwart vorübergehend unser Haus belebten, durch ihren forschen Geistesodem auch unser Wesen in neuen raschen Schwung versetzten und uns den Segen der Gastfreundschaft in vollem Maße zu empfinden gaben, so läßt ihr Abschied immer eine unbehagliche Stockung, zum mindesten für den Rest des Tags, bei uns zurück, wofern wir wieder ganz nur auf uns selber angewiesen sind.

Bei unsern Schloßbewohnern traf wenigstens das letztere nicht zu. Franziskas Eltern nebst der alten Tante fuhren zwar alsbald auch weg; die Freundin selbst indes, der Bräutigam, Max ohnehin, verblieben noch. Eugenien, von welcher vorzugsweise hier die Rede ist, weil sie das unschätzbare Erlebnis tiefer als alle ergriff, ihr, sollte man denken, konnte nichts fehlen, nichts genommen oder getrübt sein; ihr reines Glück in dem wahrhaft geliebten Mann, das erst soeben seine förmliche Bestätigung erhielt, mußte alles andre verschlingen, vielmehr, das Edelste und Schönste, wovon ihr Herz bewegt sein konnte, mußte sich notwendig mit jener seligen Fülle in *eines* verschmelzen. So wäre es auch wohl gekommen, hätte sie gestern und heute der bloßen Gegenwart, jetzt nur dem reinen Nachgenuß derselben leben können. Allein am Abend schon, bei den Erzählungen der Frau, war sie von leiser Furcht für ihn, an dessen liebenswertem Bild sie sich ergötzte, geheim beschlichen worden; diese Ahnung wirkte nachher, die ganze Zeit als Mozart spielte, hinter allem unsäglichen Reiz, durch alle das geheimnisvolle Grauen der Musik hindurch, im Grund ihres Bewußtseins fort, und endlich überraschte, erschütterte sie das, was er selbst in der nämlichen Richtung gelegenheitlich von sich erzählte. Es ward ihr so gewiß, so ganz gewiß, daß dieser Mann sich schnell und unaufhaltsam in seiner eigenen Glut verzehre, daß er nur eine flüchtige Erscheinung auf der Erde sein könne, weil sie den Überfluß, den er verströmen würde, in Wahrheit nicht ertrüge.

Dies, neben vielem andern, ging, nachem sie sich gestern niedergelegt, in ihrem Busen auf und ab, während der Nachhall »Don Juans« verworren und lange fort ihr inneres Gehör einnahm. Erst gegen Tag schlief sie ermüdet ein.

Die drei Damen hatten sich nunmehr mit ihren Arbeiten in den Garten gesetzt, die Männer leisteten ihnen Gesellschaft, und da das Gespräch natürlich zunächst nur Mozart betraf, so verschwieg auch Eugenie ihre Befürchtungen nicht. Keins wollte dieselben im mindesten teilen, wiewohl der Baron sie vollkommen begriff. Zur guten Stunde, in recht menschlich reiner, dankbarer Stimmung pflegt man sich jeder Unglücksidee, die einen gerade nicht unmittelbar angeht, aus allen Kräften zu erwehren. Die sprechendsten, lachendsten Gegenbeweise wurden, besonders vom Oheim, vorgebracht, und wie gerne hörte nicht Eugenie alles an! Es fehlte nicht viel, so glaubte sie wirklich, zu schwarz gesehen zu haben.

Einige Augenblicke später, als sie durchs große Zimmer oben ging, das eben gereinigt und wieder in Ordnung gebracht worden war, und dessen vorgezogene, gründamastene Fenstergardinen nur ein sanftes Dämmerlicht zuließen, stand sie wehmütig vor dem Klaviere still. Durchaus war es ihr wie ein Traum, zu denken, wer noch vor wenigen Stunden davor gesessen habe. Lang blickte sie gedankenvoll die Tasten an, die *er* zuletzt berührt, dann drückte sie leise den Deckel zu und zog den Schlüssel ab, in eifersüchtiger Sorge, daß so bald keine andere Hand wieder öffne. Im Weggehn stellte sie beiläufig einige Liederhefte an ihren Ort zurück; es fiel ein älteres Blatt heraus, die Abschrift eines böhmischen Volksliedchens, das Franziska früher, auch wohl sie selbst, manchmal gesungen. Sie nahm es auf, nicht ohne darüber betreten zu sein. In einer Stimmung wie die ihrige wird der natürlichste Zufall leicht zum Orakel. Wie sie es aber auch verstehen wollte, der Inhalt war derart, daß ihr, indem sie die einfachen Verse wieder durchlas, heiße Tränen entfielen.

Ein Tännlein grünet wo,
Wer weiß, im Walde;
Ein Rosenstrauch, wer sagt,

In welchem Garten?
Sie sind erlesen schon,
Denk es, o Seele,
Auf deinem Grab zu wurzeln
Und zu wachsen.

Zwei schwarze Rößlein weiden
Auf der Wiese,
Sie kehren heim zur Stadt
In muntern Sprüngen.
Sie werden schrittweis gehn
Mit deiner Leiche;
Vielleicht, vielleicht noch eh'
An ihren Hufen
Das Eisen los wird,
Das ich blitzen sehe!

Worterklärungen

zum »Stuttgarter Hutzelmännlein«
Von Eduard Mörike

95 *Zochen:* Docht.

96 *Unbeschrien:* ohne daß dich jemand darüber anredet.

Hutzelbrot, Schnitzbrot: ein Backwerk, hauptsächlich aus gedörrten Früchten, Birnen (Hutzeln), Feigen, Nußkern usw. bestehend, in Schwaben gewöhnlich zu Weihnachten beschert.

97 *Eine Ungüte:* unvergleichlich gut; wie man sagt: eine Unmenge, ein Unlärm u. s. f.

98 *Hepsisau:* ein Dörfchen unweit Kirchheim unter Teck.

Guckigauch: Guckuck. Dieser Scherz ist auch in E. Meiers schöner Sammlung von Sagen, Sitten und Gebräuchen aus Schwaben (S. 448) angeführt.

Urdrutz: Urdruß, Widerwille gegen eine Speise, an welcher man sich übergessen hat.

99 *Letzkopf:* Querkopf; *letz*, verkehrt, schlimm.

100 [a]*grauße:* eine große.

Stiefelszorn: gewaltiger Zorn.

102 *Der Blautopf:* Die dunkle, vollkommen blaue Farbe der Quelle, ihre verborgene Tiefe und die wilde Natur der ganzen Umgebung verleihen ihr ein feierliches, geheimnisvolles Ansehn. Kein Wunder, wenn sie in alten Zeiten als heilig betrachtet wurde, und wenn das Volk noch jetzt mit abenteuerlichen Vorstellungen davon sich trägt. – Der Durchmesser des Beckens ist in der einen Richtung vom Wehr an 125′, in der andern 130′, der Umfang also 408′. Der Prälat Weißensee nahm im Jahre 1718 eine Untersuchung vor und fand die Tiefe zu 63½ Fuß, gegen welchen Erfund, besonders von seiten des Volks, das sich die Unergründlichkeit nicht nehmen lassen wollte, mancherlei Einwendungen gemacht wurden. Das Ergebnis einer spätern Untersuchung, im Sommer 1829, war aber auch nur 71′ am Punkt der größten Tiefe. Dieselbe befindet sich ziemlich in der Mitte des Topfs; nach den Seiten nimmt sie überall ab, so daß sich daraus wirklich eine trichterförmige Gestalt des Beckens ergibt. Die Untersuchung widerleg-

te auch die Meinung, daß Bäume und Baumstämme auf dem Grund versenkt liegen, denn das Senkblei fand nirgends den mindesten Widerstand. Mit Verwunderung vernahmen einzelne die Messung und fragten, ob denn das Senkblei unten nicht geschmolzen sei? denn eine alte Sage sprach von glühender Hitze in den untersten Schichten. – Die schöne Bläue des übrigens krystallhellen Wassers verstärkt sich mit zunehmender Tiefe; nur an dem Rande, wo die Vegetation einwirkt, fällt sie ins Grüne. Bis jetzt ist dieses Blau noch nicht genügend erklärt. Weder in der Umgebung noch in der Farbe des Grunds kann die Ursache liegen, weil das Wasser sein bläuliches Ansehen bis zum Ausfluß in die Donau behält. Ebensowenig hat eine chemische Untersuchung durch Prof. Schübler einen Gehalt an Metallen oder andern Stoffen, wodurch die Erscheinung veranlaßt werden könnte, gezeigt; das Wasser stellte sich nur reiner als die meisten Trinkwasser dar. – Sein Spiegel ist gewöhnlich ganz ruhig, so daß man kein Hervorquellen bemerkt; dennoch ist der Abfluß so stark, daß er nicht nur mittelst des an der Quelle angebrachten Brunnenhauses die ganze Stadt und das Kloster mit Wasser versieht, sondern auch ein ebenfalls daran stehendes Hammerwerk und unmittelbar darauf vier Mühlen treibt. Bei anhaltendem Regen- und Tauwetter trübt sich die Quelle, wird auffallend stärker und so unruhig, daß sie beträchtliche Wellen aufwirft und Überschwemmungen verursacht. Im Jahre 1641 soll die Gefahr so groß gewesen sein, daß ein Bettag gehalten, eine Prozession zum Blautopf veranstaltet und zur Versöhnung der erzürnten Gottheit (allerdings keiner Nymphe) zwei vergoldete Becher hineingeworfen wurden, worauf das Toben nachgelassen habe. Unstreitig steht der Blautopf durch unterirdische Klüfte in Verbindung mit der Albfläche und insbesondere mit den darauf befindlichen Erdtrichtern. – Einige hundert Schritte von dem Topf ist ein zweiter ähnlicher Quell, der Gieselbach, an welchem einst die alte Niklaus-Kapelle und ein Nonnenkloster stand. (Nach Memmingers Beschr. d. Ob.-Amts Blaubeuren.)

Lau: von La, Wasser, welches in lo, lau, b'lau überging, daher nach Schmid der Name des Flüßchens Blau (und Blautopf) abzuleiten wäre.

Gumpen (der): gewöhnlich nur eine vertiefte Stelle auf dem Grunde des Wassers, hier das Ganze einer größern Wassersammlung mit bedeutender kesselartiger Vertiefung. Wer etwa, wie einige ohne Not wollen, das Wort *Topf* im Sinn von *Kreisel* nimmt und es damit erklärt, daß das Wasser, besonders bei starkem Regen- und Tauwetter, wo es sich in der Mitte pyramidisch erhebt, eine kreisende Bewegung macht, der wird unsern Ausdruck doppelt gerechtfertigt finden, da *gumpen, gampen* entschieden so viel ist als: hüpfen, tanzen, mutwillig hinausschagen.

103 *Kleine Messer:* Es war eine alte Sitte, die noch nicht ganz abgekommen ist, sich zum Zeichen der Freundschaft mit Messern zu beschenken; vorzüglich herrschte sie in den Klöstern. Der Mystiker Meister Heinrich von Nördlingen, Taulers und Susos Freund, schickte den Klosterfrauen zu Medingen öfters Messer zum Geschenke. Daher vielleicht die Redensart: Messerlein geben, d. h. nachgeben, Abbitte tun.

Glusam: mäßig erwärmt (auch in moralischer Bedeutung: stillen Charakters).

Gänge Pfade: begangene.

105 *Küllhasen:* Kaninchen.

Schachzagel (das): Schachspiel.

106 *Fernd:* voriges Jahr.

Kappis: Kohl.

107 *Öhrn:* Hausflur.

108 *Habergeis:* von *heben*, wegen der hüpfenden, hoppelnden Bewegung des Kreises.

109 *Bauren-Schwaiger,* von *geschweigen*, stillen. Die alten Griechen und Römer hatten magische Kreisel, Rollen und Räder meist aus Erz, deren sich Frauen und Mädchen zum Liebeszauber bedienten, indem sie dieselben unter seltsamen Bannsprüchen herumdrehten. So in der zweiten Idylle des Theokrit. Nach einem Epigramm der griechischen Anthologie hatten vornehme Thessalierinnen dergleichen aus Edelstein und Gold, mit Fäden purpurner Wolle umwickelt, welcher besonders eine geheime Kraft innewohnen sollte. Natürlich hat man sich diese Kreisel weit kleiner, überhaupt von andrer Form als den unsern zu denken. In jenem Epigramm wird der Venus ein solches Weihgeschenk gebracht: Nikos Kreisel, mit dem sie den Mann fern über das Meer zieht / Oder dem stillen Gemach sittige Mädchen entlockt, / Lieget, ein

hell Amethystengerät und mit Golde verzieret, / Kypris, ein lieber Besitz, deinem Altare geweiht, / Mitten von Wolle des purpurnen Lamms umwunden. Larissas / Zauberin bracht' ihn dir, Göttin, ein gastlich Geschenk.
s. Jacobs »Leben und Kunst der Alten«.
Während der Stoff, woraus das Instrument der Larisserin bestand, zum Zweck selbst nichts beitrug, wird er in unserm Fall Hauptsache, und die von dem Alten dem Amethyst zugeschriebene Wirkung, derentwegen man sonst den Stein in Schmuckform bei sich trug, ist hier an den tönenden Kreisel geknüpft.
Das Selige. Selig, berauscht, ist nicht gleichbedeutend mit glückselig, obwohl darauf hinspielend, sondern gleichen Stamms mit *Sal*, Rausch, niedersäschsisch; soûl, betrunken, französisch. – »Als verfälschten die Bürger den Landwein auf eine so unleidentliche Weise, daß mehrere Leute das Selige berührt hätte.« Gemeiners Regensb. Chron. zum Jahr 1474.
Söhnerin: Schwiegertochter.

110 *Susann Preisnestel:* scherzhafte Bezeichnung aufgeputzter Mädchen. *Preis* heißt der Saum am Hemd; *prisen*, einfassen; mit einer Kette, gewöhnlich von Silber, einschnüren, um den bei der vormaligen oberschwäbischen Frauentracht üblichen Brustvorstekker zu befestigen; der hiezu gebrauchte seidene oder wollene Bändel hieß Preisnestel.
Aschengruttel (Aschenbrödel): sonst im Schwäbischen auch Aschengrittel und Äschengrusel genannt.

112 *Einen roten Rock:* Ein alter Reim, welchen die Wärterinnen hersagen, wenn sie die Kinder auf den Knieen reiten lassen, enthält schon diese Vorstellung:
Hott^{a}, Hott^{a}, Rößle, / Z'Stu^{a}gart steht a Schlößle, / Z'Stu^{a}gart steht a Gart^{a}haus, / Guck^{a}t drei schöne Jungfr^{a} raus: / Die ein' spinnt Seide, / die ander' spinnt Weide, / Die dritt' die spinnt ^{a}n rot^{a} Rock / Für unsern li^{a}b^{a} Herr^{a}gott.
s. E. Meiers »Kinderreime«, S. 5.
Baß: sehr, gut, besser.
Unwirs: unwirsch, ungehalten.
Wetterblicken: der Blick, Durnblick, Wetterblick, Blitz.
Rusenschloß oder Hohen-Gerhausen, vormals eine gewaltige Bergfeste, jetzt äußerst malerische Ruine über dem Dorfe Ger-

hausen gelegen, in der Nähe vom *Ruck*, einer minder bedeutenden Burg.

Mahd (das): 1. die zu mähende Wiese, 2. das Gemähte.

113 *Jäst:* Jast, Gärung, aufbrausender Zorn.

114 *Zuberklaus:* ein Mensch, der seltsame Einfälle hat; vielleicht, sagt Schmid, eine scherzhafte Verstümmelung des Wortes *superklug*, zugleich anspielend auf den Klaus Narr. Letzterer ist ohne Zweifel in dem Wort enthalten, im übrigen hat diese Erklärung etwas zu Modernes. Ein humoristischer Etymolog nimmt die erstere Worthälfte bar und will, ich weiß nicht, wo, gefunden haben, daß sich Klaus Narr eines solchen Geräts bei einem Ulmer Schifferstechen als Fahrzeugs, in Ermangelung eines ordentlichen Nachens, bedient habe.

Lichtkarz, Karz: entweder von *garten*, müßig sein, umherschwärmen, *z'Garten gehen*, Besuch machen oder wahrscheinlicher von *Kerze:* Versammlung von Spinnerinnen, auch *Vorsitz* genannt.

Spitzweise: spitzfindig; »mit spitzwysen Worten« (Ulmer Urk).

116 *Ein steinernes Haus.* Es ist das der Stiftskirche westlich gegenüberstehende, jetzt Architekt Mäntlersche Haus gemeint, das gegenwärtig noch »zum Schlößlein« heißt. Es soll den Herrn von Kaltenthal gehört haben; Memminger, in seiner Beschreibung der Stadt, macht es aber sehr wahrscheinlich, daß das Gebäude von Anfang gräflich wirtembergisches Besitztum, und zwar einer der Sitze oder eine der Burgen gewesen sei, die nächst dem Stutengarten die Entstehung von Stuttgart veranlaßt haben mögen.

In natürlicher Kunst. Natürlich: naturkundig. »Von den sachen des siechtumbs nach gemainen löffen der natur schreiben die natürlichen maister«: Steinhöwel (Ulmer Arzt). Natürliche Meister sind aber nicht bloß Ärzte, sondern auch Philosophen. In dem »Buch der sterbenden Menschheit« heißt es: »Ein mächtiger wolgelerter man in philosophia das ist in natürlicher kunst.«

117 *Imperial:* war ehmals eine Goldmünze; der Name ist nur noch in Rußland üblich.

119 *Spirigückes:* ein wunderwitziger, neugieriger, auf Kuriositäten erpichter Mensch von sonderbarem Wesen.

Mir nex – usgang^{a}: sagt man dem Schlusse der Erzählung einer Sache, die auf nichts hinausläuft.

Bod^{a}laus: bodenlos.

120 *Zuteuerst:* sogar.

121 *Irrsch:* nicht recht bei sich.

s'leit^{a} Klötzle: es liegt usw. Diese Zeilen finden sich ebenso in E. Meiers »Kinderreimen«.

Leirenbendel: langweiliges Einerlei; zunächst der schwäbische Volksname für einen Vogel, Wendehals.

122 *Gesetzlein:* Sprüchlein, Strophe eines Lieds.

Buntüberecks: verkehrt, durcheinander.

124 *Sottige, söttige, sotte:* solche.

Witzung: Witzigung, Warnung.

127 *Holdschaft:* Liebschaft, zärtliche Freundschaft.

128 *Buksieren:* necken, plagen.

Knappen: hinken.

129 *Ehni, Ähne:* Großvater.

130 *Heiratstag:* Verlobungstag.

131 *Helle Wiese:* Hölle, Fegfeuer. »Der ward entzuckt und gefürt in die helle wise« (Legende).

Morgen nach dem Bad: Sprichwort: du kommst zu spät.

133 *Der wirtenbergisch Niemez* (*Niemer*, Niemand): einer der soviel als nichts ist, kein Gewerbe versteht oder treibt.

135 *Bocken:* mit den Köpfen aneinander stoßen, klopfen.

Durnieren: lärmen, lautähnlich mit *durnen,* donnern.

136 *Grättlein:* kleiner Korb.

Wiegentag: Geburtstag (Marchthalers von Eßlingen »Hauschronik«).

137 *Irmengard:* eine der vier Töchter Eberhards von seiner zweiten Gemahlin, Irmengard von Baden, »die prächtigste der Rosen«, wie ihre Grabschrift sie nennt; starb 1329.

Nuster: Halsschnur, von Pater noster; daher auch *Patter.*

138 *Alfanz:* Gewinn, Vorteil.

Rauner (*raunen,* leise reden, murmeln), Beschwörer: »Dye nit will hören die stymen der rauner« (alte Übersetzung des Psalm 58).

140 *Einen ansehnlichen Weiher:* In Wirklichkeit wurde dieser sogenannte mittlere See beim alten Sebastians-, nachmaligen Büchsentor, der seit 1700 ausgetrocknet ist, sowie die ganze obere Vorstadt, mit Ausnahme vielleicht von einzelnen Häusern, erst durch Graf Ulrich den Vielgeliebten angelegt.

141 *Hatte einen Bösen getan:* war unmäßig.
g'rutzelt voll: sehr voll.
Traubenschuß: ein Schuß mit vielen Schroten aus kleinem Gewehr, hier angewendet auf grobes Geschütz, dergleichen die *Quartanschlange* war, welche zehnpfündige Kugeln schoß, und der *Tarras*, der übrigens auch als Büchse genannt wird.

142 *Die Sach' steht auf Saufedern:* ist mißlich.
Scharsach: Schermesser. »Als ain geschliffen Scharsach« (Psalm 52).

143 *Fazvögel:* von *fazen,* spotten. Ital. fazio, Possenreißer; lat. facetiae, witzige Scherze.

144 *Der Holzschlegel – auf der Bühne:* (auf dem obern Boden unter dem Dach), ohne Aufwand und Mühe gelinge ihnen alles.
Selletwegen: jeneswegen. – *Beschreien,* berufen (abergläubische Warnung vor allzugroßer Sicherheit).

145 *Stuß:* Stoß, Verdruß.
Stiegelfizisch: naseweis.
Grind: pöbelhaft für Kopf.

146 *Wampel:* wimbel, übel, magenschwach; ähnlich to wamble im Engl.
Triet (die): ein Magenpulver. Franz. trisenet.
Allermanns-Harnisch, runde Siegwurz: (Gladiolus communis) ehmals in medizinischem Gebrauch; wurde als Amulett gegen Verwundungen und verschiedene Krankheiten sowie zu andern abergläubischen Zwecken getragen und wird zuweilen noch vom Volke gebraucht.
Dierletey: nicht näher bekanntes Ingrediens einer Salbe; in der Mörin des Herm. v. Sachsenheim erwähnt.
Mamortica (Momordica balsamina): der echte Balsamapfel, wundheilendes Mittel.
Wurzler: Apotheker.
G'schwey: Schwägerin.

147 *Ledder:* statt *Leder,* sprechen alle gereisten Schuster in Schwaben.
Lichtbraten, Lichtgans: ein Braten, welchen Handwerker, die im Winter auch des Nachts arbeiten, Schuster, Schneider, Weber u. dgl., ihren Gesellen beim Anfang des Winters zum besten geben. Bis zu Ende des 18. Jahrhunderts bestand in Ulm dieser Gebrauch in einem mit Musik, Trommeln und Pfeifen und bisweilen mit öffentlichen Aufzügen verbundenen Schmause.

149 *Fürsche:* vor sich, vorwärts.
Döte: männlicher, *Dot, Dote,* weiblicher Taufpate.
150 *Wunderlecker:* ein Wundersüchtiger (ohne Vorgang).
Einzecht: einzeln.
Wadelbir: eine Birnenart. »Mit manchen bieren« (Hugo von Trimberg).
151 *Drudenfuß:* vom *Drude, Trut,* Unholdin; eine magische Figur, aus zwei zu einem Fünfeck verbundenen Triangeln bestehend.
Kandel: Rinne, Abzugskanal.
Nachtschach: Räuber, Dieb; von *Schach,* Raub.
Aberschanz: das Hintere.
152 *Weinschröter:* Weingärtner.
153 *Eine Stuterei.* Gabelkhover (in seiner handschriftlichen Chronik vom Jahre 1621) will den Platz noch wissen, wie das alte Stutenhaus gestanden. »Zwanzig Schritt ohngefehrlich«, sagt er, »von der jetzigen Stiftskirche gegen Mitternacht, da Paulus Sautter, Provisor, sitzt.« Dieser Sautter saß aber, einer Hausurkunde zufolge, in dem jetzigen Weinschenk Thumschen Haus, und nach einer bekannten Überlieferung wäre dies Haus das älteste der Stadt.
Zinselwerk: Gaukelwerk. »Celistinus hat den introitum mit anderm zinselwerk hin dar gesetzt« (Spreter, Bericht von der alt. christl. Meß). – »On unser verdienst, vergebenlich, nit durch ablas oder eygen zinselwerk« (Spret. Christl. Instruktion).
154 *Dockenkasten:* Puppentheater.
Kräben: Tragkorb.
Schauenlichkeit: Kontemplation, beschauliches Leben. »Nit minder vorhalt mich vor disen gesellen, die allein der ›Schawenlichkeit gleben (geleben) wend« (Spreter, Christl. Instr.).
Drönsgen: Intensivform von *trehnsen,* langsam etwas verrichten; entspricht dem franz. trainer, ziehen, dem engl. to train, to drone und to drowse, schlummern, schläfrig sein.
Heiltum: Reliquie. Der Pfarrer zu Leipheim, im Jahr 1500, bestrich die Leute für ein Opfer mit dem Heiltum St. Veits.
156 *Marschloß, Maderschloß, Malschl.* (schweizerisch: *Malle* Tische; franz. malle): Vorlegschloß.
Die Eigel: der Blutigel; in den ältern Ausgaben der Lutherischen Bibel, Sprüche Sal. 30, 15.
157 *Ringer:* mit geringerer Mühe.

158 *Schier:* bald.
Werr: Erdkrebs, ein den Fruchtfeldern schädliches großes Insekt.
Hartselig: hartnäckig. »Durch Wunderzeichen wil Gott das hartsälig volck ziehen vnd berüffen« (Spreter, Instr.).
Torangel: Schimpfname für grobe Bauern.
Sittich, Sitter: psittacus, Papagei.

159 *Wind und weh:* sehr übel, sowohl im körperlichen als geistigen Sinne gebraucht; *wind,* wahrscheinlich von *schwinden,* woher auch *Schwindel* stammt, also schwindlich. »Ir wart so swinde und weh dar nach« (»Koloczaer Kodex altdeutscher Ged.«, herausg. von Mailath usw., S. 232).

160 *Schnorzig:* verdrießlicher Laune, worin man jemand anschnurrt.

161 *Meineider:* Meineidiger (»Marchth. Chron.«).

162 *Brogel-Wenz; sich brogeln:* prahlen; alt *brogen,* sich regen, in die Höhe richten, ungestüm sein. Engl. to brag, ital. brogliare. Die Zusammensetzung mit einem Namen, als sprichwörtliche Anspielung, ist willkürlich.
Elend: ein Garten in Ulm hinter dem Hospital an der Donau, auf dessen Stelle ehemals vermutlich ein Pfleghaus für arme Pilger und Fremdlinge war. Dergleichen Anstalten hießen auch anderwärts *Elendhäuser, elende Herbergen – Elend, ellend,* aus el, fremd, und lend, bedeutet überhaupt die Irre, Fremde.
Pflug: Name eines Gasthofs in Ulm.

163 *Uf^{a}m:* auf dem.
Blo-Holder-Strauß: Busch von blauem Holunder, Syringe.
Vor's: bevor es.
Nachthüehle: Nachthuhn, Käuzlein.

164 *Di^{a} Gugelfu^{a}hr gang wieder a^{n}:* (gehe wieder an). Die Gugelnarren, d. h. die Narren mit den spitzigen Hanswursthüten, ließen sich zur Fastnachtszeit auf Karren herumführen und trieben Unfug; daher Gugelfuhr für große Lustbarkeit und jeden lustig lärmenden Unfug.

166 *Herzensbrast:* Beklemmung, Herzeleid; von Bresten, Gebrechen.
Scheurenburzler: Landstreicher, Zigeuner, der in Scheunen auf dem Lande das Nachtlager zu nehmen pflegt. – *Äll Hundsod^{a}m,* alle Augenblicke.
Gen die Sperlachen (plur.): gegen das Himmelszelt; von *sperren* und *Laken* oder *Lachen,* Tuch, das über einen Wagen zur Bedeckung

gespannt ist. »Wann got jnn den sperlachen wonet vnd sy mit seinen gnaden erleuchtet« (»Buch der sterb. Menschh.«).

Hofraite (die): der ganze zu einem Haus gehörige Umfang von Hof, Bäulichkeiten usw.

168 *Gähnaffen (Maulaffen) feilhaben:* müßig dastehen.

Den Plirum geigen: abprügeln.

Wasen: Rasen, Anger.

170 *Trait mer:* trägt man.

Dattern: dottern, zittern. Engl. to totor.

Jetzt ist lang Tag: Sprichw. es hat keine Not mehr.

171 *Wuhr* (das): Wehr. »Ich hab gebawen die wasserwure« (»Buch der sterb. Menschh.«).

Gottig, gotzig, gotteseinzig: einzig.

Trischacken: eine Art Kartenspiel; ital. i tre sciacchi.

172 *Schiedfell:* Zwerchfell, weil es Herz und Lunge von dem andern Eingeweiden scheidet; diaphragma.

173 *Faxen:* auffallende, lächerliche Gesten.

Seellos: ruchlos. »Die Trewloßen, Ehrloßen und Seelloßen bauren« (Brief an Schwäb. Hall im Jahre 1525).

174 *Ich habe Kreuz – ab.* Diese Zeilen fand der Verfasser selbst an einem ähnlichen Ort auf freiem Felde von einer ungeübten Hand mit Kreide angeschrieben.

176 *Verbutzen:* vermummen. »Am Fastnacht soll sich niemand verbutzen, verkleiden, verwelchen« (von *Wale, Walsch, Welscher,* Fremder). Ulm. Verordn. v. J. 1612. *Die Butz* heißt Scherz, Betrug, Lüge; *der Butz,* Narr, Possenreißer, Larve.

178 *Verhansleardlen:* auf eine einfältige Weise verlieren, versäumen. *Hans Leand, Hans Leard,* Johann Leonhard, wird zur Bezeichnung eines einfältigen Menschen gebraucht.

179 *Morgenatz:* Frühstück (»Marchth. Chronik«).

180 *Bartzefant* (der): Diener; franz. poursuivant.

181 *Korabelle:* Buhldirne, wahrscheinlich aus mia cara bella entstanden und auf *Barbara,* in der Volkssprache *Belle,* anspielend; kommt noch in Weitzmanns Gedichten vor.

Knegler: einer, der stark durch die Nase redet.

182 *Sotterer:* ein siecher Mensch; von *sottern,* kränkeln; mit Sucht verwandt.

Ungeschaffen: ungestaltet. »Da (in Cannstatt) ist alle Jar ain tag haißt der ungeschaffene tag, vonn mannen Jungen gesellen weiber vnd Jungfraw vnnd welcher der vngestaltest ist der gewindt ain Rockh vnd ander ding darzu vnnd welche die vngeschafnest ist die gewindt ain Gurttl pewtel (Beutel) Handschuh vnnd ander Ding« (Ladisl. Sunthaim, Historiograph des K. Maximil. I. S. Memmingers Cannstatt).

183 *Grüß dich Gott, herzlieber* usw.: ein altes Volkslied, aus »Des Knaben Wunderhorn« (II, 300) mit einiger Veränderung entlehnt.

184 *Wurstelmaukeler; maucheln, mau*^{n}*keln, mauklen, mockeln, vermokkeln:* verstecken, heimlich zu Werke gehen, betrügen (*bemogeln*); daher *Butzenmaukeler,* die verkleidete Person, welche ehemals an Fastnachten, an Nikolai oder zu Weihnachten, die Kinder zu erschrecken, aufgestellt wurde. Die Verbindung mit *Wurst* in unserem Text ist willkürlich und diese Gestalt dem Pfingstlimmel nachgebildet. Es war dies ein Knabe, welcher zur Pfingstzeit, vom Scheitel bis auf die Füße ganz mit frischem Grün und Feldblumen umflochten, entweder zu Fuß oder auf einem Pferde sitzend und von zwei andern Burschen geführt, in der Stadt oder im Dorf herumzog. Den Kopf bedeckte eine ellenlange, spitze Kappe von Laubwerk, und das Gesicht war zuweilen mit Baumrinde verlarvt. Der Verfasser fand diese Sitte noch auf der Alb, in Ochsenwang. Zu Augsburg, wo man Schilf zu der Verkleidung nahm, hieß ein solcher Knabe der *Wasservogel.*

Blunz (der): dicke Blutwurst.

Stampaney (die), Ersonnenes, Erdichtetes, Märchen; von *Stampf,* weil Bilder mit dem Stampf abgedruckt wurden. Josua Mahler (im Jahre 1551) sagt, nachdem er die in der Hauptkirche zu Aachen vorgezeigten Reliquien aufgezählt hat: »Es ist dies Münster ein rechter Kramladen zu derley Stampaneyen.«

185 *Der Siedig:* der Angstschweiß.

186 *Läuresblosel:* Leiresbläslein, soviel als: ein dummes Ding; mag von *Leier* und *Blasen* herkommen, zunächst also: ein schlechtes Geleier.

188 *Bärig:* kaum.

191 *Zwilch* (der): grobe Leinwand.

Medey: ein Kleinod, vielleicht eine *Medaille,* zum Hutschmuck gehörig. »Ob dem stulp (des spanischen Huts) gieng ein Schnur vmbher. Nicht anderst alß wenn's ein Kron wer; Gar köstlich von schonen Medeyen, Orndlich gesetzet nach der Reyen, Treflich vil schöne Edel Stein Theurer art dran gestanden sein« (Aus: Fürstl. Würt. Pomp und Solennität, durch M. Jo. Ottingerum beschrieben, Stuttg. 1607). »Medeyen oder Rosen an der Kleinodschnur« (ebendas.).

192 *Stotzenglas:* kurzes Kelchglas mit einem Fuße. – *Hohlippen,* hohle Hippen, gerolltes Oblaten-Gebackenes. – *Krapf,* mit Obst, Weinbeeren, Rosinen und dergl. gefülltes Backwerk. Im Altdeutschen bedeutet das Wort einen gekrümmten Haken.

194 *Schaufalt* (der *Fall,* schwäb.): die Falte an Tüchern, die nach außenhin, um besonders gesehen zu werden, gelegt wird; daher das Vorzüglichste seiner Art, womit man prangt; z. B. eine Person in einer Familie. Ähnlich ist *Ausbund:* was im Zusammenbinden auswärts gerichtet wird, und ebenso das vormals gebräuchliche *Überbund.*

Datte: Vater (Kindersprache). In einigen Orten Wirtembergs war ehemals die Gewohnheit, daß Ehezwistigkeiten, ehe sie zu sehr überhandgenommen, durch einen stattlichen, untadelhaften Mann im Dorfe, den man den Datte nannte, der aber unbekannt blieb, gerügt und bestraft wurden. Er klopfte nämlich, von zwei selbstgewählten Gehülfen begleitet, an dem Hause uneiniger Eheleute an, antwortete auf die Frage: »Wer da?« bloß: »Der Datte kommt« und ging ohne weiteres wieder weg. Hörte der Zwist nicht auf, so erschien er zum zweiten Male und beobachtete dasselbe. Blieb auch dies ohne Erfolg, so kam er zum dritten Male vermummt, drang in das Haus und prügelte den schuldigen Teil tüchtig ab. Der Mißbrauch hob diesen vielleicht altgermanischen Gebrauch auf.

Zwilauf: Zwist.»Peter Vngelter vf der Stette haissen gen Straßburg verritten von Irrer zwilöff wegen dorvnter zu reden« (aus e. Städterechnung).

Nachwort

von Hermann Hesse

Als im September 1904 der hundertste Geburtstag Mörikes gefeiert wurde, war dieser Dichter, längst nach seinem Tode, eben erst zu seinem vollen Ruhm gelangt. Zu seinen Lebzeiten war er ein bescheidener, stiller Mann, innerlich glühend voll von Leben, das sich gelegentlich eruptiv im Freundeskeise in Gestalt von Humor-Feuerwerken hervordrängte, nach außen aber war er gehemmt, schüchtern und ängstlich. Immer etwas leidend, nie bei vollem Wohlbefinden, immer zart und gefährdet, auch wenn er gar nicht eigentlich krank war, verbrauchte dieser Dichter eine Unmenge von Kraft und Zeit an das bloße Vegetieren, an das Bilden einer Schutzhülle zwischen sich und dem rauhen Leben, an das Bauen von unsichtbaren Mauern um seine wunderbaren Traumgärten. Rubuste Naturen lehnten ihn entweder ab oder schalten ihn bequem, feig oder faul. So erinnere ich mich, daß ich einst den alten Wilhelm Raabe nach seinen Mörike-Erinnerungen fragte, und er mit einem Knurren seine heimliche Abneigung gegen ihn kundgab. Auch von den zahllosen Schülerinnen, deren Lehrer Mörike in seinen späteren, Stuttgarter Jahren gewesen ist, haben wenige ihn einigermaßen erkannt, und seinen Wert gefühlt. Es war diesem zarten, nervösen Mann nicht gegeben, in rascher Flamme produktiv zu verbrennen wie etwa Novalis: langsam und sparsam rann, unter einer schweren Schicht von Trübe, Lebensangst und neurotischen Leiden, die reine Quelle seines Dichtertums.

Unsere Auswahl bringt seine prosaischen Dichtungen, soweit sie zu den unvergänglichen Schätzen gehören, alle, mit Ausnahme seines umfangreichen Romans, des »Maler Nolten«. Dieser Roman ist, wie fast alle schönsten deutschen Prosadichtungen, unvollendet geblieben, oder hat doch nur einen notdürftigen Schluß gefunden.

Von Mörikes Erzählungen ist der »Mozart« die gelesenste. Jedermann bewundert in dieser Meistererzählung die Reinheit und Liebenswürdigkeit der Zeichnung, das leichte hübsche Spiel der Einfälle, die Echtheit des Kostüms. Seltener hört man von jenen wenigen erschütternden Stellen sprechen, wo Mörike sein Wissen um den echten Mozart verrät, wo sein Mozart nicht mehr der galante Mann mit dem Zöpfchen, sondern der einsame Schöpfer und Dulder ist.

Etwas außerordentlich Schönes und Einzigartiges ist das »Hutzelmännlein«. Im neunzehnten Jahrhundert sind sehr wenige Dichtungen geschrieben worden, in denen das individuelle poetische Spiel eines Dichter so aus uralten Volkskräften her gespeist wurde. Wie sehr schwäbisch Mörike ist trotz der klassischen Haltung und Formreinheit seiner meisten Gedichte, das sieht man erst im »Hutzelmännlein«. Hat man es aber einmal entdeckt, dann erinnert man sich auch jener fabelhaft schwäbischen Atmosphäre in manchen Teilen des Maler Nolten, wobei ich ebensosehr an die Schilderungen aus der schwäbischen Alb wie an die von Stuttgart denke. Ich weiß nicht, ob die Schwaben die Gleichgültigkeit, mit der sie ihren Mörike jahrzehntelang unbeachtet ließen, schon ganz wieder gut gemacht haben. Ohne jede provinzielle Beschränktheit, mit den sprachlichen Mitteln eines Klassikers, ist Mörike ein Schwabendichter geblieben. Ragt er auch weit über alle Lokal- und Heimatdichtung hinaus, deren es auch in Schwaben eine

Menge gibt, so ist er doch mit dem Erdboden der Heimat viel enger verwachsen geblieben als Schiller oder Hölderlin. Und nirgends kommt dies lieblicher, entzückender, auch drolliger zum Ausdruck als in seinem Hutzelmännlein.

Zeittafel

1804 8. September: Mörike wird als siebentes Kind des Stadt- und Amtsarztes Karl Friedrich Mörike und seiner Ehefrau Charlotte Dorothea in Ludwigsburg geboren.

1811 Eintritt in die Ludwigsburger Lateinschule.

1817 22. September: Tod des Vaters. Die Mutter übersiedelt mit den Kindern nach Stuttgart.

1818 Oktober: Eintritt in das »Niedere Theologische Seminar« in Urach. Beginn der Freundschaft mit Johannes Mährlein und Wilhelm Hartlaub.

1821 Erster Kontakt mit Wilhelm Waiblinger.

1822 Beginn des Studiums der Theologie am Tübinger Stift.

1823 Begegnung mit Maria Meyer in Ludwigsburg. »Freundschaftsbund« mit Ludwig Bauer und Wilhelm Waiblinger.

1824 Juli: Gesundheitlicher Zusammenbruch. Rückkehr nach Stuttgart.
25. August: Plötzlicher Tod des jüngeren Bruders August.

1825 Höhepunkt der Freundschaft mit Bauer. Erfindung der Insel Orplid. Friedrich Theodor Vischer und David Friedrich Strauß kommen nach Tübingen.

1826 Oktober: Theologisches Examen. Im Dezember Beginn der fast achtjährigen Vikariatszeit in Oberboihingen. Dramatische Versuche: *König Enzio* (nicht erhalten); *Der letzte König von Orplid.*

1827 31. März Tod der Schwester Luise. – Im Winter Beginn eines mehrmonatigen Urlaubs.

1828 Herbst: Vergeblicher Versuch, in Stuttgart Fuß zu fassen und dort als freier Schriftsteller zu leben.

1829 Im Mai Rückkehr in den Vikariatsdienst (Plattenhardt auf den Fildern). Beginn der Beziehung zu Luise Rau.
14. August: Verlobung mit Luise Rau.
Dezember: Versetzung nach Owen.

1830 Juli: Beendigung des *Maler Nolten.*

1831 September: Mörikes Bruder Karl wird wegen revolutionärer Umtriebe zu einem Jahr Festungshaft auf dem Hohenasperg verurteilt.

1832 21. Januar: Übernahme der Vikariatsstelle in Ochsenwang. August: Veröffentlichung des *Maler Nolten.*
1833 Herbst: Lösung der Verlobung mit Luise Rau.
1834 Mai: Ernennung zum Pfarrer in Cleversulzbach, wohin seine Mutter und die Schwester Klara ihm folgen.
1836 Veröffentlichung der Novelle *Der Schatz.*
1837 Freundschaft mit Hermann Kurz.
August-September: Kuraufenthalt mit Klara in Bad Mergentheim. – In Justinus Kerners Weinsberger Haus Begegnung mit Ludwig Uhland und Karl Mayer.
1838 Erste Ausgabe der *Gedichte* bei Cotta.
1839 April: Veröffentlichung von *Iris. Eine Sammlung erzählender und dramatischer Dichtungen* (Inhalt: *Der Schatz, Die Regenbrüder, Der letzte König von Orplid, Lucie Gelmeroth, Der Bauer und sein Sohn*).
22. April: Aufführung der *Regenbrüder* mit der Musik von Ignaz Lachner.
1840 September: Reise mit dem Bruder Louis an den Bodensee. Dezember: Veröffentlichung der *Classischen Blumenlese.*
1841 26. April: Tod der Mutter.
1843 September: Pensionierung auf eigenen Wunsch.
19. September: Mörike und Klara ziehen für ein halbes Jahr zu Hartlaubs nach Wermutshausen.
1844 18. April: Umzug mit Klara nach Schwäbisch Hall.
1. November: Umzug nach Bad Mergentheim.
1845 April: Unterkunft im Hause des Oberstleutnants von Speeth. Begegnung mit dessen Tochter Margarethe.
1846 Oktober: Veröffentlichung der *Idylle vom Bodensee.*
1848 August: Kur in Bad Teinach. – Zerwürfnis mit Hermann Kurz.
1851 Frühjahr: Reise mit Klara an den Bodensee; Plan, in Konstanz ein Mädchenpensionat zu gründen.
25. November: Mörike heiratet die Katholikin Margarethe Speeth. Übersiedlung nach Stuttgart. Literarischer Unterricht am Katharinenstift.
1852 5. August: Ernennung zum Dr. phil. h. c. der Universität Tübingen.
1853 Mai: Veröffentlichung des *Stuttgarter Hutzelmännleins.*

1855 26. April: Geburt der Tochter Fanny.
15./16. August: Besuch Theodor Storms bei Mörike.
Herbst: Veröffentlichung von *Mozart auf der Reise nach Prag*.
Dezember: Veröffentlichung von *Theokritos, Bion und Moschos* (zusammen mit Friedrich Notter).

1856 Dritte, vermehrte Auflage der *Gedichte*. – *Vier Erzählungen (Der Schatz, Lucie Gelmeroth, Der Bauer und sein Sohn, Die Hand der Jezerte)*.

1857 28. Januar: Geburt der Tochter Marie.
Juli: Dritte und letzte Reise an den Bodensee.

1859 Frühjahr: Beginn der Arbeit an der zweiten Fassung von *Maler Nolten*.

1862 28. November: Berufung durch den König von Bayern in das Kollegium des Maximiliansordens für Kunst und Wissenschaft.

1863 Herbst: Aufenthalt mit Klara und Marie in Bebenhausen.

1864 Juli: Veröffentlichung von *Anakreon und die sogenannte Anakreonischen Lieder*. – Freundschaft mit Moritz von Schwind.

1865 31. Januar: Besuch Ivan S. Turgenjevs bei Mörike.

1866 20. November: Beendigung der Lehrtätigkeit am Katharinenstift.

1867 Juni: Umzug mit Ehefrau Margarethe nach Lorch.

1869 November: Rückkehr von Lorch nach Stuttgart.

1870 Februar: Umzug nach Nürtingen.

1871 Wiederaufnahme der Beziehungen zu Hermann Kurz.
August: Umzug nach Stuttgart. Krisenhafte Entwicklung der Beziehung zu Margarethe.

1872 Fünfte Auflage der Gedichte bei Göschen (vordatiert auf 1873). – Prachtausgabe der *Historie von der schönen Lau* mit Schwindts Zeichnungen (vordatiert auf 1873).

1873 Trennung von Margarethe.
12. September: Mörike zieht mit Klara und Marie nach Fellbach bei Waiblingen.
November: Rückkehr nach Stuttgart.

1874 Juni-Juli: Aufenthalt in Bebenhausen bei Familie Walther.
Herbst: Letzter Besuch bei Hartlaubs in Stöckenburg.

1875 Frühjahr: Beginn der Todeskrankheit.
Ende Mai: Versöhnung mit Margarethe.

4. Juni: Mörike stirbt.
6. Juni: Bestattung auf dem Stuttgarter Pragfriedhof. Grabrede von Friedrich Theodor Vischer.

Zu dieser Ausgabe

insel taschenbuch 1290
Eduard Mörikes schönste Erzählungen

Ausgewählt und mit einem Nachwort versehen von Hermann Hesse. Die Texte folgen der Ausgabe: Mörikes Werke in drei Bänden. Neue kritisch durchgesehene und erläuterte Ausgabe. Herausgegeben von Harry Maync. Dritter Band: Novellen und Märchen, Dramatisches, Übersetzungen. Bibliographisches Institut, Leipzig, Wien 1909. Redaktion der vorliegenden Ausgabe: Volker Michels.

Umschlagabbildung: Hans Thoma, Auf der Waldwiese (Im Wiesengrund). Öl auf Leinwand, 1876. Städtische Galerie im Städelschen Kunstinstitut, Frankfurt am Main.

Klassische deutsche Literatur
im insel taschenbuch

Johann Friedrich Abegg: Reisetagebuch von 1798. it 1013
Achim von Arnim: Erzählungen. it 1018
Achim und Bettina in ihren Briefen. 2 Bde. in Kassette. it 1095
Bettine von Arnim: Aus meinem Leben. it 642
Bettine von Arnims Armenbuch. it 541
– Goethes Briefwechsel mit einem Kinde. it 767
Bettina von Arnim: Die Günderode. Mit einem Essay von Christa Wolf. it 702
Bettine von Arnim / Clemens Brentano: Clemens Brentanos Frühlingskranz aus Jugendbriefen ihm geflochten, wie er selbst schriftlich verlangte. it 812
Johann Beer: Die teutschen Winter-Nächte & Die kurzweiligen Sommer-Täge. Zwei Romane. it 872
Ludwig Börne: Briefe aus Paris. it 924
Hermann Bote: Till Eulenspiegel. Ein kurzweiliges Buch aus dem Lande Braunschweig. Wie er sein Leben vollbracht hat. Sechsundneunzig seiner Geschichten. it 336
Clemens Brentano: Gedichte. Erzählungen. Briefe. it 557
– Gockel Hinkel Gackeleia. Märchen. it 47
– Italienische Märchen. it 695
– Rheinmärchen. In der von Guido Görres herausgegebenen Ausgabe von 1846. it 804
Georg Büchner: Lenz. Erzählung. it 429
– Leonce und Lena. Ein Lustspiel. it 594
– Woyzeck. it 846
Georg Büchner / Ludwig Weidig: Der Hessische Landbote. Texte, Briefe, Prozeßakten. it 51
Gottfried August Bürger: Wunderbare Reisen zu Wasser und zu Lande. it 207
Bürgers Liebe. Die Ehestandsgeschichte von Elise Hahn und Gottfried August Bürger. it 564
Wilhelm Busch: Kritisch-Allzukritisches. Gedichte. it 52
– Sämtliche Bilderbogen. it 620
Adelbert von Chamisso: Peter Schlemihls wundersame Geschichte. it 27
Matthias Claudius: Der Wandsbecker Bote. it 130
Annette von Droste-Hülshoff: Bei uns zulande auf dem Lande. Prosaskizzen. it 697
– Die Judenbuche. Ein Sittengemälde aus dem gebirgichten Westfalen. it 399
– Sämtliche Gedichte. it 1092
Johann Peter Eckermann: Gespräche mit Goethe in den letzten Jahren seines Lebens. 2 Bde. it 500

161/1/6.89

Klassische deutsche Literatur im insel taschenbuch

Joseph von Eichendorff: Aus dem Leben eines Taugenichts. it 202
– Gedichte. it 255
– Gedichte. it 1060
– Novellen und Gedichte. it 360

Theodor Fontane: Allerlei Glück. Plaudereien, Skizzen und Unvollendetes. it 641
– Cécile. it 689
– Effi Briest. it 138
– Frau Jenny Treibel oder ›Wo sich Herz zum Herzen findt‹. Roman. it 746
– Grete Minde. it 1157
– Irrungen, Wirrungen. it 771
– Jenseit des Tweed. Bilder und Briefe aus Schottland. it 1066
– Mathilde Möhring. it 1107
– Meine Kinderjahre. Autobiographischer Roman. it 705
– Schach von Wuthenow. Erzählung aus der Zeit des Regiments Gendarmes. it 816
– Der Stechlin. it 152
– Stine. Roman. it 899
– Unwiederbringlich. Roman. it 286
– Von Zwanzig bis Dreißig. it 985
– Vor dem Sturm. Roman, aus dem Winter 1812 auf 13. it 583
– Wanderungen durch die Mark Brandenburg. 5 Bde. in Kassette. it 1181- 1185

Theodor Fontane. Ein Leben in Briefen. it 540

Georg Forster: Ansichten vom Niederrhein, von Brabant, Flandern, Holland, England und Frankreich im April, Mai und Junius 1790. it 1136
– Reise um die Welt. it 757

Christian Fürchtegott Gellert: Fabeln und Lieder. it 895

Friedrich Gerstäcker: Die Flußpiraten des Mississippi. Roman. it 435

Johann Wolfgang von Goethe: Dichtung und Wahrheit. 3 Bde. in Kassette. it 149-151
– Faust. Erster Teil. it 50
– Faust. Zweiter Teil. it 100
– Urfaust. Faust. Ein Fragment. Faust. Eine Tragödie. Paralleldruck der drei Fassungen. 2 Bde. it 625
– Frühes Theater. Mit einer Auswahl aus den dramaturgischen Schriften 1771-1828. it 675
– Gedichte in zeitlicher Folge. Eine Lebensgeschichte Goethes in seinen Gedichten. 2 Bde. it 350

161/2/6.89

Klassische deutsche Literatur
im insel taschenbuch

Goethe – warum? Eine repräsentative Auslese aus Werken, Briefen und Dokumenten. it 759
Goethe über die Deutschen. it 325
Goethes Briefe an Charlotte von Stein. 3 Bde. in Kassette. it 1125
– Goethes Briefwechsel mit seiner Frau. 2 Bd. in Kassette. it 1100
Goethes Gedanken über Musik. Eine Sammlung aus seinen Werken, Briefen, Gesprächen und Tagebüchern. it 800
Goethes Liebesgedichte. it 275
– Die guten Frauen als Gegenbild der bösen Weiber. it 925
– Hermann und Dorothea. it 225
– Historische Schriften. Eine Auswahl in biographischer Folge. it 650
– Italienische Reise. it 175
– Tagebuch der Italienischen Reise 1786. Notizen und Briefe aus Italien. it 176
– Klassisches Theater. it 700
– Die Leiden des jungen Werther. it 25
– Märchen. Der neue Paris. Die neue Melusine. Das Märchen. it 825
– Der Mann von funfzig Jahren. it 850
– Maximen und Reflexionen. it 200
– Novelle. it 2301
– Novellen. it 425
– Pandora. it 1075
– Reineke Fuchs. it 125
– Das Römische Carneval. Mit den farbigen Figurinen von 1789 und den Fragmenten ›Über Italien‹. it 750
– Römische Elegien und Venezianische Epigramme. it 1150
– Schriften zur Naturwissenschaft. it 550
– Schriften zur Weltliteratur. Mit Buchillustrationen aus der Goethezeit. it 1025
– Tagebuch der ersten Schweizer Reise 1775. it 300
– Unterhaltungen deutscher Ausgewanderten. it 1050
– Die Wahlverwandtschaften. Ein Roman. it 1
– West-östlicher Divan. it 75
– Wilhelm Meisters Lehrjahre. it 475
– Wilhelm Meisters theatralische Sendung. it 725
– Wilhelm Meisters Wanderjahre oder die Entsagenden. it 575
– Xenien. it 875
Der Briefwechsel zwischen Schiller und Goethe. 2 Bde. it 250
– Briefwechsel mit Marianne und Jakob Willemer. it 900
Briefwechsel zwischen Goethe und Zelter 1796-1832. it 950
Jeremias Gotthelf: Die schwarze Spinne. it 991

161/3/6.89

Klassische deutsche Literatur im insel taschenbuch

Christian Dietrich Grabbe: Scherz, Satire, Ironie und tiefere Bedeutung. Ein Lustspiel in drei Aufzügen. it 534
Franz Grillparzer: Der arme Spielmann. it 690
Jacob Grimm: Über den Ursprung der Sprache. Gelesen in der Preußischen Akademie der Wissenschaften am 9. Januar 1851. it 877
Hans Jakob Christoffel von Grimmelshausen: Der abenteuerliche Simplicissimus. it 739
– Trutz-Simplex oder Ausführliche und wunderseltzame Lebensbeschreibung der Ertzbetrügerin und Landstörtzerin Courasche. it 211
Karoline von Günderode: Gedichte. it 809
Johann Christian Günther: Gedichte. it 1028
Wilhelm Hauff: Märchen. Erster Band. it 216
– Mitteilungen aus den Memoiren des Satans. it 782
– Zwerg Nase. Ein Märchen mit Illustrationen von Karl Walser. it 1191
Friedrich Hebbel: Erzählungen und Tagebuchblätter. it 1029
Johann Peter Hebel: Kalendergeschichten. it 17
– Schatzkästlein des rheinischen Hausfreundes. it 719
Heinrich Heine: Atta Troll. Ein Sommernachtstraum. it 748
– Buch der Lieder. it 33
– Deutschland. Ein Wintermärchen. it 723
– Florentinische Nächte. it 923
– Italien. it 1072
– Neue Gedichte. it 1055
– Der Rabbi von Bacherach. Ein Fragment. it 811
– Reisebilder. it 444
– Die romantische Schule. Mit einem Nachwort von Norbert Altenhofer. it 910
– Romanzero. it 538
Julius Eduard Hitzig: E.T.A. Hoffmanns Leben und Nachlaß. it 755
Friedrich Hölderlin: Gedichte. it 781
– Hyperion oder Der Eremit in Griechenland. it 365
Hölderlins Diotima Susette Gontard. Gedichte – Briefe – Zeugnisse. it 447
Hölderlin. Dokumente seines Lebens. Briefe, Tagebuchblätter, Aufzeichnungen. it 221
Hölderlin. Chronik seines Lebens mit ausgewählten Bildnissen. it 83
E.T.A. Hoffmann: Die Abenteuer der Silvester- Nacht. it 798
– Die Brautwahl. it 1124
– Die Elixiere des Teufels. it 304
– Das Fräulein von Scuderi. Erzählung aus dem Zeitalter Ludwig des Vierzehnten. it 410

161/4/6.89

Klassische deutsche Literatur im insel taschenbuch

E.T.A. Hoffmann: Der goldne Topf. Ein Märchen aus der neuen Zeit. it 570
– Klein Zaches genannt Zinnober. Ein Märchen. it 777
– Lebensansichten des Katers Murr nebst fragmentarischer Biographie des Kapellmeisters Johannes Kreisler in zufälligen Makulaturblättern. it 168
– Das Majorat. it 1085
– Meister Floh. Ein Märchen in sieben Abenteuern zweier Freunde. it 503
– Nachtstücke. it 589
– Nußknacker und Mausekönig. it 879
– Prinzessin Brambilla. Ein Capriccio. it 418
– Der Sandmann. it 934
– Die Serapions-Brüder. Gesammelte Erzählungen und Märchen in vier Bänden. it 631
– Der unheimliche Gast und andere phantastische Erzählungen. it 245
– Der unheimliche Gast. it 2302
Alexander von Humboldt: Vom Orinoko zum Amazonas. 2 Bde. in Kassette. Reise in die Äquinoctial-Gegenden des neuen Kontinents. it 990
Karl Leberecht Immermann: Münchhausen. Eine Geschichte in Arabesken. it 747
Jean Paul: Der ewige Frühling. it 262
– Flegeljahre. Eine Biographie. it 873
– Leben des vergnügten Schulmeisterlein Maria Wutz in Auenthal. Eine Art Idylle. it 778
– Leben Fibels des Verfassers der bienrodischen Fibel. it 1170
– Des Luftschiffers Giannozzo Seebuch und Über die natürliche Magie der Einbildungskraft. it 144
– Siebenkäs. Blumen-, Frucht- und Dornenstücke oder Ehestand, Tod und Hochzeit des Armenadvokaten F. St. Siebenkäs im Reichsmarktflecken Kuhschnappel. it 980
– Titan. it 671
Johann Heinrich Jung-Stilling: Lebensgeschichte. it 709
Das Kalte Herz. Und andere Texte der Romantik. it 330
Gottfried Keller: Der grüne Heinrich. Erste Fassung. 2 Bde. it 335
– Die Leute von Seldwyla. Vollständige Ausgabe der Novellensammlung. it 958
– Romeo und Julia auf dem Dorfe. it 756
– Züricher Novellen. it 201
Heinrich von Kleist: Werke in vier Bänden. 4 Bände in Kassette. it 981-984

161/5/6.89

Klassische deutsche Literatur
im insel taschenbuch

Heinrich von Kleist: Geschichte meiner Seele. Das Lebenszeugnis der Briefe. it 281
– Die Marquise von O ... it 299
– Michael Kohlhaas. Aus einer alten Chronik. it 844
– Der zerbrochne Krug. Ein Lustspiel. it 171
August Klingemann: Nachtwachen von Bonaventura. it 89
Friedrich Gottlieb Klopstock: Gedanken über die Natur der Poesie. it 1038
Gotthold Ephraim Lessing: Dramen. it 714
– Hamburgische Dramaturgie. it 869
– Laokoon. it 1048
Georg Christoph Lichtenberg: Aphorismen. In einer Auswahl. it 165
– Der Fortgang der Tugend und des Lasters. Erklärungen zu Daniel Chodowieckis Monatskupfer zum Göttinger Taschenkalender 1778. it 936
– Sudelbücher. it 792
– Über die Macht der Liebe und andere Schriften. it 1164
Liselotte von der Pfalz: Briefe. it 428
Martin Luther: Luthers Fabeln und Spruchweisheiten. it 1094
Märchen der Romantik. it 285
Meister Eckhart: Das Buch der göttlichen Tröstung. it 1005
Conrad Ferdinand Meyer: Jürg Jenatsch. Eine Bündnergeschichte. it 862
Eduard Mörike: Alte unnennbare Tage ... Ausgewählte Gedichte. it 246
– Die Historie von der schönen Lau. it 72
– Maler Nolten. Novelle in zwei Teilen. Erste Fassung. it 404
– Mozart auf der Reise nach Prag. Eine Novelle. it 376
Karl Philipp Moritz: Anton Reiser. Ein psychologischer Roman. it 433
Wilhelm Müller: Die Winterreise und andere Gedichte. it 901
Johann Karl August Musäus: Rübezahl. Für die Jugend von Christian Morgenstern. it 73
– Volksmärchen der Deutschen. it 1034
Johann Nestroy: Komödien. 3 Bde. it 526
– Nestroy für Minuten. ›Das ist klassisch‹. it 818
Novalis: Gedichte. Die Lehrlinge zu Sais – Dialogen und Monolog. it 1010
– Heinrich von Ofterdingen. it 596
Pückler- Muskau: Andeutungen über Landschaftsgärtnerei. it 1024
Wilhelm Raabe: Werke in 10 Bänden. it 881-890
– Die Akten des Vogelsangs. it 888
– Altershausen. it 890
– Die Chronik der Sperlingsgasse. it 370

161/6/6.89

Klassische deutsche Literatur im insel taschenbuch

Wilhelm Raabe: Hastenbeck. it 889
– Horacker. it 883
– Im alten Eisen. it 885
– Krähenfelder Geschichten. it 882
– Das Odfeld. it 886
– Pfisters Mühle. it 884
– Stopfkuchen. it 887
– Stuttgarter Erzählungen. it 881
Leopold von Ranke: Die römischen Päpste in den letzten vier Jahrhunderten. it 960
Friedrich Rückert: Ausgewählte Werke. 2 Bände in Kassette. it 1022
Ferdinand von Saar: Novellen aus Österreich. it 906
Friedrich von Schiller: Der Geisterseher. Und andere Erzählungen. it 212
– Wallenstein. Ein dramatisches Gedicht. Wallensteins Lager – Die Piccolomini – Wallensteins Tod. it 752
Friedrich Schiller / Ludwig Ferdinand Huber: Avanturen des neuen Telemachs. Eine Geschichte in Bildern. Texte von Ludwig Ferdinand Huber. it 941
Friedrich Schlegel: Lucinde. Ein Roman. it 817
– Romantische Sagen des Mittelalters. it 930
– Theorie der Weiblichkeit. it 679
Johann Gottfried Schnabel: Die Insel Felsenburg. Roman. it 953
Arthur Schopenhauer: Aphorismen zur Lebensweisheit. Vollständige Ausgabe mit Erläuterungen und Übersetzung der fremdsprachigen Zitate. it 223
– Kopfverderber. Über die Universitäts-Philosophie und ihre Professoren. it 661
Heinrich Seidel: Leberecht Hühnchen. Prosa-Idyllen. it 786
Charlotte Stieglitz: Gedichte und Tagebücher. it 986
Adalbert Stifter: Aus dem alten Wien. Zwölf Erzählungen. it 959
– Bergkristall. Und andere Erzählungen. it 438
– Der heilige Abend. it 699
– Der Hochwald. Mit einem Nachwort von Wolfgang Frühwald. it 1197
– Die Mappe meines Urgroßvaters. it 1108
– Der Nachsommer. it 653
– Studien. 2 Bde.it 915
Theodor Storm: Gesammelte Werke. 6 Bde. it 731-736
– Am Kamin. Und andere unheimliche Geschichten. it 143
– Unter dem Tannenbaum. Mit Illustrationen der Erstausgabe von Otto Speckter und Ludwig Pietsch. it 1042

161/7/6.89

Klassische deutsche Literatur
im insel taschenbuch

Ludwig Tieck: Der gestiefelte Kater. Ein Kindermärchen in drei Akten, mit Zwischenspielen, einem Prologe und Epiloge. it 940
– Der Hexen-Sabbat. it 1084
– Märchen und Novellen. it 1061
Ludwig Uhland: Gedichte. it 928
Friedrich Theodor Vischer: Auch einer. Eine Reisebekanntschaft. it 1063
Johann Carl Wezel: Belphegor oder Die wahrscheinlichste Geschichte unter der Sonne. it 776
Christoph Martin Wieland: Aristipp und einige seiner Zeitgenossen. it 718
Das Wieland-Lesebuch. it 729

161/8/6.89

Literatur der Moderne
im insel taschenbuch

Hans Christian Andersen: Spaziergang in der Sylvesternacht. it 1130
Lou Andreas-Salomé: Lebensrückblick. Grundriß einiger Lebenserinnerungen. it 54
– Rainer Maria Rilke. Mit acht Bildtafeln im Text. it 1044
Emmy Ball-Hennings: Märchen am Kamin. it 945
Bertolt Brecht: Hauspostille. it 617
Hans Carossa: Erinnerungen an Padua und Ravenna. Zwei Kapitel aus ›Italienische Aufzeichnungen‹ von 1947. it 581
– Das Jahr der schönen Täuschungen. it 1091
– Eine Kindheit. it 295
– Die Schicksale Doktor Bürgers. it 830
– Der Tag des jungen Arztes. it 1137
– Verwandlungen einer Jugend. it 296
Tankred Dorst: Grindkopf. Libretto für Schauspieler. Mitarbeit Ursula Ehler. it 929
– Korbes. Ein Drama. it 1114
– Der nackte Mann. it 857
Federico García Lorca: Die dramatischen Dichtungen. it 3
Manfred Hausmann: Der Hüttenfuchs. Erzählung. it 730
Hermann Hesse: Bäume. Betrachtungen und Gedichte. Mit Fotografien von Imme Techentin. it 455
– Dank an Goethe. Betrachtungen, Rezensionen, Briefe. it 129
– Franz von Assisi. it 1069
– Gedichte des Malers. Zehn Gedichte mit farbigen Zeichnungen. it 893
– Hermann Lauscher. it 206
– Kindheit des Zauberers. Ein autobiographisches Märchen. it 67
– Knulp. Drei Geschichten aus dem Leben Knulps. Mit dem Fragment ›Knulps Ende‹. it 394
– Magie der Farben. Aquarelle aus dem Tessin. it 482
– Mit Hermann Hesse durch Italien. Ein Reisebegleiter durch Oberitalien. it 1120
– Piktors Verwandlungen. Ein Liebesmärchen, vom Autor handgeschrieben und illustriert, mit ausgewählten Gedichten und einem Nachwort versehen von Volker Michels. it 122
– Schmetterlinge. Betrachtungen, Erzählungen, Gedichte. it 385
– Die Stadt. Ein Märchen, ins Bild gebracht von Walter Schmögner. it 236
– Der verbannte Ehemann oder Anton Schievelbeyn's ohnfreywillige Reisse nacher Ost-Indien. Handgeschrieben und illustriert von Peter Weiss. Mit einem erstmals veröffentlichten Opernlibretto von Hermann Hesse. it 260
– Der Zwerg. Ein Märchen. it 636

155/1/6.89

Literatur der Moderne
im insel taschenbuch

Marie Hesse: Ein Lebensbild in Briefen und Tagebüchern. it 261
Monica Huchel: Fürst Myschkin und die anderen. Ein Katzen-Brevier. it 808
Henrik Ibsen: Ein Puppenheim. it 323
Jens Peter Jacobsen: Frau Marie Grubbe. Interieurs aus dem 17. Jahrhundert. it 841
– Niels Lyhne. it 44
– Die Pest in Bergamo und andere Novellen. it 265
Marie Luise Kaschnitz: Beschreibung eines Dorfes. Fotografien von Michael Grünwald. it 665
– Eisbären. Ausgewählte Erzählungen. it 4
Harry Graf Kessler: Tagebücher 1918-1937. it 659
Dieter Kühn: Bettinas letzte Liebschaften. it 894
– Flaschenpost für Goethe. it 854
Ferdinand Kürnberger: Der Amerikamüde. Amerikanisches Kulturbild. it 942
Lesebuch der Jahrhundertwende. Prosa aus den Jahren 1889 bis 1908. it 997
Malwida von Meysenbug: Memoiren einer Idealistin. it 824
Christian Morgenstern: Alle Galgenlieder. it 6
– Palmström. it 314
Marcel Proust / Eugène Atget: Ein Bild von Paris. Texte und Photographien. it 669
Rainer Maria Rilke: Sämtliche Werke. 6 Bände in Kassette. it 1101-1106
– Band I: Gedichte. Erster Teil. it 1101
– Band II: Gedichte. Zweiter Teil. it 1102
– Band III: Jugendgedichte. it 1103
– Band IV: Frühe Erzählungen und Dramen. it 1104
– Band V: Kritische Schriften. Worpswede. Auguste Rodin. it 1105
– Band VI: Malte Laurids Brigge. Kleine Schriften. it 1106
– Am Leben hin. Novellen und Skizzen 1898. Mit Anmerkungen und einer Zeittafel. it 863
– Die Aufzeichnungen des Malte Laurids Brigge. it 630
– Auguste Rodin. it 766
– Ausgesetzt auf den Bergen des Herzens. Gedichte aus den Jahren 1906 bis 1926. it 98
– Briefe. 3 Bde. in Kassette. it 867
– Die Briefe an Gräfin Sizzo. 1921-1926. it 868
– Das Buch der Bilder. Des ersten Buches erster Teil. Des ersten Buches zweiter Teil. Des zweiten Buches erster Teil. Des zweiten Buches zweiter Teil. it 26

155/2/6.89

Literatur der Moderne
im insel taschenbuch

Rainer Maria Rilke: Die drei Liebenden. Die Liebe der Magdalena. Portugiesische Briefe. Die Briefe der Marianna Alcoforado. Die vierundzwanzig Sonette der Louïze Labé. it 355
– Duineser Elegien. Die Sonette an Orpheus. it 80
– Erste Gedichte. Larenopfer. Traumgekrönt. Advent. it 1090
– Ewald Tragy. it 1142
– Frühe Gedichte. it 878
– Gedichte. Aus den Jahren 1902 bis 1917. it 701
– Geschichten vom lieben Gott. it 43
– Die Letzten. Im Gespräch. Der Liebende. it 935
– Neue Gedichte. Der Neuen Gedichte anderer Teil. it 49
Rilkes Landschaft. In Bildern von Regina Richter zu Gedichten von Rainer-Maria Rilke. it 588
– Späte Gedichte. it 1178
– Das Stunden-Buch, enthaltend die drei Bücher: Vom Mönchischen Leben. Von der Pilgerschaft. Von der Armut und vom Tode. it 2
– Über den jungen Dichter und andere kleine Schriften aus den Jahren 1906 bis 1926 in zeitlicher Folge. it 340
– Wladimir, der Wolkenmaler und andere Erzählungen, Skizzen und Betrachtungen aus den Jahren 1893-1904. it 68
– Worpswede. Fritz Mackensen. Otto Modersohn. Fritz Overbeck. Hans am Ende. Heinrich Vogeler. it 1011
– Zwei Prager Geschichten und ›Ein Prager Künstler‹. it 235
Leopold von Sacher-Masoch: Venus im Pelz. Mit einer Studie über den Masochismus von Gilles Deleuze. it 469
August Strindberg: Ein Puppenheim und andere Erzählungen. it 282
Felix Timmermans: Dämmerungen des Todes. it 297
– Franziskus. Roman. it 753
– Das Jesuskind in Flandern. it 937
– St. Nikolaus in Not. it 2023
Georg Trakl: Die Dichtungen. it 1156
Robert Walser: Fritz Kochers Aufsätze. it 63
– Gedichte. it 761
– Liebesgeschichten. it 263
Frank Wedekind: Ich hab meine Tante geschlachtet. Lautenlieder und »Simplicissimus«-Gedichte. it 655

155/3/6.89

Sagen und Märchen
im insel taschenbuch

Alexander N. Afanassew: Russische Volksmärchen. Übertragen von Werner von Grimm. Mit farbigen Illustrationen von Ivan Bilibin. it 1058

Hans Christian Andersen: Märchen. 3 Bände. Mit Illustrationen von Vilhelm Pedersen und Lorenz Frølich. Aus dem Dänischen von Eva-Maria Blühm. it 133

– Märchen meines Lebens ohne Dichtung. Ein Skizze. Mit Porträts des Dichters. Aus dem Dänischen von Michael Birkenbihl. it 356

Apuleius: Der goldene Esel. Mit Illustrationen von Max Klinger zu ›Amor und Psyche‹. Aus dem Lateinischen von August Rode. Mit einem Nachwort von Wilhelm Haupt. it 146

Arabische Märchen. Aus mündlicher Überlieferung gesammelt, übertragen und mit einem Nachwort, einem Namensverzeichnis und Worterklärungen versehen von Enno Littmann. it 779

Giambattista Basile: Das Märchen aller Märchen. ›Der Pentamerone‹. 5 Bde. Deutsch von Felix Liebrecht. Herausgegeben und mit einem Nachwort versehen von Walter Boehlich. it 354

Ludwig Bechstein: Das Deutsche Märchenbuch. Mit Illustrationen von Ludwig Richter. it 1113

Ivan Bilibin / Alexander Puschkin / Elisabeth Borchers: Das Märchen vom herrlichen Falken und andere russische Märchen mit Illustrationen von Ivan Bilibin. Nacherzählt von Elisabeth Borchers. it 487

– Das Märchen vom Zaren Saltan. Das Märchen vom goldenen Hahn. Nacherzählt von Elisabeth Borchers. Mit Illustrationen von Ivan Bilibin. it 2002

– Wassilissa die Wunderschöne und andere russische Märchen. Das Märchen vom herrlichen Falken. Mit Illustrationen von Ivan Bilibin. Nacherzählt von Elisabeth Borchers. it 2020

Born Judas. Altjüdische Legenden und Volkserzählungen. Aus dem Hebräischen von Rahel bin Gorion. Auswahl und Nachwort von Emanuel bin Gorion. it 529

Clemens Brentano: Gockel Hinkel Gackeleia. Märchen. Mit Initialen und Lithographien von Caspar Braun nach Entwürfen von Clemens Brentano. Mit einem Nachwort von Franz Deibel. it 47

– Italienische Märchen. Mit einem Nachwort von Maria Dessauer. it 695

– Rheinmärchen. In der von Guido Görres herausgegebenen Ausgabe von 1846. Mit Illustrationen von Edward Steinle. it 804

Deutsche Heldensagen. Nacherzählt von Gretel und Wolfgang Hecht. it 345

Deutsche Sagen. 2 Bände. Herausgegeben von den Brüdern Grimm. Mit Illustrationen von Otto Ubbelohde. it 481

160/1/6.89

Sagen und Märchen im insel taschenbuch

Charles A. Eastman: Indianergeschichten aus alter Zeit. Deutsch von Elisabeth Friederichs. Mit einem Nachwort herausgegeben von Dietrich Leube. Illustrationen und Anmerkungen von Frederick Weygold. it 861

Günter Eich: Der 29. Februar. Ein Märchen. Mit Bildern von Edda Köchl. it 616

Erotische Geschichten aus den Tausendundein Nächten. Aus dem arabischen Urtext der Wortley-Montague-Handschrift übertragen und herausgegeben von Felix Tauer. it 704

Die Erzählungen aus Tausendundein Tag. Vermehrt um andere Morgenländische Geschichten. Herausgegeben von Paul Ernst. Übersetzt von Felix Paul Greve. it 1001

Die Erzählungen aus den Tausendundein Nächten. Vollständige deutsche Ausgabe in zwölf Bänden. Zum ersten Mal nach dem arabischen Urtext der Calcuttaer Ausgabe aus dem Jahre 1839. Übertragen von Enno Littmann. it 224

Eskimomärchen. Herausgegeben und übertragen von Paul Sock. it 795

Geschichten aus dem Mittelalter. Herausgegeben von Hermann Hesse. Aus dem Lateinischen übersetzt von Hermann Hesse und J.G.T. Graesse und mit Nacherzählungen von Leo Greiner. Neu zusammengestellt von Volker Michels. it 161

Geschichten der Liebe aus den Tausendundein Nächten. Aus dem arabischen Urtext übertragen von Enno Littmann. Mit acht farbigen Miniaturen. it 38

Johann Wolfgang von Goethe: Märchen. Der neue Paris. Die neue Melusine. Das Märchen. Herausgegeben und erläutert von Katharina Mommsen. it 825

– Reineke Fuchs. Mit Stahlstichen nach Zeichnungen von Wilhelm Kaulbach. it 125

Jacob Grimm / Wilhelm Grimm: Kinder- und Hausmärchen gesammelt durch die Brüder Grimm. In drei Bänden. Mit Zeichnungen von Otto Ubbelohde und einem Vorwort von Ingeborg Weber-Kellermann. it 829

– Kinder- und Hausmärchen gesammelt durch die Brüder Grimm. Kleine Ausgabe von 1858. Mit Illustrationen von Ludwig Pietsch und einem Nachwort von Heinz Rölleke. it 842

Wilhelm Hauff: Märchen. Erster Band. Herausgegeben von Bernhard Zeller. Mit Illustrationen von Theodor Weber, Theodor Hosemann und Ludwig Burger. it 216

– Mitteilungen aus den Memoiren des Satan. Mit einem Nachwort herausgegeben von Bernhard Zeller und zahlreichen Illustrationen von Rolf Köhler. it 782

160/2/6.89